华夏传统政治文明书系

（第二辑）

Huaxia Chuantong
Zhengzhi Wenming
Shuxi

孔子之学与中国文化

马平安 著

团结出版社

图书在版编目（ＣＩＰ）数据

孔子之学与中国文化 / 马平安著. -- 北京 ： 团结
出版社，2021.1
 ISBN 978-7-5126-8395-2

 Ⅰ．①孔… Ⅱ．①马… Ⅲ．①孔丘（前 551-前 479）
—儒家—哲学思想—研究 Ⅳ．①B222.05

 中国版本图书馆CIP 数据核字(2020)第 211821 号

出　　版：团结出版社
　　　　　（北京市东城区东皇城根南街 84 号　邮编：100006）
电　　话：（010）65228880　65244790　（出版社）
　　　　　（010）65238766　85113874　65133603（发行部）
　　　　　（010）65133603（邮购）
网　　址：http://www.tjpress.com
E-mail：zb65244790@vip.163.com
　　　　　fx65133603@163.com（发行部邮购）
经　　销：全国新华书店
印　　装：天津盛辉印刷有限公司

开　　本：145mm×210mm　　　32 开
印　　张：15.375
字　　数：290 千字
版　　次：2021 年 1 月　 第 1 版
印　　次：2021 年 1 月　 第 1 次印刷

书　　号：978-7-5126-8395-2
定　　价：56.00 元

前　言

点亮世人心中光

　　作为一位学识渊博、思想卓越的文化巨人，孔子上承五帝时代至夏商周文明之精华，下开中国两千余年思想文化之正统。他对中国与世界的影响，无论过去、现在或未来，怎么评估和期望都不能视为过分。他的思想内容、思维方式、价值观念、行为特征，经过两千余年的春风化雨，已经融入了我们民族的血液，潜移默化成为我们国人的生命，熔铸成一个民族的品质，成为中华文化的代表，薪火相传，代代承继。

　　在中国这个历史悠久、幅员辽阔的国度里，自汉以后，因为政府的倡导，夫子大道逐渐被社会各阶层人们普遍接受，成为人间秩序的重建者，成为中国文化的符号象征。孔子就像一束光，穿透夜空，如日月经天，用自己的修为、努力、奉献与智慧给世人指出了修行的法门。

　　孟子将孔子对华夏文明的贡献视同为平治大洪水的大禹、

为天下万民立规矩的周公。

然而，孔子的形象，两千多年来世人不断地改变与塑造，至今日已经面目全非，真可谓千人千面。政治家从中读出了治国安邦的道理，哲学家从中读出了天人相谐的文化命题，教育家从中读出了有教无类的仁爱理念，伦理家从中读出了悲天悯人的道德情愫，历史家从中读出了家国同构的大一统模式，进取者从中读出了自强不息、奋发上进的积极人生。

李大钊说："实在的孔子死了，不能复生了，他的生涯、境遇、行为，丝毫不能变动了；可是那历史的孔子，自从实在的孔子死去的那一天，便已活现于吾人的想象中，潜藏于吾人记忆中，今尚生存于人类历史中，将经万劫而不灭。"① 李大钊将孔子分成"实在的孔子"与"历史的孔子"，这种分法，倒是颇有几分趣味。下面，简单谈一下个人的看法。

一、吃人间烟火食的孔子

真实的孔子，早年坎坷而苦难，三岁丧父，十七岁丧母，青少年时期过着十分艰难的生活。孔子说他"十五有志于学"。经过刻苦努力，实现了"三十而立"。因为从政的机缘一直未

---

① 李守常著：《史学要论》，商务印书馆 1999 年版，第 80 页。

至，于是他就走上了另外一条人生之路，即开办私人学堂，开始收徒讲学，因机缘巧合使他成为中国历史上最早最成功的教育家。三十五岁那年，"孔子适齐，为高昭子家臣，欲以通乎景公"。① 齐景公本欲打算重用孔子，但在晏婴等权臣的反对下作罢。在齐三年，孔子非但没有得到重用，反而引起了齐国一些掌权人物的忌惮，他们"欲加害孔子"，孔子空梦一场，匆忙离齐返鲁。这是孔子的第一次求仕。从齐国回到鲁国后，孔子继续收徒办学。因为在齐求仕的挫折，此后好多年，孔子没有再从事任何实际求仕的政治活动，而是从"三十而立""四十不惑"一直到"五十而知天命"的人生宝贵的岁月中，把主要精力放在培养学生、潜心做学问上面。孔子五十岁那年，终于等到了出山从政的机会。"其后，定公以孔子为中都宰，一年，四方皆则之；由中都宰为司空，由司空为大司寇。"② 孔子在鲁国为官期间，相鲁定公"会齐侯于夹谷"，挫败齐国的阴谋，取得了外交斗争的胜利；做大司寇，杀少正卯；"与闻国政三月""鲁国大治"。最后，在集权公室的斗争中，孔子"堕三都"计划失败。因为失去了鲁国掌权贵族的支持，孔子被迫离鲁出走，这一年，孔子已经五十五岁。此后，孔子师徒在外

① 《史记·孔子世家》。
② 《史记·孔子世家》。

流亡十四年，辗转各国，希望得到诸侯见用，现实却是到处碰壁。在郁郁不得志的奔波碰壁中，孔子很快就过了"耳顺"之年。六十八岁那年，孔子才被鲁国掌权者季康子允许而返回鲁国。晚年的孔子，没有再去谋求一个政治舞台上的什么具体职务，而是将自己身心全部沉浸于授徒讲学和整理编辑"六艺"之中，真正达到了"七十从心所欲不逾矩"的境界，给后人留下了读《易》而韦编三绝等千古佳话。

令人惊奇的是，孔子并非如后世儒家或统治者吹嘘的为至圣至贤不会犯一点错误的人间神圣。相反，在他的身上，倒是充满了十足的人间烟火味。像一个普通人一样：

第一，他喜欢美食，而且非常讲究。"食不厌精脍不厌细。"

第二，他很喜欢喝点小酒，还很怕管不住自己的酒量。

第三，他很注重着装与穿戴，似乎并不拒绝名牌服装的诱惑。

第四，对于异性，他也充满好奇，高唱"关关雎鸠，在河之洲，窈窕淑女，君子好逑"。只是他能够很好地克制自己，认真做到了"非礼勿视，非礼勿听，非礼勿言，非礼勿动"。

第五，他很注重身份地位，出门要有自己的专车，照样在乎名利，只要不是不义之财，他也愿意通过自己的勤奋劳动而去正当获得。

第六，他很有点小资情调，十分爱好音乐，善抚琴，能弹瑟，常常引吭高歌，曾经因为韶乐而"三月不知肉味"。

第七，孔子虽然聪慧执着，自强不息，但他将自己的人生境界也只是定格在君子的人格标准的追求上面，并没有因为自己取得一点点成就即忘乎所以，飘飘然起来。

第八，他虽然旨在"修齐治平"，但除了在修身养德上有大成外，在齐家上做得几乎是一塌糊涂，虽有子女二人，但成就平平，老两口感情也似乎长期不和，最后孔子竟然中年而"出妻"；在治国上从政三年，虽有小成，但因为急于改变权力格局而被迫出国流亡；手无权柄，寄人篱下，"家不齐""国不治"，又何以谈"平天下"。总之孔子的理想与现实之间距离太大，终究只能做成一个政治理想家。

第九，他学而不厌，诲人不倦，从读书育人中找到了自己的人生乐趣。

第十，他虽然也知道"吾从周"的理想太过宏大太过遥远，但始终能坚持信念，自强不息，"知其不可而为之"，这种"愚公"精神，本身就是中华民族精神中极其重要的一部分。

第十一，晚年他虽然不复再"梦见周公"，但雄心仍然不减，集最后一点精力，整理与编纂诗书礼乐，作《易传》，写《春秋》，"为天地立心""为生民立命"，为抢救二代文献与典籍耗尽了他的全部心血。

种种迹象表明，孔子平凡而伟大。平凡表现在他如普通人那样正常地生活；伟大则集中在他对自己理想、目标追求的执着以及对自己修身的践履远远超过我们这些凡夫俗子的想象。

二、吃冷猪头肉的孔子

自从汉武帝采纳董仲舒"罢黜百家，独尊儒术"之策、将儒学立为政治意识形态后，孔子的地位日益变得重要起来。汉平帝时，对孔子的尊崇有了新的发展。孔子和周公一起，被列入国家正式祀典，孔子也被封为"褒成宣尼公"，地位和周公相当，从此被世人抬上了神坛。东汉时期，祭祀孔子已经成为每个皇帝必须例行的政治公事。从汉明帝起，在学校祭祀孔子成为常规，从此孔子作为传统国家意识形态中的至圣先师，开始自成一个独立的祭祀系统。从曹魏开始，皇帝或者太子学通一经，就要到文庙向孔圣人报告，行释奠礼。起初由于孔子在世时官职低，祭礼由太常代行。此后祭孔的规格不断提高。到晋代，皇帝或者太子开始亲自行礼。太和十三年（公元378年），北魏在京城修建孔庙。从此，孔庙开始走出曲阜，走向全国各地。南朝梁，就在自己境内修建孔庙。北齐时代，政府规定在正常的春秋祭祀之外，每月朔日，学校师生必须向孔子行礼。到唐代，对孔子的祭祀又有了新的发展。唐初制礼，曾以孔子为先圣，以左丘明等二十二人为先师。高宗显庆年间，一度重以周公为先圣，而黜孔子为先师。后来，又恢复孔子的先圣地位，而将周公作为武王的配食者。这一项制度，到《开元礼》，终于被确定了下来。唐代规定，郡县都要建立孔子庙，祭祀孔子。并且由地方长官担任主祭。这样，孔子作为国家公神的地位，就进一步通过制度方式巩固了下来。孔子的称号，隋唐以前，或是先圣，或是先师、宣尼、宣父。唐代，加封孔子为文宣王。宋代，在文宣王前加"至圣"二字；元代，又在至圣前加"大成"二字。北宋时曾有儒者建议给孔子加帝号，未获通过。明嘉靖年间，统治者认为称孔子为王，不合礼制，于是经过合议，去掉王号，保留"至圣"，称"至圣先师"。这个称号，一直被清代沿用。这样看来，孔子虽然身前坎坷，遭际辛苦，身后倒是享受近两千五百多年"冷猪头肉"的供奉。

三、给孔子事业做一个定位

笔者以为，孔子的人生事业，主要集中在修身、教学，对从政的追求，以及对文献的搜集、整理与研究等方面。

首先，孔子是一个失意的政治理想家。

孔子一生，有着远大的政治理想与政治目标，想要达到"天下归仁"的理想境界，实现"大同"社会的秩序梦想。他之热衷于求仕，不是为了个人"追名逐利"，而是想要寻找一个可以施展才能的机会来改变当时"天下无道"的局面。他说："天下有道，则礼乐征伐自天子出；天下无道，则礼乐征伐自诸侯出。"① 这就是主张把治天下的大权还归于周天子，这是中央集权的大一统思想。但是，当时乱世的形势没有给他施展才华的机会与舞台，他仅仅只有三四年的时间处于鲁国政治舞台的比较中心的位置，在其他时间里，他最多也只是一个政治权力上的"边缘人"。尽管孔子有着"如有用我者，吾其为东周乎"满满的自信，洋溢着"天生德于予"与"文不在兹乎"的历史使命感，然而现实追求中处处碰壁。各国当政者也只是将他作为装饰门面的招牌，并不想用他的方案来改革与推动社会的进步。治世的理想没能实现，对他可谓一个凄婉的悲剧。

其次，他是一个成功的教育家。

孔子是春秋时期私人办学最为成功的第一人，"是第一个将学术民众化的人"。②

在招生范围上，孔子创办私学，实行"有教无类"。对接受教育的对象，他没有类别上的条件限制，只要受教育者愿意真心实意地"志于学"，不论贫富、贵贱、族类、国别、老少，他都尽力做到"江海不择细流"，做到"诲人不倦"。

---

① 《论语·季氏》。
② 朱自清著：《经典常谈》，中国工人出版社 2015 年版，第 72 页。

在教学对象上，"夫子教人，各因其材"①。孔子能够根据学生不同的禀赋、个性、特长、素质、阅历等具体情况，给他们制订相应的教学方案，施以不同的教法，有针对性地给予个性化的培养教育，以使他们都能得到全面健康的发展，成为德才兼备的符合社会需要的有用的人才。

在教学方法上，孔子在施教过程中，很注意调动学生们的主动性、积极性，注重培养他们独立思考的习惯与能力。他提倡学思结合，循循善诱，引导弟子在自学基础上深入思考，积极主动地思考与提出问题。在此基础上给予指点、引导，而不是采取不顾弟子具体实际情况的填鸭式的教学法。

从一定意义上讲，孔子私学不同于今天那些专门培养应试的教育机构，更不是那些以商业运转为模式的专门教育实体，它集学问探讨与修养人生为一体，将个人学习、修身与应该担当的社会责任实现了充分的结合。它立足于培养人的趣味高尚的价值观和价值判断能力，让学生对世界上纷纭复杂的事物具有做出正确判断与识别的能力，同时培养人的高贵品性和雍容大气、文质彬彬的气质，养成人的大眼光、大境界、大胸襟、大志向、大学问。这种种因素，使孔子创办的私学取得了空前的成功，以至于在当时各诸侯国间都闻名遐迩。独特的办学方

---

① 朱熹著：《四书章句集注·论语集注》。

式使孔子学堂的学生越聚越多，规模越来越大，教学相长也反过来成就了孔子的人品与学问的伟大。

按照司马迁的说法，孔子用《诗》《书》《礼》《乐》作教材教育弟子，就学的弟子大约有3000人，其中能精通礼、乐、射、御、书、数这六种技艺的就有72人。至于多方面受到孔子的教诲却没有正式入籍的弟子就更多了。要知道，春秋时期的人口总共也不过五六百万。孔门成材弟子如此之多，难怪当时各国诸侯都对孔子敬而远之了。他们恐惧这股巨大的力量，没有信心驾驭与使用这股力量，这是他们的悲哀。孔子以一人之力培养出如此众多具有治国安邦本领的弟子。这种成功，从私人办学的历史来看，直到今天，还真是没有人能够跟他"千载谁堪伯仲间"的。

再次，他是一个学有所成的大学者。

孔子是中国文化承上启下的关键人物。

一生倡导恢复周礼并在天下奔走呼吁"克己复礼"的孔子，恰恰是春秋时期对周礼最勇猛的突破者与否定者。周礼规定"非天子，不议礼，不制度，不考文"①。孔子不仅到处议礼，更在中国第一个以私人名义公开进行了大规模收集与整理古代文献的文化工作，开创了中国私人著书立说的先河。朱自清在

① 《礼记·中庸》。

《经典常谈》中说："孔子是在周末官守散失的时代，第一个保存文献的人。"①

孔子时代，"周室微而礼乐废，《诗》《书》缺"②，王纲坠弛，礼崩乐坏。由于社会政治的动荡而导致了"天子失官，学在四夷"的文化状况，这就必然造成孔子所能访求到的文化典籍与历史文献，应该是散乱杂芜、残缺不全的。特别是夏商二代年代久远，更令孔子深深地感到"文献不足"的缺憾，所以他叹惜地说："夏礼，吾能言之，杞不足征也；殷礼，吾能言之，宋不足征也。文献不足故也。足，则吾能征之矣。"③从30岁左右开始，孔子一边教学，一边着手收集、整理、保存古代文献典籍的工作。晚年归鲁后，他更是将自己的主要精力集中在抢救夏商周三代文化工程上面。虽然像周公那样辅佐成王创建一个新天下的理想是无法实现了，虽然那个创建了周朝典章礼制的周公，再也没有来到他的梦中了，但是"郁郁乎文哉"的周文化，还是那样令孔子心驰神往。《诗》《书》《礼》《易》《乐》《春秋》"六经"最终完全被系统整理编纂了出来。正是这项工作，奠定了孔子在中华文明史上儒家鼻祖的地位。

---

① 朱自清著：《经典常谈》，中国工人出版社2015年版，第60页。
② 《史记·孔子世家》。
③ 《论语·八佾》。

最后，他是一个为世人"立德"者。

《左传》上说，人生最大之价值，在于实现"太上有立德，其次有立功，其次有立言，虽久不废，此之谓不朽"①。

唐《孔颖达疏》对三不朽的解释是："立德，谓创制垂法，博施济众；……立功，谓拯厄除难，功济于时；立言，谓言得其要，理足可传。"

孔子"立德"，虽然谈不上是"创制垂法"，但他以自己一生的努力，为后人做了一个伟大"夫子"才能做到的万世师表。

第一，孔子主张实践道，主张言行一致，说到做到，少说多做，"讷于言而敏于行"。

第二，孔子主张加强身心道德修养，将提升自己的道德修养与保障身心健康有机地贯彻到自己的日常生活实践之中。

第三，孔子强调对人的治理的重要性，将对人的治理升格为治国理政者的最重要的事业。

第四，孔子主张重视历史，重视文化建设在国家治理中的重要地位。

第五，孔子主张加强中央集权，主张推行大一统政治模式。

第六，孔子强调富民、使民、教民的重要性。主张先经

————————————

① 《左传·襄公十四年》。

济后政治，对待民众，先富而后教。孔子主张为政者不仅要立信于民，藏富于民，而且还要能教民和爱民，重视对民众的教化，重视移风易俗在政治中的效果与作用。

第七，孔子主张采用"中庸"的工作方法，告诫世人"欲速则不达"与"过犹不及"，重视量变到质变的积累与突破。

第八，孔子重视在社会生活中人与人之间关系的合理调节，主张以"忠恕"为标准来为人处世，"己所不欲，勿施于人"，努力做到严于律己、宽以待人。

第九，孔子将政治治理的希望寄托在领导者的"以正治国"上面，主张领导者应该以身作则，"政者正也""子帅以正孰敢不正"。①

第十，孔子主张在国家治理上实现共同富裕，反对贫富差距太大。"丘也闻有国有家者，不患寡而患不均，不患贫而患不安。"②

第十一，孔子一生自强不息，厚德载物，积极进取，将对众生的慈悲心融化到他的修齐治平人生实践上面，知其不可而为之，在担当社会责任上面，从来没有亏欠遗憾的地方。

第十二，孔子用他一生的心血与奋斗，为世人树立了一个

---

① 《论语·颜渊》。
② 《论语·季氏》。

有理想、有道德、有学问、有能力的君子标准。

公元前 479 年，病中的孔子预感到自己已经临近了生命的终点，回顾自己拼搏一生的生命历程，再看看这个依然如故昏乱的世道，他有无限的感慨和无穷的遗恨，不免发出了"天下无道，莫能宗予"的轻声叹息。他似乎是自言自语，又似乎在叩问历史："泰山就要崩塌了吗？梁柱就要摧折了吗？哲人就要像草一样枯萎了吗？"眼泪也随之落了下来。他还是那样自负，他对自己的人生定位是一位"哲人"、一位智者。他本想用自己的本领去"兼济天下""重建东周"的，可是老天爷不给他这个命。他希望自己的学说能够有益于后世。他不想成神，而更喜欢人世间的普通生活。可是，他生前身后的愿望，事实上都落了空。不过，他的仁德的灵魂以及兼济天下、不屈不挠的精神，已经成为中华文明史上一座巍峨的山峰、一根不朽的栋梁、一块常绿的草地。在夏商周那样的崇神世界中，他发现了人格美以及社会制度的美，从而把人的个体心理欲求同社会的伦理道德有机地统一了起来。正像老聃把人还给自然一样，孔子把人还给了社会。他对我们人类的最大贡献，就是提出了"仁"的思想，主张人与人之间应该建立起一种和谐发展的平衡共生关系。至于这种理念实践的途径，在他看来，就是应该以"中庸"为思维，用"礼"来治国，积极建立起一个具有良好的道德与法制环境相统一的有秩序的社会。

目 录

第一章　孔子、孔学与儒学

在孔子一生中，他想要做成的事情很多很多。但是，这些想做成的事情都不能算作他的人生理想。孔子的人生理想其实并不复杂，首先，他有着自己的人间大同梦。其次，他想重建东周，也就是恢复周公制礼作乐规范社会秩序的事业；再不然，退而求其次，从大夫、陪臣那里夺权，实现公室集权，彻底改变诸侯国中那种卿大夫、陪臣执国命的不正常的状态。最后，如果以上都实现不了，那就放下一切，读书育人，春日放歌，琴书消忧，悠游林下，去享受自己精神上天人合一的自然状态。

一、孔子小传

公元前 551 年 9 月 22 日（周灵王二十一年，鲁襄公二十二年夏历八月二十七日），在鲁国昌平乡陬邑的尼山附近（今山东省曲阜市南辛镇鲁源村），一名叫颜徵在的年轻女子产下了一位健康的男婴。他的长相有点异样："生而首上圩顶"——小脑袋中间低而四面高，其状如丘，所以得了孔丘这个名字，字仲尼。这个男婴，就是后来被中国人长期奉为"大成至圣先师"的孔夫子。

"大成至圣先师"，名号确实是高了一点。"大成""先师"都还算是名副其实。至于"至圣"，夫子在世时就不同意这种说法。他是这样评价自己的："若圣与仁，则吾岂敢！抑为之不厌，诲人不倦，则可谓云尔已矣。""圣人，吾不得而见之矣；得见君子者，斯可矣。""我非生而知之者，好古，敏以求知之者。"[①] 看来，孔子是绝对不承认自己是圣人的，他只是认为他在学习和追求上做到了坚持不懈，在教书育人上做到了诲人不倦而已。毕竟，只要是人，都多少是有点局限的，对于这一点，孔子十分清醒。在他的眼中，圣人应该具备两个条件：一是"生而知之者"；二是像尧舜禹汤义武周公那样拥有权位的王者。这两点，他显然都不具备，

---

① 《论语·述而》。

所以，他不同意人们将他封为圣人。

据司马迁的考证，孔子的祖先是宋国人。

微子是被周公封为宋国的开国君主，微子去世后，遵循殷商传弟不传子的古老风俗，传其位于弟弟微仲，微仲是孔子第十四世祖。微仲又三传而至宋湣公。宋湣公有二子弗父何与鲋祀。他也传弟不传子，立弟为宋炀公。可是鲋祀不服，杀了宋炀公，欲推兄长弗父何即君位，弗父何断然拒绝。他推掉君位，让鲋祀做国君，自己为上卿。这位弗父何，正是孔子的第十世祖。从弗父何这里，孔子先世开始由诸侯之家转为公卿之家。此后，从正考父到孔父嘉，孔子家族一路下滑，到孔父嘉之子木金父，为避祸逃奔鲁国，身份也因此一落千丈，由公卿之家再降为上层社会的最低一级——士。

我们来看看孔子家族是如何一路衰落下去的。

商汤（天子）——微仲衍（诸侯）——弗父何、正考父、孔父嘉（卿大夫）——木金父（士）

从商之王族到周之诸侯，再到宋国公卿，最后降为鲁国的士，失去了世袭封地，孔子的祖先最终沦落到了必须靠俸禄生存的地步，而要俸禄就必须服务于更高一级的贵族。木金父之孙孔防叔，便是鲁国贵族臧孙氏的家臣，出任臧孙氏采邑——防的邑宰，大约相当于今日的乡长或村长。到孔子父亲叔梁纥时，孔子家族已经完全下降为士，因为他的身份就是鲁国昌平乡陬邑宰。

关于孔子的诞生，历史上的传说大多带有比较神秘的色彩。

在很多人的眼中，以为孔子既然是天下公认的圣人，其诞生必然就应当与普通人不同。历代多事者往往根据自己的需要和主观上的想象，不断地对此进行加工创造，不断地加盐调醋，故使这件本来再正常不过的事情因此而变得复杂与扑朔迷离起来。

司马迁在《史记·孔子世家》中说：

> 叔梁纥与颜氏女野合而生孔子。

司马迁是中国人公认的历史学家的鼻祖。学界一直将他的《史记》作为信史来读。

然而，在孔子出生这个问题上，司马迁用了"野合"二字。这"野合"二字，从此让孔子的孕育诞生，平添了一种神秘与浪漫的味道。

也许，在司马迁的时代，"野合"二字的含义与今天我们理解的意思完全不同。但这还只是一种假设、一种猜测，目前还无法得到材料进行求证。

不管怎样说，从中国正统的文化观念看，孔子的孕育都充满了"原罪"的味道，烙着耻辱的印记。

孔子的父亲叔梁纥，做过陬邑宰，是一位以武功见长的武士，以勇力闻名于诸侯。最让他声名大振的是在偪阳之战中，他竟然能用双手托起城门的千斤闸，从而让鲁军安全撤离。想来，叔梁纥也算是那个时代的一位传奇式的英雄。但司马迁说颜氏女与叔梁纥"野合而生孔子",而此时的叔梁纥据说已是年过 70 的老者,颜徵在可还是个不到 20 岁的妙龄少女。在中国人的意识里,"野合"本身就含有某种非礼的味道,最起码是不合乎后世人们那种所谓的"礼"的规范,更何况他们的年龄还有着那样大的差距,确实是让人有些不可思议之处。但无论怎样,一个伟大的生命就这样诞生了。

孔子少年时代,生活上备尝艰辛。

这是一个苦命的孩子,他一来到人世间,生活中就布满了挥之不去的阴影。

公元前 549 年(周灵王二十三年,鲁襄公二十四年),孔子 3 岁时,父亲叔梁纥死,孔母颜徵在携孔子移居曲阜阙里。谁会想到,他日后会成为中华儒家文化的奠基者。谁又能想到,他竟然能凭借自己不屈不挠的努力,在思想上达到了一个常人无法企及的人生高度,并且深深影响了后世中国文化的命运和走向。

孔子是一个缺失父爱的穷孩子,长时期内,母子二人在贫困中艰难度日。他后来常常这样辛酸地说起自己的童年经历:"吾少也贱,故多能鄙事。""吾不试,故艺。"[①] 因为幼年贫穷没有社会地位,所以必须劳作许多被人认为是鄙贱低下的事情;因为不能出

---

① 《论语·子罕》。

仕，所以才有机会习得许多生存应该具备的技艺。一个 3 岁的孩子，在一个年轻寡妇抚养下，将会直面多少风雨坎坷？又是如何走上了一条不凡的人生之路？更为不幸的是，公元前 535 年（周景王十年，鲁昭公七年），在孔子 17 岁时，母亲颜徵在去世了。这位被孔家赶出家门、含辛茹苦地抚育孔子长大的年轻女人，在生活重压下，过早地结束了自己短暂的一生。母亲的去世，以及安葬母亲所借的花费，都要由这个尚未成年的孔子来承担。这也是孔子少年时"故多能鄙事"的一个主要原因。也就是在其母亲颜徵在去世这一年，孔子赴季氏宴，被季氏的家臣阳虎拒之门外，这对孔子是一个巨大的刺激，从此，他更加发奋学习，决心通过"学而优则仕"来改变自己贫困卑微的命运。

公元前 533 年（周景王十二年，鲁昭公九年），孔子 19 岁，娶宋人亓官氏为妻。转来年，孔鲤出生。鲁昭公听说孔子喜得贵子，派人给孔子送了一条大鲤鱼，表示祝贺。孔子非常欣喜，他看看鲁昭公送来的这条活蹦乱跳的大鲤鱼，当即决定，儿子的名就叫鲤，字就叫伯鱼。

伯鱼之生也，鲁昭公以鲤赐孔子。荣君之贶。[1]

鲁昭公赐鱼，让孔子感到无上的荣耀，更让孔子对鲁昭公充

---

[1] 《孔子家语·本姓解》。

满感激之情。这种因感激而生的忠君报国之情，此后伴随了孔子一生。

孔鲤出生的第二年，即公元前 531 年（周景王十四年，鲁昭公十一年），为了家庭的生计，孔子不顾差事的卑微，开始任季氏家委吏（管仓库的小吏），不久，又改任季氏家乘田吏，管理牛羊畜牧。在这些工作的任上，孔子都做得尽心尽力，一丝不苟。司马迁说：

> 孔子贫且贱。及长，尝为季氏史，料量平；尝为司职吏而畜蕃息。①

公元前 525 年（周景王二十年，鲁昭公十七年），孔子 27 岁，鲁国有个附庸小国的国君郯子，到鲁国朝见昭公。郯子自称少暤氏子孙，孔子称之为"夷"。在鲁昭公举行的宴会上，叔孙昭子问郯子"少暤氏鸟名官"的缘故，引出郯子一大篇古代官名由来的议论，特别夸扬"我高祖少暤挚之立也，凤鸟适至，故纪于鸟"。孔子听说后，就去向郯子请教学问，这次请教给孔子留下了深刻的印象，这由他到死还在念叨"凤鸟不至"②一事就可见一斑。当时，郯子虽是小国之君，但普通卑贱者要当面向他请"学"大概还不容易办到。那年孔子 27 岁，由此事也可知他在鲁国已经有点

---

① 《史记·孔子世家》。
② 《论语·子罕》。

小名气了。①

公元前 523 年（周景王二十二年，鲁昭公十九年），孔子 29 岁，学琴于师襄子。对于此事，司马迁在《史记·孔子世家》中有详细的记载：

> 孔子学鼓琴师襄子，十日不进。师襄子曰："可以益矣。"孔子曰："丘已习其曲矣，未得其数也。"有间，曰："已习其数，可以益矣。"孔子曰："丘未得其志也。"有间，曰："已习其志，可以益矣。"孔子曰："丘未得其为人也。"有间，有所穆然深思焉，有所怡然高望而远志焉。曰："丘得其为人，黯然而黑，几然而长，眼如望羊，如王四国，非文王其谁能为此也！"师襄子辟席再拜，曰："师盖云《文王操》也。"

公元前 522 年（周景王二十三年，鲁昭公二十年），孔子辞去了在季氏家所从事的"鄙事"职务，独立创办了完全属于自己的"私学"机构。孔子创办私学，解决了自己与家人的经济来源，不再让自己困身于"为五斗米折腰"的尴尬境地。更重要的是，通过创立私学，孔子找到了一条实现自己人生理想的栖身之所，这是他之所以能实现"三十而立"的主要原因之所在。

公元前 518 年（周敬工二年，鲁昭公二十四年），孔子 34 岁，

---

① 蔡尚思著：《孔子思想体系》，上海古籍出版社 2013 年版，第 16 页。

适周问礼于老聃，观明堂，拜社稷，同年返鲁。

这次孔子在东周收获颇丰，他见到了老子，并向老子学礼。

> 老子曰："子所言者，其人与骨皆已朽矣，独其言在耳。且君子得其时则驾，不得其时则蓬累而行。吾闻之，良贾深藏若虚，君子盛德，容貌若愚。去子之骄气与多欲，态色与淫志，是皆无益于子之身。吾所以告子，若是而已。"①

老子学识渊博、熟悉历史，精通古代典章礼仪制度，通上下古今之变，社会阅历丰富而又年高德劭。他对孔子的教导之言，对正值年轻气盛的孔子而言，不啻是醍醐灌顶。此前的孔子，以孤贫之身锐意进取，不折不挠地向着既定目标前行。老子这样不客气地教导孔子，如同当头棒喝，或许对当时正值血气方刚的孔子来说，还一时接受不了，但对于孔子此后的人生，又何尝不是一种十分明确的预言呢？

公元前 517 年（周敬王三年，鲁昭公二十五年），孔子 35 岁。鲁昭公率师攻打季孙氏。季孙、叔孙、孟孙三家联合反抗昭公，昭公兵败奔齐。孔子因鲁内乱经泰山适齐，遇一女子哭诉亲人被虎咬死仍不愿离开此地时，不由发出"苛政猛于虎"的慨叹。这一年，孔子到齐国后为高昭子家臣，并由高昭子引见得以拜见齐

---

① 《史记·老子韩非列传》。

景公。司马迁说："孔子适齐，为高昭子家臣，欲以通乎景公。"①
高氏自齐襄公时起，与国氏并为国卿，是齐国最有影响的贵族巨室之一。孔子希望通过这条渠道，达到他通君从政的目的。

公元前516年（周敬王四年，鲁昭公二十六年），孔子36岁，在齐，闻《韶》乐，三月不知肉味，音乐修养得到很大的提高。同时，孔子也得到了齐景公的问政。针对齐国权臣当道与经济腐败，他在答齐景公问政时说：政治首先在于正名，恢复"君君，臣臣，父父，子子"的社会秩序；其次，政治"在节财"。孔子的主张得到齐景公的认可。为了表示对孔子的信任和优待，齐景公准备把尼谿这地方的土地分封给孔子作为食邑。另外，他还私下透露说，将以鲁国对待季氏那样待孔子，"以季孟之间待之"②。然而，齐相晏婴听到齐景公将要重用孔子消息后，不以为然。他找到齐景公，指责孔子宣扬的那一套礼乐，使人"累寿不能尽其学，当年不能行其礼"，"其道不可以期众，其学不可以导众"，等等。

公元前515年（周敬王五年，鲁昭公二十七年），孔子37岁。齐大夫扬言欲加害孔子，孔子被迫离齐返鲁。孟子说："孔子之去齐，接淅而行。"③正在淘米，便决定离开齐国，以致淘的米要边走

---

① 《史记·孔子世家》。
② 《论语·微子》。
③ 《孟子·万章下》。

边滤干，完全是一副仓皇出逃的模样。

孔子适齐，是他一生从事政治活动的一次预演。用自己的政治智慧干政，孔子对此是充满信心的。他充满希望，却到处不见用，到处碰壁，这就是孔子在政治上的一生写照。此后，他再也没有到过齐国。

公元前514年（周敬王六年，鲁昭公二十八年），孔子返鲁后，对政治有些灰心丧气，又重新潜心学问，集中精力办理自己的私学，此后有好多年，他都没有再从事实际的政治活动，只不过是偶尔对当时发生的政治事件进行过若干评论。例如，公元前514年，晋国六卿灭掉祁氏、羊舌氏两家贵族，将后者的采邑分成10县，由六卿之子分任县大夫，严重削弱了晋国公室。孔子却对主持其事的晋国执政魏舒加以称赞，说他"近不失亲，远不失举，可谓义矣"[1]。这似乎是在支持晋国六卿破坏旧传统。但到下一年，即公元前513年，晋国六卿里的赵鞅、中行荀寅在晋国征铁铸刑鼎，刻上范宣子所作的刑书时，孔子却对此大加讥评，说是"晋其亡乎，失其度矣"。孔子的意思很明白，废弃了西周初晋国初祖唐叔的法度，使民众拿刑鼎作根据，就不会尊事贵人，固有社会等级秩序就会加速崩溃。孔子说："贵贱无序，何以为国？"[2]这很

---

① 《左传·昭公二十八年》。
② 《左传·昭公二十九年》。

明显地是在反对晋国六卿破坏旧传统。自此以后，凡事关保存传统的礼，孔子便不再动摇，自觉地站在反改革一边。由此也可理解孔子为什么自述"四十而不惑"。所谓惑，他本人曾下过定义："爱之欲其生，恶之欲其死，既欲其生，又欲其死，是惑也。"[①]是非爱憎没有固定标准，对于同一种人同一类事便会做出极端相反的判断，这就叫乱。显然，他对于晋国礼乐征伐自大夫出所做的矛盾评价，正反映他还没有克服"心惑"，还没有最终确定自己的好恶标准。因此，所谓不惑，只能理解为他从此确定了自己的政治立场，这就是所谓的"克己复礼"[②]。但孔子虽然已对世道的变化"不惑"，却还没有找出自以为是最好的救世药方，即所谓"知天命"。他为此又探求了十余年。"孔子不仕，退而修《诗》《书》《礼》《乐》，弟子弥众，至自远方，莫不受业焉。"[③]

公元前506年（周敬王十四年，鲁定公四年），孔子46岁，他带学生往观鲁桓公庙，问欹器，发挥"持满"之道说："吾闻宥坐之器者，虚则欹，中则正，满则覆。"[④]这表明，他对老聃的教诲是听了进去的。

公元前505年（周敬王十五年，鲁定公五年），孔子47岁，

---

① 《论语·颜渊》。
② 《论语·颜渊》。
③ 《史记·孔子世家》。
④ 《荀子·宥坐》。

鲁国季平子卒，季氏家臣阳虎乘机作乱篡政。阳虎欲劝孔子出仕，孔子避之。《论语·阳货》篇留下了二人一段相当精彩的场景和对话：

> 阳货欲见孔子，孔子不见，归孔子豚。孔子时其亡也，而往拜之。遇诸涂。谓孔子曰："来！予与尔言。"曰："怀其宝而迷其邦，可谓仁乎？"曰："不可！""好从事而亟失时，可谓知乎？"曰："不可！""日月逝矣，岁不我与。"孔子曰："诺，吾将仕矣。"

公元前 502 年（周敬王十八年，鲁定公八年），孔子 50 岁，季氏家臣公山不狃招孔子出仕，被子路劝阻。《史记·孔子世家》中很详细地记载了这件事情的始末：

> 公山不狃以费畔季氏，使人召孔子。孔子循道弥久，温温无所试，莫能己用，曰："盖周文武起丰镐而王，今费虽小，傥庶几乎！"欲往。子路不说，止孔子。孔子曰："夫召我者岂徒哉？如用我，其为东周乎！"然亦卒不行。

关于这件事情，《论语·阳货》篇也有记载：

> 公山弗扰以费畔，召，子欲往。子路不说，曰："末之也已，何必公山氏之之也？"子曰："夫召我者，而岂徒哉？如

有用我者，吾其为东周乎！"

根据上述两种史料中的记载，对于公山弗扰的邀请，孔子确实心动了，差一点就铸成了大错，幸亏身边有子路这样忠直之人的劝阻，才让他晚节有保。

公元前 501 年（周敬王十九年，鲁定公九年），孔子 51 岁时，终于有了从政的机会，这一年，他出任中都（今山东汶上县西）宰。第二年，孔子又相继升小司空。夏，鲁、齐夹谷（今山东莱芜南）之会。孔子以大司寇身份为定公相礼。会盟前，孔子说"虽有文事，必有武备"。因为进行了周密的准备，鲁国取得了这次政治外交的重大胜利，齐国被迫归还郓、灌、龟阴等地。

公元前 499 年（周敬王二十一年，鲁定公十一年），孔子 53 岁，任鲁国大司寇。在大司寇任上，孔子杀少正卯，采取纵深改革"堕三都"，企图从季孙氏、叔孙氏、孟孙氏三家贵族手中收回权力归鲁君。堕郈邑（今山东东平县南）、费邑（山东费县）较顺利，堕成邑（今山东宁阳东北）受阻，导致"堕三都"的改革半途而废。

公元前 497 年（周敬王二十三年，鲁定公十三年），孔子 55 岁，在鲁国政治斗争中失败的孔子，被迫去鲁适卫，从此开始他长达 14 年流亡列国的羁旅生涯。

孔子离鲁至卫的路上，替他驾车的弟子是冉求。进入卫境后，孔子曾赞叹卫国人口众多，引出一场师生问答的故事：

子适卫，冉有仆。冉有曰："既庶矣，又何加焉？"曰："富之。"曰："既富矣，又何加焉？"曰："教之。"[1]

由此可见，当时孔子期望自己在卫国会受到重用，所以准备了施政方案。卫灵公却使孔子失望，表面上给孔子礼遇，骨子里却对孔子并不信任。孔子拿到的俸禄虽丰，却没有任何材料说明他曾经参与政事。不多久，卫灵公便对孔子起了疑心，派人公开监视他的行动。孔子待不下去。大约在鲁定公十三年冬，"孔子来，禄之如鲁。后有隙，孔子去。后复来"[2]。不过，这一去一来，都没有越出卫境。原来，孔子带着弟子离开卫都，路经于匡（今河南睢县西），忽然受到匡人包围。其原因，据说是因为孔子师徒经过匡时，为孔子驾车的弟子颜刻，因旧地重游而忆起往事，望着城墙一处豁口，用马鞭指着说，他以前随军攻打匡邑，就从那里破城而入。这话恰巧为路边匡邑百姓听见，立即想起当年阳虎率军攻城的惨状，又看到坐在车上的孔子很像阳虎，于是他们立即把阳虎又来匡的消息报告给邑宰匡简子。匡简子马上带领甲士追捕孔子师徒一行。孔子师徒被围困长达 5 日之久，弟子沮丧，孔子安慰大家说：

---

① 《论语·子路》。
② 《史记·卫康叔世家》。

　　文王既没，文不在兹乎？天之将丧斯文也，后死者不得与于斯文也；天之未丧斯文也，匡人其如予何？①

　　孔子以周文王后的文化遗产继承者自居，认为上天如果要消灭这种文化，那就不会让他掌握这些文化了；上天若是不想消灭这种文化，那匡人又能把他怎么样呢？由此可见，孔子所谓"五十而知天命"，很可能就是表明他在那时已经自居为斯文领袖。②

　　再度回到卫国后，"灵公老，怠于政，不用孔子。孔子喟然叹曰：'苟有用我者，期月而已，三年有成。'"③孔子见卫灵公夫人南子，子路不悦。卫灵公与南子还让孔子为次乘游览市容，孔子为此不禁发出了"吾未见好德如好色者也"④的感叹。

　　公元前494年（周敬王二十六年，鲁哀公元年），孔子58岁，中牟宰佛肸邀请孔子，孔子意欲应邀赴中牟，遭子路反对未能成行。《论语·阳货》篇中比较详细地记有此事：

　　佛肸召，子欲往。子路曰："昔者，由也闻诸夫子曰：'亲于其身为不善者，君子不入也。'佛肸以中牟畔，子之往也，如之何？"子曰："然，有是言也。不曰坚乎？磨而不磷；

---

① 《论语·子罕》。

② 蔡尚思著：《孔子思想体系》，上海古籍出版社2013年版，第35页。

③ 《史记·孔子世家》。

④ 《论语·子罕》。

不曰白乎？涅而不缁。吾岂匏瓜也哉？焉能系而不食？"

上述这个故事说明：孔子虽然已经年近 60，可还并未完全达到他所说的"知天命"的境界。

公元前 493 年（周敬王二十七年，鲁哀公二年），孔子 59 岁，因为在卫 3 年多而不得用，遂决计离卫而去。孔子师徒过曹，适宋，至陈。孔子适宋途中，受宋司马桓魋威胁而微服适郑，然后到陈。

公元前 492 年（周敬王二十八年，鲁哀公三年），孔子 60 岁，到陈。鲁国权臣季桓子病重时，曾嘱其子季康子要召回孔子以相鲁，但季康子未按其父嘱行事，只召孔子弟子冉求回国。孔子在陈国 3 年，同样郁郁不得志，"会晋楚争强，更伐陈，及吴侵陈，陈常被寇。孔子曰：'归与归与！'"①

公元前 489 年（周敬王三十一年，鲁哀公六年），孔子 63 岁，在从陈国前往楚国途中为陈蔡两国大夫派人所困，绝粮 7 日，一种不安的情绪开始在弟子们的中间蔓延。直性的子路忍不住了，他质问孔子：

在陈绝粮，从者病，莫能兴。子路愠见曰："君子亦有穷乎？"

---

① 《史记·孔子世家》。

孔子作答：

　　君子固穷，小人穷斯滥矣！ ①

对于这件事，《荀子·宥坐》中有这样一段重要的记载：

　　孔子南适楚，厄于陈、蔡之间，七日不火食，藜羹不糁，弟子皆有饥色。子路进而问之曰："由闻之：为善者天报之以福，为不善者天报之以祸，今夫子累德、积义、怀美，行之日久矣，奚居之隐（穷困）也？"孔子曰："由不识，吾语女。女以知者为必用邪？王子比干不见剖心乎！女以忠者为必用邪？关龙逄不见刑乎！女以谏者为必用邪？伍子胥不磔姑苏东门外乎！夫遇不遇者，时也；贤不肖者，材也；君子博学深谋不遇时者多矣！由是观之，不遇世者众矣，何独丘也哉！"

经过匡蒲之难与陈、蔡绝粮，孔子对人生的理解与对自己事业的认识有了一个更准确的定位，他越来越清楚上天赋予他的真正使命是什么啦。

在流亡途中，孔子还遇到隐者长沮、桀溺、荷蓧丈人和楚狂接舆等隐士的讽谏。《论语·微子》篇记载了楚狂接舆与孔子之间

---

① 《论语·卫灵公》。

发生的故事：

> 楚狂接舆歌而过孔子曰："凤兮，凤兮，何德之衰？往者
> 不可谏，来者犹可追。已而，已而，今之从政者殆而！"孔
> 子下，欲与之言。趋而辟之，不得与之言。

这首歌当然是楚狂接舆唱给孔子听的，但是并不直说，而是
以凤凰暗喻讥讽孔子。古人往往认为麒麟、凤凰代表人中的君子，
认为只有太平盛世才能出现这两种祥物，如果在乱世出现，那就
相当危险了。楚狂接舆的意思相当明显，他在告诫孔子："你想挽
救这个颓废的时代，这是挽救不了的啊！算了吧，算了吧，这个
糟透了的时代是没法挽救了，你这个时候出来求仕实在是太不明
智了。"这个故事，多少代表了楚地隐士们对孔子"知其不可而为
之"的一片劝谏的苦心。

在楚地，楚大夫诸梁（采邑在叶，人称叶公）问政于孔子，
孔子以"近者说（悦），远者来"对之。叶公又问子路孔子是什么
样的人物，子路不知如何回答。孔子闻曰："女奚不曰：'其为人
也，发愤忘食，乐以忘忧，不知老之将至云尔。'"[1]

公元前488年（周敬王三十二年，鲁哀公七年），孔子64
岁，由负函（今河南信阳）返卫。其时卫出公与其父蒯聩争夺君

---

[1]《论语·述而》。

位，政局混乱。子路向孔子询问为政之道，孔子说："必也正名乎！……名不正则言不顺，言不顺则事不成，事不成则礼乐不兴，礼乐不兴则刑罚不中，刑罚不中则民无所措手足。"① 此后孔子在卫，潜心教学和整理典籍。

公元前 484 年（周敬王三十六年，鲁哀公十一年），孔子 68 岁，应鲁执政季康子之请，由卫返鲁，至此结束了长达 14 年的流亡生活，这时，他已经进入了垂暮之年。多年周游诸侯各国冀图出仕的失败经历，对孔子刺激很大，既然不复梦见周公，他也就无意再继续求仕。经过近七十年的人生坎坷，孔子早已经达到了"知天命""耳顺"的境界，彻底清楚了自己的人生定位，这就是要在有生之年，赶快抓紧时间，完成自己"为往圣继绝学"、整理古代文化典籍的历史使命。归鲁后，面对鲁哀公问政，孔子说："政在选臣。"② 又问："何为则民服？"回答说："举直错诸枉，则民服；举枉错诸直，则民不服。"③ 季康子问政，孔子说："政者正也，子帅以正，孰敢不正？"④ 季康子又通过冉有问"田赋"之事，孔子说："君子之行也，度于礼。施取其厚，事举其中，敛从其薄。如是则以丘亦足矣。若不度于礼，而贪冒无厌，则虽以田

---

① 《论语·子路》。

② 《史记·孔子世家》。

③ 《论语·为政》。

④ 《论语·颜渊》。

赋，将又不足。且子季孙若欲行尔法，则周公之典在，若欲苟而行，又何妨焉？"①季康子不纳，亦不用孔子。孔子亦决心不再求仕，潜心整理《诗》《书》，定《礼》《乐》，作《春秋》，继续授业讲学。

公元前483年（周敬王三十七年，鲁哀公十二年），孔子69岁，子伯鱼卒；孙子伋（字子思）出生。

公元前481年（周敬王三十九年，鲁哀公十四年），孔子71岁，作《春秋》。司马迁说：

> 子曰："弗乎弗乎，君子病没世而名不称焉。吾道不行矣，吾何以自见于后世哉？"乃因史记作《春秋》，上至隐公，下讫哀公十四年，十二公。据鲁，亲周，故殷，运之三代。约其文辞而指博。故吴楚之君自称王，而《春秋》贬之曰"子"；践土之会实召周天子，而《春秋》讳之曰"天王狩于河阳"，推此类以绳当世。贬损之义，后有王者举而开之。《春秋》之义行，则天下乱臣贼子惧焉。
>
> 孔子在位听讼，文辞有可与人共者，弗独有也。至于为《春秋》，笔则笔，削则削，子夏之徒不能赞一辞。弟子受《春秋》，孔子曰："后世知丘者以《春秋》，而罪丘者亦以

---

① 《左传·哀公十一年》。

春秋。"①

就在这一年，弟子颜回死，孔子痛哭，说："噫！天丧予！天丧予！"②颜回是孔子心目中最合适的文化传人，他先于孔子离世，这对孔子的打击是巨大的。

公元前480年（周敬王四十年，鲁哀公十五年），孔子72岁。卫国发生政变，蒯聩逐其子卫出公而自立，是为卫庄公。长期一直忠心耿耿追随孔子的子路死于这场劫难，孔子终于因为连年哀痛而彻底病倒，从此日衰一日。

公元前479年（周敬王四十一年，鲁哀公十六年），孔子73岁。相传这年夏天，孔子在某天早晨倚门而歌：

泰山坏乎！

梁柱摧乎！

哲人萎乎！

歌声哽咽、苍凉。唱完，不禁老泪纵横。

接着，孔子对前来看望他的子贡交代后事：

"天下无道已经很久了，没有一个当权者能够尊重我的主张。夏朝人死了，灵柩停放在东边的台阶上。周朝人死了，灵柩停放

————————

① 《史记·孔子世家》。

② 《论语·先进》。

在西边的台阶上；殷朝人死了，灵柩是停在正厅的两根柱子中间。我昨天晚上做了一个梦，梦见我就坐在两根柱子中间，接受别人的祭奠。所以我告诉你，我是殷商人的后代，你要按商代的礼仪来安葬我。"

从这天起，孔子便卧床不起，7 日后，即夏历二月十一日，溘然长逝。

鲁哀公特写诔文："旻天不吊，不慭遗一老，俾屏余一人以在位，茕茕余在疚。呜呼哀哉！尼父！无自律。"①孔子死后，众弟子将他葬于曲阜城北泗水南岸。弟子以父礼为他守墓 3 年，唯子贡为老师守墓凡 6 年。

二、儒、孔学与儒学

孔学是一门博大精深的学问，有着极其丰富的内涵和外延，在讲清楚这个问题之前，有必要先弄清楚与之相关的几个概念。

首先，我们先来明确一下"儒"的概念。

学界公认，孔子继承了夏商周三代文化精神，尤其是西周以来的文化底蕴，在此基础上创立了属于自己的学派——儒家学派。但这一学派为什么叫"儒"？儒与孔子之间到底有着怎样的联系？

① 《左传·哀公十六年》。

这是在探讨孔学之前应该明确的一个问题。

从先秦史料上看，儒是先于儒学而产生的一种职业，以司礼为业。"因为儒家思想继承的内容包括礼并且尤为倚重，从而让儒者不论职业还是思想都完成了身份的统一，这个学派因此由其追随者职业身份而得名。"①儒作为一种职业，很可能从夏商或者更早的时期就已经开始，与作为高级神职人员的"巫""祝"不同，其身份地位比较低下，主要是为人操办婚丧嫁娶仪式而获取生存之资的一种低贱的职业。职业儒的这种性质在《墨子》一书中多少可以得到证明。

《墨子·非儒下》是这样描述职业儒的：

> 夫夏乞麦禾，五谷既收，大丧是随，子姓皆从，得厌饮食，毕治数丧，足以至矣。因人之家以为翠，恃人之野以为尊，富人有丧，乃大说，喜曰："此衣食之端也。"

墨子认为，以"儒"为职业者不亲自从事耕稼，以别人家田野里的收成作为自己的生活依靠，富人家有丧事便大喜，说找衣食的机会又来了。从墨子的这段话中，可知儒这种工作，就是为人操办丧事仪式，也可能包含喜事和其他类似的礼俗仪式，有极

---

① 关万维著：《先秦儒法关系研究——殷周思想的对立性继承及其流变》，上海人民出版社 2015 年版，第 112 页。

为显著的社会职业色彩。

据《周礼》记载，周代的丧礼活动十分复杂而讲究。从人死到下葬前的礼仪程序就多达 50 余项，几乎每一个程序都离不开相礼助丧的民间术士的指导与安排。"相礼"设物执事、升降周旋，一举一动都有严格规定；各个程序环节所需之不同丧具以及它们应该如何使用和放置等，也都有一定之规；另外，对参加丧事的亲友，"相礼"亦有指导之责任。这种复杂且谨严的相礼业务，若非谙悉丧礼的专门职业，实莫能为。

作为职业儒，孔子在其中曾经投入了很大的精力和热情。古籍中记载孔子早期从事相礼助丧活动的代表性事例，要算是鲁昭公二十四年他在洛邑跟随老子助葬于乡党一事了。送葬途中，遇上日蚀。当时孔子大概担任相礼在前面引导灵车行进，故老子直接向他发出指令，要他把灵车停下来。孔子认为中途止柩与礼不合，老子向他作了解释。孔子这次在全国礼乐中心的京师之地担任相礼，且与老子这样的习礼大师讨论"止柩"之是非，说明他对相礼业务已相当熟悉，由此可以推断，在此以前，孔子必定从事过专门的助丧相礼业务，对于相礼这项工作，孔子是相当娴熟的。向老子请教相礼及其他学问，大大丰富了孔子关于周礼的理解，回到鲁国后，在教学活动中，相礼一直都是孔子从事教学活动的一项重要内容。事实上，在相礼问题上，孔子是相当自信的，也一直乐此不疲。譬如，孔子旅居卫国时，已经 60 多岁，还为卫大夫司徒敬子之丧亲自做过相礼。至于对各种丧葬礼仪的探讨，更是晚年孔子与其弟子们经常讨论的话题。而他的门生，许多也是相礼家。孔子晚年回忆自己的生活时说："出则事公卿，入则事父兄，丧事不敢不勉，不为酒困，何有于我哉！"① 所谓"丧事不敢不勉"，就充分显示出了孔子作为一个职业相礼家的严肃认真的工作态度。不过，孔子并没有让自己停留在这个低级谋求生计的职业儒上面，而是在相礼知识的基础上，进而通习六艺，将修身齐家治国平天下纳入儒者的人生追求范围，从而使自己达到了思想儒的境界和高度。

其次，我们再来探讨一下儒学的内涵。

前面说过，职业儒是一个实践性生活性很强的职业，而且处在社会的最下层，因为不直接从事耕作而被很多人歧视。然而，从孔子开始，儒者"祖述尧舜，宪章文武"，不仅以相礼为低级谋生的职业，而且进入政府部门以治国平天下为事业，这就为儒者开辟了一个更为广阔、更具人生价值的领域，从而将职业儒与思想儒高度结合起来。从孔子开始，"君子谋道不谋食""忧道不忧贫"② 就成为儒者的最高理想追求，儒家也因此脱颖而出成为一个具有自己人生理想与使命的独立学派。

学者关万维认为，作为中国古代最重要的一个思想流派，"儒

---

① 《论语·子罕》。

② 《论语·卫灵公》。

家"以"儒"为名，这其中包含着两层含义。

其一，儒家思想所包含的礼乐思想，与职业儒所操持的礼乐之业有着一定的关联性，早期儒家思想包含相当分量的实践内涵，而这些实践部分与职业儒所操持的礼乐并无二致。忽略职业儒与思想儒在礼乐实践上的这种关联是不可取的。

其二，思想儒的思想内涵当然不仅仅包含礼乐，尤其是狭义的实践意义上的礼乐，而是拥有更广阔更高远更有情怀的文化视野，即对整个传统文化中人文主义的继承。这一点同样是不可忽略，并且在一定意义上这才是儒家的精华和作为儒家思想体系的核心内容。事实上，职业儒也都认同他们日常实践活动中所包含的人伦道德思想，因为孔子的关系，职业儒与思想儒者实现了身份上的同一化。[1]

在《礼记·儒行》篇中，孔子在回答鲁哀公关于"儒行"的问题时，对"儒行"作有如下几个方面的理解。

第一，儒者重德立义，"见利不亏其义""儒有忠信以为甲胄，礼义以为干橹，戴仁而行，抱义而处，虽有暴政，不更其所：其自立有如此者"。

第二，儒者重视学习，"夙夜强学以待问""博学而不穷"。

第三，儒者以忠信为本，以力行为用，"怀忠信以待举，力行

---

① 参见关万维著《先秦儒法关系研究——殷周思想的对立性继承及其流变》，上海人民出版社 2015 年版，第 121 页。

以待取""笃行而不倦"。

第四，儒者重视自身修养，"其坐起恭敬，言必先信，行必中正，道涂不争险易之利，冬夏不争阴阳之和，爱其死以有待也，养其身以有为也：其备豫有如此"。

第五，儒者"苟利国家，不求富贵"，不因贫困而丧失志向，不因富贵而丧失节操。

由此可见，从孔子开始，儒者已经脱离了那种单调以相礼为生计的樊篱，开始向庙堂之上寻求发展，"仕而优则学，学而优则仕"①，理想境界高度提升，成为富贵不淫、贫贱不移、威武不屈、充满利国利民高尚事业追求的一个社会学派，这个学派的思想内涵，就是儒学的基本范畴。

至于孔学，笔者以为，孔学是儒家的文化之源与文化之根。它的内涵，应该包括如下三个方面。

第一，文化之学。孔子对中国文化的最大贡献，即在于他继承发展了从尧舜禹到夏商周这段漫长时期的历史文化学问。六艺之学是关于《诗》《书》《礼》《乐》《易》等古代文献的学说，包括对典籍的整理、文本的编纂、意义的阐释等，主要为对前轴心文化的继承，属于孔子的学术思想。孔子竭毕生精力学习先代历史文化，经过选择整理并且加进自己的见解，最后编纂而成《诗》

---

① 《论语·子张》。

《书》《礼》《易》《乐》《春秋》，将它们发展成为六艺之学。汉代以后"独尊儒术"，这套学问便从此被称为"经学"。

第二，社会人生之学。社会人生之学则是孔子对社会人生的见解和看法，是孔子关于人生意义与价值的主张和方案，是轴心时代的文化创造。由于孔子是以新兴"诸子"的身份提出自己的思想主张，故他的社会人生之学又被称作"子学"。只不过作为一个社会大变革时代的思想家，孔子主要关注的还不是典籍抢救、文化传播的问题，而是人的思想信仰或"道"的问题，是如何解决人生困境与提升人生境界的问题。故在早期儒学那里，子学是一条主线，而六艺之学或者早期经学则成为一条辅线。

第三，国家治理之学。国家治理之学是孔子站在他那个时代的高度提出的关于理政治国的一整套主张。孔子心系天下，忧国忧民，他主张"克己复礼"，重建周王朝的封建制度，并为之提出了一系列的为政之法。他向往天下大同，希望达到"天下为公，选贤与能，讲信修睦，故人不独亲其亲，不独子其子，使老有所终，壮有所用，幼有所长，鳏寡孤独废疾者皆有所养，男有分，女有归。货恶其弃于地也，不必藏于己；力恶其不出于身也，不必为己。是故谋闭而不兴，盗窃乱贼而不作，故外户而不闭"[1] 的人类社会的大同境界。

———————

[1] 《礼记·礼运》。

总之，孔学是由以"仁"为支柱的修己之学、以"礼"为支柱的治人之学以及以"中庸"为主要行事思维方式三部分构成。它具有入世用世的政治现实主义和功利主义的鲜明特征，又具有人格主义的道德理想特征。大同世的乌托邦思想、平民主义、政治现实主义与功利主义，为生民立命、为万世开太平的济世情怀，重视文化建设等，都构成了孔学的重要内容。"孔子学派不是普通的一个学派，也不是西方式的宗教团体，它没有严密的组织制度，不重视自身有形力量的拓展，没有特殊的利益诉求，它是基于普遍人性的一种公共性的社会德教，致力于向社会和各领域提供基本道德规范和公共生活准则，使社会人生沿着向上向善有序的文明方向前行。至于不同时代具体的社会治理方式方法，那是当时人们要面对的，不能要求孔子有周到的设计，在礼制的层面上，永远需要旧邦新命、维新更化，孔子的贡献是建立核心价值和意义系统。"[1]

最后，让我们来看看儒学与孔学之间的区别和联系。

关于孔学与儒学问题，著名史学家金景芳曾经在《孔子新传·序》中这样认为：

今人习称孔学为儒学，往往把孔学与儒学并为一谈。我

---

[1] 牟钟鉴：《孔子是中华民族的精神导师》，乐黛云、怡学主编：《儒释道与中国传统文化》，中国大百科全书出版社 2016 年版，第 4 页。

觉得这种做法不恰当。因为今人所谓儒学，实际上包括汉儒之学和宋儒之学。据我看来，汉儒、宋儒虽然打的都是孔子的旗号，实际上他们所传承的多半是孔子学说中的糟粕，至于精华部分，他们并没有传承，反而肆意加以歪曲和篡改。因此，今日应把真正孔子之学正名为孔学，以与汉儒之学、宋儒之学相区别。

他接着又说：

> 那么，什么是真正孔子之学呢？我认为主要是"六经"和《论语》。七十后学的记述及《孟子》、《荀子》二书的一部分，也应包括在内。在上述著述中，最能反映孔子思想的，首推《易传》，其次是《春秋》，再次则是《论语》。其余诸书亦时有精语，不宜忽视。①

金景芳的这个观点可谓振聋发聩，值得引起人们的重视。

前文提到，"儒"是殷周以来逐步形成的一个职业群体，这个职业群体中赖为生计所操持的作为习俗的礼，其中也包含传统人伦的精神内容。孔子的伟大之处就在于他巧妙地并有机整合了职业儒行为中所存在的伦理精神，并将它们与"六艺"经典中的伦

---

① 金景芳、吕绍纲、吕文郁著：《孔子新传·序》，湖南出版社 1991 年版，第 3 页。

理精神完美地结合在了一起，较为完整地架构起了一个关于人生与社会的政治—伦理思想体系，儒学由此奠基。可以说，如果没有孔子对职业儒相礼内容中人伦精神的深入发掘并进一步向思想儒境界的升华，儒家学派就不会如此轻而易举地生成。正是因为孔子对周礼的学习继承及其对传统文化中人文主义的发掘，如对孝悌、仁义、忠信、德义、中庸、智勇等关乎人的自身建设的人文主义思想的概念性建构、内涵的拓展、境界的拔高以及对人与社会秩序之间关系的探索等，让孔子的主张成为一个关乎人的完善以及保障社会稳定、发展的自成体系的思想学说，这个思想学说，完全可以被视为"孔学"。不过"孔学"也只是"儒学"的一部分，是儒学中的最原始最核心的部分而已。孔子之后，儒分为八，门派分离，思想分歧。战国后期有思孟学派、荀子学派；两汉又有古文学派与今文学派之争；后又有宋代理学、明代心学、清代实学等，都属于儒学分化与发展的范畴。从逻辑学的角度来看，"孔学"是"儒学"中的重要一部分，"儒学"的内涵与外延要更大一些，"孔学"始于孔子的教育与学术文化生涯，终于孔子死后诸弟子们对《论语》的编辑。

这里，对于儒学、孔学的定义问题，吕绍纲的观点与笔者"心有戚戚然"，特引列如下，希望能够引起大家讨论。吕绍纲说：

我们认为，孔学自是孔学，儒学自是儒学。孔学，研究孔子本人的思想。"六经"，尤其《春秋》和《周易》，是孔学的基础资料。儒学，特别汉和汉以后的儒学，固然宗师孔子，游文"六经"，但那更多的是标榜，其实质性的内容涵盖杂驳。汉学是儒学，宋学也是儒学。包含着老庄的东西，也包含着佛家的东西，还有各个时代自己的东西。儒学当然可以作为一门学问研究，但不要说那是孔学。儒学中对现代生活影响深的是宋明理学，即所谓新儒学。新儒学300年前早已受到顾炎武、王夫之等人的批判。本世纪初以来又有人创立现代新儒学。现代新儒学不过是宋明理学的现代化，或者说把宋明理学加入现代意识，并且指望用它解决实际生活的现代化问题。现代新儒学宗师朱熹，孔子只是在实在不能避开时才被偶尔提到。朱熹的体系无论给予怎样理想的现代解释，或者用多么美好的现代精神去融会贯通它，它都绝不可能成为推动中国人走向现代化的精神动力。真正会充实现代中国人精神生活，伴随现代中国人挺进21世纪世界民族之林的，必是孔学。①

综上所述，笔者意见是，孔学与儒学是两个概念，二者有联系，但是也有很大的不同，不能将它们混淆起来。孔学是孔子本

① 金景芳、吕绍纲、吕文郁著：《孔子新传》，湖南出版社1991年版，第392—393页。

人的学说，儒学是包括孔子师徒以及后世众多儒家的学说，虽然孔子是儒学的宗师，但他的学说与后世所谓的儒家学说其实差别很大。事实上，孔子死后不久，孔子学派就分裂了。他的弟子及其传人纷纷各扯大旗，自树一帜，各执一端，学术思想已经开始背离孔子，孔子在世时孔学那种统一的、重视实践、傲视天下的宏大气象已经不复存在。到战国时期，荀孟两派虽然都争着以孔子学说的传人自居，但他们的思想主张无论在宽度还是境界高度上都已经与孔子学说拉开了距离，至于汉宋以后儒学，那就更不必说了。

三、孔子的传人

孔子私学是春秋时期最大的私学。

孔子近五十年的教学生涯中，在"有教无类"的原则下，他的弟子来自诸侯各国，几乎各类人等都有机会成为老夫子的学生。

司马迁说："孔子以诗书礼乐教，弟子盖三千焉，身通六艺者七十有二人。"[1]

下面以孔门弟子代表者为例简单叙之。

---

[1] 《史记·孔子世家》。

第一说颜回。

颜回是鲁国人，字子渊，比孔子小 30 岁。

颜回是孔子最喜爱的弟子，天资聪颖，勤奋好学，尊师尚仁，重道笃行，用行舍藏，品格高尚，被孔子列为"德行"科之首。

孔门众弟子中，孔子唯独对颜回最为偏爱，将他视为自己精神上最重要的传承人。

起初，孔子对颜回的印象并不好。事情起因是孔子在教学过程中很喜欢学生提出疑问，针对问题给学生以明确指导。然颜回从不提问，只是认真听讲。孔子曾经说过，我跟颜回谈了一整天，他却没有提出任何质疑，"不违如愚"，好像很笨，不太聪明。但是，孔子很快发现，颜回在课后总能够把所学的东西融会贯通，并在实际生活中实践应用，以此来提升自己的境界。可见，颜回并不笨。他之所以不发问，是因为他特别聪明，知道老师的话都是有所根据的。所以，孔子又说，这个学生从来没有停下来休息，我只看到他进步，没见过他停止。作为一个年轻人，最重要的就是通过学习，不断进步成长。后生可畏，年轻人每天进步，你怎么知道将来他不会超过我们这一代呢？孔子对学生的期许，在颜回身上得以实现。

翻开《论语》，孔子对颜回的褒奖可谓扑面而来，称赞他的地方有很多处。

在《论语·雍也》篇中，孔子称赞颜回的记载就有三处：

　　哀公问："弟子孰为好学？"孔子对曰："有颜回者好
学，不迁怒，不贰过，不幸短命死矣。今也则亡，未闻好学
者也。"

　　子曰："回也其心三月不违仁，其余则日月至焉而已矣。"

　　子曰："贤哉回也，一箪食，一瓢饮，在陋巷，人不堪其
忧，回也不改其乐。贤哉回也。"

颜回"好学、不迁怒、不贰过"，"其心三月不违仁"，"贤"，
苦中有"乐"，从孔子对颜回一连串的称赞中，我们可以看到这位
老人对颜回的偏爱到了何种程度。

在《论语·先进》篇中，也记录有五则孔子对颜回的评价以
及对待颜回的态度：

　　子畏于匡，颜渊后。子曰："吾以女为死矣。"曰："子
在，回何敢死？"子曰："回也非助我者也，于吾言无所
不说。"

　　子曰："回也其庶乎，屡空。赐不受命，而货殖焉，亿则
屡中。"

　　季康子问："弟子孰为好学？"孔子对曰："有颜回者好
学，不幸短命死矣，今也则亡。"

　　颜渊死，颜路请子之车以为之椁。子曰："才不才，亦各

言其子也。鲤也死，有棺而无椁。吾不徒行以为之椁。以吾从大夫之后，不可徒行也。"

颜渊死，门人欲厚葬之，子曰："不可。"门人厚葬之。子曰："回也视予犹父也，予不得视犹子也。非我也，夫二三子也。"

颜回不在身边，孔子就魂不守舍、为颜回担心。颜回不能像子贡那样发财致富，孔子就替他打抱不平。颜回好学，更是让孔子念念不忘。颜回去世，孔子欲以葬孔鲤之礼葬之，乃众弟子有余力将他厚葬，这让孔子感到很遗憾。

实际上，颜回之所以能让孔子对他"心有戚戚然"，不只是表现在身边的一些具体事情上，更是体现在他具有高远的政治抱负、美好的社会理想上面。这从颜回效法帝舜、大禹、后稷等造福社会的理想历史人物中就可以窥见一斑。

据《韩诗外传》中记载：

孔子游于景山之上，子路子贡颜渊从。孔子曰："君子登高必赋，小子愿者何？言其愿，丘将启汝。"子路曰："由愿奋长戟，荡三军，乳虎在后，仇敌在前，蠡跃蛟奋，进救两国之患。"孔子曰："勇士哉！"子贡曰："两国构难，壮士列阵，尘埃涨天，赐不持一尺之兵，一斗之粮，解两国之难，用赐者存，不用赐者亡。"孔子曰："辩士哉！"颜回不愿，孔子曰："回何不愿？"颜渊曰："二子已愿，故不敢愿。"
孔子曰："不同，意各有事焉，回其愿，丘将启汝。"颜渊曰：
"愿得小国而相之，主以道制，臣以德化，君臣同心，外内相
应，列国诸侯莫不从义向风，壮者趋而进，老者扶而至，教
行乎百姓，德施乎四蛮，莫不释兵，辐辏乎四门，天下咸获
永宁，蠉飞蠕动，各乐其性，进贤使能，各任其事，于是君
绥于上，臣和于下，垂拱无为，动作中道，从容得礼，言仁
义者赏，言战斗者死，则由何进而救，赐何难之解。"孔子
曰："圣士哉！大人出，小子匿，圣者起，贤者伏。回与执
政，则由赐焉施其能哉！"诗曰："雨雪瀌瀌，见晛曰消。"

由此可见，颜回的人生志向和孔子追求的"大同"理想是一
致的，所以孔子称赞颜回说："圣士哉！大人出，小子匿。圣者
起，贤者伏。回与执政，则由（子路）赐（子贡）焉施其能哉！"[①]
颜渊不止学得孔子乐观、积极、勤奋不息的精神，而且也学
得了孔子的谦虚。他原本是很聪明的人，从不以自己领悟能力强
而沾沾自喜。

有一次，孔子询问众弟子们的志向。颜回回答："愿无伐善，

---

① 《韩诗外传》。

无施劳。"①不去夸耀自己的优点，也不把辛苦的事推给别人做。一来一往之间，毫无私心。这让孔子感到十分满意。

总之，颜渊就是一个小孔子。可惜颜回41岁便死去了！孔子伤心得老泪纵横，失声恸哭。当他刚听到这个消息时，连声大呼："老天要我命了！老天要我命了！"有人劝他别太悲痛了，孔子则说："悲痛了吗？我不为这样的人悲痛还为什么人悲痛呢？"颜回的去世，使孔子在精神上备受打击，而且使他觉得自己经营一生的事业仿佛也就从此完结了。虽然身旁尚有一批朝气蓬勃的后起之秀，但与颜回相比毕竟要差一点。尤其是他们缺乏与孔子共患难的经历，根本与孔子无法做心灵上平等的交流，也就无法全面理解孔子的内心世界，这让孔子感到了深深的悲哀与寂寞。

第二说子路。

子路，名仲由，子路是他的字，卞地人，比孔子小9岁。

在孔门弟子中，个性最鲜明，最率真，最有担当精神，最无畏无惧、敢说敢做的，大概要算子路了吧。

子路性情粗朴，喜欢逞勇斗力，志气刚强，性格直爽。他喜欢头戴雄鸡式的帽子，佩戴公猪皮装饰的宝剑，这充分显示他好强好刚的一面。在进入孔门前，子路还曾经欺凌过孔子，但被孔子的学识与胸怀折服，孔子用礼乐慢慢地引导他。不久，子路穿

---

① 《论语·公冶长》。

着儒服，带着拜师的礼物，通过孔子学生的引荐，请求做孔子的学生，成为孔门为数不多的几个大弟子之一。

关于子路向孔子学习的详细细节已经不可得而知，然根据《论语》《史记》等有限的资料还可窥见一二。

子路曾向孔子请教如何处理政事，孔子说："要以身作则，干在前面，自己先给民众做出榜样，然后才能使百姓辛勤努力。"子路请求讲得再详细一点。孔子根据子路的性情说："要在持久不懈上多下功夫。"

子路问："君子崇尚勇敢吗？"孔子说："君子最崇尚的是义。君子只好勇而不崇尚义，就会叛逆作乱。小人只好勇而不崇尚义，就会变成强盗。"

子路是个急而执拗脾气的人，在一段时间内只能专注地做一事，最怕此事尚未完成，又来它事干扰。

孔子十分赞赏子路"言必行""重然诺"的作风。在《论语》中，孔子至少三次说过"只有子路可以做到啊"类似的话。

第一次，孔子说："片言可以折狱者，其由也与？"① 根据一面之词，就可以查出实情、判决案件的，大概就是子路吧！通常审理案件，要听原告、被告两方陈述之后才能决断。但子路不一样，他能够根据一面之词就知道谁对谁错。这并非因为他莽撞简

---

① 《论语·颜渊》。

单，而是因为他性情刚正，气场强大，所以别人看到他都不敢说假话。由此可见，片言折狱大概与子路特别果决的个性有关。"果"的意思就是果决、果断，能够及时作出判断。正因为对子路的理解，所以孔子认为子路做官不是问题。

第二次，孔子说："衣敝缊袍与衣狐貉者立而不耻者，其由也与！"①孔子感叹：穿上破旧的棉袍，与穿着名牌皮革的人站在一起，却丝毫不觉得自卑的，就是子路啊！为什么子路能做到不在乎外在衣表而自信满满呢？这是因为子路的志向是"愿车马衣裘，与朋友共，敝之而无憾"②。自己拥有的物质金钱，车马衣裘，都可以与朋友分享。这是一个怎样脱俗超凡的人呢。没有远大志向，没有摆脱低级趣味的人，是绝对做不到这一点的。所以，孔子称赞子路说：一个人能像子路一样，不嫉妒，也不贪求，怎么会不好呢？

第三次，因为理想不能实现，晚年的孔子很抑郁，忍不住抱怨说："道不行，乘桴浮于海。从我者，其由与？"③孔子说，如果理想不能实现，那我干脆就乘一只木筏到海外去算了，跟随我的大概只有子路吧！这可不得了！三千弟子，哪一个不希望被老师

---

① 《史记·仲尼弟子列传》。

② 《论语·公冶长》。

③ 《论语·公冶长》。

选中随侍左右？可孔子在隐居之时单单选择了子路做随从。由此可见子路在孔子心目中不可取代的地位。

但孔子也并不认为子路已经尽善尽美、没有缺点了，相反，他认为子路性情过于刚猛，过于执着，终究不是一件好事。孔子曾说："仲由的学问好像已经到达了殿堂的门槛，只是还没能进入内室得尽其玄妙呢。"当鲁国执政者季康子问道："仲由有仁德吗？"孔子答说："拥有一千辆兵车的国家，可以让子路管理军政事务，至于他有没有仁德，我就不知道了。"

子路长期跟随孔子出游，曾遇到过长沮、桀溺等隐士对孔子的责难，但子路不为所动，对孔子的追随之心弥坚。

子路出任季氏的家臣，季孙问孔子说："子路可以说是人臣了吗？"孔子回答说："可以说是备位充数的大臣了。"评价之高，无出孔门众弟子之右。

子路出任蒲邑的大夫，向孔子辞行。孔子说："蒲邑勇武之士很多，又难治理。可是，我告诉你：恭谨谦敬，就可以驾驭勇武的人；宽厚清正，就可以使大家亲近；恭谨清正而社会安静，就可以用来报效上司了。"

孔子众弟子中，大概也只有子路敢于当面顶撞孔子了。对于孔子的错误决定，子路也敢于光明磊落地出来直截了当地反对。孔子也因为有子路这位反对者而常常在人生选择的凶险徘徊处化险为夷，坚持住了做人的原则。无论是在鲁国反对孔子答应叛臣公山弗扰出山相帮的决定，还是在流亡途中反对中牟宰佛肸对孔子师徒的召唤等关键问题上，子路都表现出了他的果断、坚定与不妥协的品性。

子路对孔子的事业最热心，虽然因为心直口快，常常受到孔子的申斥，但与孔子的感情始终很好。虽然子路常常挨孔子的责备，然而因为子路是个直爽的人，孔子对他也就最容易说出真心话，同时也能够听从他的劝诫。

子路有不少长处，如正直、果断、勇敢、信守言诺、见义勇为、忠于职守、闻过则喜、长于政事等，因此颇获孔子的爱惜。因为子路性子太刚直、太要强，孔子曾经道出了他不会善终的隐隐预感，果然最后不幸而言中。

子路是死在卫国的。孔子晚年，子路在卫国孔悝那里做家臣。卫出公立了 12 年以后，他父亲蒯聩又回来夺取王位。孔悝是蒯聩的外甥，并不赞成蒯聩夺位。可是孔悝的母亲，即蒯聩的姐姐，欢迎蒯聩做卫国的国君，原因是她在孔悝的父亲死后，爱上一个仆人叫浑良夫的，蒯聩支持她这一段爱情，并允许她改嫁。结果，孔悝的母亲和浑良夫做了蒯聩的内应。蒯聩潜回卫国，与孔悝的母亲一起，软禁了不同意政变的孔悝。子路听到消息，就从城外赶来想救出孔悝。结果在与蒯聩将士战斗时遇害，身体被剁成了肉酱。卫出公逃亡鲁国，蒯聩取得了卫国的王位，这就是卫庄公。子路本来是可以躲过这场灾难的。与他共事的同窗高柴事发时正在城内，及时出城躲过了劫难。子路却因为他忠于职事的优秀品格践行了老师孔子"杀身成仁"的教导。

孔子一听说卫国发生政变，就感到不安，说："高柴还可以安全回来，仲由一定完了。"不久果然凶信到了，孔子就在院子里哭起来。孔子哭完了，才又问起子路怎么死的，送信的人说："成了肉酱了！"孔子便赶快叫人把屋子里吃的酱倒掉，为的是怕看了心里难受。

子路之死，对孔子是一个沉重的打击。他最亲近、最信任、最依赖的弟子，共过多次患难，相处过三四十年，现在离开他了，这无论如何是一件充满悲剧意味的事情，孔子终于经不起打击彻底病倒了，不久，他就离开了人世。

第三说子贡。

在人才济济的孔子众弟子中，子贡显然是人中的龙凤。

他是孔子最为欣赏的为数不多的几个杰出弟子之一。

春秋晚期，子贡有两样才干举世闻名：一是他突出的经商才能；一是他的外交才干。抛开他惊人的经商才能不说，单是他的外交作为，就已经改变了当时诸侯各国间的战略均衡，甚至间接促成了越王勾践的复仇、称霸大业，改写了吴越争霸的历史。

《史记·仲尼弟子列传》中这样记载子贡：

> 端木赐，卫人，字子贡。少孔子三十一岁。子贡利口巧

辞，孔子常黜其辩。

在孔子的众弟子中，子贡以能言善辩、反应机敏、擅长经商致富著称。因为孔子非常讨厌"巧言令色"，所以在《论语》中可以经常看到这位夫子训斥子贡。子贡爱在背后评论别人。孔子听到非常不以为然，说："子贡，你很贤明吗？老师我就没有时间来做这些无聊的事情。"这是孔夫子在委婉地劝诫子贡，要他把精力用在提高学问与道德修养上面，而不是整天地对人评头论足。

实际上，孔子对子贡的批评更多的是担心他过分逞口舌之能，是老师本能的关怀。其实，孔子在很多时候是十分喜欢和这个聪明伶俐的学生进行交流的，甚至常与他说些推心置腹的话语。

子贡曾经问孔子："老师觉得我怎么样？"孔子说："你就像个有用的器物。"子贡接着问："何器也？"孔子说："瑚琏也。"瑚琏，是春秋时宗庙里供奉祖先的宝器，由此可以看出孔子对子贡的期许是很高的，认为他有安邦定国之才。后人赞誉某人能够担当大任，常以"瑚琏之器"这个成语来比喻，究其根源，即是由此而来。

正是孔子深知子贡是可以担当大任的"瑚琏之器"，所以在公元前 487 年，齐国的大夫陈常准备侵略鲁国的时候，子路、子张、子石等弟子都请命去到别国请救兵，孔子没有答应，却唯独让子贡去完成这项艰巨的使命。

当时的政治形势是：鲁国衰弱。晋国虽然很强大，但国君已经逐渐失去权力，政柄由六个强宗大室操纵控制。齐国的大夫陈常，把持齐国的朝政，陈氏想要杀掉齐简公，但又担心齐国其他几位有势力的大夫，像高氏、国氏、鲍氏和晏氏的反对，所以计划借起兵攻打鲁国来削弱其他贵族的势力。楚国，虽然经过吴国阖闾和伍子胥的沉重打击，国力已经大为衰减，但余威尚在，仍然威胁着中原诸国。南方的吴国因为征服强楚、败越而一跃成为春秋末年的一个强国。与此同时，越王勾践也在卧薪尝胆、励精图治，力图复仇。而后来统一天下的西方秦国此时也正在对中原的诸侯各国虎视眈眈，伺机东进。

就是在这样一个历史大背景下，子贡开始了他的传奇般的救鲁、弱齐、亡吴、强越的连环计般的外交历程。

子贡在接受老师孔子交给的任务后，先向北来到齐国，拜见了陈常，并对他说："鲁国是个很难攻打的国家。您要去攻打它，那就错了。"

陈常不解地说："鲁国为什么难以攻打呢？"

子贡说："因为它的城墙又薄又低，它的护城河又狭又浅，它的国君愚昧而不仁慈，大臣昏庸，士兵厌恶战争，所以您不应该和他们交战。您还不如去攻打吴国。那吴国，城墙又厚又高，护城河又宽又深，铠甲坚固、士兵精良、器物珍贵、弓弩强劲，又有满腔热情、贤明的大夫来守卫它。这是容易攻打的国家啊。"

陈常听完后勃然大怒："你认为困难的事情，是人家认为容易的；你认为容易的事情，是人家认为困难的。你用这些话来劝谏我，是什么意思呢？"

于是，子贡开始为陈常分析齐国的时局。

子贡说："我听说，如果危机潜伏在朝廷内，就去攻打强国；如果危机存在于民间，就去攻打弱国。而您三次受封但三次没有成功，这是因为大臣们在反对您。现在您又想攻下鲁国来扩展齐国的领土，消灭鲁国来增添自己的威势，但您想错了。这样做只会助长别人的势力，您的功劳根本显不出来。打下了鲁国，国君会更加自信，众位大臣也会更加放肆。那时候您再想去成就一番大事业，那就更难了。所以我说，您不如先去攻打吴国。"

子贡这番话是根据齐国当时的政治形势作出的一个正确的分析，他指出陈常刚刚控制齐国的权力，地位还不稳固，齐国仍有很多反对派的势力，现在如果攻打鲁国，虽然会胜利，但只能是让齐王及大臣们得利，对陈常个人并没有什么好处；如果去攻打吴国，肯定要消耗大量国力，但反对陈常的大臣们也会损失惨重，陈常反而会在齐国变相地加强实力，时机成熟时，专制齐政的就只有你陈常了。

陈常听毕，说："好！但尽管这样，我的军队已经兵临鲁国的城墙之下了。如果让齐军离开鲁国而开往吴国，大臣就会对我起疑心，对此我应该怎么办呢？"

子贡说："您只要按兵不动，请让我替您到南方去拜见吴王，我能够请他救援鲁国而攻打齐国，到时您就有机会率齐军去迎击吴军了。"陈常点头同意。

鲁国的生死存亡，就这样因为子贡的一席话顷刻间发生了逆转。

很快，子贡又来到吴国拜见吴王夫差。

子贡知道，在打败了强大的楚国后，又镇伏了邻国越国，现在的吴国正处于强大的势头，吴王夫差心里念念不忘的就是如何能争霸中原。所以，见到吴王，子贡就开门见山地说："我听说，一个行王道的国君是不会让诸侯属国被人灭亡的。一个霸主也不会容许天下有另外的强敌出现。虽然天平的两端是千钧对峙，就算加上一个钱币也会破坏平衡。现在拥有万辆兵车的齐国要把小国鲁国据为己有，以此来和吴国竞争天下。我为您感到担忧。援救鲁国，可以赢得美名；讨伐齐国，有着极大的好处。名义上是保存了鲁国，实际上是折损了强暴的齐国又威慑了强大的晋国。现在是大王应该下决心的时候了。"

吴王夫差说："先生说的有道理。但尽管如此，我曾经和越国交战，迫使越王躲在会稽山上，并到吴国来当奴仆，我没有杀他。越王是贤能的君主，他刻苦耐劳，夜以继日，在国内整治政务，在国外交结诸侯，他一定会有报复我的念头。你等我打下了越国后再照你的话去做吧。"

子贡说："不行。越国势力不如鲁国强大，吴国强大也比不上齐国。如果大王按照自己的想法先去攻打越国，那么到时候齐国也就占领了鲁国。况且为了畏惧小小的越国而不敢和齐国作战，是不勇敢的表现；看到小小的好处而忘了重大的危害，是不明智的行为。如果您真的担心越国的话，请让我到东边去见越王，让他派军队随您一同行动。"

子贡于是星夜赶往越国。得到消息的越王勾践命人打扫郊外的道路，隆重迎接子贡，并亲自到宾馆会见子贡，说："此蛮夷之国，大夫怎么会屈尊光临这里呢？"子贡说："我劝说吴王伐齐救鲁，吴王已经动心，但是顾虑你越国，所以想打下越国后再出兵伐齐。"紧接着子贡告诫勾践，说："如果没有报仇之心而引起别人的疑心，是愚蠢的；如果有报仇之心而被对方警觉，则会给自己带来凶险；事情还没有启动就已经让人知晓，那就危险了。"越王听了磕头至地，拜了几拜说："我曾经不自量力，想和吴国决一死战，结果弄到了今天这般田地，这种痛苦真是痛入骨髓。我日夜不休地休养生聚，操劳国事，就是想和吴王拼个生死，这是我唯一的愿望。"勾践接着请子贡为自己出谋划策。子贡告诉越王："吴王为人猛暴，国家频繁征战，国力疲乏，士兵厌战，民怨沸腾，大臣离心。忠臣伍子胥因进谏被杀，现在国政由佞臣伯嚭治理，他只会讨好吴王来谋取他自己的私利，却是吴国的大害。如果你真能派兵去协助吴王，以刺激他的好战；用重金和宝物孝敬他，以满足他的贪欲；用恭敬的言语和礼仪尊崇他，以顺应他的虚荣；那么此次吴王一定会伐齐。吴国伐齐，无论胜败都会对越国有利。吴败则会大大削弱，胜则会威胁晋国，妄图称霸中原。这时我愿意出使晋国，让晋国配合越国攻打吴国。到时候，吴国的精锐已经在齐折损大半，主力又被晋国牵制在北方，大王就可以趁机去攻打吴国。那才是真正的决胜之机啊。"越王听后十分感谢，拿出大量的财物赠送给子贡，却被子贡谢绝了。

接着子贡又返回吴国，对吴王说越王十分恐慌，并一再表白感谢吴王的宽宏大量，保全了越国祖先的宗庙，勾践对吴王忠心耿耿，绝不会再与吴国开战。几天之后，越国的大夫文种就来到吴国，表示越王愿意亲自带领全国的精兵3000人，随同吴王一起征讨齐国。文种还随行带来了一些上好的兵器进献吴王。吴王夫差十分高兴，问子贡怎么办，子贡说："不可。带走了人家的军队，耗空了人家的国力，再让人家的国君跟着出征，这绝非仁义之举。"子贡建议吴王只收下兵器、军队，不要让勾践随同。吴王听从了子贡的话。于是吴王夫差发动全国"九郡"的兵力去讨伐齐国。

至此，当时诸侯国的势力均衡状态已经被子贡天才的外交谋略彻底打破。

但是，子贡还要将形势引领到更深的层次。

子贡离开吴国后，又马不停蹄地赶往晋国，他要继续安排好下面的布局。拜见晋君后，子贡告诉晋君，如果吴国战胜齐国，必将威胁到晋国，让晋国做好与吴战争的准备。

吴、越联军伐齐，吴军和齐军在艾陵一战，齐军大败，吴军俘获了齐国"七军"。随后吴王夫差果然野心膨胀，继续向晋国进逼，想要与晋国争霸中原。吴晋争霸的结果，吴王被晋国大败，越王勾践趁机突袭吴国，与吴王夫差进行决战，结局夫差战败被杀，越国于是灭亡了吴国。

子贡的出使，不但解救了鲁国，还顺势打乱了春秋晚期大国间的战略格局，在历史的舞台上演出了一出极为精彩的外交传奇。子贡宛若是一名围棋高手，只投了寥寥数子，便使天下这盘大棋局的攻守之势顿然间发生了戏剧性的变化，演化成有利于弱国鲁、越的一副新局面。

子贡的外交成果，除了保存了鲁国，春秋时重要的吴越争霸、田氏代齐等重大事件也在子贡的谋略推动下发生了重大变化。子贡一人居然用"嘴巴"加速甚至部分改变了春秋的历史进程，让后人不能不感叹他敏锐的政治眼光与高超的外交才能。

司马迁在《史记》中对子贡的成就作了高度的评价。他说："子贡一出，存鲁，乱齐，破吴，强晋而霸越。子贡一使，使势相破，十年之中，五国各有变。"①

对于子贡的其他优点，司马迁也是赞不绝口。他说：

---

① 《史记·仲尼弟子列传》。

"子贡好废举，与时转货赀。喜扬人之美，不能匿人之过。常相鲁卫，家累千金，卒终于齐。"[1]

子贡喜好经营商业，根据时机转手货物。他喜欢表彰他人的美德，但不能包涵他人的错误。他曾经做过鲁国、卫国的宰相，家财富有，累达千金，最后死在齐国。

《史记》一书，记述孔门弟子的《仲尼弟子列传》共 6000 多字，记录了孔子弟子中有事迹和名姓可考的 77 位，而其中子贡一人就有 2000 多字，占了 1/3 的篇幅，成为浓墨重彩描写的核心人物，太史公对子贡可谓"青眼有加"。

从留下的史料中，我们可以看到子贡有着非常惹人喜爱的性格。他博学强记，能言善辩，非常尊重老师。但他又不是不通世故的书呆子；他对时局、情势把握异常清醒，待人接物也明白事理、准确到位，所以孔子才会对子贡有"瑚琏之器"这样高的评价。

子贡与孔子的感情非常深厚。子贡很早就在孔子门下学习，并且始终跟随孔子，不离不弃，是孔子最亲近的几个弟子之一。孔子流浪列国的历程，是漫长、充满艰辛而又伴随一次次希望破灭的过程，孔子及其弟子们不但曾经"累累如丧家之犬"，还不止一次生命受到威胁、人格受到侮辱。子贡在这段颠沛流离的旅

---

[1] 《史记·仲尼弟子列传》。

程中，也曾为老师的遭遇感到不解，在孔子"厄于陈蔡"时，就委婉地劝说孔子："老师的道理伟大到了极点，所以天下人就不能接受老师。老师何不稍稍降低迁就些呢？"这自然遭到孔子的严厉批评："子贡，优秀的农夫也不一定就有好的收成，优秀工匠也不见得就能遂所有人的心意。君子能坚持他的思想，就像织网一样，要编织好主纲，让它条理清楚，而不一定就能够被容于当世。现在你不去探寻真理，却降格来苟合求容，子贡，你的志向不远大啊！"这段话并不说明子贡要背弃孔子，反而更像是他在心疼自己的老师。果然，不久子贡就到楚国求援，楚王派人来接孔子，使师徒脱离了困境。

子贡是孔子生命最后数年的最大安慰。

孔子晚年又回到鲁国定居，这时夫子早年的弟子们死的死，散的散，子贡成了少数几位能够给孔子送终的早期弟子中的一人。在老师死后，子贡为孔子守墓时间最长，长达 6 年之久，然后才依依不舍地离开。

子贡对孔子非常尊崇，有人曾问他，孔子未必比你强，你为什么还要这样尊重孔子。子贡的回答是："夫子之不可及也，犹天之不可阶而升也。"当叔孙武叔诋毁孔子时，子贡毫不客气地说："仲尼是诋毁不了的。别的贤人，好比是个小山坡，还可以越过去；仲尼，却是太阳和月亮，谁也无法逾越过去。"

孔子死后，子贡成为儒家学派的重要领袖人物，与其他孔门弟子一道担负起了宣扬孔子学说的重任。由于子贡杰出的政治与外交才能，子贡"常相鲁卫"，客观上也为他宣扬儒家学说提供了良好的条件。孔子名声之所以能传扬天下，子贡等人颇得力焉。

第四说冉求。

冉求，字子有，和冉耕、冉雍同族，比孔子小 29 岁。冉求曾做过季孙氏的总管家。

孔子有远大的政治抱负，但从政的机缘一直不佳，因此，他很希望他的学生能在政治上干出一番大事业，冉求就是他所借重的弟子之一。孔子对他的评价是多才多艺，是块做官的材料。

冉求曾随孔子周游列国。孔子晚年在归隐鲁国事情上，冉求出了大力。

冉求曾跟孔子说："我不是不喜欢老师的学说，而是因为我的能力不足。"孔子鼓励他说："能力不足会半途而废，但你是给自己划界限，不肯前进。"

冉求当官时，就尽责处理政务，不当官时，就到孔子处学习。他很会处理人际关系，尊敬长辈，同情幼小，不忘族人，团结同学，喜好学习，博综群艺，勤奋努力，这都是冉求的长处。孔子曾对冉求说："好学则有智，同情孤寡则仁爱，恭敬则近乎礼，勤劳则有收获。尧舜忠诚谦恭，所以能称王天下。"可见孔子对冉求的期许很高。

当孔子流亡卫国的途中，负责驾车的冉求向孔子请教施政的道理。孔子教导他：一要"庶之"，先繁衍人口；二要"富之"，再让人民富裕；三要"教之"，最后要普施教育。这三件事情做好，就能治理好国家。

孔子对冉求的才艺非常欣赏。

有一次，子路问："怎样才算才德兼备？"

孔子说："有臧武仲的智慧，孟公绰的不贪欲，卞庄子的勇敢，冉求的才艺，并且熟悉礼乐，便算是才德兼备了。"

季康子问孔子说："冉求可以当官吗？"

孔子说："冉求多才多艺，当官处理好政务不成问题。"

孟武伯问孔子说："冉求有仁德吗？"

孔子说："千户邑地或百辆兵车的国家，可以让冉求当个总管，但我不知道他是否做到了仁。"

季康子又问："子路有仁德吗？"

孔子回答说："子路的仁德，和冉求一样。"

季子然问："子路、冉求可称得上大臣吗？"

孔子回答："所谓大臣者，以道事君，不可则止。今由与求也，可谓具臣矣。"[①]所谓大臣，就是应该以仁德侍奉君主，如果行不通就宁可辞职不干。现在子路和冉求，只能称得上有才干的具臣吧。

---

① 《论语·先进》。

　　季子然又问："他们会顺从君主吗？"

　　孔子说："杀父弑君的事，他们是不会跟着的。"

　　冉求博艺多才，孔子肯定他的能力足以担任大夫，辅佐卿大夫或治理千户的城邑都没有问题。

　　不过，冉求在行事上犹豫退缩，因此孔子鼓励他要果敢，听到可以做的事情就果断去做。冉求曾说自己有能力在 3 年内可让小国富足，只是在礼乐教化方面，还需要更高明的君子来协助，这似乎透露出他对自己治理国家的能力还缺乏信心，所以孔子才会责备他画地自限，没有尽力发挥自身才华，鼓励他大胆做事。只可惜他仍几次让孔子失望。身为季氏总管家，当季氏要僭礼去祭祀泰山，为了私利要攻打鲁国藩属颛臾时，孔子不满冉求不能劝阻，教训他若无法用正道来改变长官的错误决定就干脆辞职不干。无奈的是，冉求不但没有辞职，更为富可敌国的季氏加征田赋来聚敛钱财。这种忘却儒家大义的行为，很让孔子失望。他一气之下疾言厉声说冉求不再是他的同道，要弟子们"鸣鼓而攻之"。冉求虽然多才多艺，长于理政，但他做官成为季氏家臣之后，只做到了为主人尽忠尽职，却没有想办法帮助主人增进德行，而且在现实面前也不敢坚持儒家理想。既然冉求无法做到"以道事君，不可则止"，难怪孔子会说他顶多就是个长于实务的具臣，还不够格被称为大臣。

　　但不管怎样说，冉求都是孔子门下情商最高、最会做官的屈指可数的几个学生之一。从现实生活来看，如果不是用孔子的高标准来要求他的话，应该说，冉求还是得到了孔子的真传，在人生中充分发挥了他的治理才干，并因此在历史上留下了印记的。

第五说子夏。

孔子弟子中，子夏是一个极其重要的人物。

子夏是卫国人，小孔子 44 岁，是孔子晚年周游列国时期所收的学生。做孔子学生期间，子夏以"文学"见长。何谓"文学"？此处的文学，当应指古代文献，即孔子所传的诗、书、礼、乐等。其中，"书"或指尚书，如誓、典、谟、训、诰之类，亦泛指古代官方政治文献。"书"亦包括"史""春秋"。

孔子之后，大批的孔子弟子或者成为有成就的思想家，或者参政成为政治家。"孔门四杰"中的子夏（卜商）是三晋人氏，从三晋地区进入孔门，又在孔子去世后回到三晋地区，成为魏文侯的老师，魏文侯的重要大臣也几乎都师从子夏。子夏虽然未在魏国做官，但他的思想深刻影响了魏国政治、经济和法治建设。在政治上，子夏坚持孔子所主张的"以德为政"；在经济上，子夏主张把发展经济和改善民生放在首位；在法治上，子夏主张建立严格而健全的法治体系。子夏的这些思想在魏国初期得到了很好的贯彻执行，对于魏国在战国初期的发展起到了重要作用。

据历史记载，战国初期的法家，多出于子夏的门下。孔子死后，孔门七十二贤之一的子夏受魏文侯之弟魏成子邀聘，晚年讲学于魏国的西河，在这里建立了子夏学派。这个学派就是战国三晋法家之祖，其门生首先是魏文侯。司马迁说："文侯受子夏经艺"①，其弟子中包括李悝、段干木、田子方、吴起等人。

战国初年的魏国，是为寻求富国强兵之道而率先变法的国家。而魏文侯则是这一变法的推动者。魏文侯以礼贤下士闻名于诸侯。子夏及其诸门生都受到魏文侯高度礼遇。曾从子夏问学的李悝与吴起，后来都成为一代著名变法者、政治家、军事家。子夏的西河学派，实开后来齐稷下学派之先河。子夏之学后来为荀子有所批判地继承，发展为荀子学派。而思孟及夏荀两派，在战国末世成为儒学中并立的两大流派。②

《史记·仲尼弟子列传》说："孔子既没，子夏居西河教授，为魏文侯师。"《史记正义》说："孔子卒后，子夏教于西河之上，文侯师事之，咨问国事焉。"子夏能得到魏文侯的礼遇，成为孔子弟子中的唯一名副其实的"帝王师"，虽然出于各种原因，但有一点可以肯定，与子夏的知识结构和务实学风是分不开的。

傅斯年说："子夏说教西河，是儒学西行一大关键。"③子夏居于西河，为魏文侯所礼遇，聚徒讲学，有孔子之风。曾参曾责备

---

① 《史记·魏世家》。
② 参见何新著《论孔学》，同心出版社 2012 年版，第 135、136 页。
③ 傅斯年著：《战国子家叙论》，《傅斯年文集》，上海古籍出版社 2012 年版，第 62 页。

子夏"退而老于西河之上，使西河之民疑女于夫子"。[①]据《吕氏春秋·当染》《史记·儒林列传》《后汉书·徐防传》《经典释文·叙录》等文献所记，子夏在西河讲学，其弟子有田子方、段干木、吴起、曾申、子弓、李悝、禽滑釐、公羊高、穀梁赤、高行子、子伯先等人。被郭沫若称为"子夏氏之儒"，"李悝、吴起、商鞅都出于儒家的子夏，是所谓子夏氏之儒"[②]。蒙文通谓"儒家之李克，固亦浸淫于法者。战国之世，儒家之杂取法家者多，岂特贾生、晁错然后乃兼明申商之说哉？……儒分为八者，皆儒之出入于诸子也"。[③]子夏开创的这一团体又被称为"西河学派"。

值得注意的是，居于西河的"子夏氏之儒"与居于鲁国的"子夏氏之儒"风格迥异，后者曾受到荀子的批评，称其为"子夏氏之贱儒"[④]。西河的"子夏氏之儒""比较注意与统治者的合作，与子思、孟子一派的抗议精神和批判精神不同"[⑤]。同时，西河的"子夏氏之儒"与其他孔门弟子充当各类实力家族之家宰以食人之禄也不同，他们有意或无意间捕捉到时代的大潮，有机会佐助魏文

---

① 《礼记·檀弓上》。

② 郭沫若著：《十批判书》，《郭沫若全集》历史编（第二卷），人民出版社1982年版，第341页。

③ 蒙文通：《古学甄微》，巴蜀书社1987年版，第235页。

④ 《荀子·非十二子》。

⑤ 姜广辉著：《中国经学思想史》（第1卷），中国社会科学出版社2003年版，第170页。

侯，提拔任用改革人士，实行变法，富国强兵，首开战国养士和魏国变法之序幕，从而为战国法家登上历史舞台奠定了政治实践基础。因此，子夏入西河聚徒讲学，参与国家政治，是对孔子"修齐治平"教育理念在三晋地区进一步的实践。

子夏重视政治实践不尚空谈的风格，在有关文献中已见端倪。《论语·学而》载，子夏曰："事君能致其身。"《论语·子张》载："子夏之门人问交于子张。子张曰：子夏云何？对曰：'子夏曰：可者与之，不可者拒之。'子张曰：异乎吾所闻：君子尊贤而容众，嘉善而矜不能。我之大贤与，于人何所不容？我之不贤与，人将拒我，如之何其拒人也？""子夏曰：君子有三变：望之俨然，即之以温，听其言也厉。"《论语·颜渊》载："子夏曰：商闻之矣：死生有命，富贵在天。君子敬而无失，与人恭而有礼。四海之内皆兄弟也。""子夏曰：舜有天下，选于众，举皋陶，不仁者远矣。汤有天下，选于众，举伊尹，不仁者远矣。"《礼记·孔子闲居》："孔子闲居。子夏曰：敢问诗云凯弟君子，民之父母，何如斯可谓民之父母矣？"孔子讲了"五至""三无"的一通大道理。子夏则曰："言则大矣美矣盛矣！言尽于此而已乎！"可见，子夏是反对坐而论道的，这和孔子注重实践的教育理念的熏陶是分不开的。

孔子与子夏曾经多次讨论政治问题。

孔子曾经问子夏："你知道只有君子才能成为君王吗？"

子夏说："我知道，君王是鱼，百姓是水。"

孔子问："怎么讲？"

子夏说："鱼离开水，鱼就会死。水失去鱼，水还是水。"

孔子赞叹说："子夏，你确实懂得治国之道。"

孔子接着对子夏说："君王好比是盂，百姓好比是水。"

子夏说："老师的比喻不错。"

孔子说："盂方形，盂中水也呈方形；盂圆形，盂中水也呈圆形。君王喜好什么，百姓能不随从吗？"

子夏说："是的，老师。"

子夏问孔子："颜回为人如何？"

孔子说："颜回比我诚信。"

子夏问："子贡为人如何？"

孔子说："子贡比我聪敏。"

子夏问："子路为人如何？"

孔子说："子路比我勇敢。"

子夏问："子张为人如何？"

孔子说："子张比我庄重。"

子夏离开座位问道："他们四人为何还拜您为师呢？"

孔子说："坐下来，我告诉你。颜回诚信却不能失信，子贡聪敏却不能委曲求全，子路勇敢却不能怯弱，子张庄重却不能和别人打成一片。把这四个人的优点跟我交换，我也不肯。这就是他们拜我为师的原因。"①

在《论语》中，有多处记载孔子对子夏的谆谆教育，如针对子夏拘谨温和、有所不及的个性，孔子勉励他要当气度恢宏的大儒，不要做志趣褊狭的小儒，"汝为君子儒，无为小人儒"。②当子夏担任莒父县长，孔子提醒他欲速则不达、专注小利反而办不成大事，行政除了要稳扎稳打，也要有宏图远见。

子夏主张"事君能致其身"的学问，但前提条件是人格必须得到尊重，这和孔子在君臣关系问题上的"合则留不合则去"的观念已经不可同日而语。

《荀子·大略》载："子夏家贫，衣若县鹑。人曰：'子何不仕？'曰：'诸侯之骄我者，吾不为臣；大夫之骄我者，吾不复见。'"子夏的"事君能致其身"，强调臣子对君主要极端忠诚，甚至可以为君主牺牲性命，与《国语·晋语一》所载晋人之言"民生于三，事之如一。父生之，师教之，君食之。非父不生，非食不长，非教不知生之族也，故壹事之。唯其所在，则致死焉。报生以死，报赐以力，人之道也"何其相似，而与孔子倡导的"以道事君，不可则止"的意境相比，其差别还是十分明显的。子夏所谓"舜有天下，选于众"，"汤有天下，选于众"，与法家打破

<hr>

① 蔡志忠著：《孔子纪行》，现代出版社 2016 年版，第 254—255 页。
② 《论语·雍也》。

血缘身份选贤任能的主张是一致的。《论语·子张》载："子夏曰：君子信然后劳其民，未信，则以为厉己也。"吴起、商鞅变法之际"徙木立信"的做法几乎与此言如出一辙。

清陈玉澍以为子夏在继承传播儒家经典方面功勋卓著，"下逮战国之世，六籍益替，九流并兴，至圣微言，不绝如缕，独赖卜氏"；"无卜子则无汉儒之经学"①。梁启超认为，子夏一派对后世之学影响最大。"当时最有势力且影响于后来最大的，莫如子夏一派。……当时中原第一个强国的君主魏文侯，受业其门，极力提倡，自然更得势了。后来汉儒所传六经，大半溯源子夏。虽不可尽信，要当流传有绪，所以汉以后的儒学，简直可称为子夏氏之儒了。"②

子夏对于社会治理颇有见解，也曾经有过从政的经验与阅历。《论语·子路》载："子夏为莒父宰，问政。子曰：无欲速，无见小利。欲速，则不达。见小利，则大事不成。"又载："子夏曰：仕而优则学，学而优则仕。"这些记载都证明子夏不仅有做官的经验，而且还有很多的感悟。因此，他的教育注重社会实践自然也就不难理解。"《春秋》传于子夏。子夏退老西河，为魏文侯师，魏人必有从之受《春秋》者"。③当时师从子夏学习《春秋》的就

---

① （清）陈玉澍著：《卜子年谱》，《北京图书馆藏珍本年谱丛刊》，北京图书馆出版社 1999 年版，第 688、689 页。

② 梁启超著：《饮冰室诸子论集》，江苏广陵古籍刻印社 1990 年版，第 63 页。

③ 皮锡瑞著：《经学通论》，中华书局 1954 年版，第 65 页。

有李悝和吴起，他们都是子夏弟子中的佼佼者，都曾经因为参与政治而深深地影响到当时的战国形势。①

总之，子夏的思想特色是注重实践，提倡实用，主张发展经济，选用贤人，学以致用。在孔子的众多弟子中，子夏是最擅长把握文献、将学问与教育结合得最好的一个人，也是唯一被孔子称许能启发自己的学生。孔子去世后子夏回到西河授业，魏文侯请他做老师，是孔门弟子中唯一真正做到帝王师的一个人。他的经世致用之学不但继承发展了孔子"实践道"的学问，而且还由此开辟出了战国初年的法家，说子夏是孔子众弟子中教育成就最高者，当不会有太大的疑问。

最后说说曾参。

曾参是孔子的学生，字子舆，鲁国南武城人，比孔子小46 岁。

曾参以通晓孝道而闻名，著有《孝经》《大学》两部对中国人来说极其重要的著作，被后世尊为宗圣，为儒家五圣之一。

在韩非子的眼中，曾参是个以孝出名的人。他曾说过："修孝寡欲如曾（参）、史（鰌）。"②

---

① 参见武树臣著《法家法律文化通论》，商务印书馆 2017 年版，第 108—110 页。

② 《韩非子·八说》。

《史记·孙子吴起列传》记载："吴起者，卫人也，好用兵。尝学于曾子，事鲁君。"如此看来，曾参也是战国初期著名改革家、军事家吴起的老师。

曾参性情最突出的特点是沉静迟钝。

从《论语》中可知，孔子对曾子的评语是："参也鲁。"[1] 所谓"鲁"，是指性情迟钝，反应慢，固执，不善变通。可见曾参的先天条件并不优秀。不过，与颜回、子贡等人相比，曾参虽然智商情商都不是很高，但"鲁"也有"鲁"的好处。有这种性格的人往往认死理，能坚持，知道以勤补拙的重要性。这种人一旦选择对了道路，往往会比那些聪明但不懂得坚持的人更能取得成功，反而会有很高的成就。

《韩非子·外储说·左上》中载有一则："曾参杀彘"的故事，颇能反映出曾参"鲁"的性格。这个故事说的是：

有一天，曾参的妻子要到集市去购物，儿子哭哭啼啼地闹着要跟去，妻子随口对儿子说："你先回家去，等我回来杀猪给你吃。"妻子从集市回来后，看到曾参正在准备杀猪，妻子立即劝阻道："我只是随口说说，哄哄小孩子的，您怎能当真呢。"曾参却一本正经道："小孩子是不可以随口骗骗的。小孩子什么都不懂，父母教他什么，他就学什么。现在你教他欺骗，他就和你学欺骗。

---

[1] 《论语·先进》。

父母从小欺骗自己的孩子，孩子长大以后就不再相信父母了，所以这不是教育孩子的正确方法。"说完，他果真把猪宰杀了给儿子吃，从而留下了"曾参杀彘"的千古美谈。

上述这则故事虽然有点儿夸张，却真实地表现了曾参"鲁"的一面。

《礼记·檀弓》中记载有这样一件事情，也十分生动形象地说明了曾参的"鲁"。

有一次，有若问曾参道："你向夫子请教过如何正确对待丧失官位的问题吗？"曾参说："我曾听夫子这样说过：人失去官位后最好赶快贫穷，人死后最好赶快腐朽。"有若语气肯定地说："这不可能是夫子说的话。"曾参说："这是我和子游一起亲耳听到夫子这样说的。"有若说："那么夫子肯定是针对某种特殊情况说的。"事后，曾参把这件事情告诉了子游。子游惊讶地说："有若真不简单啦，他说话的口气很像夫子，夫子说这话确实是有所指的。当年夫子居住在宋国，看见贵族桓司马为自己预做石椁，让石匠精雕细琢，花了 3 年时间还没完成。夫子批评道：'像桓司马这样奢侈，人死了还不如快速腐朽呢！'所以夫子这句话是专门针对桓司马说的。鲁大夫南宫敬叔失去官位后，每次出使回来，都要带回许多财宝进献给君主，贿求官位。于是夫子说：'像南宫敬叔这样花大钱贿求官位，还不如让他失官后快速变穷呢！'同样，夫子这句话是专门针对南宫敬叔用钱贿求官位这件事说的。"曾参把子游的话告诉了有若，有若说："这就对了。夫子说这话肯定是有所指的，不可能一概而论。"曾参问道："那么你是怎么知道夫子这话是特指的呢？"有若说："夫子任中都宰时曾作出棺木厚四寸、椁木厚五寸的规定，据此推理，我就能知道夫子并没有'死欲速朽'的意思。夫子失去鲁国大司寇官位后，想去楚国发展，他先派子夏去联系，接着又派冉有去斡旋，据此推理，我就能知道夫子并没有'丧欲速贫'的意思。"同为弟子，曾参理解的只停留在语言文字层面的意思，而有若理解的则往往逼近精神实质，这样的智力差距还是蛮大的。

曾参志存孝道，赡养父母，每天都要亲自侍奉父亲曾皙吃饭，而且每餐必有鱼肉，撤席时必定要问，剩下的饭菜给谁，曾皙如果问饭菜是否还有剩余，即便没有，他也一定回答说有。孟子说他事亲做到了"养志"："事亲若曾子，可也。"[①] 齐国曾想礼聘曾子，让他担任国卿，他却回绝了，有人问他缘故，他说："我父母年事已高，我接受别人的俸禄，就必须尽心尽力为人谋事，而我现在不能远离父亲受人差遣。"曾参的后母对他很不好，但曾参仍然供养她，孝敬她。他的妻子因藜羹没有蒸熟，他就要休妻。有人对他说："你的妻子没有犯七出条款呀。"他却说："蒸藜羹不熟，看起来是一件小事，却反映了对父母的态度问题，难道这不是大

---

① 《孟子·离娄章句上》。

事吗？"后来他果真把妻子休了，终身不娶。他的儿子曾元劝他再娶，他对儿子说："殷高宗武丁因为后妻的缘故而杀死了自己的儿子孝己，尹吉甫也因为后妻的缘故而放逐了自己的儿子伯奇。我上不及高宗贤明，中不及尹吉甫贤达，怎么能知道自己以后不再犯同样的错误呢？"曾参父母去世后，他南游到越国，受到越王礼聘，官位尊显，俸禄丰厚，府邸阔绰奢华，堂高九仞，他却经常因思念父母，独自一人面北而泣。

司马迁说："孔子以为能通孝道，故授之业。"[1]孔子认为曾参虽然为人刻板，但恪守孝道，尽事父母，于是重点向他传授关于孝道方面的礼仪与知识，他勤习反省，反复体会，后来将有关内容整理成《孝经》，在孝道方面继承和发扬了孔子的思想。[2]

《论语》中记录了曾参与孔子及其他人交流的一些言论，例如：

> 曾子曰："吾日三省吾身——为人谋而不忠乎？与朋友交而不信乎？传不习乎？"[3]

---

[1] 《史记·仲尼弟子列传》。
[2] 参见卞朝宁著《〈论语〉人物评传》，江苏人民出版社 2015 年版，第 410—411 页。
[3] 《论语·学而》。

曾子曰："慎终，追远，民德归厚矣。"①

曾子曰："可以托六尺之孤，可以寄百里之命，临大节而不可夺也——君子人与？君子人也。"②

曾子曰："士不可以不弘毅，任重而道远。仁以为己任，不亦重乎？死而后已，不亦远乎？"③

孟氏使阳肤为士师，问于曾子。曾子曰："上失其道，民散久矣。如得其情，则哀矜而勿喜。"④

曾子有疾，召门弟子曰："启予足，启予手。《诗》云：'战战兢兢，如临深渊，如履薄冰。'而今而后，吾知免夫，小子！"⑤

曾子有疾，孟敬子问之。曾子言曰："鸟之将死，其鸣也哀；人之将死，其言也善。君子所贵乎道者三：动容貌，斯远暴慢矣；正颜色，斯近信矣；出辞气，斯远鄙倍矣。笾豆之事，则有司存。"⑥

曾子曰："以能问于不能；以多问于寡；有若无，实若

---

① 《论语·学而》。
② 《论语·泰伯》。
③ 《论语·泰伯》。
④ 《论语·子张》。
⑤ 《论语·泰伯》。
⑥ 《论语·泰伯》。

虚，犯而不校。昔者吾友尝从事于斯矣。"①

　　子曰："参乎，吾道一以贯之。"曾子曰："唯。"子出，门人问曰："何谓也？"曾子曰："夫子之道，忠恕而已矣。"②

据《孟子·滕文公章句上》中记载："他日，子夏、子张、子游以有若似圣人，欲以所事孔子事之，强曾子。曾子曰：'不可，江汉以濯之，秋阳以暴之，皜皜乎不可尚已。"这说明，孔子去世后，许多弟子认为有若学识最好，深得孔子真传，而且他的言谈举止都很像孔子，因此想推举他为儒家学派的领袖，后因曾子不同意而只好作罢。《论语》书中记载孔子弟子一般都称字，只有有若和曾参称"子"，这说明很可能他们两人在传承孔子学术思想方面的成就比较突出，得到了孔门大多数人的认可，也可能是他们二人弟子众多，影响较大的缘故。

曾参作《大学》，将孔子的"修己以敬""修己以安人""修己以安百姓"的人生哲学发展成为"三达德""八纲领"。

"三达德"是"明明德""亲民"与"止于至善"三个方面。

"八纲领"是"致知""格物""诚意""正心""修身""齐家""治

---

① 《论语·泰伯》。
② 《论语·里仁》。

国""平天下"八个方面。

把个人的品质与修养作为政治成败之本,"一家仁,一国兴仁;一家让,一国兴让;一人贪戾,一国作乱,其机如此。此谓一言偾事,一人定国"。① 把政治治理视为个人品质与修身的扩大,把政治过程看成由己及人的过程,把国家和政治问题归结为个人的修养,这就是曾参在《大学》中对孔子人生之道的最好的概括。

据有关史料记载,曾参18岁时随孔子周游列国,就已悟出立身处世之道;24岁时,颜渊病故,曾参就成了孔子学说的主要继承人之一,他编《大学》,授《孝经》;27岁时孔子卒,孔子临终前将子思托付给曾参;38岁时,武城大夫聘曾参为宾师,设教于武城;50岁时,"齐聘以相,楚迎以令尹,晋迎以上卿,皆不应";60岁时,与子夏、段干木等设教于两河一带,直到终年讲学授徒。从学者常不下七八十人,著名者有:阳肤、乐正子春、公明仪、沈犹行、公明高、单居离、公明室、公孟子高、孟仪、子襄等,著名的军事家吴起也曾经拜在他的门下。曾参为孔子思想学说的承传光大,倾注毕生精力,做出了不可磨灭的贡献,被后世奉祀为"宗圣",成为孔子学说的主要继承人和传播者。②

曾子上承孔子道统,下开思孟学派,成为孔孟思想体系构建

---

① 《大学·第九章》。

② 参见贾庆超主编《曾子校释》,山东大学出版社1993年版,第3页。

中承上启下的链轴人物。无论是修齐治平的政治学说，还是省身慎独的修养之道，还是其完整的孝道思想，曾参都在儒家思想文化体系中占据了突出而重要的位置，是一位名副其实的儒学大师，对后世产生了极为深远的影响。

孔门大弟子子贡对曾参的评语是：

> 满而不满，实如虚，通之如不及，先生难之。不学其貌，竞其德，敦其言，于人也无所不信，其桥大人也，常以皓皓，是以眉寿，是曾参之行也。孔子曰："孝，德之始也；弟，德之序也；信，德之厚也；忠，德之正也。参也中夫四德者矣哉！"以此称之也。[1]

曾参"死于鲁"[2]。

---

① 王聘珍撰：《大戴礼记解诂》，中华书局 1983 年版，第 110 页。
② 《史记·仲尼弟子列传》。

第二章　打开《论语》的钥匙

《论语》是一部关于如何做人的教科书。它没有涉及对自然生命的管理范畴，但对于人自身的讲求以及对人与社会之间的关系则有着十分独到的总结，彰显了轴心时代一批智者对人生高度、广度、深度的探索与思考。学《论语》，就是在向孔子师徒取经，向他们讨教成人之事：如何学习，怎样交友，如何处世，怎样修炼自身，如何树立远大理想，怎样让自己习得尧舜之道，快乐、充实地生活、工作，最终让自己成为一个高尚的人、一个纯粹的人、一个对社会对亲人对朋友有益的人、一个不虚度此生的人。

一、东方人的《圣经》

《论语》可谓启迪东方人思想及其如何做人的《圣经》。

孔子的智慧，有很大一部分集中在《论语》一书中，世人对此好像亦没有太多的异议。

《论语》这本书，从根本上讲，就是孔子及其弟子在一起探讨如何做人，如何做事，如何正确处理自己与家人、朋友、同事以及其他人之间关系的一本言论汇集。

首先，我们必须明确一件事，这就是，《论语》不是宗教，不是教条，它只是孔子师徒的谈话语录，没有那么玄奥，也没有那么神秘。可以知、可以学、可以用。

其次，我们还应当明白，《论语》之所以为经典，就在于它所表现出来的那种永恒的魅力。

如此而已，岂有他哉！

《论语》的成书与佛经的结集十分相似，它是轴心时代中国一位智者对人生的探讨，彰显的是一个伟大灵魂的文化深度、高度、广度以及稳定的经纬度。它是一种关于人生的哲学，是一门关于"人"的学问。将做好人作为一门学问，从做人的角度出发探索天人之道，探讨人生大道，这是孔子与其弟子一起研究学问的出发点和根本点。

根据北宋程颢、程颐的说法,《论语》言说方式可以分为有德之言、造道之言以及述事之言三种。

"述事之言"以叙述事情为主,可以由闻、见、传闻而及,不必关涉"精神性"的内涵。

"造道之言"则是实有所见,但不能实有所得;换言之,得之于心,而不能见之于身,心智上能理解,德性上却不一定能达到。

"有德之言"只说自己分内之事,只言自己通过道德修养与人生实践已经可以达到的境地,因而是实有所得。既是实有所得,也必实有所见,不仅得之于心,同时也见之于身,更是得之于"行"。

具体而言,"有德之言",不做高远、思辨之语,只存诸德行,实有诸己,不言而信,换言之,"有德之言"不仅仅是一种落实在口耳上的言说,而必是呈现在身体,内化进生命,深入筋骨、血液、细胞,蕴含在视听言动当中的"言说"。这一"言说"通过"德"将深邃的"真理"显现在当前,而此"真理"由于当下便可开始施行,故而展现为"道路"。在这个意义上,"有德之言"皆为"道理"之所寄,其所言之"理",皆可行之"道",皆可"得"之于身而为"德"。

《论语》所载孔子之言俱是"有德之言",看似浅显,实则深湛,深入浅出,为世人说法,正是真正大师慈悲心的表现。

由于孔子所处境地甚高,故而其言为各种层次人们的学修之路皆预留了空间，当我们自身处在较低层次时，可从中获得启发；当吾人达至甚高境地时，仍能从中获益；但另一方面，无论如何也难以穷尽其深度与境界。

《论语》本身的特殊意义即在于：它可以作为人生必读的一部经典教科书，无论你是身处高位者，还是普通平民、贤者、不肖者、智者等，它都可示你以道，让你受益。唯有站在极高之境地，才有可能向世人说法；而《论语》无疑是面向一切人的，这与诸多宗教仅仅面向特定的教徒说法具有极大的差异。或许，这正是《论语》独特的魅力所在。

二、人文启蒙之奠基

向世人说法，必然要有超越时代的眼光与远见卓识，这一点孔子并不欠缺，从五帝到夏商周三代，孔子都进行了认真的总结，尤其是三代中的人文因素对于孔子的"人学"无疑具有极大的启迪意义。①

春秋时期，中国恰好正处在一个重要的文化转型期，人们的价值观念正在发生急剧的变化，一个人文启蒙的时代已经开启。

一方面，人神理念已经开始换位。

① 参见陈赟著《儒家思想与中国之道》，浙江大学出版社 2016 年版，第 4 页。

　　夏、商、西周基本上属于神学世界观主导的时代。当然，三代之间不断发生损益沿革，特别是商周之际在宗教神学观念上也曾发生过剧烈的变革，这主要表现在，"殷人尊神，率民以事神"[①]，以至无事不用卜筮。但进入西周后，周人虽然在宗教信仰上仍然信奉"上帝"或"天"为至高无上神，然而对殷商时期的上帝观作了重要的修正和补充，即认为"惟命不于常"，上帝择善而降命。这样，周人虽然没有完全放弃用卜筮的手段测知神意，但主要是以民情和人德来审度天命，这使西周时期的天具有强烈的人文义理化的价值意蕴。尽管如此，西周时期，神性观念仍处于其文化价值系统的核心地位，或者说仍是其文化意义架构的终极性根源，而人德虽用以说明或诠释天的意向，但作为神性的派生物依然依附于天的意志或权威之下，并不纯粹具有人自身主体的独立属性。所以，周人仍然诚惶诚恐、满怀着虔信之情敬畏上帝、孝祀祖先、典祭百神以祈福求寿。

　　降至西周末年，由《诗经》所见诸多对天、祖、王的怨詈之声，已经预示了神性地位的动摇及宗教文化的根本转向。而面对时世的动荡不安和个体命运的险恶叵测，春秋人对神的信仰便不似西周人那样虔敬、简洁而明确了，而是采取了一种分析的知性态度以及实用手段，将神降格用来为人服务，人性得到了前所未

---

① 《礼记·表记》。

有的彰显。到春秋时期，人们的价值观念已经开始逐渐实现依神而行向神"依人而行"①"祭祀以为人"②的理念转变，鬼神信念已经不再是那么坚定。

另一方面，周公创制的德、礼文化也已经成为人们的共同价值取向。

众所周知，德、礼在西周时期已是支撑周人生活的两个重要基点。"明德"是周公所发布的一系列诰命的思想支柱，但德作为一个融信仰、道德、政治为一体的综合概念，主要是指统治者之德，且被用来诠释"天"或"天命"的意向；至于礼，其意义是祭神求福，即《说文》所谓"礼，履也，所以事神致福也"。而至周公"制礼作乐"建构和奠定了整个周代宗法政治的制度基础，所谓的礼就不再仅限于"事神致福"了，而主要是指一种宗法政治的制度架构以及贵族阶级的道德行为规范，当然也包括祭祀的仪节在内。

时至春秋，西周时期"礼不下庶人，刑不上大夫"③的制度框架虽然渐趋于崩坏，但春秋人也还"犹尊礼重信""犹严祭祀、重聘享"，所以德礼仍构成春秋时期各诸侯国政治合法性的基础与国

① 《左传·庄公三十二年》。
② 《左传·僖公十九年》。
③ 《礼记·曲礼上》。

事活动的核心。所谓"礼，国之干也"①"政以礼成"②"德，国家之基也"。③不过，在文化转型的意义上，值得我们注意的是，德礼在春秋时期已不限于其政治合法性与制度框架上的含义，春秋人进而赋予了德礼一种更具普遍性的规范意义，乃至对个体的人来说具有的是人之为人的本质规定性的一种终极本体层面的意义。也就是说，德礼作为春秋人生活中的核心概念，一方面被赋予了一种普遍规范的意义，所谓"夫礼，天之经也，地之义也，民之行也。天地之经，而民实则之"④。这是说，礼作为自然宇宙的根本法则，乃是天地间一切事物存在与秩序的终极根源或基础，从而对人类社会政治生活具有总的普遍规范的意义。同时，在个体生存的意义上，对春秋人来讲，德礼的规范更构成"人之为人"的本质规定性，从而由践礼向德的规范意识构造的是一种人与非人的生存张力。⑤

正是在这种背景下，德礼的这两种人文意蕴经过孔子及其弟子们的继承、改造、发展，从官方的意识形态与统治秩序下移并进一步普及民间，从而构造整合成为全社会各阶层人们的生活方

---

① 《左传·僖公十一年》。

② 《左传·成公十二年》。

③ 《左传·襄公二十四年》。

④ 《左传·昭公二十五年》。

⑤ 参见林存光著《历史上的孔子形象——政治与文化语境下孔子和儒学》，齐鲁书社 2004 年版，第 13、17 页。

式与共同文化心理，并为中国文化奠定了一种更具普遍人文意义的理念基础。

三、人学探究的集大成者

孔子注重探究人学，这种现象在《论语》中到处可见。

《论语》可谓一部关于人生的教科书。它没有涉及对自然生命的管理范畴，但对于人自身的讲求以及对人与社会之间的关系则有着十分独到的总结。学《论语》，就是在向孔子师徒取经，向他们讨教成人之事：如何学习，怎样交友，如何处世，怎样修炼自身，如何树立远大理想，怎样让自己习得尧舜圣贤之道，快乐、充实地生活、工作，最终让自己成为一个高尚的人、一个纯粹的人、一个对社会对亲人对朋友有益的人、一个不虚度此生的人。

孔子常说"天地之性人为贵"[1]之类的话。

孔子探讨人在成长过程中的规律性，非常看重人的后天努力。他有很著名的一句话：

性相近也，习相远也。[2]

---

[1]《孝经》。

[2]《论语·阳货》。

在孔子看来，性是先天生就的，无法改变。习是后天养成的，可以通过个人自己的努力加以改变。性强调人的内在基因，习则有赖于外部环境；性强调客观的基础，习则有赖于主观的努力。性带有普遍性，习则带有个体性。"性相近"，是说人一生下来，大家都是人，相差不大，承认人天生的各种客观条件是大致类似的，因而是具有普遍性的。"习相远"，只是由于后天的"习"的不同，人与人之间才有一般所谓的贤愚智不肖的种种区别。与性的普遍性不同，习带有强烈的个人色彩，需要个人作出主观上的努力。孔子认为性与习都不能偏废，既重视性，又重视习。但比较而言，孔子无疑更看重习，注重后天的环境与人为培养，注重个人的主观努力。

比较而言，在人的生存与发展问题上，孔子首先注意到的是人的自然属性。人的自然属性当然包括人的生理欲望，这是人们得以生存和发展的基本条件。孔子认为，先天的自然属性决定了人的"血气"所禀。他说：

> 君子有三戒：少之时，血气未定，戒之在色；及其壮也，血气方刚，戒之在斗；及其老也，血气既衰，戒之在得。[1]

---

[1] 《论语·季氏》。

人在少年时，血气未定；壮年时，血气方刚；到了老年，血气衰竭；血气未定，则好色；血气方刚，则好斗；血气衰竭，则贪得。这是自然规律，自然造就了欲望的对象，造就了欲望本身，也造就了人的自然属性，这种属性可以称之为"欲性"，也就是人人皆知的一句话："食色性也。"①

另外，在孔子看来，人的自然属性还应包括人的认知能力。

孔子讲过下面几句话：

惟上智与下愚不移。②

生而知之者，上也；学而知之者，次也；困而学之，又其次也；困而不学，民斯为下矣。③

中人以上，可以语上也；中人以下，不可以语上也。④

孔子认为，人一生下来即具有一定的认知能力，除了极少数人的天性或天赋素质特别优异，或者极少数人的天赋素质特别愚笨外，大多数人的先天认知能力是相差不多的，具有极大的可塑性。教育与学习除了对那些极少数天生就特别愚笨的人没有多大作用外，对于一般人都起作用。正因为如此，在注意到人的自然

---

① 《孟子·告子上》。
② 《论语·阳货》。
③ 《论语·季氏》。
④ 《论语·雍也》。

属性的基础上，孔子对于人的社会属性表现出了更大的理论兴趣。

在孔子看来，人最本质的社会属性当是"仁"。

"仁"是孔子思想中最核心的部分，是他许多主张的出发点。

有人统计，《论语》一书中出现"仁"字有一百多处。

何谓"仁"？

如果按字面意思拆字来理解，就是一个人与其他两个人合作共处的意思。孔子探讨"人学"之意，就在于想总结出人在社会中如何做人以及人和人应该如何相处才最为合适的道理。

《论语》中说：

> 樊迟问仁。子曰："爱人。"[1]

"爱人"，可以说是孔子对于"仁"的最基本的界定，通过这一界定可以看出仁的三个特点。

一是作为孔子学说中的最高范畴，仁被规定为社会中的人如何做人以及如何处理人际关系的根本原则。

有了仁，人们就会发现"慈悲"天良，人与人之间就会相亲相爱，社会秩序井然并能得到良性的运转，人的价值就得以确立，人才所以能够成其为人。正是在这一意义上，到了孟子，就干脆

---

[1] 《论语·颜渊》。

宣称："仁也者，人也。"①

郭沫若说，孔子的仁是人的发现②，这有一定道理。由此形成儒家的一个传统，后来者谈人性都不能不关涉到仁。

二是仁具有强烈的情感性内涵，而这种情感又建立在血缘亲情的基础之上。

孔子及其继承者都特别强调："孝弟也者，其为仁之本与！"③孝悌是血缘亲族内部最自然的情感，由血缘亲情之爱推广开来，儒家的伦理情感其实都是孝悌的进一步延伸。两千多年来，孔子的仁学，之所以能引起中国社会各个阶层极大的共鸣，其关键就在于它把整个社会泛血亲化了，从而形成一种家国同构、天下一家的社会性心理和社会性情感，正是在这里，儒家宣扬的"泛爱众"才能得到理论上的说明。④

三是孔子对人性的价值判断。

人性的价值判断，也就是对于人性的善恶所做的价值评判，这是人性理论中极为重要的一环。孔子人性思想中有一个奥秘，即孔子相信，人虽有自由的选择权，但当他选择不做该做的事，

---

① 《孟子·尽心下》。
② 参见郭沫若著《十批判书》，人民出版社 1954 年版，第 91 页。
③ 《论语·学而》。
④ 参见周德清著《先秦儒家人格美思想研究》，西安交通大学出版社 2016 年版，第 4 页。

或者选择做不该做的事时，内心仍有"不安"的感受。这正是整个儒家人性论思想的关键所在。自由选择加上不安，不就是向善吗？

实际上，在孔子看来，"仁者爱人"就是在处理人际关系时要求做到由己推人、与人友善。"爱人"有两条重要原则。

其一，"己欲立而立人，己欲达而达人"。

> 子贡曰："如有博施于民而能济众，何如？可谓仁乎？"子曰："何事于仁！必也圣乎！尧、舜其犹病诸！夫仁者，己欲立而立人，己欲达而达人。能近取譬，可谓仁之方也已。"[①]

孔子讲"爱人"，切近简易，平实无华。他认为要想做到"己欲立而立人，己欲达而达人"，就必须"克己复礼"，以礼约束自己，这是"为仁之方"，既要求承认自己有欲立欲达的权力，也要尊重他人有欲立欲达的愿望，不能只顾自己发展而不允许或者阻挠、影响到别人的发展。

其二，"己所不欲，勿施于人"。

> 仲弓问仁。子曰："出门如见大宾，使民如承大祭。己所

———————

① 《论语·雍也》。

不欲，勿施于人。在邦无怨，在家无怨。"①

　　子贡问曰："有一言而可以终身行之者乎？"子曰："其恕乎！己所不欲，勿施于人。"②

　　孔子认为，凡是自己不想做的事，就不要强加于他人。凡事皆要以礼自律，"推己及人""将心比心"，如此，才能"在邦无怨，在家无怨"。

　　由此可见，仁爱之美是一种积极向上的、健康的、处理人际关系的最佳方法。它的提出，是孔子对中华民族伦理美学发展一大杰出贡献。

四、夫子之道：忠恕而已矣

　　孔子提出的仁爱之美为人格美的确立，奠定了本体论基础，但如何才能达到这个本体，则不能由仁爱本身得到说明。为此，孔子提出了"忠""恕"之道作为践仁的方法论原则。

　　"忠""恕"之道最终奠定了孔子人学的合理内核。

　　第一，所谓"忠"，主要是针对个人本身所言。用两个字概

---

① 《论语·颜渊》。
② 《论语·卫灵公》。

括就是"克己"，用四个字概括就是"严于律己"，即在日常生活和工作中要严格要求自己的一言一行，力争做到"讷于言而敏于行"①。

"忠"是孔子十分看重的一种内在品质，不但孔子自己为然，而且还以之教诲他的学生。孔子自己言传身教，再加上对群弟子所发生的影响，使得《论语》中保留了很多有关"忠"的论述。这些论述有的是孔子的原话，如孔子多次强调的"主忠信"②，答子张问政的"居之无倦，行之以忠"③，答子贡问友的"忠告而善道之，不可则止，无自辱焉"④，答樊迟问仁的"居处恭，执事敬，与人忠，虽之夷狄，不可弃也"⑤，等等皆是。有的是孔子的弟子对孔门思想的独特领悟，如曾子曰："吾日三省吾身：为人谋而不忠乎？与朋友交而不信乎？传不习乎？"⑥ 有的则是孔子的弟子对孔子言传身教的忠实记录，如"子以四教：文，行，忠，信"⑦。有的还代表孔子弟子对孔子思想的发挥，如"子曰：'参乎！吾道一以

① 《论语·里仁》。
② 《论语·学而》《论语·子罕》《论语·颜渊》。
③ 《论语·颜渊》。
④ 《论语·颜渊》。
⑤ 《论语·子路》。
⑥ 《论语·学而》。
⑦ 《论语·述而》。

贯之。'曾子曰:'唯。'子出。门人问曰:'何谓也?'曾子曰:'夫子之道,忠恕而已矣。'"①

综括以上材料,可以看出,孔子所谓"忠",其要义乃是从自己出发,尽力做到"己欲立而立人,己欲达而达人"。

对于"忠",朱熹有句话可以说是一语中的:

尽己之谓忠②。

从社会角度而言,所谓的"忠",实际上也包括对于身边他人的负责。尽己而欲立人,尽己而欲达人,当然可谓"能近取譬",而成为"仁之方"了。

从现实生活来看,作为"仁之方"的"忠",其实就在我们身边。它可以是"忠谋",也可以是"忠言",还可以是"忠行"。"忠谋",要求帮助他人谋划时要竭诚尽力,设身处地,把他人的问题当作自己的问题,把他人的困难当作自己的困难;"忠言",要求对朋友要知无不言,而不能不尽不实,如果不尽不实则背离了"忠",因为"忠"就是尽己,"忠"就是真实无妄;"忠行",则不但要求帮助他人谋划,帮助朋友接受好的告诫,而且要求自己亲力亲为,积极践履,以实际行动践仁行义。

---

① 《论语·里仁》。
② [宋]朱熹撰:《四书章句集注·论语集注》,中华书局 2011 年版,第 50 页。

这里需要附带指出的是，孔子眼里的"忠"，是处理人际关系的最为重要的方法论原则之一，"忠"最普遍地适用于整个社会，从而成为君子人格的必备要素，它与后世渐渐狭隘化为仅仅是对于国君和社稷的"忠"是有所区别的，然单就其都要求竭尽心力而言又仍有相通之处。后世所谓"大忠"与"小忠"的文化意义上的区别，大概也是由此发展而来的吧。

第二，所谓"恕"，主要是针对个人对他人行为态度所言。用两个字概括就是"宽容"，用四个字概括就是"宽以待人"，即在日常生活和工作中要求自己对同事、对朋友、对他人力争做到"己所不欲，勿施于人"。

在孔子的思想中，"忠"虽然重要，但"恕"的重要性丝毫不亚于"忠"。

《论语》中记载：

> 子贡问曰："有一言而可以终身行之者乎？"子曰："其恕乎！己所不欲，勿施于人。"[1]

从上面这段孔子师生的对话内容可以看到，"恕""可以终身行之"，以为立身行事的准则，足见"恕"甚至比"忠"还要关键。

关于"恕"，朱熹也有句话：

---

[1] 《论语·卫灵公》。

推己之谓恕。①

　　"恕"的要义是"己所不欲，勿施于人"。这与"忠"的精髓"己欲立而立人，己欲达而达人"恰好形成互相促成的关系。"忠"是"尽己"；"恕"则是"推己"。"尽己"更多地偏重于自己的主观努力；"推己"更多地虑及他人的实际感受。"尽己"是积极性的由己及人；"推己"是消极性的由己及人。"尽己"是"有所为"；"推己"是"有所不为"。"尽己"是主动进取的方法论原则；"推己"是被动保守的方法论原则。"恕"之所以在某种意义上比"忠"更为重要，实在是因为只有对他人之所"不欲"有感同身受的触动，才能对他人之"所欲"有真诚无妄的理解。从这一意义上说，"恕"又成了"忠"的方法论原则。

　　总之，"忠""恕"之道，就是要求人们做到严于律己，学会宽以待人，正确做人，正确处世，正确处理好人与人之间的社会关系，真正地践行"己所不欲，勿施于人""己欲立而立人，己欲达而达人"的仁爱大道。

---

① ［宋］朱熹撰：《四书章句集注·论语集注》，中华书局 2011 年版，第 71 页。

第三章　孔子与《易传》

《易传》所讲的道理有许多，几乎对每一卦都赋予了人生管理或国家治理的意义，但归结起来不外乎两点：一是崇德，一是广业。《系辞》说："《易》其至矣乎！夫《易》，圣人所以崇德广业也。"崇德即增进道德，广业即扩大事业。增进道德是为了完善自己的人格，扩大事业是为了治国平天下。前者即人们所说的"内圣"，后者即人们所说的"外王"。在儒家思想中，"内圣"和"外王"是事物的一体两面，这两个方面是高度统一的。

一、孔子作《易传》

《易》是中国古代最重要的典籍之一，形成于孔子之前，与《诗》《书》《礼》《乐》《春秋》并称为"六经"。

《庄子·天运》说："丘治《诗》《书》《礼》《乐》《易》《春秋》六经。"

"易"是孔学的重要思想资源，孔子读《易》，韦编三绝，并写有大量解释性的文字，汉人称之为《易传》。

《易传》是何人所作，成书于什么时代？自汉至唐，人们一直认为《易传》为孔子所作。宋欧阳修开始怀疑《易传》的作者，后来人们也多认为《易传》并非出自孔子之手，而是战国时期的儒者所作。

孔子作《易传》的说法始于司马迁。

《史记·孔子世家》说："孔子晚而喜《易》，序《彖》《系》《象》《说卦》《文言》。读《易》，韦编三绝。曰：'假我数年，若是，我于《易》则彬彬矣。'"

司马迁还在《史记·仲尼弟子列传》中为孔子传《易》列了一个统系："孔子传《易》于瞿，瞿传楚人馯臂子弘，弘传江东人矫子庸疵，疵传燕人周子家竖，竖传淳于人光子乘羽，羽传齐人田子庄何，何传东武人王子中同，同传淄川人杨何。何元朔中以治《易》为汉中大夫。"瞿即孔子弟子商瞿，鲁人，字子木，小孔子29岁。馯臂子弘据说即荀子所说的子弓，孔子再传弟子，子夏门人。司马谈说，自己就是受《易》于杨何。

或许是受《史记》的影响，汉唐人都认为《易传》为孔子所作。

《周易乾凿度》说："孔子占《易》，得《旅》，息志停续，五十究《易》，作《十翼》。"意思是说，孔子用《易》筮占，得一旅卦。旅卦卦辞说："小亨，旅贞吉。"于是孔子不再谋求做官而出游列国，50岁时研究《易》，作《十翼》。这种说法显然是附会孔子的身世。王充是不信谶纬的，对于《乾凿度》的说法他肯定不会采用，但他也说："孔子作《彖》《象》《系辞》。"①

唐人陆德明和孔颖达继承了汉人的观点。

陆德明说："孔子作《彖辞》《象辞》《文言》《系辞》《说卦》《序卦》，谓之《十翼》。班固曰：'孔子晚而好《易》，读之韦编三绝，而为之《传》。'《传》即《十翼》也。"②陆德明的看法来源于班固，班固的说法与《史记》大同小异。孔颖达说："其《彖》《象》等《十翼》之辞，以为孔子所作，先儒更无异论。"这显然是以《史记》的说法为定准。

宋代欧阳修不相信《易传》为孔子所作，其主要理由是，《易

① 《论衡·谢短》。
② 《经典释文·序录》。

传》中有许多说法相互抵牾。例如《文言》说元亨利贞是四德，又说元亨利贞是性情。《系辞》说八卦是天之所受，又说八卦是伏羲所为，又说八卦出于占筮。由此他得出结论：《易传》非一人所作。

清人崔述对欧阳修的说法又做了些补充：一是《易传》文字繁复，远不及《论语》简单质朴；二是孟子多次谈到《春秋》，而只字不提《易传》；三是《易传》中有些话冠以"子曰"，这些话相传是孔子所说；其他没有冠以"子曰"的话，则是《易传》作者自己所说。由此他得出结论说："《易传》必非孔子所作，而亦未必一人所为；盖皆孔子之后通《易》者为之。""孔子弟子能传其书者莫如子夏；子夏不传，魏人不知，则《易传》不出于孔子而出于七十子以后之儒者无疑也。"①

笔者意见，《易传》的出现，与孔子的努力关系甚大。《易传》为中华民族之元典，我们今天对待《易传》，应该多关注其文化学与传播学上的价值和意义，刨根究底其作品归属权一是已经不能探究清楚；二是实际意义也不大。

二、崇德与广业

如果说，《易》是卜筮之书，那么《易传》就是哲学之书

---

① 《洙泗考信录》卷三。

了。虽说它是对《易》的解释，但主要讲的是义理，属于哲学的范畴。更重要的是，《易传》涉及了人生管理与国家治理。

长沙马王堆出土的帛书中有几篇类似于今本《易传》的文章，其中一篇题名为《要》，在这篇文章中，孔子通过与子赣（即子贡）的对话，充分说明了自己解《易》的宗旨。文章说：

> 夫子老而好《易》，居则在席，行则在囊。子赣曰："夫子它日教此弟子曰：'德行亡者，神灵之趋；知谋远者，卜筮之蔡。'赐以此为然矣。以此言取之，赐行之为也。夫子何以老而好之乎？"夫子曰："……《尚书》多阏矣，《周易》未失也。且又古之遗言焉。予非安其用也。"子赣曰："……赐闻诸夫子曰：'孙（逊）正而行义，则人不惑矣。'夫子今不安其用而乐其辞，则是用倚于人，而可乎？"子曰："谬哉，赐！吾告女。《易》之道……故刚者使知惧，柔者使知刚；愚人为而不妄，渐人为而去诈。文王仁，不得其志，以成其虑。纣乃无道，文王作，讳而辟咎，然后《易》始兴也。予乐其知……"子赣曰："夫子亦信其筮乎？"子曰："吾百占而七十当，唯周梁山之占也，亦必从其多者而已矣。"子曰："《易》，我后其祝卜矣，我观其德义耳也。幽赞而达乎数，明数而达乎德，又仁而义行之耳。赞而不达于数，则其为之巫；数而不达于德，则其为之史。史巫之筮，乡之而未也，好之

而非也。后世之疑丘者，或以《易》乎？吾求其德而已，吾
与史巫同涂而殊归者也。君子德行焉求福，故祭祀而寡也；
仁义焉求吉，故卜筮而希也。祝巫卜筮其后乎！"

孔子老而好《易》，对《易》爱不释手。子贡对此很不理解，
便问孔子：老师以前总是对我们说，没有德行的人才会相信神灵，
缺乏智慧的人才去占筮。我一直照着您的教导去做。现在您怎么
喜欢起《易》来了呢？孔子说：我喜欢《易》有两方面的原因：
一是《易》中保存着许多历史资料和古人的遗言，这些东西在《尚
书》中已经看不到了；二是《易》中讲了许多为人处世的原则和
方法，这些原则和方法是文王为了避免商纣的迫害总结出来的，
其中充满了人生的智慧。我喜欢的是《易》中的智慧，而不是占
筮。研究《易》当然要懂得如何占筮，但更重要的是要明白其中
的德义，然后还要切实地去实行。对《易》的使用有三种不同的
方法：一是巫祝的方法，即用《易》占问吉凶，并不能讲出其中
的道理；二是史官的方法，即能从象数上对占问的结果作出解释；
三是我所使用的方法，即不仅懂得占筮和象数，而且还能把《易》
提升到道德的高度来理解，从中发现人生的智慧和道理。

根据孔子的研究，《易》应该从三个角度来阅读：一是哲学的
角度，即巫祝的方法；二是历史的角度，即历史资料和古人的遗
言；三是伦理的角度，即把《易》提升到道德的高度来理解。今

本《易传》即孔子《易传》，它的传承是从孔子开始的，它的主要特征就是发挥《易经》中的义理。孔子既然说《易》能补《尚书》之失，而《尚书》记录的完全是君王修德与国家治理的事情。由此可见孔子读《易》的着眼点还是集中在发现人生的智慧和国家治理之上的。

孔子讲《易》，把人道与天道、地道有机地融合为一体，用天人合一的思维、阴阳辩证的哲学思想，认真探索人生的意义，探索人类社会的正道，用劝导、告诫、警示的言辞启发世人"与天地合其德，与日月合其明，与四时合其序"，努力成为一个"智仁勇"三德兼备的人，在建立和谐、积极、公平、稳定的社会秩序过程中实现人的升华。

朱熹说："今人读《易》，当分为三等。伏羲自是伏羲之《易》，文王自是文王之《易》，孔子自是孔子之《易》。"[①] "想当初伏羲画卦之时，只是阳为吉，阴为凶，[有]无文字，某不敢说，窃意如此。后文王见其不可晓，故为之作彖辞。或占得爻处不可晓，故周公为之作爻辞。又不可晓，故孔子为之作《十翼》，皆解当初之意。"[②] 朱熹把《易》分为三种，即伏羲《易》、文王《易》、孔子《易》。三者之间既有区别，又有联系，是一个发展的系统。伏羲

---

① 《朱子语类》卷六十六。
② 《朱子语类》卷六十六。

《易》只有卦象，并无文字；文王《易》不仅有六十四卦，而且有文王和周公所作的卦爻辞；孔子《易》有经有传，是最完整的。

朱熹进一步说："盖上古之时，民淳俗朴，风气未开，于天下事全未知识。故圣人立龟以与之卜，作《易》以与之筮，使之趋利避害，以成天下之事，故曰开物成务。"[①]伏羲时代民智未开，所以伏羲《易》只讲吉凶，以使人们趋利避害。"文王观卦体之象而为之彖辞，周公视卦爻之变而为之爻辞，而吉凶之象益著矣。"[②]文王、周公作卦爻辞，对卦爻象作了说明，使人们进一步懂得了什么是吉凶。不过，"文王重卦作卦辞，周公作爻辞，亦只是为占筮设"。[③]文王、周公所作的卦爻辞是对卦爻象的说明，仍然是占筮之辞，而不是讲义理的。"至孔子乃于其中推出所以设卦、观象、系辞之旨，而因以识夫吉凶、进退、存亡之道。"[④]到孔子作《易传》，才从卦爻象、卦爻辞中发明出许多人生、政治道理来。这就是说，伏羲《易》和文王《易》都是卜筮之书，而孔子之《易传》则是讲人生义理大事的著作。朱熹指出，"到得孔子，尽是说道理。然犹就卜筮上发出许多道理，欲人晓得所以凶，所以吉。卦爻好则吉，卦爻不好则凶。若卦爻大好而己德相当，则吉。卦爻虽吉，

---

① 《朱子语类》卷六十六。
② 《朱子语类》卷六十七。
③ 《朱子语类》卷六十六。
④ 《晦庵先生朱文公文集·答黎季忱》。

而已德不足以胜之，则虽吉亦凶。卦爻虽凶，而己德足以胜之，则虽凶亦吉。反复都就占筮上发明诲人底道理"。① 孔子在《易传》中反复讲的，就是修德做人的道理。朱熹对《易传》的这一理解，是深合孔子"幽赞而达乎数，明数而达乎德"的本意的。②

《易传》认为，圣人通过对天地万物的观察、认识、理解、体悟，从中发现了更为深刻而奥妙的道理，《易》就是表达这些深刻而奥妙的道理的，因此，它能指导我们的事业和人生。

《周易·系辞》说：

> 夫《易》，圣人之所以极深而研几也。唯深也，故能通天下之志；唯几也，故能成天下之务。

圣人作《易》，不是简单地对天地万物仰观俯察，也不是对天地万物直接的模拟，而是通过仰观俯察认识和体验出天地万物中所涵蕴的深刻而微妙的道理，用以会通人们的心志，成就天下的事务。

《周易·说卦》说：

> 昔者圣人作《易》，将以顺性命之理。是以立天之道曰阴与阳，立地之道曰柔与刚，立人之道曰仁与义。

---

① 《朱子语类》卷六十六。
② 参见陈占国著《先秦儒学史》，人民出版社 2012 年版，第 178—183 页。

阴阳是天道，是天的性命之理；柔刚是地道，是地的性命之理；仁义是人道，是人的性命之理。人道中的仁义就像天道中的阴阳、地道中的柔刚，同样都是一阴一阳之道的具体体现，同样都是从一阴一阳这个总规律中发展延伸出来的。天地万物各有其道，各有其性，各有其理。圣人作《易》，就是为了"顺性命之理"，让万物各正其性，各顺其理，从而达到"万物并育而不相害，道并行而不相悖"的和谐局面。

《易传》所讲的道理有许多，几乎对每一卦都赋予了人生管理或国家治理的意义，但归结起来不外乎两点：一是崇德，一是广业。《系辞》说：

> 子曰："《易》其至矣乎！夫《易》，圣人所以崇德广业也。"

崇德即增进道德，广业即扩大事业。增进道德是为了完善自己的人格，扩大事业是为了治国平天下。前者即人们所说的"内圣"，后者即人们所说的"外王"。在儒家思想中，"内圣"和"外王"是事物的一体两面，这两个方面是高度统一的。"内圣"是"外王"的前提和基础，"外王"是"内圣"的体现和目的。正如孔子所说的那样，统治者先要正己才能正人，先要修己才能安人。"修己安人"，就是孔子作《易传》的目的。在《易传》中，他十分强调建立"自强不息""厚德载物""中正""谦和""生生不息""进德""立诚""居上不骄，在下位而不忧""直正""方义""知进""知存""知得""顺天应人""尚贤容众"等品格，建立自己的人格，成就自己的人生，成就国家、社会和政治的事业。

第四章 《春秋》的意义

孔子作《春秋》，借历史事件来抒发他的政治理想。他非在记史，重在述意，开中国历史"以史鉴政"之先河，将历史服务于现实政治，冲破了史官依时记事录言的流水账似的历史樊篱，首创了以事达义或以古鉴今新的史学范式，可谓中国历史政治学之鼻祖。

一、孔子"志在《春秋》"

"六经"之中，唯《春秋》是由孔子亲自一手编撰而成。在晚年孔子的眼中，《春秋》几乎等同于他的生命。《孝经纬·钩命决》中说：孔子"志在《春秋》，行在《孝经》"。《春秋》是我国第一部编年体的史书，起自鲁隐公元年（公元前 722 年），迄于鲁哀公十四年（公元前 481 年），记载了春秋时代 242 年的历史。全书只有 1.65 万余字，因其太过简略，加上文辞晦涩，故后世有许多人对它进行补充和注释，这些补充与注释部分被称为《传》，现在我们能够看到的有《春秋公羊传》《春秋穀梁传》和《春秋左传》了。

"春秋"原为各诸侯国旧史记的通称，也是鲁史记的专名。晋史记专名为《乘》，楚史记为《梼杌》，鲁史记则为《春秋》。鲁《春秋》原为鲁国史官按事件的时间顺序，依次记录鲁国和其他各国发生的事件，久之便成为繁杂的历史大事记。孔子所作的《春秋》是根据鲁史官累积的鲁国史记文献资料，参照"周史记"及各国史记，补阙去伪，化繁为简，而写成一部新编年体的现代史。孔子作《春秋》，文中寓己意，借历史事件来表现他的思想主张和政治理想。因此，对每件具体之事，非重在记录事情本身的实际情况，而是写他认为事情应该怎样，以体现"正名"的主张，将历史服务于现实政治。这便冲破了史官依时记事录言的流水账似的历史樊篱，首创了以事达义或以古鉴今的新史学，可谓开辟了中国历史政治学的文化先河。

对于孔子作《春秋》一事，孟子与司马迁都给予了一致的肯定。

《孟子·滕文公下》说：

> 世衰道微，邪说暴行有作，臣弑其君者有之，子弑其父者有之。孔子惧，作《春秋》。《春秋》，天子之事也。是故孔子曰："知我者，其惟《春秋》乎！罪我者，其惟《春秋》乎！"

按照孟子的说法，《春秋》是孔子的救世之作。孔子生在"臣弑君、子弑父"的乱世，鉴于当时乱臣贼子横行无忌的局面才作《春秋》的。孔子试图用《春秋》来拨乱反正，用《春秋》来恢复旧有的统治秩序，恢复君臣父子应有的地位，也就是"正名"，因此《春秋》之中，自然包含有对乱臣贼子的谴责贬斥，这乃是题中应有之义。然而贬诸侯、斥大夫，那是"天子之事"，孔子以一介士人承担起这道义的责任，自知会遭别人的质疑，所以他说"知我""罪我"都在这《春秋》一书了。

孟子对孔子作《春秋》备极推崇，至与大禹、周公相提并论，他说："昔者禹抑洪水而天下平，周公兼夷狄，驱猛兽而百姓宁，孔子成《春秋》而乱臣贼子惧。"① 对于《春秋》，孟子认为既是历史记述，又不仅仅是记述历史。孟子说：

> 王者之迹熄而《诗》亡，《诗》亡然后《春秋》作。②

孟子意思是说，西周有所谓"采风"（采诗）之说，人们对政治有什么意见、建议或不满，可以通过诗歌表达出来，每过一段时间，周天子就会派使者把这些诗歌收集上去，以此观察民心民情。后来周朝的制度松弛，采诗制度也随之消亡，后人所能见到的只有《诗经》里面的这些作品了。从孟子的论述可知，《春秋》紧承《诗经》而来。既然《诗经》是有所感、有所思、有所不满而作，《春秋》无疑继承了这种精神，而孔子编订《春秋》，更是只会强化而不会遗失，他希望通过评述历史重新建构政治价值观念，从而使春秋礼崩乐坏的糟糕时代重新回到正常轨道上来。

至于司马迁，在《史记·孔子世家》中，他更是对孔子作《春秋》的寓意作了详细的说明。

> 子曰："弗乎弗乎，君子病没世而名不称焉。吾道不行矣，吾何以自见于后世哉？"乃因史记作春秋，上至隐公，

---

① 《孟子·滕文公下》
② 《孟子·离娄下》。

下讫哀公十四年，十二公。据鲁，亲周，故殷，运之三代。约其文辞而指博。故吴楚之君自称王，而春秋贬之曰"子"；践土之会实召周天子，而春秋讳之曰"天王狩于河阳"：推此类以绳当世。贬损之义，后有王者举而开之。春秋之义行，则天下乱臣贼子惧焉。

孔子在位听讼，文辞有可与人共者，弗独有也。至于为春秋，笔则笔，削则削，子夏之徒不能赞一辞。弟子受春秋，孔子曰："后世知丘者以春秋，而罪丘者亦以春秋。"

司马迁说，孔子最担心的就是死后不能为后世留下点什么，于是就根据鲁国的史书作了《春秋》，上起鲁隐公元年，下止鲁哀公十四年，共包括鲁国 12 个国君。以鲁国为中心记述，尊奉周王室为正统，以殷商的旧制为借鉴，推而上承夏、商、周的法统，文辞简约而旨意广博。所以吴、楚的国君自称为王的，在《春秋》中仍贬称为子爵；晋文公在践土与诸侯会盟，实际上是硬要天子周襄王赴会，《春秋》中却避讳说"周天子巡狩来到河阳"。依此类推，《春秋》就是采用这一原则，来褒贬当时的各种人物与是非。后代有的国君加以称举并将此推广开来，使《春秋》的义法在天下推行，那些乱臣贼子也就害怕起来。

司马迁还说：孔子任司寇审理诉讼案件时，文辞上有可与别人商量的地方，他从不独自决断。到了写《春秋》时就不同了，应该写的一定写上去，应当删的一定删掉，就连子夏这些长于文字的弟子，一句话也不能给他增删。弟子们学习《春秋》，孔子说："后人了解我将因为《春秋》，后人怪罪我也将因为《春秋》。"由此可见孔子在著述《春秋》时的良苦用心。

另外，在《史记·太史公自序》中还详细记载了司马迁与上大夫壶遂关于孔子作《春秋》之间的一段谈话：

> 上大夫壶遂曰："昔孔子何为而作春秋哉？"太史公曰："余闻董生曰：'周道衰废，孔子为鲁司寇，诸侯害之，大夫壅之。孔子知言之不用，道之不行也，是非二百四十二年之中，以为天下仪表，贬天子，退诸侯，讨大夫，以达王事而已矣。'子曰：'我欲载之空言，不如见之于行事之深切著明也。'夫春秋，上明三王之道，下辨人事之纪，别嫌疑，明是非，定犹豫，善善恶恶，贤贤贱不肖，存亡国，继绝世，补敝起废，王道之大者也。易著天地阴阳四时五行，故长于变；礼经纪人伦，故长于行；书记先王之事，故长于政；诗记山川溪谷禽兽草木牝牡雌雄，故长于风；乐乐所以立，故长于和；春秋辨是非，故长于治人。是故礼以节人，乐以发和，书以道事，诗以达意，易以道化，春秋以道义。拨乱世反之正，莫近于春秋。春秋文成数万，其指数千。万物之散聚皆在春秋。春秋之中，弑君三十六，亡国五十二，诸侯奔走不

得保其社稷者不可胜数。察其所以，皆失其本已。故易曰
'失之毫厘，差以千里'。故曰'臣弑君，子弑父，非一旦一
夕之故也，其渐久矣'。故有国者不可以不知春秋，前有谗
而弗见，后有贼而不知。为人臣者不可以不知春秋，守经事
而不知其宜，遭变事而不知其权。为人君父而不通于春秋之
义者，必蒙首恶之名。为人臣子而不通于春秋之义者，必陷
篡弑之诛，死罪之名。其实皆以为善，为之不知其义，被之
空言而不敢辞。夫不通礼义之旨，至于君不君，臣不臣，父
不父，子不子。夫君不君则犯，臣不臣则诛，父不父则无道，
子不子则不孝。此四行者，天下之大过也。以天下之大过予
之，则受而弗敢辞。故春秋者，礼义之大宗也。夫礼禁未然
之前，法施已然之后；法之所为用者易见，而礼之所为禁者
难知。"

壶遂曰："孔子之时，上无明君，下不得任用，故作春
秋，垂空文以断礼义，当一王之法。今夫子上遇明天子，下
得守职，万事既具，咸各序其宜，夫子所论，欲以何明？"

太史公曰："唯唯，否否，不然。余闻之先人曰：'伏羲
至纯厚，作易八卦。尧舜之盛，尚书载之，礼乐作焉。汤武
之隆，诗人歌之。春秋采善贬恶，推三代之德，褒周室，非
独刺讥而已也。'汉兴以来，至明天子，获符瑞，封禅，改正
朔，易服色，受命于穆清，泽流罔极，海外殊俗，重译款塞，

请来献见者，不可胜道。臣下百官力诵圣德，犹不能宣尽其意。且士贤能而不用，有国者之耻；主上明圣而德不布闻，有司之过也。且余尝掌其官，废明圣盛德不载，灭功臣世家贤大夫之业不述，堕先人所言，罪莫大焉。余所谓述故事，整齐其世传，非所谓作也，而君比之于春秋，谬矣。"

这段记载很有意思，表面上是关于上大夫壶遂与司马迁的对话，实际上是司马迁用二人对话的形式，详细说明了他对孔子作《春秋》的原因、内容以及自己对此问题的观点和看法：

上大夫壶遂问："从前孔子为什么要作《春秋》呢？"太史公说："我听董生讲：'周朝王道衰败废弛，孔子担任鲁国司寇，诸侯嫉害他，卿大夫阻挠他。孔子知道自己的意见不被采纳，政治主张无法实行，便褒贬评定 242 年间的是非，作为天下评判是非的标准，贬抑无道的天子，斥责为非的诸侯，声讨乱政的大夫，为使国家政事通达而已。'孔子说：'我与其载述空洞的说教，不如举出在位者所作所为以见其是非美恶，这样就更加深切显明了。'《春秋》这部书，上阐明三王的治道，下辨别人事的纪纲，辨别嫌疑，判明是非，论定犹豫不决之事，褒善怨恶，尊重贤能，贱视不肖，存亡国，继绝世，补救衰敝之事，振兴废弛之业，这是最大的王道。《易》载述天地、阴阳、四时、五行，所以在说明变化方面见长；《礼》规范人伦，所以在行事方面见长；《书》记述先王事迹，所以在政治方面见长；《诗》记山川溪谷、禽兽草木、牝牡雌雄，所以在风土人情方面见长；《乐》是论述音乐立人的经典，所以在和谐方面见长；《春秋》论辩是非，所以在治人方面见长。由此可见，《礼》是用来节制约束人的，《乐》是用来诱发人心平和的，《书》是来述说政事的，《诗》是用来表达情意的，《易》是用来讲变化的，《春秋》是用来论述道义的。平定乱世，使之复归正道，没有什么著作比《春秋》更切近有效。《春秋》不过数万字，而其要旨就有数千条。万物的离散聚合都在《春秋》之中。在《春秋》一书中，记载弑君事件 36 起，被灭亡的国家 52 个，诸侯出奔逃亡不能保其国家的数不胜数。考察其变乱败亡的原因，都是丢掉了作为立国立身根本的春秋大义。所以《易》中讲'失之毫厘，差以千里'。说'臣弑君，子弑父，并非一朝一夕的缘故，其发展渐进已是很久了'。因此，做国君的不可以不知《春秋》，否则就是谗佞之徒站在面前也看不见，奸贼之臣紧跟在后面也不会发觉。做人臣者不可以不知《春秋》，否则就只会株守常规之事却不懂得因事制宜，遇到突发事件则不知如何灵活对待。做人君、人父若不通晓《春秋》要义，必定会蒙受首恶之名。做人臣、人子如不通晓《春秋》要义，必定会陷于篡位杀上而被诛伐的境地，并蒙死罪之名。其实他们都认为是好事而去做，只因为不懂得《春秋》大义，蒙受史家口诛笔伐的不实之言却不敢推卸罪名。如不明了礼义的要旨，就会弄到君不像君、臣不像臣、父不像父、子不像子的地步。君不像君，就会被臣下干犯，臣不像臣就会被诛杀，父不像父就会昏聩无道，子不像子就会忤逆不孝。这四种恶行，是天下最大的罪过。把天下最大的罪过加在他身上，也只得接受而不敢推卸。所以《春秋》这部经典是礼义根本之所在。礼是禁绝坏事于发生之前，法规施行于坏事发生之后；法施行的作用显而易见，而礼禁绝的作用却隐而难知。"

壶遂说："孔子时候，上没有圣明君主，他处在下面又得不到任用，所以撰写《春秋》，留下一部空洞的史文来裁断礼义，当作一代帝王的法典。现在先生上遇圣明天子，下能当官供职，万事已经具备，而且全部各得其所，井然相宜，先生所要撰述的想要阐明的是什么呢？"

太史公说："不完全是这么回事。我听先人说过：'伏羲最为纯厚，作《易》八卦。尧舜的强盛，《尚书》做了记载，礼乐在那时兴起。商汤周武时代的隆盛，诗人予以歌颂。《春秋》扬善贬恶，推崇夏、商、周三代盛德，褒扬周王室，并非仅仅讽刺讥斥呀。'汉朝兴建以来，至当今英明天子，获见符瑞，举行封禅大典，改订历法，变换服色，受命于上天，恩泽流布无边，海外不同习俗的国家，辗转几重翻译到中国边关来，请求进献朝见的不可胜数。臣下百官竭力颂扬天子的功德，仍不能完全表达出他们的心意。再说士贤能而不被任用，是做国君的耻辱；君主明圣而功德不能广泛传扬使大家都知道，是有关官员的罪过。况且我曾担任太史令的职务，若弃置天子圣明盛德而不予记载，埋没功臣、世家、贤大夫的功业而不予载述，违背先父的临终遗言，罪过就实在太大了。我所说的缀述旧事，整理有关人物的家世传记，并非所谓著作呀，而您拿它与《春秋》相比，那就错了。"

根据孟子与司马迁的记述，孔子编订《春秋》，至少有以下两个方面的考虑。

第一，孔子旨在教化人心，拨乱反正。

身处春秋这样的乱世，多数人可能会选择随波逐流甚至同流合污，少数人会选择独善其身。同流合污固然糟糕透顶，但独善其身也只是消极避世而已。对于历史的残酷和社会秩序的混乱，为了防止它的悲剧继续上演，孔子义不容辞担负起了"先师"的责任。他要通过《春秋》，让人们了解这个世界所出现的问题及其严重性，从而激发人们改革社会的动力，拨乱反正，重建"东周"社会的目标。

第二，《春秋》寄托了孔子的政治理想。

孔子之所以把重修《春秋》看得特别重要，是因为这本书中寄托了他没有实现的政治理想。对于这个问题，司马迁在《史记·太史公自序》中解释得很清楚。司马迁认为，《春秋》"辨是非，故长于治人"。也就是说，《春秋》是判断社会人事是非对错的标准，孔子从世道人心入手，强调"礼""仁"，呼吁"克己复礼"，鞭挞人心的邪恶，弘扬人性的善端，给世人的理想社会秩序指出了奋斗的目标。

人们通常以为，既然秉笔实录是史学家的最高准则，那就不应该有什么自由发挥的空间，其实不然，"历史的重心不在于复原历史场景，而在于以自己的史学观为指导，剪裁整理原始材料，反映并弘扬人性、自由、人道和理想"。[①] 从长远的眼光来看，这才是更值得关注的。历史之所以能够回应现实，并给一代又一代人以智慧和启迪，正在于历史之中蕴含着评价，而评价源自史学家的价值观。正是基于上述原因，孔子编订《春秋》的时候，表现出了强烈的自由意志。孔子编订《春秋》，开启了被后人命名为"《春秋》笔法"的传统。《春秋》原文相当简略，可谓惜墨如金，但每个字都经过斟酌，经得起推敲，而且表达了孔子的政治立场和态度，并不只是为了纯粹客观记录历史。《春秋》定稿以后，孔子的学生，即使是像子夏这样得到孔子称赞"文学"优异的学生，也不能增加或减少一个字，可见这本书在孔子心目中的位置。正因为如此，要想真正理解孔子的政治理想，《春秋》可谓重中之重。

二、为万世立规矩

按照孟子的说法，《春秋》这部书，"其事则齐桓、晋文"，"其

---

① 周萌著：《〈春秋〉的牢骚与梦想》，北京大学出版社 2018 年版，第 236 页。

文则史"，最重要的内容则是在于"其义"，他引孔子之说云："其
义则丘窃取之矣。"①孔子之后，儒分为八，各家各派对经典的说解
遂发生分歧。《春秋》的经义，赖有三传说解。《左传》主要是以
事解经，《公羊传》和《穀梁传》在释经时，从《春秋》所载的各
条大事出发，引申开去，阐释经义，但也不完全紧扣经文，有时
是以发表自己的见解为主。这其中，以《公羊传》的经义说解最
为著名。

（一）尊王

尊王是贯穿《公羊传》全书的一条最重要的经义。尊王就是
尊奉周王、周天子，视周天子为天下土地、人民的最高统治者。
春秋以来，王室衰微，天子式微，虽然周天子的实际地位到春秋
后期已经只相当于一个小的诸侯，但《公羊传》在解说《春秋》
的时候，还是把天子与诸侯严格地区分开来，处处突出天子的至
高无上的地位，突出天子与诸侯之间的君臣名分。在《公羊传》
中，尊王之义随处可见，下举五例加以说明：

1.《春秋公羊传·鲁僖公八年》说：

八年，春，王正月，公会王人、齐侯、宋公、卫侯、许

---

① 《孟子·离娄下》。

男、曹伯、陈世子款、郑世子华盟于洮。王人者何？微者也。曷为序乎诸侯之上？先王命也。

鲁僖公八年春天，周历正月，鲁僖公会见"王人"、齐侯、宋公、卫侯、许男、曹伯、陈国的太子款、郑国的太子华，并在洮这个地方盟誓。"王人"是什么人？是周王室地位较低的官员。为什么他的位置排在各国诸侯的前面呢？因为要尊崇周天王的命令。"王人"只是周王的一个大夫，其地位远在齐侯、宋公等人之下，但《春秋》记事为什么把"王人"排在了齐侯等人之上呢？《公羊传》认为这里面是有深意的，其意就在于"先王命"，即把天子之命看得高于一切。

2.《春秋公羊传·鲁成公元年》说：

秋，王师败绩于贸戎。孰败之？盖晋败之，或曰：贸戎败之。然则曷为不言晋败之？王者无敌，莫敢当也。

鲁成公元年，秋季，周天王的军队在贸戎氏的地方被打得大败。是谁打败了周天王的军队呢？大概是晋国军队打败的。有人说：是贸戎氏打败的。既然这样，那么为什么不直接说晋国军队打败了周天王的军队呢？周天王天下无敌，没有谁敢抵挡他。明明是周王被人打败，《春秋》却不记战胜者是谁。在《公羊传》看来，这是因为《春秋》维护王者的尊严，王者本应当"无敌"，也就是说没有人敢于与之成为敌对力量的。

3.《春秋公羊传·鲁隐公元年》说：

> 冬，十有二月。祭伯来。祭伯者何？天子之大夫也。何
> 以不称使？奔也。奔则曷为不言奔？王者无外，言奔，则有
> 外之辞也。

《公羊传》中说：鲁隐公元年冬季十二月，祭伯来鲁国。祭伯
是什么人？周天子的大夫。为什么不说"派遣"呢？因为他是私
自逃奔来的。是逃奔那为啥不说"奔"呢？周王朝是大一统的天
下，是没有"国外"之说的，说逃奔，那就表示周王朝有"国外"
之意了。《公羊传》认为这条经文所说的"祭伯来"，实际上是祭
伯由周出奔到了鲁国，那么出奔为什么不言"奔"呢？这是因为
"王者无外"，也就是说周王是天下土地的所有者，王臣到哪里去
都不能算是"出外"，故而祭伯虽"奔"，《春秋》却不使用"奔"
这个字眼。

4.《春秋公羊传·鲁隐公七年》说：

> 冬，天王使凡伯来聘。戎伐凡伯于楚丘，以归。凡伯者
> 何？天子之大夫也。此聘也，其言伐之何？执之也。执之，
> 则其言伐之何？大之也。曷为大之？不与夷狄执中国也。其
> 地何？大之也。

鲁隐公七年的冬天，周天王派遣大夫凡伯来鲁国访问。戎人在楚丘这个地方攻打回京师的凡伯，并把他抓了回去。凡伯是什么人？是周天子的大夫。这是外出访问，为什么说是戎人攻打他呢？因为抓住了他。抓住了他为什么说攻打他呢？这是尊敬凡伯的意思。为什么要尊敬他呢？因为不允许夷狄人随便抓走中原各国的官员。为什么要记载凡伯被攻击的地点呢？也是为了尊敬凡伯。《公羊传》认为，凡伯是周天子的大夫，维护凡伯的体面就是维护周天子的体面。《公羊传》明显是站在尊王的角度来谈论这件事情的。

5.《春秋公羊传·鲁桓公元年》说：

> 三月，公会郑伯于垂。郑伯以璧假许田。其言以璧假之何？易之也。易之，则其言假之何？为恭也。曷为为恭？有天子存，则诸侯不得专地也。许田者何？鲁朝宿之邑也。诸侯时朝乎天子，天子之郊，诸侯皆有朝宿之邑焉。此鲁朝宿之邑也，则曷为谓之许田？讳取周田也。

鲁桓公元年，三月，桓公在卫国的垂这个地方会见郑庄公。郑庄公用增加玉璧的办法来借取鲁国的许田。这里说用增加玉璧的办法来借，是什么意思？就是交换。既然是交换，那为什么要说借呢？为了恭敬。为什么说是为了恭敬呢？因为有周天子在，各国诸侯是不能独占土地的。许田是什么地方？是鲁国国君朝见周天子时住宿的地方。各国诸侯为了按时朝见天子，因此在天子京师的郊外，各国诸侯都有朝见天子时住宿的地方。这是鲁君朝见天子时住宿的地方，为什么叫作许田呢？为了避讳占用周天子的田地。避讳占取周天子的田地，那么称它为许田是为什么呢？因为它挂靠在许国。为什么要挂靠在许国呢？是因为这块土地靠近许国。这是一个小镇，称它"田"是什么意思？农田占地多而城镇面积小就称"田"，城镇面积大而农田少就称邑。《公羊传》认为，郑伯事实上是在没有得到天子允许的情况下，用"璧"来交换许田。《春秋》之所以将交换说成"以璧假"，那是为了表示对天子的恭敬，因为只要有天子在，诸侯本来是不应该"专地"（擅自处理自己的土地谓之"专地"）的。

6.《春秋公羊传·鲁桓公十六年》说：

> 十有一月，卫侯朔出奔齐。卫侯朔何以名？绝。曷为绝之？得罪于天子也。其得罪于天子奈何？见使守卫朔。而不能使卫小众，越在岱阴齐，属负兹舍，不即罪尔。

桓公十六年十一月，卫侯朔逃亡到齐国。为什么称卫侯朔的名字呢？因为他的君位断绝了。为什么他的君位断绝了呢？因为他得罪了周天子。他怎样得罪了周天子呢？他被周天子委派主持卫国的朝政，却不能领导卫国的民众，而跑到泰山北面的齐国去，并推托有病，不去周天子处承担罪责。《公羊传》认为，《春秋》

记卫侯之出奔齐，为何称了他的名字，是表示对卫侯朔的摈绝。卫侯朔得罪于天子，是应该遭到摈绝的。

《公羊传》中此类例子甚多，表明公羊学派有很强的尊王意识。

（二）攘夷

《公羊传》中"尊王攘夷""华夷尊卑"的观念十分强烈。

春秋时代，王道衰微，先后有五霸攘夷，维护天下。五霸攘夷靠的是尊王的口号。《公羊传》透过五霸的尊王来表示诸侯不得专擅，要遵守王跟诸侯之间的分际。王之所以为王就是以德王天下，以礼乐文明治天下。夷狄之所以为夷狄就是恃力仗势，欠缺礼乐文明。而霸者之所以为霸，就是懂得尊王，维护华夏文明。攘夷的实质就是为了维护华夏文明的礼义传统。不过，在《公羊传》那里，夷夏之分也不是绝对的，"夷狄"行仁义，就可以被当作"中国"对待；反过来，"中国"若放弃了礼义，也是要被视为"夷狄"的。下举数例加以说明。

1.《春秋公羊传·鲁庄公十年》说：

> 秋，九月，荆败蔡师于莘，以蔡侯献舞归。荆者何？州名也。州不若国，国不若氏，氏不若人，人不若名，名不若字，字不若子。蔡侯献舞何以名？绝。曷为绝之？获也。曷

为不言其获？不与夷狄之获中国也。

鲁庄公十年的秋天，九月，"荆"在莘这个地方击败了蔡国的军队，俘虏了蔡侯献舞回国。"荆"是什么？是一个州的名称。称州不如称国，称国不如称姓，称姓不如称人，称人不如称名，称名不如称字，称字不如称子。为什么要称蔡侯献舞的名字呢？因为他的君位断绝了。为什么说他的君位断绝了呢？因为他被俘获了。那么为什么不说他被俘获了呢？因为《春秋》的作者不赞成夷狄之邦俘获中原地区的国君。

2.《春秋公羊传·鲁僖公二十一年》说：

> 秋，宋公、楚子、陈侯、蔡侯、郑伯、许男、曹伯会于霍。执宋公以伐宋。孰执之？楚子执之。曷为不言楚子执之？不与夷狄之执中国也。

鲁僖公二十一年秋季，宋公、楚子、陈侯、蔡侯、郑伯、许男、曹伯在霍这个地方会面。拘捕了宋公并且出兵攻打宋国。是谁拘捕了宋公？是楚子拘捕了宋公。《春秋》上为什么不说楚子拘捕了宋公呢？因为作者不赞成夷狄拘捕中原各诸侯的国君。

3.《春秋公羊传·鲁昭公二十三年》说：

> 戊辰，吴败顿、胡、沈、蔡、陈、许之师于鸡父。胡子髡，沈子楹灭。获陈夏啮。此偏战也，曷为以诈战之辞言

之？不与夷狄之主中国也。然则曷为不使中国主之？中国亦新夷狄也。其言灭获何？别君臣也。君死于位曰灭，生得曰获。大夫生死皆曰获。不与夷狄之主中国，则其言获陈夏啮何？吴少进也。

鲁昭公二十三年戊辰这天，吴国在鸡父这个地方打败了顿国、胡国、沈国、蔡国、陈国、许国的军队。胡国国君髡和沈国国君楹"灭"。吴国"获"陈国大夫夏啮。这是约定日期地点、各据一方的正规战争，为什么用突然袭击的诈战的说法来记载这件事呢？因为不赞成在这次战事中以夷狄为主、以中原各诸侯国为客。既然不赞成以夷狄为主，那么为什么不以中原各诸侯国为主、夷狄为客呢？因为中原各诸侯国不尊王室，君臣上下败坏，也是新的夷狄了。这里为什么分别用"灭"和"获"来记载战况呢？这是为了区别国君与大臣。国君在君位上战死了叫"灭"，在战争中被活捉了叫"获"；大臣在战争中无论被活捉还是战死都叫"获"。这次战争，既然不赞成夷狄为主、中原各国为客，那么这里说"获陈夏啮"是什么意思呢？这是肯定吴国稍稍有了一些进步。

4.《春秋公羊传·鲁哀公十三年》说：

公会晋侯及吴子于黄池。吴何以称子？吴主会。吴主会，则曷为先言晋侯？不与夷狄之主中国也。

鲁哀公十三年夏季，鲁哀公在黄池这个地方会见晋定公及"吴子"。吴国国君为什么称"吴子"呢？因为这次会晤是由吴国国君主持的。既然吴国国君主持这次会晤，那么为什么要先说晋定公，再说吴子呢？因为不赞成夷狄国家的国君作为中原各诸侯国的盟主。

5.《春秋公羊传·鲁僖公四年》说：

> 楚屈完来盟于师。盟于召陵。屈完者何？楚大夫也。何
> 以不称使？尊屈完也。曷为尊屈完？以当桓公也。其言盟于
> 师，盟于召陵何？师在召陵也。师在召陵，则曷为再言盟？
> 喜服楚也。何言乎喜服楚？楚有王者则后服，无王者则先叛，
> 夷狄也。而亟病中国，南夷与北狄交，中国不绝若线。桓公
> 救中国，而攘夷狄，卒怗荆，以此为王者之事也。其言来
> 何？与桓为主也。前此者有事矣，后此者有事矣，则曷为独
> 于此焉，与桓公为主？序绩也。

鲁僖公四年夏季，楚国的屈完来到诸侯军队中结盟，在召陵这个地方结盟。屈完是什么人？是楚国的大夫。为什么不说派遣呢？因为尊重屈完。为什么尊重屈完呢？因为把他看成与齐桓公对等的结盟者。这里说在诸侯军队中盟会，又说在召陵这个地方盟会是什么意思？因为这时军队已经退到召陵了。军队在召陵，那么为什么要两次说盟会呢？是为对楚国的屈服表示高兴。为什

么说对为楚国的屈服表示高兴呢？因为有王的时候楚国最后服从；没有王的时候，楚国就最先反叛，他们是夷狄。中原各国屡次受到侵犯，就是因为南方的夷人和北方的狄人交替为害，中原各国的生存就像还没有断绝的一根线一样危机。齐桓公拯救中原各国，抵御南夷北狄，终于使楚国屈服，他用这些业绩成就了王的事业。这里说"来"是什么意思？是表示赞成齐桓公成为霸主。在这以前有过这类事情，在这以后也会有这类事情，那么为什么独独在这件事上赞成齐桓公成为霸主呢？因为齐桓公多次尊王攘夷的功绩，都没有比这次使楚国屈服更大的了。由于齐桓公数次尊王攘夷的功绩卓著，《公羊传》对齐桓公首倡"尊王攘夷"持高度赞扬的态度。

《公羊传》强调夷夏之防，亲疏远近之意十分明显。请看下列数项记载：

《春秋公羊传·成公十五年》说：

> 《春秋》内其国而外诸夏，内诸夏而外夷狄。王者欲一乎天下，曷为以外内之辞言之？言自近者始也。

《春秋》这部书，以鲁国为内时，就以华夏各诸侯国为外；以华夏各诸侯国为内时，就以夷狄各族为外。称王的人想要统一天下，为什么还要用"外""内"这些词语来称呼各国呢？这样称呼的意思是统一天下要从近处开始。

《春秋公羊传·宣公十八年》说：

> 甲戌，楚子旅卒。何以不书葬？吴楚之君不书葬，辟其号也。

甲戌这天，楚庄王旅死了。为什么不记载葬礼呢？吴国和楚国的国君死了，是不记载葬礼的。这是为了避免出现他们自己封的吴王、楚王这样的封号。

《春秋公羊传·僖公二十一年》说：

> 楚人使宜申来献捷。此楚子也，其称人何？贬。曷为贬？为执宋公贬。曷为为执宋公贬？宋公与楚子期以乘车之会。公子目夷谏曰："楚，夷国也。强而无义，请君以兵车之会往。"宋公曰："不可。吾与之约以乘车之会，自我为之，自我堕之。曰：不可！"终以乘车之会往。楚人果伏兵车，执宋公以伐宋。宋公谓公子目夷曰："子归守国矣。国，子之国也。吾不从子之言，以至乎此。"公子目夷复曰："君虽不言国，国固臣之国也。"于是归设守械而守国。楚人谓宋人曰："子不与我国，吾将杀子君矣。"宋人应之曰："吾赖社稷之神灵，吾国已有君矣。"楚人知虽杀宋公，犹不得宋国，于是释宋公。宋公释乎执，走之卫。公子目夷复曰："国为君守之，君曷为不入？"然后迎襄公归。

　　楚国人派遣宜申到鲁国来呈献战利品。这是楚子，为什么称人呢？为了贬低他。为什么要贬低他？因为他拘捕了宋公，所以要贬低他。他拘捕了宋公，为什么要贬低他呢？因为宋公和楚子约好乘坐普通车子来会面，公子目夷规劝宋公说："楚国是夷狄之邦，强暴且不讲信义，请国君还是带着兵车去赴会。"宋公说："不行。我和他约定乘坐普通车子会面的，约是我定的，如果约由我毁掉，人们都会说：不行！"结果还是乘坐普通车子去赴约会。楚国人果然埋伏了兵车，他们抓住了宋公并攻打宋国。宋公对公子目夷说："你快回去守卫国家吧，宋国是你的国家了。我不听你的规劝，才落到今天这个地步。"公子目夷回答说："您即使不提到宋国，宋国本来也是我的国家。"于是，公子目夷逃回宋国，准备好防守的武器来保卫宋国。楚国人对宋国人说："你们不把国家交给我们，我们就准备杀死你们的国君！"宋国人回答说："我们仰仗社稷的神灵，我国已经又有国君了。"楚国人知道即使杀了宋公，还是得不到宋国，于是就释放了宋公。宋公从被抓的地方释放后，就跑到卫国去了。公子目夷对宋公说："宋国是我为您保卫的，您为什么不回来管理呢？"然后迎接宋襄公回到宋国。

　　《春秋公羊传·僖公二十七年》说：

　　　　冬，楚人、陈侯、蔡侯、郑伯、许男围宋。此楚子也，其称人何？贬。曷为贬？为执宋公贬，故终僖之篇贬也。

　　冬季，楚国人、陈侯、蔡侯、郑伯、许男率领军队包围了宋国国都。这个楚国人就是楚国国君，这里为什么称"人"呢？贬低他。为什么贬低他呢？因为他拘捕过宋襄公所以要贬低他。在整个僖公篇里，《公羊传》都要贬低楚子。

　　《春秋公羊传·昭公五年》说：

　　　　秦伯卒。何以不名？秦者，夷也。

　　秦景公死了。为什么不写出他的名字？因为秦国是夷狄国家。

　　《春秋公羊传·昭公十六年》说：

　　　　楚子诱戎曼子杀之。楚子何以不名？夷狄相诱，君子不疾也。曷为不疾？若不疾，乃疾之也。

　　楚平王诱骗戎人曼子，并把他杀了。《春秋》为什么不写出楚平王的名呢？因为是夷狄人相互诱骗，君子不憎恨。为什么不憎恨呢？好像是不憎恨，其实对这种行为是很憎恨的。

　　《公羊传》就是这样处处贬低夷狄。

　　一方面，《公羊传》极力贬斥夷狄；另一方面，对中原各诸侯国的恶行，《公羊传》又采用了避讳的方法。例如：

　　《春秋公羊传·襄公二年》说：

　　　　遂城虎牢。虎牢者何？郑之邑也。其言城之何？取之也。

取之则曷为不言取之？为中国讳也。曷为为中国讳？讳伐丧
也。曷为不系乎郑？为中国讳也。

《春秋公羊传·襄公七年》说：

> 曷为不言其大夫弑之？为中国讳也。

《春秋公羊传·襄公八年》说：

> 夏，葬郑僖公。贼未讨，何以书葬？为中国讳也。

可见，《公羊传》贵华夏贱夷狄，内诸夏外夷狄，华尊夷卑的
观念是十分牢固的。

华夷的区别，《公羊传》的标准是文化和族类。文化居首，族
类次之。秦、楚因不遵行"尊王"和"诸夏亲昵"的原则，而被
斥为"蛮夷"；杞，夏后，族类应是正宗的夏人，因用"夷礼"而
遭鲁国的讨伐，被贬称"子"；吴，是周的同姓，吴太伯的后裔，
因其称王，被贬称为夷狄。至于断发文身的越人，更被称为"蛮
夷"。从文化的标准而言，《公羊传》认为华夷是可以互变的。蔡、
陈、许等国虽为"中国"，因为他们所行"非礼"，因而贬称他们
为"新夷狄"①。同样，吴王的行为合乎"礼"时，就被尊为"吴

---

① 《春秋公羊传·昭公二十三年》。

子"，"非礼"时，就不称"子"。^①可见，在《公羊传》的政治观中，"礼"是区别华夷的最高标准。在这里，"中国"就是一种文化的名称，是文明的标志，即所谓"贵中国者，非贵中国也，贵礼义也"。

（三）大一统

大一统与尊王攘夷之义并行不悖，可以看作是从尊王攘夷之义衍生而来。

"大"在这里是一个动词，有拥护、主张、表彰、张大、尊大等义，在《公羊传》中"大"字的这种用法甚多，总之表示的是对某种事物的肯定态度。

"大一统"就是对"一统"的肯定与张扬。

那么，究竟什么是"大一统"呢？

关于"大一统"，《辞海》作了这样的解释："统一全境。《公羊传·隐公元年》：'何言乎王正月？大一统也。'《汉书·王吉传》：'《春秋》所以大一统者，六合同风，九州共贯也。'大，谓重视、尊重；一统，指天下诸侯统一于周天子。后因称统治全国为大一统。"^②

---

① 《春秋公羊传·昭公二十三年》。

② 《辞海》，上海辞书出版社 1999 年版，第 1789 页。

西汉公羊家如董仲舒、何休者，对"一统"都做过解说。董仲舒说："《春秋》大一统者，天地之常经，古今之通谊也。今师异道，人异论，百家殊方，指意不同，是以上亡以持一统；法制数变，下不知所守。臣愚以为诸不在六艺之科、孔子之术者，皆绝其道，勿使并进。邪辟之说灭息，然后统纪可一而法度可明，民知所从矣。"① 这是从反面说明了什么是一统。董仲舒又说："何以谓之王正月？曰：王者必受命而后王。王者必改正朔、易服色、制礼乐，一统于天下，所以明易姓非继人，通以己受之于天也。"②是则一统的王朝必有统一的正朔、服色及礼乐。何休说："统者，始也。总系之辞。天王者始受命改制，布政施教于天下，自公侯至于庶人，自山川至于草木昆虫，莫不一一系于正月，故云政教之始。"他又说："政莫大于正始……诸侯不上奉王之政则不得即位，故先言正月而后言即位；政不由王出则不得为政，故先言王而后言正月也。"应该说，董、何二人之说虽都是对《公羊传》有所发挥，但他们对"一统"的基本理解还是大致不错的。从《公羊传》本身来看，"大一统"就是指政令、文化、思想、制度、心理、价值观的高度统一。

《春秋公羊传·隐公元年》说：

---

① 《汉书·董仲舒传》。

② 《春秋繁露·三代改制质文》。

（隐公）元年，春，王正月。元年者何？君之始年也。春者何？岁之始也。王者孰谓？谓文王也。曷为先言王而后言正月？王正月也。何言乎王正月？大一统也。

鲁隐公元年春天，周历正月。"元年"是什么意思？是鲁隐公开始摄政的第一年。"春"是什么意思？是一年中第一个季节。"王"指的是谁？指的是周文王。为什么先说"王"而后说"正月"呢？因为是周文王制定的正月。为什么要特别指出是"王正月"呢？这是表示重视周王朝统一的大业。

孔子身处乱世，《春秋》是孔子为他那个时代开出的一剂药方。

一般而言，古人著述很重视开篇和结尾，我们从《春秋》开篇第一段话就能得到很多启示。《春秋》开篇只有短短六个字："元年春王正月。"这究竟蕴含着什么样的寓意呢？

周萌在其所著的《〈春秋〉的牢骚与梦想》一书中认为，这六个字包含了四个关键词。

第一个关键词是元年。元年是指鲁隐公元年，即周平王四十九年（公元前722年）。元年是一个时代的开始，按照礼法原则，鲁国只是一个诸侯，纪年理应用周天子纪年，这里却是鲁隐公元年，而不是周平王四十八年。对此，经学家有不同的解释。第一种说法是，孔子是在鲁国历史的基础上编订《春秋》，鲁国记载自己的历史，故而用自己的纪年，孔子也因了这个便利。第二种说法是"宗周亲鲁"，因为鲁国不同于其他诸侯，与周天子的关系非同一般。鲁国的始封国君，名义上是周公，但周公一直在周天子身边辅政，并没有就封，所以鲁国的第一代国君实际上是周公的儿子姬伯禽。由于周公对周朝有极为特殊的贡献，所以周成王特许鲁国在祭祀周公的时候可以使用天子的礼乐。使用鲁国的纪年，既表达了对鲁国的特别亲近，也通过鲁国向周王朝致敬。

第二个关键词是春。春是指一年的开始，所谓"一年之计在于春"。

第三个关键词是正月。正月是指一个季节的开始。

中国人非常看重开端，一个时代的开始，一年的开始，一个季节的开始，甚至一日打开时，都毫不马虎。

第四个关键词是王。王是指周文王。正月前面为什么要加一个"王"，称为王正月呢？因为在历史上，哪个月是正月，有三种不同的情况。现今通行的农历是夏历，亦即夏朝的历法，夏历的正月被称为建寅。商朝把正月改为夏历的十二月，称为建丑。周朝又把正月改为夏历的十一月，称为建子。《春秋》用王正月强调是周文王的正月，亦即周朝的正月。为什么要突出这一点？按照《公羊传》的解释，这便是大一统。因为每年开始的时候，周天子会颁布历法，诸侯要去接受这个历法，表示一年开始了。这种形式到后来又演变成改正朔，正即正月，朔是每个月的第一天，新君即位以后，正月和朔日都得改变。这样做实在太容易引起混乱，所以后来也都放弃了。这些政治行为的目的只有一个，那就是说明四海之内都在周天子的统治之下，亦即"溥天之下，莫非王土。率土之滨，莫非王臣"。这就是大一统。[1]

《公羊传》一开始就由"王正月"引出"大一统"这个观念。全书就在这个观念统摄下阐释《春秋》义理。今天看来，所谓"大一统"，实际上就是指政治、经济、文化等诸方面统一于华夏，统一于"中国"的观念。《公羊传》中的"中国"虽然是指中原各诸侯国家，但不能理解为大民族主义或一种征服力量，它是一种理想，一种自民族、国家实体升华了的境界，这种境界有发达的经济、理想的政治、崇高的文化、高度的民族文明心理、政治的统一等丰富的内容在内，是一种实至名归的"礼仪之邦"的理想政治方案。

（四）贬斥"乱臣贼子"

春秋时期，诸侯割据争霸，礼法遭到践踏，天下大乱。"邦有道则礼乐征伐自天子出，邦无道则礼乐征伐自诸侯出。"当时，诸侯挟持天子，大夫放逐诸侯，家臣反叛大夫，所有的人都在疯狂地追逐权力，又都在追逐权力的过程中丧失了理性。《春秋》之

---

[1] 参见周萌著《〈春秋〉的牢骚与梦想》，北京大学出版社 2018 年版，第34—35 页。

中，弑君三十六，亡国五十二，诸侯奔走不得保其社稷者不可胜数。"象征着"周文"的"郁郁乎文哉"的礼乐制度，此时已经是"礼崩乐坏"，人性之恶，社会失序到了一种十分可怕的状态。孔子向来注重礼仪，不希望这种局面出现。于是作《春秋》，严厉斥责诸侯的无视礼法行径。孟子说"孔子作《春秋》而乱臣贼子惧"，把讨伐乱臣贼子看作是《春秋》的最重要的功能。此义在《公羊传》中随处可见。隐公十一年经云："冬，十有一月，壬辰，公薨。"这是记鲁隐公之卒，但事实上鲁隐公是被人杀死的。《公羊传》云："何以不书葬？隐之也。何隐尔？弑也。弑则何以不书葬？《春秋》，君弑，贼不讨，不书葬，以为无臣子也。子沈子曰：君弑，臣不讨贼，非臣也；不复仇，非子也。"又宣公十一年经云："冬十月，楚人杀陈夏征舒。"《公羊传》曰："此楚子也。其称人何？贬。曷为贬？不与外讨也。不与外讨者，因其讨乎外而不与也。虽内讨亦不与也。曷为不与？实与而文不与。文曷为不与？诸侯之义，不得专讨也。诸侯之义不得专讨，则其曰实与之何？上无天子，下无方伯，天下诸侯有为无道者，臣弑君，子弑父，力能讨之则讨之可也。"据《公羊》所说，杀夏征舒的是楚子，称人是贬辞。因为诸侯照理说是不该专讨的，所以要贬他。但对楚子的行为"实与而文不与"。就是说在字面上不能赞成这种专讨的行为，但从现实情况出发，还是应该给予肯定的。因为"专讨"固然不对，但在"上无天子，下无方伯"的情况下，"专讨"犹愈于"不讨",也就是说,讨伐乱臣贼子之义,要远远高出于诸侯不得专讨之义。

(五)维护等级秩序

《公羊传》强调等级制度的重要性和必要性,对破坏等级秩序的行为一概持讥贬的态度。例如,隐公五年经云:"初献六羽。"《公羊传》曰:"羽者何?舞也。初献六羽,何以书?讥。何讥尔?讥始僭诸公也。六羽之为僭奈何?天子八佾,诸公六,诸侯四。……僭诸公犹可言也,僭天子不可言也。"六羽即六佾之舞。《公羊传》认为天子、诸公、诸侯的乐舞有严格的等级,上下不可错乱僭越。鲁君是侯爵,只能用四佾,而今"初献六羽",明显是僭越,因此《公羊传》以为《春秋》在这里是"讥"。但僭越也有程度的不同,天子至尊,以诸侯而僭天子,罪过更大:"僭诸公犹可言也,僭天子不可言也。"僖公三十一年经云:"夏四月,四卜郊,不从,乃免牲,犹三望。"《公羊传》云:"郊何以卜?卜郊非礼也。卜郊何以非礼?鲁郊非礼也。鲁郊何以非礼?天子祭天,诸侯祭土。天子有方望之事,无所不通;诸侯,山川有不在其封内者,则不祭也。"祭祀的对象,天子与诸侯有严格的区别。郊是祭天,乃天子之事,鲁君卜郊,就有僭越之嫌,故《公羊传》以为"非礼"。除了讥贬僭越之外,《公羊传》还特别着意于《春秋》记事的用字,认为等级不同,事虽同而用字应当有异,例如隐公三年《公羊传》云："天子曰崩，诸侯曰薨，大夫曰卒，士曰不禄。"十一年传云："诸侯来曰朝，大夫来曰聘。"等等，就清楚地说明了这个问题。①

司马迁说："《春秋》文成数万，其指数千。"② 这里的"指"通"旨"，"旨"就是"义"。按照司马迁的说法，《公羊传》的"义"竟有数千之多，这很可能是汉儒的夸张说法。但《公羊传》本身的"义"的确很多，应当也是事实。以上所列举的《公羊传》五"义"，只能算是其中的荦荦大者了。

---

① 参见赵伯雄著《〈春秋〉经传讲义》，人民出版社 2012 年版，第 132 页。
② 《史记·太史公自序》。

第五章　孔子的理想社会

儒家的"大同"理想，不仅是对人类公平、正义和美好社会的追求，而且也是对中国社会政治的一种合理性、合法性的高层面的期冀。这一政治理想，曾经对中国社会与历史产生过十分深远的影响。自孔子提出"大同社会"方案以后，"大同"便成了一个令先贤圣哲上下求索的社会理想、一个令志士仁人前仆后继的世代憧憬、一个令炎黄子孙魂牵梦萦的千年情结。

一、孔子理想中的"大同社会"

孔子描绘的理想社会蓝图是两千多年来"中国梦"的一部分。

政治理想是政治思想家们对人类社会的理想秩序所进行的各种美好设计与描绘，是对社会政治终极走向的一种价值性的智慧性判断和确定，具有普遍性的引导意义。

任何关注社会问题的思想家都会根据自己的理解，以不同的形式提出自己的社会理想。中国在春秋战国时代出现的思想家们都是以救世的面目出来宣传自己的社会理想的。

道家的老子提出小国寡民的社会理想。

儒家的孔子提出大同社会的政治理想。

墨家的墨翟提出平等兼爱理想。

法家的管仲、李悝、吴起、商鞅、韩非等人提出以法治国、在法律面前人人平等的社会理想。

道家的理想没有在社会上实现，成为少数不得志的文人墨客隐居山林的思想依托。墨家与法家的思想都被后世儒学吸收，成为秦汉以后中国历代统治者治国理政的指导思想的重要组成部分。墨家的兼爱思想被侠客奉为宗旨，成为闯荡天下、打抱不平、劫富济贫的理论根据，另外也被儒学吸收，成为大同理想的重要因素。法家思想被秦汉以后的统治者采纳，成为打击豪强、加强中央集权、维护社会正常秩序所奉行的法则。这其中，应该是孔子的大同理想对后代中国影响最大。①

政治理想制约着政治思想体系的价值取向和理论架构，属于文化领导力的重要组成部分。所以，把握古代政治理想家们的政治理想对于理解中国传统政治思想具有十分重要的意义。

能不能提出一个政治理想国理论和具有普遍意义的政治原则，是衡量能否成为伟大政治思想家的一个重要标准。西方柏拉图的理想国是拥有智慧、勇敢、节制和正义这四种美德的"公正"之国。孔子的理想国则不然，可以被称为"有道之世"。"有道之世"的理想国是针对春秋"无道"现实而发，最高境界就是人类"大同"社会。

《礼记·礼运》篇中记载了孔子所推崇的"天下为公"的大同理想：

> 大道之行也，天下为公，选贤与能，讲信修睦。故人不独亲其亲，不独子其子。使老有所终，壮有所用，幼有所长，鳏寡孤独废疾者，皆有所养，男有分，女有归。货恶其弃于地也，不必藏于己；力恶其不出于身也，不必为己。是故谋闭而不兴，盗窃乱贼而不作，故外户而不闭，是谓大同。

① 周桂钿著：《中国政治智慧》，福建教育出版社 2016 年版，第 187 页。

通过上述这段内容，我们可以看出：

（1）孔子心目中的理想国就是"大道之行"；

（2）这个理想国的总纲是"天下为公"；

（3）孔子所描绘的这个理想国的蓝图是财产公有，政治民主，人人各尽其能，人与人之间平等、博爱，各得其所，社会安定，没有盗贼，也没有战争，一派安定和谐的景象；

（4）这是一幅以早期原始公有制社会为摹本而设计出来的理想社会蓝图，其间孔子对远古社会美好的追忆清晰可辨；

（5）孔子所描绘的这个天下大同的理想社会秩序，不是发思古之幽情，更不是要求历史倒退，它表达了孔子对"礼崩乐坏""天下无道"现实的不满和批判，更寄寓了孔子对人类和平美好社会的向往与憧憬。

孔子之后，大同就成为儒家政治大一统追求的最高目标。

儒家的"大同"理想，不仅是对人类公平、正义和美好社会的追求，而且也是对中国社会政治的一种合理性、合法性的高层面的期冀。这一政治理想，曾经对中国社会与历史产生过深远的影响。自孔子提出"大同社会"方案以后，"大同"便成了一个令先贤圣哲上下求索的社会理想、一个令志士仁人前仆后继的世代憧憬、一个令炎黄子孙魂牵梦萦的千年情结。

孔子的人类大同世界，也成为近现代中国人所追求的最高目标。

戊戌变法前夕，康有为著《新学伪经考》《孔子改制考》。他说，人类社会是依"据乱世"—"小康世"—"大同世"循序渐进的。一人专制是据乱世，君主立宪是小康世，民主共和是大同世。他认为这是孔子所传的真经，并以此作为他变法维新的理论根据。

除了康有为外，中国民主革命的先行者孙中山也把《礼记·礼运》篇中孔子所描绘的人类大同世界作为自己终生奋斗追求的社会理想最高形式。

概括而言，孔子的政治理想，具有以下几个特征。

1. 孔子的理想国是大一统的君主制国家。

《礼记·坊记》载孔子所言：

> 天无二日，土无二王，家无二主，尊无二上。

在大一统的君主国家里，天子享有至高无上的权力，国家的一切政事出自天子："天下有道，则礼乐征伐自天子出；天下无道，则礼乐征伐自诸侯出。"[1]春秋时"礼乐征伐自诸侯出"，正是天下无道的糟糕表现。

孔子说："自诸侯出，盖十世希不失矣；自大夫出，五世希不失矣；陪臣执国命，三世希不失矣。天下有道，则政不在大夫。

---

[1] 《论语·季氏》。

天下有道，则庶人不议。"① 孔子对这种极不正常的现象非常反感，站在大一统的立场，他主张恢复周礼，恢复到周公定制的大一统政治秩序。

2. 孔子的理想社会有着严格的等级制度管理。

严格的社会等级制度是稳定的社会秩序的重要保障，正如司马谈在《论六家要旨》中所指出的，儒家有些地方尽管迂腐烦琐，"然其序君臣父子之礼，列夫妇长幼之别，不可易也"。② "贵贱有等，衣服有制，朝廷有位，则民有所让。"③ 在严格的等级制度上，建立安定的统治秩序，"目巧之室，则有奥阼，席则有上下，车则有左右，行则有道，立则有序"。④ 这样的社会，任何的僭越行为都是不允许的，"天下有道，则政不在大夫；天下有道，则庶人不议"。从天子到庶人，每一等级都必须谨于职守，不在其位，不谋其政。

3. 孔子的政治理想所追求的是一个道德完善、上下和谐的有序社会。

在孔子看来，尽管有道社会等级分明，但各个等级之间应该是和谐的。在这个"有道社会"里，君臣之间，"君使臣以礼，臣

---

① 《论语·季氏》。
② 《史记·太史公自序》。
③ 《礼记·坊记》。
④ 《礼记·仲尼燕居》。

事君以忠"①。君民之间，君对民以爱，民事君以敬，君臣各自严格遵守其礼节。上下之间待人以仁让，克己以中和，和谐相处。这是一个君贤民和、上下有序、社会稳固、道德完善的理想社会。②

4. 孔子的理想国有一个特别显明的特征，这就是全天下人都是"为公"，都达到了"为公"的思想与行为的境界。

全天下的人都为了社会公共事业做贡献，人与人都能够讲求信用，都能够全心维护和睦正常的社会秩序，劳动不是为了增加自己的财富，而是成为全社会成员的第一需要，也许，这种理想社会永远也不会实现，但它像一束光一样照亮了前路，给予人们以无限的憧憬和希望，指引着人们不断走向开明、进步。它给人类指出了前进的方向。

如果我们将孔子的大同社会与马克思的共产主义社会作一简单比较的话，就一定会看出，马克思所提出共产主义社会理想，其中有生产资料公有制、生活用品按需分配、劳动成为人们的第一需要、解放全人类等，而这一切与孔子的大同理想又是何其的相似。差别只是在于：孔子没有说明他心目中理想的大同世界是怎样实现的，而马克思则提出了共产主义社会的实现要经过无产阶级革命与无产阶级专政的社会主义阶段。要大力发展生产

---

① 《论语·八佾》。

② 参见丁小萍著《中国古代政治智慧》，浙江大学出版社2005年版，第33页。

力，使物质财富极端丰富，人们的思想觉悟极大提高，逐渐消灭工业与农业、城市与乡村、体力劳动与脑力劳动等三大差别。从而建立无阶级、无剥削、无战争的三无世界。马克思与孔子虽然相隔久远，提出的最高理想却是极其相似的。由此可见，只要是具有普遍意义的东西，是一定会出现"人同此心，心同此理"现象的。

二、孔子理想中的"小康社会"

世界大同社会秩序，虽然为人类社会一种最美好的蓝图，但实现起来并不容易，与"大同"等而下之的便是"小康"社会。

《礼记·礼运》篇接下来描述道：

> 今大道既隐，天下为家。各亲其亲，各子其子，货力为己。大人世及以为礼，城郭沟池以为固。礼义以为纪：以正君臣，以笃父子，以睦兄弟，以和夫妇，以设制度，以立田里，以贤勇知，以功为己。故谋用是作，而兵由此起。禹、汤、文、武、成王、周公，皆由此其选也。此六君子者，未有不谨于礼者也。以著其义，以考其信，著有过，刑仁讲让，示民有常。如有不由此者，在势者去，众以为殃。是谓小康。

孔子所讲的小康社会则是夏、商、周三代的"天下为家"的理想社会。

在这样的社会里，尽管大道已隐，但城池坚固，以"礼义"来维系君臣、父子、兄弟夫妇之间的关系，人们谨慎地依礼法行事，并且用礼来表明道义，考查诚信，辨明过错，效法仁爱，讲求谦让，向民众昭示为人做事的常规。如果有不遵守这种礼法常规的人，即使是执掌权力者，也要撤职去位，被民众视为祸殃。由此可见，孔子的所谓"小康"社会是一种礼法完备、赏罚严明、秩序井然、君主圣贤、人人和谐相处的社会状态。在这种社会中，虽然人们"各亲其亲，各子其子，货力为己"，与大同社会的那种"天下为公"已经不可同日而语。但是，这个"小康"社会毕竟礼法整肃，赏罚有度，诚信仁爱，谦恭礼让，帝王亦谨行其礼，民众皆遵守常规，违背礼法者，一律加以处罚，即使是当权者也不例外。在孔子所处的时代，这无疑也是一种理想的社会模式。

君不见，中华民族经过两千多年的不懈奋斗，小康社会即将成为现实。

三、《礼运》中的"国家治理"

在《礼运》篇中，孔子除了提出大同社会与小康社会两种治理方案外，还提出过下列几种具体治理的思想方案。

1. 阐述了以礼治国的重要性。

《礼运》篇说：

> 言偃复问曰："如此乎，礼之急也？"孔子曰："夫礼，先王以承天之道，以治人之情，故失之者死，得之者生。《诗》曰：'相鼠有体，人而无礼；人而无礼，胡不遄死！'是故夫礼，必本于天，殽于地，列于鬼神，达于丧、祭、射、御、冠、昏、朝、聘。故圣人以礼示之，故天下国家可得而正也。"

言偃向孔子请教关于治国理政的事情。他问孔子："礼是如此急需吗？"孔子说："礼，是先王禀承天道，用来治理人的情欲的。因此丧失礼的就将死，遵行礼的就能生存。《诗》说：'看那老鼠有肢体，做人反而没有礼；做人反而没有礼，为何还不快快死！'因此礼，必须根据天道，仿效地理，取法于鬼神，而贯彻于丧事、祭祀、射箭、驾车、冠礼、婚礼、朝礼、聘礼等政治事务之中。因此圣人用礼来诱导民众，天下国家就可以治理好了。"

《礼运》篇中还说：

> 故礼义也者，人之大端也，所以讲信修睦，而固人之肌肤之会，筋骸之束也；所以养生送死，事鬼神之大端也；所以达天道，顺人情之大窦也。故唯圣人为知礼之不可以已也。

故坏国、丧家、亡人，必先去其礼。

有礼义则可通达，无礼义则将闭塞。因此从个人而言，礼义是人的最基本出发点，是用来讲究信用，加强和睦，而使人的肌肤的会合、筋骨的连接都得到强固的；从治理国家的角度而言，是用来养生送死、祭祀鬼神，管理社会、统治万民的最基本指导原则；是用来体达天理、顺适人情的重要孔道。因此对于执政者而言，礼不可以停止。所以那些败国、丧家、亡身的人，肯定是先废弃了礼而后亡家亡国的。

2. 指出治国理政应该充分汲取前朝的历史经验教训。

《礼运》篇说：

> 言偃复问曰："夫子之极言礼也，可得而闻与？"孔子曰："我欲观夏道，是故之杞，而不足征也，吾得《夏时》焉。我欲观殷道，是故之宋，而不足征也，吾得《坤乾》焉。《坤乾》之义，《夏时》之等，吾以是观之。"

孔子认为，要想治理好国家，就必须认真汲取前朝的历史经验教训。他不但没有停留在言论上，而且积极将自己的政治主张付诸实践之中。

孔子说："我想了解夏代的礼，因此到杞国去，而发现杞国的文献已不足征信，我从那里只获得了一部名为《夏时》的书。我想了解殷代的礼，因此到宋国去，而发现宋国的文献已不足征信，我从那里只获得了一部名为《坤乾》的书。《坤乾》中所体现的事物变化的道理，《夏时》中所记载的四时运转的程序，我就据此来考察夏、殷时代的礼。"

在《礼运》中，还记载有对于春秋时期"礼崩乐坏"的深深的担忧：

> 孔子曰："於呼，哀哉！我观周道，幽、厉伤之。吾舍鲁何适矣！鲁之郊、禘，非礼也。周公其衰矣。杞之郊也，禹也；宋之郊也，契也：是天子之事守也。故天子祭天地，诸侯祭社稷。"

按照周王朝的制度，郊、禘之礼，只有天子才能举行，鲁僭行天子之礼，故孔子直呼其"非礼也"。孔子说："啊，多么可悲啊！我考察周的治理天下之道，从幽王和厉王时期，就令人悲伤了。我除了鲁国，还能到哪里去呢？但鲁国行郊祭天之礼和禘祭礼，是不符合礼的。周公所制定的礼，到他的子孙手里却衰微了。杞行郊祭天之礼，用禹配祭；宋行郊祭天之礼，用契配祭，这是从前的天子的祭礼而子孙所应当继续遵守的。因此只有天子才有权祭天地，诸侯只能祭祀本国的社稷之神。"

孔子的这种严格按照制度行事的政治思想与政治智慧，实在值得我们后人认真研究。

3. 提出了如何"治政安君"的命题。

孔子认为，"礼"是国君持以治国的重要手段，是用来辨别嫌疑，明察幽微，礼敬鬼神，考察制度，区别不同对象而运用仁或义的，是用来治理国政而安定君位的。因此国政不正君位就危机了，君位危机大臣就会背叛，小臣就会窃权。如果刑法严峻而礼俗败坏，法律就会变动不定，法律不定而礼又因败坏而不能区别上下等级，礼不能区别上下等级做官为士的就不会恪尽职守了。刑法严峻而礼俗败坏，民众就不会归心于国家，这就叫作病国。

4. 提出了"夫政必本于天，殽以降命"的命题。

《礼运》说：

> 故政者，君之所以藏身也。是故夫政必本于天，殽以降命。命降于社之谓殽地，降于祖庙之谓仁义，降于山川之谓兴作，降于五祀之谓制度，此圣人所以藏身之固也。

孔子认为，国政，是国君用来安身的。因此国政必须根源于天理，效法天理来下达政令。政令根据土地的需要来下达叫作效地利，政令根据祭祀祖庙的需要来下达叫作仁义，政令根据利用山川的需要来下达叫作兴制作，政令根据建造宫室的需要来下达叫作制度，这些就是国君用来牢固安身的国政。

5. 治国理政需要"参于天地，并于鬼神"。

《礼运》说：

故圣人参于天地，并于鬼神以治政也。处其所存，礼之
序也；玩其所乐，民之治也。故天生时，而地生财，人其父
生，而师教之。四者君以正用之，故君者立于无过之地也。

孔子说："圣人参照天地，比照鬼神来治理国政。处在圣人所
存在的时代，到处是礼的秩序；体味圣人所引以为乐的，使民众
得到治理。因此天产生四时，而地生出财富，人由他的父亲所生，
而由老师来教育。以上方面国君以正道来加以运用，因此做国君
的就可以立于无过失的境地。"

6. 如何为君，如何做民。

《礼运》说：

故君者所明也，非明人者也；君者所养也，非养人者也；
君者所事也，非事人者也。故君明人则有过，养人则不足，
事人则失位。故百姓则君以自治也，养君以自安也，事君以
自显也。故礼达而分定。故人皆爱其死，而患其生。

孔子认为，君王与百姓应该各居所位，各行其职。做国君的
是利用别人的智慧来使自己聪明，而不是使别人聪明；做国君的
是被别人供养，而不是供养别人；做国君的是被别人服侍，而不
是服侍别人，因此国君专断自用、想用个人的智慧使别人聪明就
难免犯错误，供养别人就缺乏资财，服侍别人就丧失君位。百姓

则是效法国君的榜样来管理自己的，供养国君来使自己生活安定的，为国君做事来求得显贵的，因此礼教得到贯彻，上下名分就确定了。只有上下名分确定无误，人人才会都向慕守义而死，怕做不义而生的人，因此国君要利用别人的智慧而抛弃别人的伪诈，利用别人的勇敢而抛弃别人的愤恨，利用别人的仁爱而抛弃别人的贪欲。这才是正确的为君之道。

7. 治国理政就是治理人心，治理人情，因此执政者必须了解世故人情。

《礼运》说：

> 圣人耐以天下为一家，以中国为一人者，非意之也。必知其情，辟于其义，明于其利，达于其患，然后能为之。何谓人情？喜、怒、哀、惧、爱、恶、欲七者，弗学而能。何谓人义？父慈、子孝、兄良、弟悌、夫义、妇听、长惠、幼顺、君仁、臣忠十者，谓之人义。讲信修睦，谓之人利。争夺相杀，谓之人患。故圣人之所以治人七情，修十义，讲信修睦，尚辞让，去争夺，舍礼何以治？饮食男女，人之大欲存焉。死亡贫苦，人之大恶存焉。故欲恶者，心之大端也。人藏其心，不可测度也。美恶皆在其心，不见其色也。欲一以穷之，舍礼何以哉？

孔子认为，聪慧的执政者能用治理来把天下团结为一家，把中国团结得如同一人的。要实现这一治理的境界，就必须了解人情世故，明白做人的义理，知道人的利益所在，清楚人的祸患是什么，然后才能做到。什么是人情？指的是喜、怒、哀、惧、爱、恶、欲，这七个方面不学就会。什么是做人的义理？父亲慈爱、儿女孝顺、兄长善良、弟敬兄长、丈夫守义、妻子听从、年长的关怀年幼的、年幼的顺从年长的、国君仁慈、臣下忠心，这十个方面就是做人的义理。讲究信用而加强友好，就是人的利益所在。互相争夺厮杀，就是人的祸患。因此高明的治理者用来治理人的七情，培养人的十义，使人讲究信用，加强友好，崇尚谦让，放弃争夺，除了礼还用什么来治理呢？衣食男女，是人们最基本的欲望。死亡贫苦，是人们最厌恶的事情。因此欲望和厌恶，是人心的两个最基本的出发点。人人都藏有一颗心，不可测度。是好是坏，都在于人心，从表面上看不出形迹。要想使人心的好坏彻底显露出来，除了用礼来测度还能用什么呢？

第六章　孔子的文化自信

从炎黄二帝开启华夏文明之门开始，中经尧舜禹时期漫长而远古的文明进程，再到夏商周时期的轴心光辉时代，其间灿烂夺目的华夏早期文明，是孔子创建儒家学说的文化基础。也就是说，华夏早期文明是孔子"为天地立心""为生民立命"的文化自信的源泉。

一、黄帝时代的文明启迪

长期以来，学术界把中国文化的源头追溯到春秋战国时期的诸子百家，认为孔子之学是中国主流文化的起点和源头，由此不断发展，形成了中国古代的主流文化思想。但一个不争的事实是：中国有 5000 年的文明史，而孔子距今只有 2500 多年，正好是在中国文明史的中途才诞生的。那么孔子之前 2500 多年中华民族的主流文化思想是什么，其主要代表人物应该是谁？这是我国古代文化思想史必须回答的一个问题。学者徐炳认为："孔子之前中国古代思想的代表人物就是黄帝，以《黄帝四经》为主所表述的思想可以简称为黄帝思想，是孔子之前的中国主流哲学思想。"[①]儒学及诸子百家的源头就是黄帝文化与思想。

什么是文化？

在中国古代，所谓文化主要是"以文化人"之义。

《周易·贲卦》的《象》辞说：

> 刚柔交错，天文也。文明以止，人文也。观乎天文，以察时变；观乎人文，以化成天下。

---

① 徐炳主编：《黄帝思想与先秦诸子百家》（上），社会科学文献出版社 2015 年版，第 2 页。

刚柔交错成文以构成天象；社会制度、风俗教化构成人们的社会生活的基础。因此，观察天文，以判正四时；考察社会人文，以教化百姓。文化与人类的物质文明和精神文明的历史进程密切相关。

文化既是长期以来人们对自己的精神面貌加以改变的成果，同时又是宇宙、自然对人类自身所产生的影响的结果，这两方面的因素共同形成了关于自然、社会、人伦、心性等的社会精神成果。

在西方，"文化"一词的拉丁文是 cultura，是指农耕及对植物的培育。文化原本就是人类把自然、土地、环境化为人所用的粮食、植物之意。随着社会演变，文化逐渐变为与人类社会密不可分的一个概念，它是人类创造形成的各种凝结着精神与思想内容的产物。同时，人类的文明成果慢慢积累，具有了客观性，在时间的长河中具有了独立的形态，反过来作为生产生活的方式影响着物质世界。因此，文化是人类和物质世界共同作用的结果，是凝结在物质之中又游离于物质之外的，能够被传承的国家或民族的历史、地理、风土人情、传统习俗、生活方式、文学艺术、行为规范、思维方式、价值观念等。它是人类相互之间进行交流的普遍认同的一种能够传承的意识形态，是客观世界感性上的经验知识，也是主观世界理性上的逻辑分析。基于这一点，每个民族都有自己经验的客观世界，产生的文化自然存在差别，所以文化往往具有民族特色。又因为，每一个民族的文化都是历史的传承，相对其他民族往往具有自己独特的文化精神，从这一点上说，文化往往又具有民族性。

文化一方面是人类从一定的环境中养育化成的物质文明与精神文明的结晶，另一方面又是不同民族的族群活动与其生存环境相互作用而生长培育积淀的成果。所以，文化总是具体的、特殊的，富有个性并且是千差万别、多彩多姿的。因此，文化只有与民族相关联，才可以真正彰显其含义。民族虽然是由一定族群形成的人类共同体，但是，凝结这个共同体的力量不是族群血缘，而是文化。确定一个种族的标志也不是这个种族的生物特征，而是信仰、生产方式、生活习惯、语言等内容。从这个意义上可以说，文化才是一个民族的灵魂，一个民族生活的全部历史都凝结在民族文化中，民族文化展现了民族生活的全部历史过程。民族与文化二者是不可分割的统一整体①。作为中华民族文化核心与文化主流的儒家文化的产生与发展，也应该是遵循了上述原理自然而然发展变化的结果。

中国文化起源于上古的黄帝时期。

孔子之学只是 5000 年中华文明前进中途即 2500 年轴心时代

---

① 参见孔繁轲主编《中国共产党文化创新史》，山东人民出版社 2017 年版，第 2 页。

的结晶。

多年来，很多学者以先秦经典如《尚书》《诗经》《论语》《周礼》等书中，在追述前人事迹只追溯到尧舜而没有言及黄帝，就认为历史上的中华文化源头不是黄帝时期的文明。但实际上，孔子及其儒家虽然不多谈黄帝，但他们是承认黄帝文化的。孔子虽然说过"郁郁乎文哉，吾从周"之类的话，但他并不否认黄帝文化的存在。

相传，《易传》为孔子所作。

《易传·系辞下》说，包羲、神农之后，"黄帝、尧、舜氏作，通其变，使民不倦，神而化之，使民宜之……黄帝、尧、舜垂衣裳而天下治"。

又据《大戴礼记·帝系》记载，宰予请教孔子："昔者予闻诸荣伊令，黄帝三百年。请问黄帝者人邪，抑非人邪？"宰予问老师黄帝是不是人？如果是人为什么能活 300 岁？孔子回答说："黄帝，少典之子也，曰轩辕。生而神灵，弱而能言，幼而慧齐，长而敦敏，成而聪明。治五气，设五量，抚万民，度四方，教熊罴貔豹虎，以与赤帝战于阪泉之野。三战，然后得行其志。……生而民得其利百年，死而民畏其神百年，亡而民用其教百年，故曰三百年。"

另外，《尸子》中也记载了子贡向老师请教黄帝的事情："子贡曰：'古者黄帝四面，信乎？'孔子曰：'黄帝取合己者四人，使治四方，不计而耦，不约而成，此之谓四面.'"①

显然，在孔子眼中，黄帝不是长着四张脸、活了 300 岁的神，而是能治四方、为民造福的圣人，只是因为年代久远不如尧、舜事迹那样清楚罢了。由上述三种史料记载可见，孔子是承认黄帝文化的。

实际上，中华文明是在原始各部族一次又一次的搏击冲撞和交汇融通中逐渐产生、积淀、发展与丰富起来的。从古史传说来看，盘古开天地、昆仑神山、轩辕古国、大洪水时代的生存空间之争等都构成了中华文明史的开端。黄帝、炎帝与蚩尤是中华民族公认的三大始祖。他们的情况，成为中华文明史的源头。

据学者考证，五帝时代，黄帝部落是活跃于北方的一支游牧部落。"昆仑山的原型在内蒙古阴山地区；轩辕古国在河北北部、内蒙古东南部、辽宁西部的森林、草原间."②炎帝部落是生活在黄河流域中游的一支从事农业生产的氏族部落。蚩尤部落则是东夷以狩猎为主的氏族部落。

距今 5000 年前后，气候骤变，生存环境恶化。迫于生存压力，黄帝部落挥师南下，在阪泉、涿鹿同炎帝、蚩尤等部落发生了以争夺地盘为核心的大规模战争，炎帝战败，蚩尤被杀，炎黄

---

① 《太平御览》卷七九。

② 逯宏著：《中国五帝时代——北方传说时代多元文化融合研究》，中国社会科学出版社 2017 年版，第 1 页。

从此组成新的婚姻与政治联盟，中华文明史从此进入了一个新的发展阶段。

黄帝、炎帝与蚩尤之事，经司马迁"非好学深思，心知其意，固难为浅见寡闻道也"的认真严谨审视，载入《史记·五帝本纪》中。司马迁很重视轩辕、炎帝与蚩尤之间战争的意义，他认为，正是由于轩辕战胜了炎帝与蚩尤，才使轩辕氏成为黄帝，列于五帝之首，开创了中华文明的先河。

司马迁说：

> 轩辕之时，神农氏世衰，诸侯相侵伐，暴虐百姓，而神农氏弗能征，于是轩辕乃习用干戈，以征不享，诸侯咸来宾从。而蚩尤最暴，莫能伐。炎帝欲侵陵诸侯。①

这说明，轩辕氏兴起之时，中原大地居统治地位的部落是神农氏，即炎帝部族，他在"诸侯相侵伐"之时，由于世衰而无能为力，中原地区各部族依凭所据的一方物质资源不断壮大实力，开始对于原本以农业文明较为发展的神农氏部落产生怠慢之心，各部族之间为争夺生存与发展权而战争不断。这时，北方实力较为强盛的轩辕氏部落，依仗武力"以征不享"者，起而取代炎帝部落在中原"诸侯"中取得了统治地位，并进而征服了其他众多

---

① 《史记·五帝本纪》。

不服从的部落，扩大了本部族统治的地域。

本来，在部落联盟形成的过程中，神农氏部落的统治地位遇到别的氏族部落的挑战与背叛，"炎帝欲侵陵诸侯"，即用武力征服不顺从的部落，这本是再正常不过的事情。

太史公从大一统的正统观点出发，尊黄帝，贬炎帝，其理由也同样无可挑剔。只不过，他没有明白说明这样一条政治发展的规律即实力原理。

实力是决定成败的最基本条件。

成功者是靠拳头发言的。

政治成败，实力至尊。

当时，除神农氏外，蚩尤部族亦难以征服。

问题很清楚，在这华夏族诸部落进入英雄时代的当口，在中国广大地域中，存在着轩辕、炎帝和蚩尤三大氏族部落集团的鼎立对峙，一时难以出现一个统一的局面，逐鹿中原的战云笼罩在中原大地的上空。

面对这种长期对峙、战乱不断的局面，势力迅速发展的轩辕氏部族，为战胜炎帝、蚩尤部族，进行了充分的物质与军事准备。

首先，黄帝决定先行征服炎帝势力集团。

"黄帝之谋炎帝也久矣。"[1]

---

[1] 夏曾佑著：《夏曾佑集》下，上海古籍出版社 2011 年版，第 796—797 页。

"至黄帝时，生齿日繁，民族竞争之祸，乃不能不起。遂有炎帝、黄帝、蚩尤之战事，而中国文化，借以开焉。"①

此时，炎帝部族虽已经势力衰落，但要完全征服之也并非易事，对此，司马迁简要概括说："炎帝欲侵陵诸侯，诸侯咸归轩辕。轩辕乃修德振兵，治五气，艺五种，抚万民，度四方，教熊罴貔貅䝙虎，以与炎帝战于阪泉之野。三战，然后得其志。"②

这个记载说明，轩辕氏与炎帝相比，"诸侯咸归轩辕"，说明其实力与人气盛旺，为与炎帝决战奠定了良好基础。同时，黄帝认真准备，"艺五种"即将黍、稷、菽、麦、稻主要食粮作为战备条件，以备战士战争中食用；他振兵修武，教士卒习战练武，以猛兽之名命名，显示军威；度四方部族，理顺人心，以支持他的统一战争。正是由于黄帝有组织有计划地进行了充分的准备，凭借其部落强大的力量，加上其他背叛炎帝的部落的支持，所以经过多次的交战，最终取得了对炎帝部落战争的胜利。贾谊说："黄帝者，炎帝之兄也。炎帝无道，黄帝伐之涿鹿之野，血流漂杵，诛炎帝而兼其地，天下乃治。"③这说明黄帝、炎帝本为联姻的兄弟部族首领，由于利益发生严重冲突，

① 夏曾佑著：《夏曾佑集》下，上海古籍出版社 2011 年版，第 796 页。
② 《史记·五帝本纪》。
③ 《新书·益壤》。

自相残杀，且异常惨烈，由"血流漂杵"辞句即可想象当时战争的残酷程度。战争以人类鲜血和生命为代价，却同时又为文明开辟新的路径。

炎黄两个部族的大战，奠定了黄帝族在中原部族中的统治地位。更重要的是，从此炎黄两个部落氏族群合二为一，成为华夏族正式形成标志，亦为兼并蚩尤族群打下了基础。

接下来，黄帝又将征服蚩尤部落提上了日程。

蚩尤是一个怎样的人物？ 他与炎帝、黄帝之间究竟有着怎样的传奇故事？史籍中相关记载的资料少而纷乱。

《世本》言："蚩尤，神农臣也。"

《大戴礼记·用兵》说："蚩尤，庶人之贪者也。"

《尚书·吕刑》传文引马融之言云："蚩尤是少暤末九黎之君号。"

《韩非子·十过》说："昔者黄帝合鬼神于泰山之上，驾象车而六蛟龙，毕方并辖，蚩尤居前，风伯进扫，雨师洒道，虎狼在前，鬼神在后，腾蛇伏地，凤皇覆上，大合鬼神，作为清角。"

上述这些记载虽然众说纷纭，甚至具有神话色彩，但毕竟还是可以理出一个头绪的。《世本》说蚩尤是神农之臣属，《逸周书·尝麦篇》亦言："蚩尤乃赤帝臣。"这说明蚩尤曾一度归顺神农。神农氏后来衰落，众部族相互侵伐，不听从神农，蚩尤自然也是如此。《韩非子》中说，黄帝曾集众部族于泰山之巅，奏着黄帝之琴，"蚩尤居前"，立于一个显著的地位，这说明在神农氏衰落、轩辕氏取而代之时，蚩尤曾一度归顺轩辕氏，在众部族中，因为持有强大的实力，而地位"居前"。

在《尚书》传注中言，蚩尤是九黎之君，三苗是九黎的后裔；又言少暤本是九黎之君，少暤是东夷部族首领，很可能原先蚩尤部族为东夷一支，后其势力因武器装备得以改进而迅速壮大。

关于蚩尤"作兵"，史籍记载说："葛卢之山发而出水，金从之，蚩尤受而制之，以为剑、铠、矛、戟，是岁相兼者诸侯九。雍孤之山发而出水，金从之，蚩尤受而制之，以为雍狐之戟、芮戈，是岁相兼者诸侯十二。故天下之君，顿戟一怒，伏尸满野，此见戈之本也。"①

崛起后的蚩尤部族在东夷、苗蛮地域兼并达"八十一兄弟"，即形成一个非常庞大的部落联盟集团，起先成为神农氏部落联盟中的一支，后来又归顺于轩辕氏，最后又叛轩辕氏形成三足鼎立，乃至势不两立的局面。

由于蚩尤联合了东部及南部众多的部族，先对神农氏、后对轩辕氏构成威胁，同时又先归顺神农氏、后归顺轩辕氏，以致最后与其发生严重的冲突，进而与炎帝、与轩辕氏展开了争夺黄河中游的地盘。这是大洪水时代海水上升东夷部族被迫内迁以期生

---

① 《管子·地数》。

存、从而同中原氏族部落发生冲突的真实写照。

司马迁说："蚩尤作乱，不用帝命。"[1]

按照司马迁的叙述顺序，轩辕氏是在征服了炎帝部落后，才同蚩尤进行决战的。司马迁在记述了轩辕战胜炎帝之后，接着说："黄帝乃征师诸侯，与蚩尤战于涿鹿之野，遂禽杀蚩尤。而诸侯咸尊轩辕为天子，代神农氏，是为黄帝。天下有不顺者，黄帝从而征之，平者去之，披山通道，未尝宁居。"[2]

关于黄帝战蚩尤之事，在《山海经》中有记载："蚩尤作兵伐黄帝，黄帝乃令应龙攻之冀州之野。应龙畜水，蚩尤请风伯、雨师，纵大风雨。黄帝乃下天女曰魃，雨止，遂杀蚩尤。"[3]

上述两则文献都记载了黄帝与蚩尤决战的简要经过，但又有略微不同，如《史记》言，由于蚩尤不听帝命，故黄帝举兵讨伐；而《山海经》则言蚩尤凭借自己有实力，主动发兵进攻黄帝，于是便展开大战。又，根据《归藏》中记载："蚩尤伐空桑，帝所居也。"[4] "空桑"不知其所指，但蚩尤主动进攻黄帝部族是很清楚的。

根据史籍记载，轩辕与蚩尤两个部族的交战，很可能是经历

---

① 《史记·五帝本纪》。

② 《史记·五帝本纪》。

③ 《山海经·大荒北经》。

④ 《全上古三代秦汉三国六朝文》第15辑。

了相当长的一段时间。

有文献记载说："黄帝与蚩尤，九战九不胜。"① "九"是一个最大的概数，说明黄帝与蚩尤的战争，是经过无数次的战斗，才最终取得胜利的。

还有文献记载说："昔蚩尤暴横。黄帝举贤用能，诛强伐叛，以佐神农之理，三年百战，而功用未成。"②

上述这些文献记载皆说明，黄帝征战蚩尤，经历了一个较为漫长的过程。

炎帝、蚩尤部族敢与黄帝部族角逐，凭借两个重要的条件：一是他们拥有众多部族强有力的支持，二是他们有自己部族传统宗教意念作为精神力量，致使黄帝一度对他们束手无策。如在与蚩尤部族的战争中，有史籍记载说："黄帝摄政前，有蚩尤兄弟八十一人，并兽身人语，铜头铁额，食沙石子，造五兵，仗兵戟大弩，威震天下。诛杀无道，不慈不仁。万民欲令黄帝行天子事，黄帝以仁义不能禁止蚩尤，遂不敌，乃仰天而叹，天遣玄女下授黄帝兵信神符，制伏蚩尤，节因使之主兵，以制八方。"这段出于《龙鱼河图》绘声绘色充满了神秘色彩的文字，实质上是反映了在黄帝部落与蚩尤部落的战争中，蚩尤一度在军事上占有强势，因

---

① 《太平御览》卷 15。
② 《太平广记》卷 13，《骊山姥》。

此轩辕才会"仰天而叹"。

然而黄帝取得了最终胜利，蚩尤失败被杀，这说明黄帝比之蚩尤，具有更大的优势。

首先，黄帝与炎帝部族联合，这两大部族最先进入农耕文明，在物质文化与精神文化方面，均优于蚩尤一方，且已形成一定的社会管理形式，因此，他们所建构的社会组织，代表上古历史发展的方向，这是其制胜的基础。

其次，黄帝善于学习应用一切有利的条件，全力对付蚩尤，使蚩尤的优势转化为劣势。如黄帝用"畜水"战法，因为农耕文化中，对水有深刻认识，水犹兵也，利用水的特性进攻敌方；又如在广阔的山川和平野之地，风云不测，黄帝"作指南车，以别四方"，在战争中清楚认识敌我情势并取得胜利。在《孙子兵法》中，孙武总结黄帝制胜在"处军、相敌"，即配置军队、判断敌情方面，值得重视的有四：一是在山岳作战，应择居高向川之处，此谓"绝山依谷"；二是在河流地作战，应取居高向阳之处，此谓"绝水必远水"；三是在沼泽盐碱之地作战，应依水草而背树木扎营，此谓"绝斥泽，惟亟去无留"；在平原地作战，应选背高而通达、面临天然障碍之处，此谓"平陆处易"。孙子认为："凡此四军之利，黄帝所以胜四帝也。"[1] 孙武认为黄帝之所以战胜

---

[1] 《孙子兵法·行军》。

周围部族的进攻，说明他有种种兵法，其中最主要的就是实行了这四项原则。至于传说中黄帝的战法是得于神人所赐，不过是后世为歌颂黄帝取胜而制造出来的一种玄奥故事罢了，不可以之为依据。

蚩尤死后，黄帝与蚩尤两大部族的旷日持久之战，终以蚩尤部落氏族的失败而告结束。但蚩尤被杀后，天下只有相对的和平，历史遗留下来的问题还不可能在一日内化解，只能在社会前进中逐步整合与解决。

司马迁分析蚩尤死后的形势说："天下有不顺者，黄帝从而征之，平者去之，披山通道，未尝宁居。"[①]

这是符合历史实际的。

这样，根据先秦诸子和两汉著述的评论，揭开那些云遮雾罩般神秘性的文字，我们多少可以理出一个比较清晰的头绪：黄帝、炎帝与蚩尤的部落氏族之间，解决冲突的办法是先用战争的方式，其次是在战争过程中逐步探索出政治协商的办法，主要凭借点还是各部落实力强弱等因素。除了军事方式外，政治智慧亦是相当的重要。部族联盟在炎帝、蚩尤与黄帝大战时得到迅速发展。黄帝部族兴起之时，众部族依赖其所拥有的一方资源优势，得到充分发展，然而在激烈的竞争中，为了部族的生存与发展，他们必

---

① 《史记·五帝本纪》。

须选择部族联合的组织结构。在征战过程中，黄帝部族以武力同炎帝部族联合起来，蚩尤部族同"八十一兄弟"也实行结盟。蚩尤与黄帝的大战，继续沿着这一发展趋势，最终实现了三大族群的统一。通过战争、和亲、协商等各种探索方法，黄帝将中原众多部族融合成为一个相对合作与共存的政治群体，这就是氏族部落联盟的出现。氏族部落联盟的出现，标志着上古社会的历史实现了跨越式的进步，为中华民族早期文明形成与不断向前发展奠定了一个坚实的基础。

部族的融合与部落联盟政治的出现，必然导致华夏早期文明的迅速发展，加强各部族自远古以来形成的不同文化的交流。

正是由于这种不同文化的长期并存，相互借鉴，使中华政治文化从一开始，就形成一种兼容并包、以"和""合"为主流的优良传统。而这种传统，是从黄帝时代开始形成的。在这个意义上说，黄帝、炎帝与蚩尤三大部族共同开凿了中国远古政治文化的甘泉，奠定了中华政治文化整体发展的基础，为后来治理天下者树立了一个值得效法的标尺，成为周公、孔子创立以自强不息、厚德载物、和为贵、中庸等为原则的儒家学说的榜样。

二、大洪水政治的影响

黄帝之后，颛顼、帝喾、尧、舜、禹先后成为最有影响的部落联盟首领。

据《左传》昭公十七年记载："卫，颛顼之虚也，故为帝丘。其地当今河南濮阳，正处于古黄河之南。"

另据《吕氏春秋·古乐篇》中说："颛顼生自若水，实处空桑，乃登为帝。"

若水即今河南中部之汝水。空桑，就是濮阳。古黄河从今武陟折而北流，至浚县大伾山又折向东流，经内黄、濮阳间后再折而北流，在今天津南入渤海。黄河自古就是铜头、铁尾、豆腐腰，其腰身古代在今浚县至内黄段。所以，共工从上游"振滔洪水，以薄空桑"，直接威胁到颛顼氏族部落生命财产的安全。因此，双方发生了战争。结果，共工战败，颛顼称帝。

在早期神话传说中，帝颛顼的确是一位了不起的人物。这不仅由于他战胜共工而为帝，更重要的是他还进行了一次"绝地天通"的社会改革。其说见《国语·楚语下》：

> 及少暤之衰也，九黎乱德，民神杂糅，不可方物。夫人作享，家为巫史，无有要质。民匮于祀，而不知其福。燕享无度，民神同位。民渎齐盟，无有严威。神狎民则，不蠲其为。嘉生不降，无物以享。祸灾并臻，莫尽其气。颛顼受之，乃命南正重司天以属神，命火正黎司地以属民，使复旧常，无相侵渎，是谓绝地天通。

　　这里讲的"及少暤之衰也，九黎乱德"，不是氏族部落之间的纠纷和战争，而是氏族社会内部出了问题。其表现主要是："夫人作享，家为巫史"，即人人作享，祭祀天地鬼神。这样，每人都可以代表神灵，家家都成了巫史，人与神之间的界限完全消失了。结果是，人与人之间互相侵渎，什么盟约都不灵了，什么信物都无效了，社会秩序为之大乱。天时因此也不顺事，作物也长不好了。在这当儿，颛顼站了出来，"命南正重司天以属神，命火正黎司地以属民"，解救了社会的危机。所谓"司天以属神"，实际上是观察天象。在古人眼里，日月星辰、风雨雷电等，都是有神的，所以观察天象叫作"司天以属神"。例如，日食和月食在古人看来都是由神灵在作怪，所以都要祭祀。"司地以属民"，实际上是管理农事。古代有火历，以火星来纪时，故火正即历正。按照季节和气候进行农作，解决人们的衣食问题，也就是"司地以属民"了。当然，相应的祭祀也是少不了的。如播种时要祭祀，收获后要祭祀。按后世的历法说，播种大约在初夏，收获约当秋冬之际。总之，天上人间各有其司，专职的祭司出现了。所以，"绝地天通"是一次重大的社会改革，它预示着文明社会的进一步发展。正是这样一个雄踞于中原的部落群体，后来建立了许多国家。如"郑，祝融之虚也"。其地在今之新郑。且"祝融作市"，和四方是有交往的。再如"卫侯梦于北宫，见人登昆吾之观"和"登此昆吾之虚"，其地在今濮阳。楚灵王说："昔我皇祖伯父昆吾，旧许是宅。"其地在今许昌。仅此亦可见帝颛顼当年之神威了。[1]

历史上诸多事例说明：共工和颛顼之争，反映的是黄河中上游和中下游的氏族部落群体之间的利害冲突关系。在黄、炎、蚩尤之间进行循环战争的时候，还是各不相同的相对分散氏族部落群体，到颛顼和共工大战之后，他们就开始逐渐走到一起来了。在中原大地上，原来各不相同的氏族部落群体后来经过冲突而发生联系进而相互融合了。这表明，到了帝颛顼时期，部落之间的战争已往往不是你死我活，而是常常以和平结盟而告终，而和平联盟的结果一般又会形成新的社会共同体。正因为如此，氏族部落能汲取不同的文化而形成一种新文化，脱出原有的氏族部落共同体而形成新的民族共同体，至少是从血缘部落联合体开始发展为地域部落联合体。也正因为如此，部落联盟共主制度才率先跨进文明社会的门槛，成为中国政治文明社会的滥觞。

帝尧舜时期，天下为公，选贤与能，推行禅让制度，华夏政治文明进一步向更高程度迈进。

传说，帝尧是帝挚之弟，帝喾之子。史称他"其仁如天，其知如神。就之如日，望之如云。富而不骄，贵而不舒"。"能明驯

---

[1] 参见田昌五著《华夏文明的起源》，中国书籍出版社 2015 年版，第 67—68 页。

德，以亲九族。九族既睦，便章百姓。百姓昭明，合和万国。"①尧在位共 98 年，在即位 70 年时得舜，最后 28 年便由舜实际执掌政事。据正史记载："尧知子丹朱之不肖，不足授天下，于是乃权授舜。授舜，则天下得其利而丹朱病；授丹朱，则天下病而丹朱得其利。尧曰：'终不以天下之病而利一人'，而卒授舜以天下。"②尧死之后，百姓非常悲痛。3 年之内天下不举乐，以寄托对尧的哀思。尧虽然让位于舜，舜却不肯即位，让位于尧子丹朱，自己避于"南河之南"。但是，"诸侯朝觐者不之丹朱而之舜，狱讼者不之丹朱而之舜，讴歌者不讴歌丹朱而讴歌舜"。③舜说："这是天意啊！"于是即位为天子。由此看来，尧舜间领袖地位的继承过程似乎是十分和平的。"后代的史家所以用'禅让'这一后代的政治概念来说明尧舜禹之间的权力转移，是因为'禅让'的意义即在于指'最高政治权力的和平交接'。"④

　　传统中国的政治体制一个突出的特征是高度的集权性。这种集权性的表现形式即是政治上的大一统。从历史上看，中国政治的这一集权传统是从大禹开始的。

---

① 《史记·五帝本纪》。

② 《史记·五帝本纪》。

③ 《史记·五帝本纪》。

④ 齐涛主编，王和著：《中国政治通史——从邦国到帝国的先秦政治》，泰山出版社 2003 年版，第 105 页。

禹在我国上古历史传说中，堪称一位伟大的传奇式的英雄。

据说，他曾受尧之命，继父鲧之志，治理"浩浩怀山襄陵，下民其忧"的滔天洪水，"劳身焦思，居外十三年，过家门不敢入。薄衣食，致孝于鬼神。卑宫室，致费于沟淢。陆行乘车，水行乘船，泥行乘橇，山行乘樏。左准绳，右规矩，载四时，以开九州，通九道，陂九泽，度九山"。终于制服洪水，"众民乃定，万国为治"。禹也因此而"声教讫于四海"①，在众部族中享有极高的威望。

先秦与两汉文献典籍中，关于禹活动的记载甚多。

《墨子·非攻》说："禹亲把天之瑞令，以征有苗。""禹既已克三苗，焉磨为山川，别物上下，卿置大极，而神民不违，天下乃静。"

《国语·鲁语下》说："禹致群神于会稽之山。"

《左传·哀公七年》说："禹既会诸侯于涂山，执玉帛者万国。"

《山海经·海外北经》说："禹杀相柳……乃以为众帝之台。"

这里所谓的"诸侯""万国"，皆是指禹在治理洪水过程中加以征服或者争取过来的众多氏族部落。上述文献记载说明，除了禹所属部落联合体中的众多部落之外，还有原本并不属于禹部落联合体的众多其他部族。他们之所以前来对禹表示服从，有的是为禹的德行所感召，有的是被禹的威势慑服。据《国语·鲁语》记载，禹在会稽大会诸侯的时候，防风氏部落的首领因为迟到，

---

① 《史记·夏本纪》。

就被禹杀戮。由此不难看出，禹在当时的确具有很大的、远远超过尧舜个人的权威。

我们可以这样来认识，大禹治水过程中对国家政治统治模式的选择和实践，奠定了后来中国传统的国家集权模式的雏形。这种最早的国家集权模式可以被称为大洪水政治。

第一，治水要求国家的统一。在治水过程中，运用强有力的中央集权，来统一调配治水的人力物力资源，指挥和掌控全国性的大规模的治水行动。

第二，治水活动既是一种社会经济活动，也是一种国家治理的政治活动。在治水活动中，个人与集团、个人与国家的政治关系得以重新洗牌和调整。

第三，在政治关系的约定下，个人利益要服从于集体利益，个体要为整体服务，政策和决定的制定与下达，必须作通盘利益的考虑，在必要及关键的时刻，还应当以局部利益的牺牲换取整体及全局利益的完好无损。

第四，治水要讲求政治宣传作用和引导作用。在传统中国的意识形态中，个人实际是政治化的个人。要保持个人身上的这种政治关系，或者说个体服从于整体的政治利益关系，就必须要树立起人的服从与牺牲的精神境界。大禹为公舍私、以身作则的精神由此而生。为什么中国历史上一直极力渲染大禹治水，歌颂其外出 19 年，其间三过家门而不入的动人事迹？这里面有一个政治性的宣传和精神引导作用，是要在人们的思想中植入一种敢于和肯于奉献的精神。①

大禹治水开创出了传统中国的政治集权模式——家天下的国家统治模式，这也是中国最早大一统模式的雏形。这种政治模式，对孔子的政治观的形成有着很大的影响。

按照《礼记·礼运》篇的说法，从禹的时候开始，"大人世及以为礼，城郭沟池以为固"，"谋用是作而兵由此起"。禹欲结束带有原始民主色彩的禅让制度，但又顾虑传统观念的深远影响，便采取十分灵活的做法，使禅让制度向世袭制度转变。禹选择颇有威望的偃姓部落首领皋陶为继承人，以表示自己依然奉行禅让。可是皋陶的年龄与禹相仿，已至耄耋之年，等不到实行禅让便先禹而死。禹又荐举没有多少影响的益为继承人。禹死之后，益重演禅让故事，把权力让给禹之子启，自己躲避到箕山之阴，但各个部落并不拥护他，而拥戴启。于是启便继位而正式建立夏朝，开始了"家天下"的局面。《战国策·燕策》说"禹名传天下于益，其实令启自取之"，禹的举措在实际上为启掌握权力开辟了道路。在司马迁看来，在禹晚年时，曾经仿照尧、舜的故事，"以天下授益"，但是"虽授益，益之佐禹日浅"，故而威望明显不足；而禹

① 参见唐帼丽著《传统中国的文化精神》，中国社会科学出版社 2003 年版，第 124 页。

子启则在禹的长期刻意培植下，早已执掌了部落联合体的实际最高权力，"故诸侯皆去益而朝启"①。最后，启杀益，开创了中国历史上的第一个王朝——夏王朝。

在大洪水政治形成与完善过程中，尧、舜、禹诸帝都是通过自我修身养性，以勤俭为本、身为天下先，进而使家、族兴旺，并最终获得整个天下统治权的。然而，在大禹的儿子启获得了权力之后，通过"传子不传贤"的方式开启了世袭制的新时代。此后，王权的转移严格地限定在天子一系的血缘之中。

三、对夏商政治的总结

商周文化是有文字记载以来中国文化的源头，对中国传统文化的形成具有举足轻重的作用。特别是周文化，为中国传统文化的形成奠定了基础。这是因为中国传统文化中占主导地位的是儒家的思想和文化传统，而儒家文化的创始人是追寻"夏礼""殷礼""周礼""述而不作，信而好古"、崇拜周公、笃信周礼的孔子，这就决定了周文化在中国传统文化中的重要地位与作用；而周文化是在继承夏商文化，尤其是在总结殷商灭亡的经验教训基础上形成的。因此，研究商周文化有助于我们认识孔子之学的来源，

---

① 《史记·夏本纪》。

也有助于了解中国传统文化的特点。

一般认为,夏启也是一个有德行的人,因而获得了权力,不过此次权力转移过程中所体现的传子状况还是引起了某些部族的不满,从而导致了战争的发生。

按照《史记》中的记载,姒姓部族在当时的势力很大,包括"有夏氏、有扈氏、有男氏、斟寻氏、彤城氏、褒氏、费氏、杞氏、缯氏、辛氏、冥氏、斟戈氏"[1]等,禹属于其中的有夏氏。从文献中透露出的信息来看,有夏氏部族在姒姓部族中很可能本来并不是最强大的一个部族,或虽然曾经是最强大的部族但后来地位有所下降。特别是鲧的被杀,暗示着有夏氏和禹的家族在这场与以舜为代表的有虞氏的斗争中曾经大伤元气。由于禹治水而带来的个人威信,以及他后来继舜而成为部落联盟的最高首领,有夏氏部族也随之兴盛,成为姒姓部族中迅速崛起的一个强支。但这种迅速崛起的"暴发户"地位很可能并没有得到所有姒姓部族的政治认可。所以,在禹去世以后,当禹的儿子启"即天子之位"[2]时,姒姓部族中的另一强支有扈氏便出来挑战启的地位。"有夏之方兴也,扈氏弱而不恭,身死国亡。"[3]看来,这两个同

---

① 《史记·夏本纪》。

② 《史记·夏本纪》。

③ 《逸周书·史记解》。

姓强族之间曾在甘地（今陕西户县西南）为最高领导权而展开过激战。

　　据《尚书·甘誓》的记载，夏王启在与有扈氏大战于甘之前，曾经历数有扈氏的罪状，声称是"天用剿绝其命"，而自己则是"恭行天之罚"，即秉承神的意旨讨伐有扈氏。这说明启在当时地位并不稳定，亦未完全取得各部族的肯定，因而必须动用神的意旨来对抗同姓部族的反对，而这一事实恰恰说明虽然禹由于个人的巨大功绩和威望而获得代表姒姓部族出任部落联合体最高首领的权力，但是否应当由禹的家族继续垄断这一权力，却受到同姓的其他强宗大族的质疑。

　　启受到有扈氏的反对是同姓部族的反对，这一点以往多被学术界忽视，而这恰恰是一个颇具有关键意义的信息。在前国家时期，血缘纽带是人们社会联系的基础。在一个大的部落联合体之内，具有血缘纽带的部族一般是关系最为密切的部族。特别是在尧舜时期，已经存在由最强大的部落中的最显赫的家族世袭部落联合体最高首领的惯例，那么何以"启即禹位"并未被异姓部族反对，相反却受到了来自同姓部族的激烈攻击呢？答案应当是明确的。启所以受到的反对不是来自异姓部族，而是来自同姓部族的这一事实告诉我们，这场斗争的性质并非所谓"僭取与反僭取"或"新的王权与旧的氏族制度"之争，而恰恰是由谁代表姒姓部族出任部落联合体最高首领的位置之争。古人认为有扈氏是"为义而亡，知义而不知宜也"①；或今人认为有扈氏是逆历史潮流，维护过时的氏族制度，其实都不相干，都是后人的一种猜测。启的胜利使得夏王朝的世袭制度得以延续。同样，上古传说中认为夏代的最后一个统治者桀由于其残暴、无德失去了民心，并进而失去了权力，取而代之的是另一个拥有德行与威望的统治者——汤。

汤通过外在的武力征服，最终取代夏建立了新的世袭王朝——商。商朝初期，统治者为了解释夏商之际以武力获得政权的合法性问题，他们除了强调汤个人的"德行"之外，高于个人德行之上的能给王朝带来福音与惩罚的"上帝"这一"人格神"的观念开始起作用。人们被告知，夏的灭亡与商的兴起，并不仅仅是个人德行的问题，而是上天的意志，所谓"有夏多罪，天命殛之"②。从此时开始，"家国一体"的王朝开始具备了宗教意义上的"天命所归"的支持。可以想见，殷商是一个完全在武力征服的基础上所建立起来的庞大帝国，需要同样强势的宗教予以维系，这就是超越于其他氏族神之上的"上帝"观念。这种将宗教与现实政治权威之间进行结合的做法，无疑是"家国一体"更为宽泛的表述方式。也正是在这样的社会背景之下，商代对鬼神的崇拜

---

① 《淮南子·齐俗训》。
② 《尚书·汤誓》。

与祭祀极其关注，巫在商代王室中占有重要地位。这种国家权力转移由统治者的个人德行转向更为宽泛的应对整个族群的"天命"，应当是夏商两代政权转移带给人们反思的结果。在这种天命观念下，王个人的德行好坏已然不是最重要的事情了，与天之间的沟通才是关键所在，"殷人以为帝有全能，尊严至上，同它接近，只有人王才有可能……（人王）死后都能升天，可以配帝。因而上帝称帝，人王死后也可以称帝"。[①] 商王朝这种以王配帝的观念，导致后期"巫王合体"与"政教合一"体制的形成。

不过，如果按照政治运作的实际规律来看，"巫王合体"与"政教合一"的体制并不能保障殷商王朝的长治久安。事实上，决定这个王朝兴旺命运的，还是这个王朝的政治制度与统治者的执政水平。

从政治体制上看，所谓的殷王朝，实际上不过是以大邑商为领袖的、由众多方国组成的一个方国联合体，不但与秦汉以后的大一统王朝有着天壤之别，也与家国同构、"宗统与君统合一"的周王朝有着迥然的差别。周代的诸侯称呼周王为"天王""天子"，而决不会称"大邦周"，自己也绝不敢称"小邦齐""小邦晋""小邦鲁"，这恰恰体现了殷周国家体制的根本差异。简言之，周代的人们已经有了"天下一体"的意识，诗人所吟唱的"溥天之下，

---

① 胡厚宣、胡振宇著：《殷商史》，上海人民出版社 2003 年版，第 516 页。

莫非王土；率土之滨，莫非王臣"之所以产生于周代而非商代，原因即在于此。在商代，即使在"小邦周"与"大邦殷"之间关系最密切的时候，二者也并非一个政治实体。商王朝直接控制的地方被商人称为"四土"，其地域并不广大。根据战国时人吴起的说法是："殷纣之国，左孟门，右太行，常山在其北，大河经其南。"① 即今天黄河中下游的冀南、豫中一带。其他的邦族方国，特别是那些重要的邦族方国，大多是基本独立、原来就有的，而不像周初的齐、鲁、卫、晋那样，是在周王分封之后才出现的。它们和"大邦殷"之间的关系，与部落联盟时代氏族部落之间的"递等"关系一脉相承，可视为一种首领邦国和从属邦国之间的关系。所以，尽管"大邦殷"在整个有商一代始终是实力最为强大的一个方国，但其他方国对商王国并不是一贯俯首帖耳，奉命唯谨，而是根据殷人和他们自己力量对比的消长而变化，或叛或附，或敌或友。例如，商王雍己在位的时候，朝政混乱，"殷道衰，诸侯或不至"，其他的方国就不再来朝表示服从。雍己死后，其弟太戊即位，修德理政，"殷道复兴"，于是其他方国又纷纷"归之"②，表示恭顺。这种时即时离的政治关系，一直持续到殷亡。因此，倘

---

① 转引自齐涛主编，王和著《中国政治通史——从邦国到帝国的先秦政治》，泰山出版社 2003 年版，第 162 页。

② 《史记·殷本纪》。

若用后代大一统王朝实行的那种中央集权统治的标准来衡量，商代的王权实在是十分有限的。[①]

由此可见，在商代，众多诸侯国对于"大邑商"而言，亦是一个相对松散的政治合作实体，它们都拥有自己的领土，有自己独立的经济、军队和自己的政治组织，具有很大的独立性。它们对商王朝的归附要视"大邑商"的施政得失而定。商王施政不当，它们则采取独立而不向中央王朝履行职贡。所以在商朝历史上出现了几次"殷道衰"而诸侯"莫朝"或"不至"[②]的局面。诸侯的向背，是殷商中央王朝强弱的标志。中央王朝的强弱，又是与王朝最高统治者商王的施政得失密切相关的。所以，在商朝，诸侯的向背，在一定程度上，对中央王朝的施政，亦即王权的作用，有一定的影响。商王若滥用王权、暴虐，不仅诸侯不从，甚至还有亡国的危险。[③]

商初所发生的基于王朝更替而产生的对于国家与文化关系的反思，在弱小的西周战胜强大的殷商建立新政权之后，再一次出现，这一意料不到的历史发展，刺激周人追寻历史性的解释。这

---

① 参见齐涛主编，王和著《中国政治通史——从邦国到帝国的先秦政治》，泰山出版社 2003 年版，第 161—163 页。

② 《史记·殷本纪》。

③ 参见白钢主编，王宇信、杨升南著《中国政治制度通史》第 2 卷，人民出版社 1996 年版，第 287 页。

种追寻的结果淡化了天命的宿命论色彩，强调"天命靡常"，因此人主要"自求多福"①。并最终形成了"天下"观念，抟铸了一个文化的共同体。最为重要的是，在获得天下之后，为了应对以小邦克大邦所带来的对于庞大地域的控制力减弱的问题，周王朝统治者在总结历代治理经验得失的基础上，彻底改变夏商时代主要依靠武力稳定统治秩序的国家治理模式，建立了完备的宗法制度、分封制度、礼乐制度，进一步强调了"家国一体"的重要性，以及强化了宗族内部的自我凝聚力与控制力，在此基础上大行封建制，将自己的子孙、嫡系、功臣分封到各个边疆地区，"以藩屏周"。嫡长子继承制的完善，进一步确保了宗族的稳定与秩序的延续。这是对中国政治文明的一大贡献。然而，这种制度也有其明显的弊端，这就是"一旦这种源自远古的温情脉脉的关系日益疏远并最终丧失掉之后，最初的稳定与秩序也将随之崩溃。周王室的统治与周王朝维持高度统一的关键，就在于其能否在这些方面保持优势与控制权"②。

综上可见，上古至三代时期中国政治共同体所出现血缘、地缘政治，家国同构的思维模式，炎、黄、蚩尤时期各部族在战争与融合过程中形成的"和""合"观念；尧舜禹时期的部落联盟共

---

① 《诗经·文王》。
② 黄勇军著:《儒家政治思维传统及其现代转化》，岳麓书社 2010 年版，第38 页。

主制度、天下为公、选贤与能、禅让制，大禹治水过程中形成的集权制度，夏商周时期的天命观念与国家制度、汤武革命、制礼作乐、天与人归等政治观念与治理经验，均构成了孔子文化自信的源泉，成为早期儒家批判现实、追求变革的主要源泉之所在。文化自信是孔子智慧的重要组成部分，以孔子为首的早期儒家对上古至夏商周三代文化的继承与总结，既是他们修齐治平的起点需要，也是他们修齐治平的终点目标。

第七章　孔子的文化选择

史学家钱穆说："中国之有孔子，其影响之大且深，夫人而知之。然孔子之学术思想，亦本于中国固有之民族性，构成于历史的自然之发展，绝非无因而致者。孔子晚年，有'久矣！不复梦见周公'之叹，则其壮年以来之于周公，其思慕之忱为何如？孟子云'周公、仲尼之道'，后世亦每以周、孔并称，非无故也。"

一、"吾从周"

孔子的文化取向，根据《论语》中记载，很清楚地表现在他曾说过的下面三段话中。

孔子说：

> 文王既没，文不在兹乎？天之将丧斯文也，后死者不得与于斯文也；天之未丧斯文也，匡人其如予何？①
>
> 周监于二代，郁郁乎文哉，吾从周。②
>
> 甚矣吾衰矣，久矣吾不复梦见周公。③

对于周文化，孔子是充满信心的，他自己也是当仁不让地以周文化的继承者和传播者自视。当孔子被匡地的人们围困、众追随者感到恐慌时，他说："周文王死了以后，周代的礼乐文化不都体现在我的身上吗？上天如果想要消灭这种文化，那我就不可能掌握这种文化了；上天如果想要继续传承这种文化，那么匡人又能把我怎么样呢？"

---

① 《论语·子罕》。

② 《论语·八佾》。

③ 《论语·述而》。

"监"者，"鉴"也。孔子认为，夏商周三代文化，周文化成就最高，周代典章制度的借鉴与损益，含有借历史的经验教训，大有观今得失之意。

"从周""梦见周公"等信息均表明，这是孔子的文化选择，是孔子一生在文化理想追求上的最高目标。

孔子是一个热衷仕途、积极入世、欲求"达则兼济天下"的政治理想主义者。"重建东周"，恢复周公所制定的一系列政治文化制度，恢复宗周时期那样"溥天之下，莫非王土；率土之滨，莫非王臣"的大一统气象与社会秩序，是孔子一贯的政治主张和人生理想。

如果说，孔子"从周"是因为"郁郁乎文哉"，也因为"周虽旧邦，其命维新"①，这还可以理解的话，那么，孔子为什么总是会"梦见周公"？这又从何说起？这涉及孔子选择"周文化"的根本问题，因此有必要在此认真探讨一下。

二、周公梦

周公，姬姓名旦，是周文王之子，周武王之弟，周成王的叔父，周初著名政治家，他开创的周制，对后世中国文化影响甚大。

---

① 《诗经·大雅·文王》。

周公生活于商周之际，历经文、武、成王三代，既是创建西周王朝的开国元勋，又是稳定西周王朝，促成"成康之治"的主要决策人和政治舵手。"周公集黄帝、尧、舜、禹、汤、文、武之大成，其道繁博奥衍。"[①]他深明天人关系，懂得社会变迁发展的原因，精通政治统治的管理策略，思想敏锐而勇于创新，博学多识而善于决断。西周初年的典章制度，多为周公损益前代政治文化而兴创制作。西周政权的稳固确立，实乃周公审时度势为之奠基。他一生辅佐武王和成王，在政治上有大作为，在国家制度创新上有大开拓。他创建以宗法制度为核心的一系列新的政治制度以及仁德政治范式，超过前人，足可如日月经天、江河行地般地垂范后世。

公元前 11 世纪，武王伐纣，牧野一战，瓦解了商王朝统治，商纣王自焚而死，周王朝取商而代之。

在这场灭商兴周的波澜壮阔的战争中，周公不仅是目击者，而且也是积极的重要参与者，他目睹了商王朝覆亡的全部过程，对国家的兴衰有着一番不同于常人的深刻的体会和感悟。

周王朝是通过牧野一战而定天下的。周人虽然占领了商都朝歌，但实际上并未全部解除殷人的武装。因此，暂时的征服不等于能够永远保持牢固的统治，而如何巩固胜利成果，"小邦周"如

---

① 杨琥编:《夏曾佑集》下，上海古籍出版社 2011 年版，第 808 页。

何真正取代"大邑商",如何有效地统治新征服地区的广大民众,这一系列相当复杂而尖锐的问题摆在周初统治者的面前,要求最高统治者拿出全新的政治智慧,富有创造性与可行性地解决这些现实问题。

这是因为:

1. 周初政治形势的严峻性表现为殷民及其同盟者的基层组织并没有被彻底摧毁,殷商固有的军事力量仍然十分强大,"殷顽民"蠢蠢欲动,仍在伺机反扑。

据《史记》记载,对于灭商后的不稳定局面,周武王为此困扰得睡不好觉。他曾说:"其登名民三百六十夫,不显亦不宾灭,以至今。我未定天保,何暇寐!"[①]周初的客观形势表明,商朝虽然因周武王攻取朝歌而灭亡,但其基层政权组织与军事力量仍然独立存在,周武王为此彻夜不寐,总感到是个心腹大患。

牧野战后的相当长一段时期内,周王朝势力不达今豫东、山东、河北。东方地区与周王朝关系一直处于紧张的状态。为了安定局面,武王封商纣王之子武庚(禄父)照旧统治商故都地区,派管、蔡、霍三叔监视,但适得其反,不久就发生了"管蔡以武庚叛"的乱象。《尚书》中记录了这次叛乱的发生:"武王崩,三监及淮夷叛,将黜殷,作《大诰》。""越兹蠢。殷小腆,诞敢纪其

---

① 《史记·周本纪》。

叙。天降威，知我国有疵，民不康，曰：予复！反鄙我周邦。今蠢。"①这些史料表明，对于东方乱象的严重性，周公已经有了充分的思想准备。

武庚叛乱波及面很广，东达整个山东半岛直到海边的东夷各族，东南及徐淮各族，南方荆楚也与东方叛乱此呼彼应。管叔、蔡叔和武庚是叛乱魁首。周公亲自带兵东征，经过 3 年激战，王师方才平叛。对于周室来讲，东征平叛弄得他们焦头烂额，捉襟见肘。正如周公感叹所说："予造天役遗大，投艰于朕身，越予冲人。"②这场旷日持久的平叛确实是"遗大投艰"，东征虽取得了胜利，但"殷顽民"并没有完全臣服。"今惟民不静，未戻厥心，迪屡未同。"③虽经屡次开导，他们也不与周人同心同德。为此，周公劳心费神。周公特意告诫不听命的殷民和东方诸国说："尔乃迪屡不静，尔心未爱；尔乃不大宅天命，尔乃屑播天命，尔乃自作不典，图忱于正。我惟时其教告之，我惟时其战要囚之，至于再，至于三。乃有不用我降尔命，我乃其大罚殛之！非我有周秉德不康宁，乃惟尔自速辜。"④周公责备殷民不听劝告，两次三番地谋反叛乱。周公严厉地向他们发出警告，如果再不服从周天子的统治，

---

① 《尚书·大诰》。

② 《尚书·大诰》。

③ 《尚书·康诰》。

④ 《尚书·多方》。

就要对不听命者予以坚决镇压。可见，西周初年，"殷顽民"与东方诸侯的叛乱已成为周王朝初期统治的一个最大的社会与政治问题。

2. 周贵族集团虽然是灭亡殷商的胜利者，但天下未定，统治集团的内部矛盾已经开始显露出来。

这主要表现在：

（1）灭商之后，周统治者滋生了麻痹松劲情绪。牧野大胜后，武王就把"马，散之华山之阳，而弗复乘；牛，散之桃林之野，而弗复服。车甲衅而藏之府库，而弗复用。倒载干戈，包以虎皮；将帅之士，使为诸侯；名之曰'建橐'。然后，知武王之不复用兵也"[1]。这就是历史上所谓的"刀枪入库，马放南山"成语的由来。

（2）周贵族生活开始腐化。周公总结商亡的重要原因是："荒腆于酒。"[2]周公敏锐地觉察到，灭商不久，周人也染上了酗酒等不良习气。周公指出："天降威，我民用大乱丧德，亦罔非酒惟行。"[3]周公对年幼的成王不放心，语重心长地劝告说："呜呼！继自今嗣王，则其无淫于观、于逸、于游、于田，以万民惟正之供。"[4]从周公的告诫之辞透露出西周贵族集团在取得天下后的腐化

---

[1] 《礼记·乐记》。
[2] 《尚书·酒诰》。
[3] 《尚书·酒诰》。
[4] 《尚书·无逸》。

风气已有了苗头，迫使周公不得不向自己敲起了警钟。

（3）随着周武王因为积劳成疾而去世，西周贵族集团内部也开始出现了裂痕。东方叛乱固因殷民和东方部落首先发难，但也是他们串通周王室派到商故地的三监从内部瓦解策应才得以发动的。更为严重的是，周武王去世后，周王朝中央政府最高统治集团内部的核心人物之间出现了不和的情况。据史籍记载，太保召公对周公摄政"不说（乐）"，甚至"疑之"①。高层不和，这必然削弱周王朝的统治力量。

（4）周初，周政权把军事重点放在东方，这就必然会造成大后方的空虚。"有大艰于西土，西土人亦不静，越兹蠢。"②"西土人"指的是周人以及西方同盟部落。这说明当时周王畿内部也出现民心不稳的倾向。东方叛乱就正是在这种"知我国有疵，民不康"③的情况下发生的。

灭商第二年，周武王去世，周成王年幼，周公摄政。周武王死后，叛乱席卷整个东方大地。东夷诸小国，本来在殷商时代就没有真正统一于中央王朝，商王屡次用兵征讨，效果并不明显。西周初年，他们趁周王朝内部的分裂，又鼓动武庚反周复商，同

---

① 《史记·燕召公世家》。
② 《尚书·大诰》。
③ 《尚书·大诰》。

时，周王朝派往东方监督武庚的管叔、蔡叔等人因对周公摄政不满而纵容武庚发难，处于摇篮中的西周王朝大有夭折的危险。国难当头之际，周公力排阻力，果敢地承担了平叛的历史重任。

东征前，周公发布《大诰》，尖锐地指出了当时政治形势的严峻。针对当时贵族内部有人公然反对出征，散布什么"不可征"言论，周公反复说服太公望与召公奭等在周王朝中举足轻重的人物，希望他们了解文王、武王创业的艰难，在困难面前，放下私怨，竭尽全力支持他去完成文王、武王的未竟事业。

东征平叛，用了3年的时间，仗打得非常激烈，无论是先秦文献，还是发掘出土的铜器铭文都记载了当年的实际战况。

《逸周书·作洛篇》记："周公立，相天子，三叔及殷、东、徐、奄及熊、盈以畔……二年，作师旅临卫攻殷，殷大震溃。降辟三叔，王子禄父北奔，管叔经而卒，乃囚蔡叔于郭凌。凡所征熊、盈族十有七国，俘维九邑，俘殷献民迁于九毕。"

《孟子·滕文公下》记："周公相武王，诛纣，伐奄，三年讨其君，驱飞廉于海隅而戮之，灭国者五十。"几乎描述了周公东征的全过程，战果辉煌。

《诗经·破斧》云："既破我斧，又缺我戕。周公东征，四国是皇。哀我人斯，亦孔之将。"四国指殷、东、徐、奄，皇借为慌，诗中所言：周公东征，战斗进行得非常激烈，周军兵锋所指，打得东夷四国十分仓皇。平叛结果，王子禄父北奔，不知下落，杀管叔，流放蔡叔，贬职霍叔，"灭国者五十"，商王朝时即不服中央王朝管制的东夷诸邦直到这时才最终真正被纳入了周王朝的版图之中。

周公东征意义甚大。

第一，周公东征，挽救了濒于颠覆的新建王朝，避免了历史再回到殷末那种"如蜩如螗，如沸如羹"[①]的纷纷扰扰的氏族部落林立的"万邦"社会中去。由于"周公兼夷狄，驱猛兽而百姓宁"[②]，使周初社会获得了初步的安定环境。史载，"成、康之际，天下安宁，刑措四十余年不用"。[③]

第二，通过周公东征，扩大了周王朝的统治疆域，东达海隅，南及徐淮，皆是王土，这为后来大分封创造了条件。可以说，没有周公东征，就没有后来华夏族与东夷族的融合与发展。

第三，通过周公东征，向东方或东南方传播了先进文化，中原地区先进的文化和农业技术，在东方得到广泛传播，各地区的经济、文化得到进一步的联系与发展。东方殷盛的齐鲁文化就是在周公东征胜利的基础上开始孕育起来的。

营建洛邑是继周公东征后所完成的第二件大事。

---

① 《诗经·大雅·荡》。
② 《孟子·滕文公下》。
③ 《竹书纪年·周纪》。

营建洛邑的目的是把洛邑变成周在东方的一个政治经济军事文化中心。

西周的都城在丰镐（今西安附近），称为宗周，远离中原地区，处在偏僻的西部，不利于控制全国的局势。在中原地区建立一个新的政治、军事中心，以便有效地控制东方，镇压殷人的反抗，在当时显得十分必要。洛邑地处"天下之中，四方入贡道里均"①。这里便于向东方各族征收赋税，是吸吮东方财富的咽喉之地。同时，迁"殷顽民"于洛邑成周，便于加强对他们的政治统治。洛邑的营建，也便于加强西周王朝与东方各族的政治经济联系，"昔成王合诸侯，城成周，以为东都，崇文德焉"②，周王室借此可以向东方诸侯宣扬文治德政，"四方民大和会"③，四方诸侯也方便来新邑朝见，为王室效劳，洛邑成了联系东方各族的政治经济中心。

历史表明，周武王灭商之后，不久就产生了营建东都的设想。《逸周书·度邑解》记载武王曾打算把东都设在伊洛之间。《何尊》铭记：武王曾考虑在地处天下之中的商故都附近建立一个新邑。先派召公奭到伊洛之间勘察地形，选择新邑的地点。东征胜利后，

---

① 《史记·周本纪》。
② 《左传·昭公三十二年》。
③ 《尚书·康诰》。

"周公往营成周"。① 应该说，营建洛邑的倡导者是武王，而修建并完成者则是周公。

东都洛邑位于伊水和洛水流经的伊洛盆地中心，这里地势开阔，土壤肥沃，南面可以望见龙门山，北边倚靠着邙山，处于群山环抱之中，有伊、洛、瀍、涧四条河水经过这里，东边有虎牢关，西边有函谷关，处于东西交通的咽喉要道上。顺着大河向下，可以到达殷人的故地朝歌。顺着洛水，可以到达东方的齐国和鲁国。洛邑的南边又有汝水和颍水，可以到达徐夷、淮夷。洛邑依山傍水，四通八达，实在是一个理想的都城。

史官记录了营建洛邑的过程和召公的诰词，详细内容记载在《尚书·召诰》等史料里面。王国维说："此篇乃召公之言，而史佚书之以诰天下。文、武、周公所以治天下之精义大法，胥在于此。"

《召诰》分五段。第一段记述了决定营建洛邑的经过。第二段说明天命不常，勉励成王敬重贤能。第三段赞美成王营洛治事的决定。第四段勉励成王敬德以求天之永命。第五段召公和诸侯人等表明拥护成王的心意。

公元前 1020 年，洛邑正式开始营建。建城的主要劳力是"殷顽民"，经过一年左右的时间初步建成。

---

① 《尚书·洛诰》。

新城有两个，一个是在涧水的东边、温水的西边，名叫"新邑"或"新洛邑"，是周王居住，用来朝会的地方，又叫"王城"。另一个在新邑东郊，是殷民居住的地方，名叫"下都"。两个地方相距不过 40 里，合起来叫成周，意思是成就周道，原来的镐京就叫"宗周"了。

王城方 1720 丈，外城方 70 里。王城是供周王居住、用来朝会的地方，所以里面的宫殿就建设得富丽堂皇，有一个宏大宽敞的明堂，专供朝见各国诸侯之用。这个堂中间有 5 个大室，四面有 4 个宽大的堂，可以容下很多人。

新城建立起来后，周成王七年三月，周公来到新都洛邑，把殷遗民中的贵族、旧官员召集在一起，用周成王的名义，进行了一番严厉的训话。这篇训话分三段。第一段说明周王灭殷是顺从天帝。第二段说明迁移殷民，不用殷士，也是顺从天帝。第三段宣布对待多士的政策，告诫顺从周王朝的统治。后来，这篇训话被编入《尚书》之中，篇名曰《多士》。

东都的建成，是西周王朝历史上的一件大事，标志着周王朝真正成为中原的统治者。

洛邑建成后，由谁来居洛治理是周王朝面临的重大问题。周公希望成王居洛主持政事统治天下。成王则根据当时民心不服的情况，认为需要周公继续居洛，才能威服东方。成王和周公经过反复商讨，最后决定周公继续居洛，治理东方。关于其中具体内容，可见《尚书·洛诰》。《洛诰》主要是记录周公和成王的对话。从对话中显示了周公谋国的忠心和成王倚重周公的诚意，也显示了君臣团结无间、亲爱协调的情形。这是巩固周王朝统治的重要诰命，奠定了后来"成康之治"的政治基础。

周成王七年，周公留居洛邑，管理东方各国的事务，成王则回到镐京，由召公帮助成王管理政务，专心治理西方。从此，周公、召公一东一西的分治，就成为周代的惯例沿袭下来。

东征平叛胜利后，周王朝实际控制的疆域较之商代有了空前的扩大，如何对新征服的地区进行有效的统治，达到长治久安，是周公必须解决的现实问题。在这一关乎周王朝未来命运的重大决策面前，周公在武王初步分封的基础上，彻底实现了中华民族早期文明由部落制到邦国制的大幅度转变，真正实现了中华民族历史上第一次政治、文化上的大一统。

周王朝政治制度是以封建制为基础的一整套庞大的政治体系构建而成的。它主要包括分封制、礼乐制度以及在此基础上建立起来的一整套详细而庞杂的宗法制度。封建制的意义，主要体现在"大邦维屏，大宗维翰，怀德维宁，宗子维城"[①] 上面。也就是说，诸侯国是天下的屏障，宗族是天下的栋梁，德政是安定的保证，嫡子是天下的城墙。这种封建制度，将周政权与整个国家牢

---

① 《诗经·大雅·板》。

固地联结在一起，从而"较好地解决了中央与地方之间的关系问题，弥补了夏、商两代所暴露出来的中央对地方控制十分薄弱的缺陷。它对于维护一姓之天下在一定时期内的有效统治而言，也不失为一种较为明智的选择"①。

周人在古公亶父之前，还是一个弱小的族群。自古公亶父迁岐以后，励精图治，团结族众，为周人日后的崛起奠定了基础。武王克商后，回顾历史，认为周人取天下的基础肇始于古公亶父时期，因而追封他为"太王"。自古公亶父开始，接着是季历和周文王，连续三代自强不息，到文王时，弱小的周人已经开始强大起来。

恰好与此同时，威震天下数百年之久的"大邦殷"由于几代殷王的昏庸无道，以及其他种种因素，国势江河日下。骤然强大起来的周人利用殷人专力对付东夷反叛邦国的时机，联合"友邦冢君"，率领各方国、部落联军突然发难，一举取殷鼎而代之。这样，僻处西陲的"小邦周"便从此取代了"大邦殷"在中国早期的统治地位。

周人之所以能够打败殷人，除了通过自身不懈的努力外，实有种种偶然的因素。殷人虽然因朝歌一役战败，然而积威日久，力量尚存。而且殷遗民人数众多，势力依然雄厚。所以周人代殷

①　辜堪生、李学林著：《周公评传》，四川大学出版社 2006 年版，第 129 页。

之初，在心理上对于能否成功地统治天下并无充分的自信与把握。只是到了周公东征胜利以后，随着周人统治的进一步稳固和巩固，这种自信心才随之增强起来。

正是由于在代殷之初周人对拥有与治理天下尚无充分的自信，故殷人作为数百年盟主的威望所具有的强者启示的作用，以及对历史惯例的遵循与受传统习俗的影响，使周人在代殷之后最初试图建立的国家政治体制，仍旧是效仿殷政治模式的、以周为领袖国的方国联盟体制。学界大量研究成果告诉我们，周初大规模分封诸侯是在成王时代。武王克商以后，所做不过是"释百姓之囚，表商容之闾，散鹿台之财，发钜桥之粟，封比干之墓"，其后不久便"罢兵西归"。对于作为亡国之余的殷人，反而倒是"封商纣子禄父殷之余民"①。这说明一开始周统治者还是按照夏商以来的惯例，在打败敌国之后令其服从即可，并没有从根本上认识到消灭殷国的重要性，而仅仅是让殷人作为邦国联合体之一员服从于周即可，正如"小邦周"曾经长期作为邦国联合体之一员服从于"大邦殷"一样。这种处理的方法，正是部族社会时代的典型做法。倘若失败的殷人能够从此甘心屈居于从属的地位，那么周政权未必不会像殷商那样，继续沿着众多方国林立的时代老路走下去。

---

① 《史记·周本纪》。

　　然而形势总是在发生变化，企图复兴祖业的商纣王之子武庚，联合被周政权派来监视他、却因对周公摄政不满而与之勾结的管叔和蔡叔，想乘武王新死、成王年幼而周公大权在握的"主少臣疑"之机起而叛周，这就使立足未稳的周王朝立即面临被颠覆的危险。大政治家周公于危急存亡之时坚决果断地力排众议，毅然率师东征平叛，再次挫败殷人，彻底粉碎了殷人重登盟主宝座的复辟梦想。

　　东征平叛后，周公总结教训，深感殷人的霸主地位积数百年之久，势力尚在，余威犹存，而周族则乍然兴起，力量有限，倘若治国方略完全照搬照抄殷代制度，那么殷人一旦于猝然打击之后的失败中复苏，由于其人口众多，旧土广大，周政权能否巩固统治将吉凶难卜。基于种种考虑，挟再胜之威而又具有雄才大略的周公决定改弦易辙，亲自规划设计，对国家制度进行了具有极其深远意义的重大改革，彻底实行了"封建亲戚，以蕃屏周"的分封制度，将同姓诸侯与周室勋臣封派到原先周人统治势力不及的地区进行统治；同时，又通过"制礼作乐"，使周系诸侯与其他文化落后的部族方国截然区分开来，而周系诸侯之间则具有了共同的文化观念与制度约束的同一性基础。这就改变了周初那种不平等方国联盟的政治格局，把周王朝改造成为一个宗法政治化，以共同的政治利益为基础，以礼乐制度和文化观念为纽带，以周王为宗主的宗族诸侯为主、异姓诸侯为辅的、同时又具有"夏夷"

之辨意识的家国同构的强大的统一王朝。

夏、殷两代，天下众多的方国邦族大都采取亲族聚居的形式，所谓的一国其实就是一族，兼有血缘部族与早期地缘国家的特点。殷人的方国在当时是最为强大的，自称"大邑商"或"大邦殷"。与它同时并立的还有众多的大小方国，这些方国包括大邑商自己在内，都是经过长期自然生长发展起来的。它们于各自直接控制的辖土范围之内，均采取血缘聚居的方式。"大邦殷"虽然征服过许许多多的方国，但并没有把这些异姓方国在血缘、地缘上融化为自己邦族的一部分，而仅仅是迫使他们处于附属、服从的地位。因此，所谓的殷王朝，实际上不过是以"大邦殷"为领袖的、由众多方国组成的一个松散的方国联合体，与周王朝在政治、经济、文化上全方位的大一统有着天壤之别。殷王朝直接控制的"四土"不过为今天黄河中下游的冀南、豫中一带。其他的邦族方国，基本上是独立的，它们有着各自的宗教信仰、神灵崇拜、文化传统、风俗习惯。它们和"大邦殷"之间的关系，仅仅是一种首领和从属的关系。它们之所以奉"大邦殷"为领袖，听从"大邦殷"的调遣指挥，仅仅是因为"大邦殷"的实力强大而不是什么其他更重要的共同文化制度因素。除武力震慑外，二者关系中并无其他以制度和信仰为基础的、具有强大影响力和制约力的恒久性因素能够保其长久维持下去。

周初封建制则与殷商的方国政治联合实体已经完全不同。它是在打破旧式部族方国血缘界限的基础上，以周天子授土授民的名义赐予，由姬姓或异姓功臣建立的、以周人为统治族的新型国家政治实体。在分封整合过程中，原来商代强大方国的贵族和遗民，整族整族地被拆散迁往各周人的封国，由封国统治者"帅其宗氏，辑其分族，将其类丑，以法则周公，用即命于周"[①]，进行分化式管理。这样做的结果，使得殷人的旧有势力脱离本土，云散四方，被分别羁绊，已不可能重新聚合，死灰复燃。所以，经过周公分封之后的殷人，已没有了重温复国旧梦的可能。更为重要的是，通过周初的封建制过程，这些由周王授土授民新建的诸侯国家，已经不是旧式的血缘聚居的方国，而是由周人、本地土著、外迁的殷人以及其他方国各部族混合相处、以周人为统治者的新型国家。过去那种一族即是一国的情况在周系诸侯、至少是在其主要诸侯国里不复存在，兼具血缘与地缘特征的早期国家时代向以地缘划分居民的成熟国家过渡的发展过程已经开始。同时，这些分封的诸侯国家在名义上属于周王所有，在实际政治生活中也必须听从周王的指挥，并承担各种责任与义务。它们与周王室的关系，已不再是方国联合体中的那种松散的成员与首领的胁从关系，而是臣属与君主的利害统一关系，这使王权大大得到强化。这种变化，正如王国维所言："由是天子之尊，非复诸侯之长而为

①《左传·定公四年》。

诸侯之君。"① 中华民族"天下一体"的观念也由此产生。

历史表明，封建制虽然并非从周公开始，但在他摄政期间，将分封制度推向了高潮，封建制也最终作为一项重大政治体制真正确立下来。

据《荀子》一书记载：周公"立七十一国，姬姓独居五十三人"②。

又据《左传·僖公二十四年》记载：

> 昔周公吊二叔之不咸，故封建亲戚以蕃屏周。管、蔡、郕、霍、鲁、卫、毛、聃、郜、雍、曹、滕、毕、原、酆、郇，文之昭也。邘、晋、应、韩，武之穆也。凡、蒋、邢、茅、胙、祭，周公之胤也。

可见，西周王朝的政治版图是在周公大分封后才最终奠定下来的，通过层层分封，扩大了西周的疆域，这是中华民族政治史上的一次巨大飞跃。

在周初主要由周公所大力推行的分封制，其实际意图就在于以宗法为核心，按照血缘关系的亲疏远近"封藩建卫"。按照分封

---

① 周锡山编校：《王国维集》第四册，中国社会科学出版社 2008 年版，第131 页。

② 《荀子·儒效》。

规则，周天子是天下大宗，他的嫡长子为宗子，是王位继承者。庶子是小宗，但在其封国内又是大宗。庶子的嫡长子继承封国，其余诸子被封为卿大夫。卿大夫分得土地作为采邑（同时也得到附属于土地上的民众）。卿大夫的嫡长子继承其采邑，其余诸子又被封为士。卿大夫对诸侯而言为小宗，对其所封之土而言又为大宗。这样，逐级分封，确立彼此间的隶属关系，自下对上承担一定义务。比如，诸侯向周天子担负镇守疆土、捍卫王室、交纳贡赋、朝觐述职等义务。

从表面上看，商、周分封制是相同的，其实二者有着本质的不同。周公所推行的分封制是建立在相当完备的宗法制度基础之上的。从政治关系看，周天子成为天下共主，对诸侯直接进行控制，不同于商朝商王与封国诸侯的宗主式关系。从宗法关系看，周天子是天下的大宗，君主之位由嫡长子世代继承，永葆大宗地位，这就避免了商代在王位继承权上的混乱状况。这样一来，通过宗法式分封，周代最高统治者就实现了政权、族权和神权的紧密结合，这不能不说比之于商王朝又高明了许多。

从西周分封的实际情况来看，也的确体现了宗法政治的基本原则。周代分封，以周公东征胜利以后的规模为最大。周公所分封的诸侯，有同姓、异姓和黄帝等古帝王之后三种。据《荀子·儒效》记载，共封71国，其中姬姓独属53个。姬姓受封者为周文王、武王、周公之后，或为周王之兄弟，皆为同族。异姓功臣主要为姜姓。姜子牙（吕尚）不仅为功臣，也是周王室的姻亲，与周王室有深厚的血缘关系。因此，受封的绝大部分诸侯，均与周天子有血缘关系。

分封制度的基本原则，使周族的成员及其亲属在政治权力的分配中都依据其宗法血缘关系的亲疏远近而不同程度地得到了好处，他们几乎都成了整个统治集团的一员。这样，他们之间的血缘关系不但没有因为胜利后的利益分配不均而遭到割裂，反而因共同利害关系而得到了较为巩固的维系。周公通过分封制的推行，达到了增强周人内部凝聚力的目的，成功地巩固了政权。周天子在较长时期内始终保持着很高的权威，成为全国土地的最终所有者和"王畿"之地的实际拥有者。周天子有极大的权力，凡政治、经济、军事、宗教、司法、礼仪诸方面的大事，都由周天子决定，即"礼乐征伐自天子出"。周王对不履行义务的诸侯，可以采取削减封地、降爵，甚至以武力消灭等措施。这种以血缘关系为基础而建立起来的天子权威，在西周建立以后的较长时间里都未受到过真正的挑战。

制礼作乐，也是世所公认的周公一生的主要功绩之一。

周公的制礼作乐，实际上就是建立周代一系列政治文化制度的规范，它涉及政治、经济、法律、宗法、礼仪、祭祀、文化教育等一系列典章制度，是对周人社会政治文化活动的各个方面进行的一次比较全面的规范。

后世儒家称周公"制礼作乐",把周初一切制度,包括《周官》都说成周公一手制定,未免有武断、夸大之嫌。然而,先秦典籍多处确实记载了关于周公与礼乐的关系。如:"先君周公制周礼"[①];"晋侯使韩宣子来聘……观书于大史氏,见《易》《象》与《鲁春秋》曰:'周礼尽在鲁矣。吾乃今知周公之德,与周之所以王也。'"[②] 此外,《逸周书·明堂位》《礼记·明堂位》《尚书大传》等文献都直截了当地称周公"制礼作乐"。可见,周公确实为制礼作乐作过重大的贡献,当是毋庸置疑的。西周的典章制度非一时一人所作而完成,从文、武王开始创制,由周公总其成,后又经历代充实而不断得到完善,应是比较符合实际的结论。

周公非常重视历史的借鉴。孔子说:"周监于二代,郁郁乎文哉。"[③] 周公参考了夏、商两代的历史资料,加以损益,删去陈腐、过时的内容,增添新鲜的成分,创造了灿烂、丰富的周文化。这种对历史遗产采取"损益"态度,正是周公"制礼作乐"的重要原则。

周初大规模的分封不但使中国早期的国家制度向前发展了一大步,而且又因为宗法关系的政治化而导致了宗法制度的完善与

① 《左传·文公十八年》。
② 《左传·昭公二年》。
③ 《论语·八佾》。

发达，这深刻地影响了后来中国的历史与中华民族的文化习性。

周公以宗法、礼乐政治化的办法实行统治，大约出于下列三种考虑。

第一，对那些鞭长莫及的地区实施有效的统治，使它们纳入周政权的势力范围之内。

周初，人烟稀少，自然界的大部分领域尚是洪荒天地，人类的活动充其量不过开辟了少量的中心地区，以及中心地区之外的一些重要的地方。因此，在周初阶段，以宗法、礼乐政治化的方法实行治理，乃是唯一有效的统治方法。周政权采取武装殖民，派同姓子弟及异姓姻亲，于远离邦畿数百里乃至数千里之外的要冲地区建国，用强化宗法关系、加强家族血缘纽带的办法，使大部分诸侯，特别是那些分封于要冲地区的主要诸侯家族化，实际上是以宗族分权的形式扩大和巩固姬姓的家天下。这些分布在极其广大地域之内的周系诸侯，以宗法关系为基础，以礼乐制度为纽带，同气相求，守望相助，以"华夏"自称，以自别于周系诸侯之外的其他"蛮夷"，使周王朝在远较"大邦殷"的范围广阔得多的地域内实现了有效的统治，从而为三代之后的中央集权帝国的出现奠定了基础。

第二，为巩固贵族阶层的内部秩序，减少统治集团内部的权力摩擦与财产争夺。

所谓宗法与礼乐制度，其最初的本质意义不过是贵族内部的组织法、习惯法而已,具有以"名分"约束同姓贵族成员安守本分、不使"僭越"的作用。"故先王之法,立天子不使诸侯疑焉,立诸侯不使大夫疑焉,立嫡子不使庶孽疑焉。疑生争,争生乱。是故诸侯失位则天下乱,大夫无等则朝廷乱,妻妾不分则家室乱,嫡孽无别则宗族乱。慎子曰:'今一兔走,百人逐之。非一兔足为百人分也,由未定。由未定,尧且屈力,而况众人乎?积兔满市,行者不顾。非不欲兔也,分已定也。分已定,人虽鄙不争。故治天下及国,在乎定分而已矣。"①由此可见,将宗法、礼乐制度化的结果,是使周天子成为天下的共主、海内的大宗;诸侯成为封国内的共主、卿大夫的大宗;卿大夫成为贵族家庭内部的共主、士人的大宗。这样做的目的,在于使周统治集团内部尊卑等级的关系制度化、秩序化,明确不同身份、不同等级贵族间的权利和义务。

第三,强化周民族整体政治意识的需要。

周人是传统的农业民族,消弭贵族内部的纷争、追求稳定的社会环境,是其特定的生产方式的必然要求。过去,在周人处于强敌环伺的艰难环境下时,第一位的迫切要求是必须有精明强干的领导,其他考虑尚无暇顾及。所以古公亶父死后,由于他的小儿子季历以贤能著称,因而被立为继承人。但周人代殷以后,特别是周公东征胜利以后,天下大局已定,如何能够长治久安,开

_____

① 《吕氏春秋·慎势》。

始成为周统治者首要考虑的重大课题。周公在制礼作乐、实行分封、变革国家的政治制度时，在殷人已有的嫡子继承制度的基础上，把这种区分嫡庶的王位继承制度进一步严格化和推广化，并由此而贯彻到底，把这一制度由天子、诸侯进而推行到卿大夫、士等各级贵族阶层。

按照这种严格化的宗法制度的规定，各级统治者和贵族的配偶均有妻妾之别，正妻所生之子为嫡子，其余为庶子。从周王、诸侯、卿大夫到士，有权继承王位及各级爵位者只限于嫡子，在理论上为嫡长子。宗法制度在周代是一种全社会性的制度。按照这种严格化的宗法制度，由嫡长子继承的世系被称为"大宗"，嫡长子称为"宗子"，又称"宗主"，为全体族人所共尊。大宗之外的其余支系称为"小宗"。大宗在决定宗族事务，如财产、外交、祭祀、军事活动等方面拥有种种特权，而小宗则有服从大宗的义务。由此可见周代的大宗所具有的尊荣与权威。当然，我们在这里所说的"嫡长子继承制"，由于当时各种具体因素的影响，在实际的执行过程中会有种种情况各异的结果。例如在位君王的性格能力，妻妾的受宠程度和势力大小，众子的贤愚差异等，都可能影响到这一制度的贯彻与执行。而且，由于条件不同，各诸侯国制定的具体政策往往也并不一样。有的采取以嫡幼子继承为主，有的甚至在较长时间内保持着由"兄终弟及"到"父死子继"之间过渡的"一继一及"制度。尽管在实际的政治生活中存在着种种例外的情况，但从总体来看，周代至少在理论上是明确规定了嫡长子继承制的。这就是《左传·襄公三十一年》所说的："太子死，有母弟则立之，无则立长，年钧择贤，义钧则卜。"意思是说：倘若太子在未即位时死去，那么应当立他同母的兄弟为太子；倘若没有同母的兄弟（意指国君正妻所生嫡子只有一人），那么就应当立庶子中最年长的为太子；倘若庶子中有两人年龄一样，那么应当立其中贤能的一位为太子；倘若年龄与贤能程度都一样，那就只好通过占卜，由神意去裁决了。应当看到，区分嫡庶，是周人宗法思想中最具关键意义和深远影响的伟大发明，后世的尊尊之统也由此奠基。周人在宗法关系政治化的过程中，不但把殷人已经实行但尚未明确总结的"亲亲"原则观念化，更明确在思想上和制度上区分嫡庶，提出了"尊尊"的原则，把宗族内部本来因血缘亲疏相同而居于同等地位的人进一步依嫡庶身份的不同而划分为不同的等级，从而使宗族内部的等级关系更加复杂、细密和固定，并通过"礼"的强制约束使这种等级关系制度化。

今日看来，周代封建制不仅是一种制度的变革，而且还导致人们的文化心理素质发生变化。就文化心理素质变化的意义而言，嫡庶制度建立的最重要结果，在于使宗族内部及与之有关的姻亲之间的人际关系大为复杂化，它不仅表现为嫡子与庶子之间的关系，而且牵涉到大宗与小宗、大宗的族人与小宗的族人、妻与妾、妻的亲属与妾的亲属、妻妾的亲属与不同等级的各类族人之间的层层关系。从宗族关系来讲，尽管"大宗"在名义上的限定比较严格，但是这种制度一旦实行，那么在每一个宗族的内部，除了继承始祖的主系之外，其他各旁支宗系在事实上都兼有大宗小宗的双重地位。

从个人关系讲，属于不同宗系、处于不同等级的人，由于各自依据自身的血缘与嫡庶地位而与宗族中的其他人具有不同的尊卑亲疏关系，所以必须分别按照尊卑亲疏关系的不同，对于地位不同的族人和姻亲采取各不相同的态度，遵守各不相同的礼仪，拥有各不相同的权利和义务。这种复杂而制度化的等级关系，大大强化了国人的角色意识，这是华夏文化区别于其他文化的最显著的一个特点。[1]

周政权以分封制、宗法制、礼乐制为核心内容建立起来一整套完善的封建制度，对传统中国产生了长期的影响。数千年来王朝虽然兴替更迭不断，但以血缘、地缘关系为纽带在宗法组织——家族中，一直充当着中国社会的基石。经过后世汉、宋等朝的继承与发展，中国民间以男系血统为中心，以家国观念为文化核心的宗族共同体长期存在，深刻地影响了此后的中国政治文化与中国人日常的社会生活。

---

[1] 参见齐涛主编，王和著《中国政治通史——从邦国到帝国的先秦政治》，泰山出版社 2003 年版，第 189—202 页。

周公还开创了"以德治国"的政治新范式。

周公不愧是中国古代一位伟大政治家，他清楚地看到了民众在改造历史进程中的伟大作用。因而，他在总结夏、商两代的历史经验教训的基础上，认为要"祈天永命"，必须"明德"，实行与殷末不同的政策，改革弊政，励精图治。周公重视以礼治国，明德慎罚，提出了一系列颇具创造性的法律思想，在治国方面实现了由神本文化向人本文化的法律思想与制度的转变。他在治国理政的实践过程中，重视贯彻"明德""保民"。

在中国政治史上，"明德"思想是周公第一个提出的。

在《尚书·康诰》《尚书·多方》中周公提出"明德慎罚"的政治思想，在《尚书·无逸》《尚书·立政》中又反复讲"明德""敬德"的重要性。

"明德"是指与暴政对立的德政而言。"明德"包括两方面的内容。

第一，重教化、感召。周公反复强调教化的重要性，要百官臣僚"其尔典听朕教"①，还指出："尚克用文王教，不腆于酒"②，"古之人犹胥训告，胥保惠，胥教诲，民无或胥诪张为幻"③，教化

---

① 《尚书·酒诰》。
② 《尚书·酒诰》。
③ 《尚书·无逸》。

人民不酗酒，不互相欺骗诈惑。

第二，慎罚。明德与慎罚是一个问题的两个方面，明德包括慎罚，做到慎罚就叫明德。周公认为处罚得当就是"秉德"的表现。

如何慎罚？

周公提出三点要求：一是行罚主要不看罪之大小，而要视其犯罪的动机，倘若是故意犯罪，罪行虽小也要施之重刑；若非故意犯罪，而又知道悔改，罪行虽大，也可以量刑处理。二是审查供词要慎重，要考虑五六天，甚至 10 天，以避免发生断案的错误。三是对"不孝不友"的"元凶"巨恶，要"刑兹无赦"；对"乃别播敷，造民大誉"的贵族，也应施以极刑。做到以上三点就达到"义刑义杀"①，这就叫慎罚。慎罚的目的是为了更好地用刑，以维护国家与民众的利益。②

在"保民"思想落实方面。

"保民"思想首由周公提出。周公反复讲："往敷求于殷先哲王，用保乂民"，"若保赤子，惟民其康乂"，"明乃服命，高乃听，用康乂民"③。其内容都是劝告康叔要懂得"保民"的重要性。周公

---

① 《尚书·康诰》。
② 参见詹子庆《周公——我国古代第一位大政治家、大思想家》，《东北师大学报》（哲学社会科学版）1984 年第 1 期。
③ 《尚书·康诰》。

告诫统治者要"知稼穑之艰难","知小民之依","能保惠于庶民","怀保小民，惠鲜鳏寡"①。注重体察民众的艰难和疾苦，不过分剥削，给百姓安居乐业的空间。

中华民族素有"礼仪之邦"的美称，但很多人尚不知道，"礼仪之邦"是由周王朝奠基与开创的。"有周一代之事，其关系于中国者至深，中国若无周人，恐今日尚居草昧。盖中国一切宗教、典礼、政治、文艺，皆周人所创也。中国之有周人，犹泰西之有希腊。泰西文化，开自希腊，至基督教统一时，希腊之学中绝。洎贝根以后，希腊之学始复兴。中国亦有若此之象，文化虽沿自周人，然至两汉之后，去周渐远，大约学界之范围，愈趋于隘，而事物之实验，愈即于虚，所以仅食周人之弊，而不能受周人之福也。"②

德政之始，始于周朝。

殷周王朝新旧政权的交替变革，开启了中国社会政治和文化思想的崭新发展历程。以周公为代表的西周初年的统治者，在创建巩固新兴政权的政治活动中，基于对历史与现实、政治与文化的理性反思，创立了宗法制度的社会结构体制，确立了礼乐文化的政治道德规范，推进了中国文化的道德精神特征的兴起与发展。

---

① 《尚书·无逸》。
② 杨晓编：《夏曾佑集》下，上海古籍出版社 2011 年版，第 806—807 页。

特别是周公提出的"以德配天""敬德保民""明德慎罚"的德治主张，作为西周初年中国政治文化的道德精神特征的集中体现，不仅从政治策略上和文化意识上巩固了周初政权，而且具体展示了当时中国文化对于人的存在的自觉认识和主动构建的时代轨迹。它对于中国传统社会文化的更新递进，以及民族生存方式的抉择完善，无疑具有影响深远的政治意义与重要的文化价值。

周初统治者的德治思想与实践，是在创建巩固西周政权的特定历史条件下，通过周公等人对于社会文化的反思认识和总结阐发而形成的。它不仅概括了夏商以来中国政治思想的精华，而且开启了中国政治文化对于人的存在的自觉认识历程。

从三代历史看，周族长期作为臣服于夏、商两代的一个地方政权，为了谋求自身的生存与发展，从公刘开始，历经古公亶父、季历、文王等首领，在其创业过程中，皆能积德行义，笃仁行孝，敬老慈少，礼贤下士，注重倡导道德，管理教化民众。特别是文王，尤能遵后稷、公刘之业，守古公亶父、季历之法，积善累德，诸侯皆向之。周公也是"自文王在时，旦为子孝，笃仁，异于群子"①。应该说，周王朝统治者的德政成果，应该是周人重德文化长期熏陶与发展的必然结果。

然而，具体而言，周王朝以德治国思想的升华与贯彻落实则

---

① 《史记·鲁周公世家》。

是经周公之手完成的。

探讨政治策略与政权兴亡的内在关系，是周公德治思想形成的原因之一。

周初统治者在对夏、商、周三代政权变革的反思中，认识到了统治者自身行为得失是政权转移的关键因素。夏亡商兴，是由于夏朝统治者为政不行善德所致。夏朝"自孔甲以来而诸侯多畔夏，桀不务德而武伤百姓，百姓弗堪"[①]。商汤从夏代灭亡的教训中，认识到了为政要勤于民事，有功于民，才能持有天命，巩固政权，故他说："毋不有功于民，勤力乃事"，"古禹、皋陶久劳于外，其有功乎民，民乃有安"，"后稷降播，农殖百谷。三公咸有功于民，故后有立。昔蚩尤与其大夫作乱百姓，帝乃弗予，有状。先王言不可不勉"[②]。由此可见，能否实行有德于民的政治策略，是一个政权兴亡的重要因素。周公在总结商亡周兴的原因时认识到，商朝的灭亡是由于其统治者为政实行残暴统治和腐败淫虐所致。商朝先王盘庚和武丁，由于为政不敢"自荒兹德""不敢动用非德"，注重"用德彰厥善"[③]，"式敷民德，永肩一心"[④]，所以商代政权得以稳固兴盛。但是，自商王祖甲以后，"不知稼穑之艰难，

---

① 《史记·夏本纪》。
② 《史记·殷本纪》。
③ 《尚书·盘庚上》。
④ 《尚书·盘庚下》。

不闻小人之劳，惟耽乐之从"①，政权因以衰落。特别是商纣王，为政重用奸佞，残害贤人，滥施酷刑，不闻民苦，横征暴敛，荒淫无度，最终导致政权的覆灭。而周王朝的兴立，在于周人实施了重视德治的政治策略。特别是周朝的奠基者周文王，在其政治活动中，提倡惠和，选贤任能，注重民生，减轻税赋，奠定了灭商的基础。故周公说："文王卑服，即康功田功，徽柔懿恭，怀保小民，惠鲜鳏寡。自朝至于日中昃，不遑暇食，用咸和万民。文王不敢盘于游田，以庶邦惟正之供。"② 由于文王为政"礼下贤者，日中不暇食以待士"，"积善累德，诸侯皆向之"③，最终武王得以推翻商朝政权。"纣作淫虐，文王惠和。殷是以陨，周是以兴。"④ 以周公为代表的周初统治者，在对历史的认识总结中，在亲身经历了殷周变革的社会活动中，深刻认识到了德治政策与政权兴亡的直接关系，这就决定了他为了巩固新兴的周朝政权，必然汲取历史与现实的经验教训，实施以德治国的大政方针。

周代以德治国的实践主要表现在以下几个方面。

1. 规范君德。

在周人看来，王之德具有多方面的要求，刘泽华将其归纳为

---

① 《尚书·无逸》。
② 《尚书·无逸》。
③ 《史记·殷本纪》。
④ 《左传·昭公四年》。

10项内容：（1）敬天。（2）敬祖。（3）尊王命。（4）虚心地接受先哲的遗教。（5）怜小民。（6）慎行政，尽心治民。（7）无逸。（8）行教化。（9）做新民，即改造殷民，使其改邪归正。（10）慎刑罚。[①]这10项内容全面概括了周人之君"德"的内涵，从中可知，周人的王德主要在于处理好与天的关系、与民的关系、与祖先的关系以及处理好君主自身的修养关系。

2. 运用尊卑有序的政治道德原则，维护人们的社会等级关系地位。

宗法制度和礼乐文化的创建形成，确立了西周社会的政治道德原则，它将人们纳入了上下一统的尊卑有分、贵贱有等、长幼有序、轻重有别的社会存在关系之中。为了维护这一社会结构的巩固和运行，周政权依据人们的尊卑有分的地位关系，进行了制礼作乐的文化建构，确定了人们的社会职能和行为规范。

周代制礼作乐的文化建构，其内容主要有：畿服之制，规定了周朝中央与地方政权的等级关系；爵位之制，规定了贵族之间的等级关系；田赋之制，确定了西周的经济制度；礼仪之制，规范了人们的日常行为准则。礼乐制度的形成，不仅对人们的社会职能进行了严格的等级规定，而且对人们的行为准则进行了严格

---

① 参见刘泽华著《中国古代政治思想史》，南开大学出版社 1995 年版，第9页。

的规范。无论是在为国尽职的社会政治职能上，还是在祭祀、婚丧、服饰、宫室等生活行为上，不同的社会地位关系，皆有不同的等级规范准则，都贯穿体现了尊卑有分、贵贱有等的政治道德原则。礼乐文化制度的确立，是对人存在的行为方式的主动设制，周代统治者智慧地运用了宗法制度和礼乐文化的尊卑有分的政治道德原则，明贵贱，辨等列，顺少长，维护了西周政权的巩固，推进了中国早期社会和谐有序的发展。

3. 推行慈孝友恭的伦理道德规范，规正人们的社会行为准则。

推行慈孝友恭的伦理道德规范，是周统治者德治思想的重要内容，它的目的在于维护宗法社会的和谐运行。由于西周初年天命神学的观念意识影响着人们对于社会的认识和行为，周政权的德治思想并没能完全超越天命神学的束缚制约，依旧运用天命神学的观念意识来论证并规正由现实社会体制所决定的人的伦理道德规范的至上合理性和神圣权威性。在周初执政者看来，父慈、子孝、兄友、弟恭等伦理道德规范，是上天对人们行为准则的合理规范，具有不可违背的天赋神圣性和至上公正性。亦即人道来源于天道，天道决定了人道。周政权推行慈孝友恭的伦理道德规范，在于将人们的行为纳入统一的准则之内，人们只有绝对地遵循这些天赋的道德规范，规正自身的社会行为，才是合乎上天的意旨。不遵守慈孝友恭的天赋道德规范，就要受到代天行道的统治者"刑兹无赦"的严厉惩罚。

4. 实施敬德保民的政治统治策略，保证政权的稳固与发展。

敬德保民的统治策略，是周代统治者德治思想的集中体现。作为社会政治和文化思想更新递进的时代精华，它的形成和实施，具体展示了周政权对于人的存在意义的积极追求。

周代以德治国思想与主张以周公为代表。他主张执政者治理百姓，应该恭敬谨慎，具有"徽柔懿恭，怀保小民，惠鲜鳏寡"[1]的仁德意识，在为政中要以慈仁宽厚、惠和恭义的道德来规范自身的行为。统治者要能够了解民众的困苦，保证民众的基本生存。周公指出："我有周既受。我不敢知曰：厥基永孚于休。若天棐忱，我亦不敢知曰：其终出于不祥。"[2]周公明智地意识到，天命的转移并不以统治者的意志为根据，而以是否合于民心为尺度。他说："弗永远念天威越我民；罔尤违，惟人。"[3]如想稳固政权，执政者就要"克敬德，明我俊民"[4]，"王其德之用，祈天永命"[5]。由于民心向背决定政权的兴亡，所以执政者只有不贪图享乐，"往尽

---

① 《尚书·无逸》。

② 《尚书·君奭》。

③ 《尚书·君奭》。

④ 《尚书·君奭》。

⑤ 《尚书·召诰》。

乃心，无康好逸豫，乃其乂民"①。故周公称赞商王祖甲"爰知小人之依，能保惠于庶民，不敢侮鳏寡"，告诫成王要"先知稼穑之艰难，乃逸，则知小民之依"，要求为政要"无淫于观、于逸、于游、于田"，不要过分贪图安逸享乐，而要学"殷王中宗，严恭寅畏，天命自度，治民祗惧，不敢荒宁"；要学"文王卑服，即康功田功"，与民众打成一片；对于臣民不可横征暴敛，而要减轻贡赋负担，"以庶邦惟正之供"②；只有勤于政事，体恤民情，才能拥有天命政权。更重要的是，官吏的选用，也要以是否有德为标准。尽管西周的宗法制度有着世禄世职的规定，但周公仍然指出要选用有德之人。周公在总结历史经验与教训中认识到，桀、纣政权的覆灭，在于他们的统治集团多无德之吏，不能为政以德，"不克明保享于民，乃胥惟虐于民，至于百为，大不克开"③，因而"是惟暴德，罔后"④。而文王之所以能够创立灭殷根基，就在于"文王惟克厥宅心，乃克立兹常事司牧人，以克俊有德"⑤，所以散宜生、姜太公等一大批贤臣能够以德辅助周王朝的创建。因此，周公指出，从今以后，继位君王设立官员，必须任用贤能善良的人，"继自今

---

① 《尚书·康诰》。
② 《尚书·无逸》。
③ 《尚书·多方》。
④ 《尚书·立政》。
⑤ 《尚书·立政》。

后王立政，其惟克用常人"，凡是"克俊有德"的贵族贤明之人，都要"用劢相我国家"①。以德治国，统治者还要实施明德慎罚的策略。周公多次指出，文王之所以能够拥有天命，就在于他实行了"明德慎罚"的统治策略。周公强调，执政者要加强自身的道德修养，"王敬作，所不可不敬德"②；要多学习多思考，"惟圣罔念作狂，惟狂克念作圣"③，只有修养道德，有德于民，才能巩固政权。只有推行德教，民众才能认识到自身的行为规范，遵守伦理道德准则，社会才能和谐有序地运行发展。唯有明德慎罚、恩威并施、宽严并济的重德策略，民众才能服从管理，自觉规范自身的行为，国家才会得以稳固发展。

周政权德治思想及其实践，开启了中国政治以德治国的先河，开启了中国文化对于人的存在的自觉认识历程，表明了周朝统治者在对天、人、德、政的关系认识中，发现与运用了人的存在的道德特征，认识到了人的道德存在在国家政权兴衰存亡中的重要作用。

周政中的德治思想，在中国政治和文化的发展史上具有十分重要的价值。它推进了中国传统社会和文化的道德精神特征的形

---

① 《尚书·立政》。
② 《尚书·召诰》。
③ 《尚书·多方》。

成，促成了中国政治体制与道德规范的融汇合一，构筑了中国社会的政治与伦理相结合的治理范式，形成了天下一家、社会一统的结构特征，这对于中华民族的融合和发展，无疑产生了深远的凝聚向心作用。[①]

综上可知，周公不愧是中国政治与文化史上一位极为重要的人物。"谈中国传统的礼乐文化，谈人文化成，都离不开周公。更为重要的是，周公对于中国传统文化价值体系的形成和发展，有着独特的贡献。"[②]他一生辅佐武王和成王父子，在政治上有大作为，在文化上有大开拓。他尊重传统，注意以史为鉴。他所开创的西周人文主义精神，对后世中华文化传统产生了极为深远的影响，为后世中国留下了不可磨灭的重要印记。史学家钱穆因此感叹说："中国之有孔子，其影响之大且深，夫人而知之。然孔子之学术思想，亦本于中国固有之民族性，构成于历史的自然之发展，绝非无因而致者。孔子晚年，有'久矣！不复梦见周公'之叹，则其壮年以来之于周公，其思慕之忱为何如？孟子云'周公、仲尼之道'，后世亦每以周、孔并称，非无故也。"[③]

[①] 参见孙聚友《论周公的德治思想及其文化价值》，《天津社会科学》1997 年第 6 期。

[②] 辜堪生、李学林著：《周公评传》序，四川大学出版社 2006 年版。

[③] 钱穆著：《周公》，九州出版社 2011 年版，第 1 页。

第八章　孔子的人生管理

对于自己的人生管理，晚年的孔子曾经做过这样的总结。孔子说："我十五岁真正知道做学问的重要性；三十岁能够初步实现经济与思想的独立；四十岁对人生之路不再迷惑；五十岁知道了上天赋予自己的使命；六十岁对别人的话能辨别是非曲直；七十岁即使随心所欲也不会有越规过分的行为。"也就是说，孔子每逢十年便会发生一次质的飞跃，心理进入某种更高层面的自由状态。

一、十五而有志于学

对于自己的人生管理，晚年的孔子曾经做过这样的概括与总结。他说：

> 吾十五而有志于学，三十而立，四十而不惑，五十而知天命，六十而耳顺，七十而从心所欲，不逾矩。①

就孔子生平的资料来看，他对自己的评价与总结应该还是比较客观的。

细读《论语》，我们可以看到这样一个现象，这就是孔子讲自己的事情不是很多。全书主要有三处：除了上述孔子说自己"吾十五而有志于学，三十而立，四十而不惑，五十而知天命，六十而耳顺，七十而从心所欲，不逾矩"外，他比较详细地讲述自己事情还有两件。一件是当孔子听说叶公向子路问孔子是个什么样的人、子路回答不上来时，孔子对子路说："你为什么不这样说，他这个人，发愤用功学习，连吃饭都忘了，快乐得把一切忧虑都忘了，连自己快要老了都不知道，如此而已罢了。"这就是"叶公问孔子于子路，子路不对。子曰：'女奚不曰，其为人也，发愤忘

---

① 《论语·为政》。

食，乐以忘忧，不知老之将至云尔。'"① 另外一件是，当孔子与其弟子子贡探讨学问时，孔子一时高兴，主动告诉了子贡关于他学习的一些心得。孔子说："赐啊！你以为我是学习得多了才——记住的吗？"子贡答道："是啊，老师，难道不是这样吗？"孔子说："不是的。我是用一个根本的东西将它们贯彻始终的。"这也就是"子曰：'赐也！女以予为多学而识之者与？'对曰：'然，非与？'曰：'非也。予一以贯之'"② 典故的由来。

孔子不爱谈论自己的事情这也实属正常。抛开《论语》《史记·孔子世家》《孔子家语》等书中的记载不论，即便从《庄子》《吕氏春秋》《韩非子》等先秦经典中所述的关于孔子的事情，也很能看到这一点。或许，不愿意提及自己的事情是成熟人物的标志之一。他们或者出自谦虚而少说，或者觉得是自己私事，不愿意让人知道。孔子不多说自己的事情恐怕也是如此。不过，即便孔子不愿意多说自己，他教给学生关于他自己的人生管理、兴趣爱好、学习心得以及生活习惯等已经提供了足够丰富的信息，让我们对他的人生管理有了一个比较准确的定位。

首先，我们来看孔子的"十五而有志于学"。

孔子在晚年回顾自己的一生经历时，曾经说过这样一句话：

---

① 《论语·述而》。
② 《论语·卫灵公》。

吾十有五而志于学。[①]

关于"志于学"，有人理解成"开始学习"，这显然不尽符合历史事实。

据司马迁在《史记·孔子世家》一文中记载：

> 孔子母死，乃殡五父之衢，盖其慎也。郰人挽父之母诲孔子父墓，然后往合葬于防焉。

孔子 17 岁失去母亲时就已经非常知书达理，这在他安葬自己母亲、其礼节仪式让周围人十分满意一事上就可以窥见端倪。

又据司马迁在《史记·孔子世家》中记载：

> 孔子为儿嬉戏，常陈俎豆，设礼容。

孔子儿时游戏，常常摆设俎豆等祭器，模仿祭祀的礼仪动作。

清代郑环在《孔子世家考》中写道：

> 圣母豫市礼器，以供嬉戏。

就是说，母亲颜徵在买来礼器，以供童年时代的孔子嬉戏与涵养。

---

① 《论语·为政》。

　　不论是天生如此，还是由于后来母亲的引领，孔子自幼对礼乐文化产生了浓厚兴趣。当然，这也许跟他生活在礼仪之邦的鲁国有关。鲁国始祖正是周公，周礼的制定者，周王朝礼乐文化的开创者。鲁国，可谓周王朝礼乐文化的故乡，不但官府重学，民间也重视教育的开办。颜徵在培养孩子，让孔子很早就上了当地的平民子弟学校，这是千百年来大家公认的事实。如果孔子到 15 岁才开始学习，那未免不太合乎逻辑，也不合孔母对孔子的感情寄托。无论怎样说，颜徵在虽然家境贫寒，但不能说她没有见识，除了家庭教育，她还是有能力让孔子进入当时的平民子弟学校接受一点简单的教育的。

　　真实的情况可能是，15 岁前，孔子在乡校获得了启蒙式的教育，掌握了比较基础的知识，初步懂得了一点礼乐射御书数的基本常识，这为他以后自学深造奠定了基础。孔子后来有文化有能力自学成才，应该得益于此。

　　如此看来，孔子所谓的"吾十有五而志于学"，应该理解成：他从 15 岁开始真正认识到了学习对于他的人生的重要意义。或者说，从 15 岁开始，孔子对学习文化知识才真正有了浓厚兴趣，从此下决心走上自学成才的道路。孔子说他"十有五而志于学"，而不是"吾十有五而学"。"学"与"志于学"是大不相同的，"志于学"之前，一定有一个学的过程，学出了兴趣，悟出了道理，明确了志向，悟出了人生的奋斗目标，然后，才会"志于学"。"志于学"

是主动的、明确的个人自主行为。其实，这句话的意思完全可以理解成：孔子从 15 岁开始，突然对学习发生了浓厚的兴趣，同时也认识到了学习对于改变他的人生的重要性，从此，他立志要通过学习改变自己卑微的处境，改变自己的命运，用学问去实现他复兴祖业的梦想，最终达到他的修身、齐家、治国、平天下的伟大目标。

《说文》："仕，学也；宦，仕也。"

汉朝以前，学与仕不分。孔子"志于学"，也可以理解为就是"立志"要走"学而优则仕"的道路。

"志"也可以这么理解：15 岁这年，孔子突然领悟到学习对改变他人生的重要性，对学习发生了浓厚的兴趣，从此结束了无忧无虑"嬉戏"的阶段，从此在心理上进入了大人的世界。

孔子有志于学，很可能其中有"吾少也贱"[①]的因素在内，用现代的话来说，孔子少时生活贫困，希望通过学习来改变自己贫贱的命运。

孔子之"学"可以分为下列四个方面。

第一，启蒙之学——嬉戏中的礼乐文化。

这是家庭教育与社会教育的结果。孔子从小就喜欢用母亲买给他的祭器模型，模仿大人们祭祀的礼仪动作，这事并不显得突

---

① 《论语·子罕》。

兀与奇怪。鲁人重祭祀，民间礼仪活动繁多，这对童年的孔子无疑是一种最好的启蒙教育。在这样耳濡目染的环境中，少年孔子的心灵最深处撒下了礼乐文化的火种，培育了对礼乐文化传统的兴趣，完全是有可能的。

第二，谋生之学——下层人的谋生手段。

孤儿寡母，无依无靠，为了生存，孔子一定很早就学会了很多简单的谋生技能，如各种农活、养畜放牧、仓库管理，以及相礼助丧为职业丧祝等职事。

第三，谋仕之学——传统儒业，即礼、乐、射、御、书、数。

为了生活，孔子不免从事一些仅仅为了养家糊口的行当。但是，他毕竟是个有想法的人，他要立足社会，只能通过传统的儒业——学好六艺，走上仕途。关于六艺，简单一点说："礼"，指周礼，是那个时代的人必须掌握的生活礼节，包括各种仪式上的礼仪以及人与人之间的礼数；"乐"，跟礼有关，有礼之处必然有乐，什么场合就用什么礼，并配以相应的乐。懂礼者必懂乐；"射"，射箭，是贵族士族保家卫国的必修课；"御"，驾车，古代打仗要驾战车，平时大夫出行，也乘马车，这是军事的需要，也是身份的标志。所以，御，在那时，既是交通工具，也是战争工具。"书"，相当于今人所说的听说读写。"数"，既包括算术，还包括术数等。以上六项，实际上就是当时"公务员"必须具备的六个方面的知识和技能。如果要进入国家政府机构谋职位，就必须具备这六个方面的知识和技能。

第四，修身治国平天下之学——孔子在整理古代文献的基础上所编纂的"新六艺"。

"新六艺"是指《诗经》《尚书》《礼经》《易经》《乐经》《春秋》。诗经属于文学科；尚书属于政治学科；礼经属于法规律令学科；乐经属于艺术学科；春秋属于历史学科。

在人生追求上，孔子有更高的眼光。假如孔子所学，都是些谋生和谋仕的专业知识，他后来就不可能成为伟大的中华民族文化的代言人了。

孔子是一个开放型学习的人。从他对于中国古代文化的研究，如对诗、书、礼、乐、易的兴趣可以知道，只要是学问，他都总是充满好奇，持有兴趣的。

孔子曾说过："君子不器。"[①]

他认为有道德有学问有修养有本事的人不应是一个只有专门用途的器具。他不会把自己变成某一领域的专家，他不会为了谋取一官半职，去专门学习某一专业，成为某一专业人才。也就是说，他是许多学科领域的专家，但他不仅仅是专家，而更是一个旨在"修齐治平"理想下充满蓬勃生机的博学多才的通家。

孔子曾经严肃地告诫他的学生子夏说：

———————

① 《论语·为政》。

汝为君子儒，无为小人儒。①

什么是小人儒？就是专业儒、职业儒，就是学成某一专业，以此在某一领域谋生与发展的儒。

什么是君子儒？就是道义儒，就是铁肩担道义，妙手著文章，以治国平天下为目标的儒。

小人儒的出发点是为自己的发达及其名利的获得。

君子儒则是以救世济人、以天下苍生的福祉为奋斗目标。

孔子将探索宇宙人生大道作为自己的人生使命，将治国平天下作为人生的最高追求；将为往圣继绝学、为万世开太平作为自己义不容辞的人生责任，将修养和提高自己的人格境界、无限向臻于至善的境界迈进作为自己终生不懈的奋斗目标。正因为如此，从他以后，职业儒的"礼、乐、射、御、书、数"开始退后为"小六艺"，成为小学科；《诗》《书》《礼》《乐》《易》《春秋》，成为"大六艺"，成为大学科。可以毫不夸张地说，孔子通过自己的不懈努力，拓宽、提高了中国人对于人生价值与意义的理解，改变了中国文化史的走向，从而也使他最终成为中华文化史上的巨擘。

孔子是一个特别强调"身体力行"或"知行合一"的人。孔子的"有志于学"是对道的不断的认识和掌握。他用"学而时习

_____

① 《论语·雍也》。

之不亦乐乎"的亲身经验来说明实践和学习的关系。"学习"在今日只是意味着获取知识，在学校更多是做习题；但在孔子的词典里，学习包含获得知识以后必须实践的意思。通过持之以恒的刻苦钻研、学习与生活实践，在 30 岁之前，孔子已经有了不小的名气，具备了"立"的能力。

二、三十而立

孔子自己为"立"做过解释，他说：

> 可与共学未可与适道；可与适道未可与立；可与立，未可与权。①

孔子认为："可以一起学习的人，未必可以一起学到道；可以一起学到道的人，未必可以一起坚守道；可以一起坚守道的人，未必可以一起通权达变做成事情。"在孔子那里，"立"是学道有得而适道，即实践道，在实践中积累的信心与经验使自己可以有所立身。用现在的话说就是"实现了经济、思想、人身独立站起来了"的意思。在心理上、思想上、经济上有所成立，不必再依靠前辈、老师、大人，甚至权威，自己可以立足于社会，这就是

———————

① 《论语·子罕》。

孔子所谓的"立"。

孔子肯定是个比较谦虚谨慎诚实的人，我们可以从他的"知之为知之，不知为不知"的说法上了解到他对学问认识的真诚；到了30才以为自己是"立"起来了，这需要一定的谦虚和谨慎。从周朝立国以来，贵贱、尊卑、长幼之分的社会风气使像孔子那么勤奋自勉的人都小心翼翼地不敢"站"起来，处处现出做学生的样子来"学习"，向书本"学习"，向他人"学习"。"学而时习之，不亦乐乎。"这确实对今日一瓶子不满半瓶子晃荡的很多浮躁的年轻人来说，具有很深的鉴示意义。

就笔者所见，孔子的"立"，可以分为小立与大立两种。

小"立"，就是实现自身的"独立"，如《楚辞·离骚》上说的"恐修名之不立"的"立"，即自我的建立，它包括了自身经济能力的独立、自我的人格的成熟、自己人生目标的确立等。

大"立"，就是能够担当更多更大的社会责任，即所谓"太上立德，其次立功，其次立言"① 是也。

孔子的"三十而立"包括了对立身之本、婚姻、家庭等人生重大事情的了解与经验。这还是在小"立"的范畴之内。

勤奋好学，再加上过人的天赋，到30岁时，孔子终于可以自豪地向世人宣告：

① 《左传·襄公二十四年》。

吾"三十而立"①了。

如何才能算"立"?

一个"立"字，有五个指标:

第一，对自己有了充分的信心，自尊、自立、自强的自我人格已经形成;

第二，已经初步获得了社会主要阶层人士的尊重与认可;

第三，家庭问题、配偶问题已基本定型且基本得到了妥善解决;

第四，有维持自己以及家庭生计的固定的"业"，经济上可以独立生存;

第五，人生终极奋斗目标已经基本清晰而且明确。

在这里，孔子对"立"树立了一个很高的标准，即学道有得且适道，即懂得道的伟大正确并能切身地去实践道。

司马迁说:

> 孔子贫且贱。及长，尝为季氏史，料量平;尝为司职吏，而畜蕃息。由是为司空。已而去鲁，斥乎齐，逐乎宋、卫，困于陈蔡之间，于是反鲁。孔子长九尺有六寸，人皆谓之"长人"而异之。鲁复善待，由是反鲁。

---

① 《论语·为政》。

鲁南宫敬叔言鲁君曰："请与孔子适周。"鲁君与之一乘车，两马，一竖子俱，适周问礼，盖见老子云。辞去，而老子送之曰："吾闻富贵者送人以财，仁人者送人以言。吾不能富贵，窃仁人之号，送子以言，曰：'聪明深察而近于死者，好议人者也。博辩广大危其身者，发人之恶者也。为人子者毋以有己，为人臣者毋以有己。'"孔子自周反于鲁，弟子稍益进焉。

是时也，晋平公淫，六卿擅权，东伐诸侯；楚灵王兵强，陵轹中国；齐大而近于鲁。鲁小弱，附于楚则晋怒；附于晋则楚来伐；不备于齐，齐师侵鲁。

鲁昭公之二十年，而孔子盖年三十矣。[①]

由上述史料可见，30 岁前，孔子虽然还是一个贫且贱的人，但已经开始在乱世中办学收徒，准备着自立门户了。

孔子"三十而立"的标志性事件主要有以下几个。

第一，孔子从 15 岁开始，就立志把自己的一生奉献给学问，奉献给追求真理，奉献给治国平天下的梦想。通过学习、实践、总结与思考，到 30 岁时，孔子已经对自己的人生轨迹与人生目标和理想有了比较清晰的定位与把握，在心理上、思想上、经济上、

---

① 《史记·孔子世家》。

人际关系、人生原动力等重要问题上都已经有所独立，不必再依靠前辈、老师、大人，甚至权威去做自己命运的主人了。这是孔子敢于说自己"三十而立"的主要凭借之所在。

第二，20岁那年，孔子结婚成家。孔子与宋国亓官氏家族的一个女子结婚，并于第二年有了自己的孩子孔鲤。

第三，孔子夫人生了孩子后，鲁昭公听说孔子生了孩子，派人给孔子送了一条大鲤鱼，表示祝贺。孔子非常欣喜，他看看鲁昭公送来的这条活蹦乱跳的大鲤鱼，当即决定，儿子的名就叫鲤，字就叫伯鱼。

> 伯鱼之生也，鲁昭公以鲤赐孔子。荣君之贶。①

鲁昭公赐鱼，让孔子感到无上的荣耀，更让孔子对鲁昭公充满感激之情。这种感激之情，伴随了孔子一生。但是，一个问题是：国君鲁昭公为什么要对一个刚刚20岁尚未出仕做官的年轻人如此重视，给予他这么高的礼遇和荣耀呢？要知道，就在3年之前，孔子17岁的时候，当权派季孙氏的一个小小的家臣阳货都看不起他，根本就不承认他的士的身份啊。

答案只有一个：孔子此时已经以他的学问和人品，获得了国人的尊重与认可。

---

① 《孔子家语·本姓解》。

那么，是什么样的学问，能让他得到社会各阶层，尤其是当政者的认可呢？显然不是那些下层人的谋生之学，这是鄙事，是有权有势的贵族们所不屑放在眼中的。能够获得上层社会认可的学问，在那个时代，只能是公认的社会标准："六艺"——礼、乐、射、御、书、数。由此可见，孔子到了20岁时，已经自学成才，不仅成了通晓"六艺"的专家，成了国家最需要的政治人才，而且得到了鲁国上层社会的认可。

一个人受人尊敬，一定是有原因的。

一个人受到当权者的认可，一定有让当权者认可的理由。

孔子从一无所有到得到社会上层的认可，一定是通过自己的智慧加汗水努力获得的；一个刚刚20岁的青年，居然能进入国君的法眼，靠的是什么？靠的就是通过自己努力达到的一个常人达不到的学问水准。要知道，鲁昭公给孔子送来的，不是一条鲤鱼，而是一个士族的身份证，一个贫寒学子通过自身拼搏、达到了可以进入官场实现梦想的通行证。"一条鲤鱼"，象征着国家、政府对孔子身份的肯定。由此奠定了孔子在鲁国的文化名人地位，并为他以后的发展铺平了道路，搭起了上升的阶梯。鲁昭公送鱼这件事，标志着孔子在鲁国的政治以及其他的社会前程，已经曙光初现。

第四，孔子"三十而立"，社会认可的标志性事件除了上述之外，还有参与会见来访的近邻大国——齐国国君齐景公及其名臣晏婴。孔子 27 岁时，小国郯国的国君来访，孔子还不能参与接见。所以，那时的孔子，还不能叫"立"起来。现在，在国宴上，齐景公居然请教孔子关于秦穆公的事情，并赞赏精通历史文化的布衣孔子。这是孔子成为国际文化名人的开始。

第五，孔子的"立"，还主要体现在他在 30 岁时辞去了在季氏家所从事的"鄙事"职务，独立创办了完全属于自己的"私学"。孔子创办私学，解决了自己与家人的经济来源，不再让自己困身于"为五斗米折腰"的尴尬境地。更重要的是，通过创立私学，孔子从此找到了一条实现自己人生理想的栖身之所，这是他之所以能实现"三十而立"的主要原因所在。

蔡尚思说："孔子'三十而立'，就是说他自觉已经学成了掌握做官的本领了。可惜官运尚未至，于是他走了另一条路，即收徒讲学，从此开始了教育家的生涯。"①

三、四十而不惑

孔子所谓"四十而不惑"的大意是说，他到了 40 岁上下，已经基本上达到了通晓世上各种复杂事情而不至于再被迷惑的境地。

确实，40 岁是一个不上不下的比较尴尬的年龄，成家立业问

---

① 蔡尚思著：《孔子思想体系》，上海古籍出版社 2013 年版，第 16 页。

题应该基本上得到了妥善的解决，人生各种复杂的问题多少也都已经碰到过，到了这个人生阶段，生计之"惑"、立业之"惑"等最需要的物质之"惑"已经不再是最热烈的话题，更多的精神之"惑"可能会随之而来。因此，"四十不惑"并不是一个绝对的概念。我个人认为，孔子在40岁上下也不可能完全达到解"惑"的境地。"不惑"，只是一个相对的说法。

据《史记·孔子世家》记载，孔子34岁那年即公元前518年（周敬王二年，鲁昭公二十四年），孔子适周问礼老聃，观明堂，拜社稷，同年返鲁。

拜访老子，确实使孔子受益良多。通过二人的交流与切磋，孔子从老子那里了解到了一些自己前所未知的思想观点，扩大了自己对世界的认识和看法。除此之外，孔子还从老子那里学到了许多关于礼的学问。这也是孔子此行观周的主要目的。这主要体现在：一是使孔子有机会查阅王室所密藏的典籍档案；二是使孔子有机会向老子请教他不清楚的一些礼仪规范问题；三是使孔子接触到老子深受楚文化影响的思想、观点。

值得一提的是，东周京师的守藏室中藏有很多的典籍文物。除了《诗》《书》等典籍以外，还有大量的各国史志以及档案文献。王室所藏的来自天下各地的古今典籍和文物，都设有专门官吏管理，一般人是很难见到的。孔子拜访老子这位守藏室之史，使他有机会参阅王室所藏典籍，参观王室收藏的各种文物。司马迁说孔子"西观周室，论史旧闻"，主要就指他参阅的地域广泛、内容丰富的旧史档案。

35岁到37岁间，孔子到齐国求仕，但终究是空梦一场。此后好多年，孔子再也没有从事任何实际求官的政治活动，而是把主要精力放在培养自己学生上面。

人生境界的超越往往要靠实际生活的熏陶与淬炼。"四十而不惑"当是孔子在东周洛邑眼界的开阔以及对在齐时求官失败教训的总结与升华。以十年的工夫以解自己之"惑"，此"惑"不可不谓大矣。孔子"惑"的是什么呢？

孔子所处的社会政治的大环境是远离西周时期的统一与稳定的社会秩序，大国称霸、兵革征伐迭起、公卿大夫专政或为己谋私、百姓不能安居乐业而造成君不君、臣不臣、为政以侈。身处周朝衰世，亲身经历了这些乱世苦难后，孔子对于周公之道应该是有过疑惑的。"惑"就是对自己的信仰的疑惑，对周道的疑惑。他之所以30岁前去周就是要追究周道的根底。他的确是向老子问礼，但更重要的是他要在周朝的政治文化中心了解周道，以解决他内心无法释怀的困惑。

从某种程度而言，所谓"周道"就是周公之道，是西周初期周公在对前朝殷商政治扬弃的基础上所建立的一系列政治、文化制度。孔子一面深信周公之道，一面又对现实政治十分不满，想改变而无力，这就是他的困惑所在。

然孔子并没有停止他的"上下求索"之举，只不过是在经历了一系列的磨难后，孔子的心理变得更加强大和成熟而已。

30多岁的人立业是有想法的。有了妻子，有了子女，他们的前途如何，怎样可以使他们温饱而不为生活忧虑？富贵贫贱的矛盾应贯穿在孔子的思想之中。而且，孔子来往于各国之间游说的生活不适于带着老老小小，只能将他们的生活先安排好。孔子又只为道而奔波，没有什么家庭的乐趣。孔子的"惑"应该有自己的"道惑"和家庭富贵贫贱的问题环绕其间。他或许有时会因"富贵"而困惑，但更多的是，他从追求道义出发，由于心中怀抱着"治国平天下"的理想，常人的欲望逐渐都升华成为天下苍生"立心""立命"的社会责任感，这种责任感会让他能够摆脱日常平庸生活的困扰，成为"吾将上下而求索"的榜样。"不惑"不太可能，但能够在解惑过程中不断得到进步与升华也是一种快感，用这种"快感"来抵消"惑"所带来的困扰，做到自强、自胜，这也可谓"不惑"了。

四、五十而知天命

孔子是将"不惑"和"知"分开来讲的。

其实，"知"和"不惑"虽是两码事，但如果细品，二者其中确实又存在着十分相近的关系。从某种程度而言，"不知"也就是"惑"，"知"就是"不惑"。从解"惑"到"不惑"，这就是"知天命"的过程了。孔子说"四十而不惑，五十而知天命"，显然，孔子没有将"知"和"不惑"放在一个层面上来理解，在他看来，做到不惑已是不容易的事了，能够知晓天命当然更是困难。于是，从"不惑之年"到"知天命之年"，孔子又往后多延续了十年。

"五十而知天命"是紧随"四十而不惑"发展而来。正因为"知天命"是建立在"四十而不惑"的基础上，因而孔子自齐返鲁后，孔子感"鲁自大夫以下，皆僭离于正道，故孔子不仕，退而修诗、书、礼、乐"①。不过，在孔子那里，"知天命"也同样只是一个相对的概念。下面几件事说明，孔子实际上也是一直在对天命的"知"与"不知"中徘徊的。

第一件是公山不狃对孔子召唤事。

公山弗扰，子子泄，也称公山不狃，季孙氏的家臣。他和阳虎是好友。在重大问题上，阳虎对他言听计从，这在季平子下葬一事上表现得最为明显。据《左传》记载，鲁定公五年六月，季平子病逝。阳虎准备用贵重的玙璠陪葬这位季孙家的老族长，仲梁怀不同意。阳虎震怒，想把仲梁怀逐出鲁国。公山不狃劝阳虎，阳虎这才作罢。季平子下葬后，季孙接班人季桓子巡行到费城。

---

① 《史记·孔子世家》。

季桓子很尊敬费城长官公山弗扰，仲梁怀却很傲慢。公山弗扰大怒，就对阳虎说："您还是把他赶走吧。"阳虎二话没说，就把仲梁怀逐出了鲁国。

司马迁说：

> 孔子寻道弥久，温温无所试，莫能己用。[①]

阳虎逼孔子出仕，孔子被迫答应了。然而，阳虎未等孔子加入他的阵营，就开始了企图消灭三桓的政变，失败后出奔齐国，孔子与阳虎的这段公案算是暂时告一段落。

孔子 51 岁时，公山弗扰请孔子出山，正是阳虎等人作乱的这一年。

《史记·孔子世家》中很详细地记载了这件事情的始末。

> 公山不狃以费畔季氏，使人召孔子。孔子循道弥久，温温无所试，莫能己用，曰："盖周文武起丰镐而王，今费虽小，傥庶几乎！"欲往。子路不说（悦），止孔子。孔子曰："夫召我者岂徒哉？如用我，其为东周乎！"然亦卒不行。

关于这件事情，《论语·阳货》篇也有记载：

---

① 《史记·孔子世家》。

公山弗扰以费畔，召，子欲往。子路不说，曰："末之也已，何必公山氏之之也？"子曰："夫召我者，而岂徒哉？如有用我者，吾其为东周乎！"

根据上述两种史料中的记载，对于公山弗扰的邀请，孔子确实是心动了。据《史记》与《论语·阳货》记载，公山弗扰请孔子，也是因为反叛。公山弗扰反叛主公季孙，也想拉孔子进入自己的反叛集团，以扩大自己的声势。这一次召孔子，孔子打算出山。阳虎请孔子出山，《论语》详细地记载了阳虎对孔子的说服。而公山弗扰请孔子，《论语》只用了四个字"召，子欲往"。"召"，不像是公山弗扰亲自上门邀请，更像是派人传话。公山弗扰告诉孔子，我这里有个岗位空缺，你可以来试一试。而"子欲往"，则说明孔子接到邀请后就打算赴邀，并没有表现出多少矜持不决的姿态。

孔子这种急于仕进的心态，颇是让人费解。因为自齐返鲁后，在大家的印象里，孔子已经表现得很是低调，对做官好像也已经失去了兴趣，他看不起鲁国的执政官员。孔子如此评价过鲁国公仆："噫！斗筲之人何足算哉？"[1]意思是说，这般气量狭小的人算得了什么。言语中，对谋食者充满了不屑。

---

[1] 《论语·子路》。

　　然而，面对公山弗扰的邀请，孔子并没有拿出不与执政者同流合污的气概，而是跃跃欲试。对孔子的这种反差，子路表达了强烈的反对态度。子路说："老师没有地方去也就算了，何必一定要到公山弗扰那里呢？"孔子对此的解释是："那个召我去的人，难道会让我白跑一趟吗？如果有人用我，我就要在鲁国复兴周礼，在东方建立一个像周那样的国家啊！"孔子虽然一度彷徨，然再三思忖，最终还是采纳了子路的意见，没有前去参加公山弗扰集团。

　　后来发生的事件表明，子路的劝说是极其英明的。

　　果然没有几年，公山弗扰带领费人叛鲁，失败后逃亡齐国，后又奔吴，如果孔子应召，从此就会在鲁国及其他诸侯国中再无任何回旋之地了。

　　第二件是孔子在鲁国做官中的坎坷经历。

　　鲁定公九年，孔子出任中都宰，这一年，他已经51岁，过了天命之年的门槛。

　　中都是鲁国国君的采邑，位于鲁国西北部，位置大约在今山东汶上县次邱乡朱庄、湖口一带。中都宰略似后世的县令、县长，为当时地方行政长官。据有学者考证：中都自然条件相当不错，东部是平坦沃野，有汶水、泉水可溉，宜于农桑；西部属水草、鱼鳖、苇蒲富饶的大野泽，并有梁山等环护，利于渔牧。大野泽连接河道、沟渠颇多。其大者北可经汶水、济水、黄河而入海或抵燕赵；南可顺济水、泗水而达江淮或赴吴越；东可沿洙水、泗水和陆路进鲁都、至齐国；西可由古沁水、五丈河等旅秦、晋，交通便利，具有重要的战略地位。①

上任以后，孔子对中都精心进行了治理整顿。

关于孔子治理中都的情况，据《礼记·檀弓》中记载：

> 有子曰："夫子制于中都，四寸之棺，五寸之椁。"

《史记·孔子世家》也说：

> 定公以孔子为中都宰，一年，四方皆则之。

《礼记》《史记》对此记载，大都太过简略，语焉不详。

《孔子家语·相鲁》对此记载得则稍微详细一些：

> 孔子初仕，为中都宰。制为养生送死之节：长幼异食，强弱异任，男女别涂，路无拾遗，器不雕伪；为四寸之棺，五寸之椁，因丘陵为坟，不封不树。行之一年，而四方之诸侯则焉。

根据上述资料，可以推想，孔子到任以后，一定是根据他长期总结形成的儒家政治理想的社会治理模式，结合中都的实际情

---

① 参见张宗舜、李景明著《孔子大传》，山东友谊出版社 2003 年版，第 244 页。

况，主要是在养生和送死两个方面进行了规范与改革，重视礼治教化，重视经济发展。经过孔子的努力，治理中都的时间虽然不长，但已经取得了明显的效果。"四方则之"，周边地方和邻国都来学习、观摩与效法。

鲁定公因此召见了孔子。他问道：

> 学子此法，以治鲁国，何如？

孔子本来就对自己的政治主张充满信心，牛刀初试，便获得成功，更使他信心倍增。因此，他很自信地回答：

> 虽天下可乎，何但鲁国而已哉！ ①

孔子治理中都仅一年就政绩斐然，誉名远播，显示出他具有卓越的行政管理才能。在这种情况下，鲁定公又提拔他为鲁国司空的副手。

司空是管理国家最高工程建筑事务的长官。鲁国当时的司空是孟孙氏，小司空即司空的副职。

任小司空期间，孔子把工作管理得井井有条，并有较多机会与鲁定公、三桓等当权者接触。这既使孔子对鲁国上层社会内部情况有了较多的了解，也加深了他与鲁国执政者之间的信任关系。

---

① 《孔子家语·相鲁》。

因此，不久，他就又被擢任为大司寇。

司寇是国家最高司法长官，掌管刑狱、纠察等事务。

短短时间里，孔子就多次获得提升。从升迁之速中可看出鲁定公、季氏欲重用孔子的迫切心情。孔子一介布衣，人品正直，重要的是孔子暂时为当时执政者所一致认可。

孔子出任司寇的消息传出以后，立即在社会上引起一些反响。

不法者听到孔子担任司寇的消息以后，感到恐慌。

据说，有个羊贩子，名叫沈犹氏，总是把买来的羊喂饱水，增加重量，然后才赶到市场上去卖掉。有个叫公慎氏的人，他对妻子淫乱之事不管不问。有个叫慎溃氏的人，平时为非作歹，扰乱社会秩序。有些牛贩子、马贩子，随意抬高市场价格。这些人知道孔子担任最高司法长官后十分惶恐。他们马上收敛，不敢再像从前那样作奸犯科。沈犹氏不敢再把羊饮足水去出售，公慎氏休了妻子，牲口贩子们也不敢乱涨价。至于慎溃氏，则赶紧逃离鲁国，跑到外地去了。

当有人问孔子在审理诉讼案件时，最理想的政策是什么时，孔子如实回答说：

必也使无讼乎？①

---

① 《论语·颜渊》。

在孔子看来，要搞好司法工作，最重要的是预防为主，使各类诉讼案件不致发生。他因此提出：

> 不教而杀谓之虐。①

据史料记载，鲁国发生一起父子两人互相控告案，季桓子认为儿子控告父亲为不孝，主张把他杀掉。孔子没有采纳季氏的意见，只是把父子俩都拘留起来，3个月不做处理，直到父亲完全冷静下来，主动要求撤销自己对儿子的诉讼。孔子才把父子俩同时释放。季桓子不满意这样的处理办法，认为这不合"以孝治民"的原则。孔子听说后，向自己的学生再有解释说：

> 未可杀也。夫民不知子父讼之不善者久矣，是则上过也。上有道，是人亡矣。
>
> 不教而诛之，是虐杀不辜也。三军大败，不可诛也；狱讼不治，不可刑也。上陈之教而先服之，则百姓从风矣，躬行不从而后俟之以刑，则民知罪矣。夫一仞之墙，民不能逾，百仞之山，童子升而游焉，陵迟故也！今世仁义之陵持久矣，能谓民弗逾乎？②

---

① 《论语·尧曰》。
② 《荀子·宥坐》。

因为多年处在下层社会，孔子对官府不教而诛的现象有深刻认识。孔子认为，所以出现这种父子相互诉讼的问题，责任在政府教化不力。如果因为不孝就处死他们，岂不是滥杀无辜？为政者乱其教，繁其刑，使民众不辨是非，误入歧途，而又施之刑罚。其结果只能是刑法越来越繁乱，社会犯罪行为反而不能得到有效的制止。

司马迁说：

> （孔子）与闻国政三月，粥羔豚者弗饰贾；男女行者别于涂；涂不拾遗；四方之客至乎邑者不求有司，皆予之以归。[1]

由于孔子在治理工作中注重以礼治国，强化道德教化，因此出任司寇几个月后，鲁国的社会风气就开始明显改观。人们丢失的东西，无人拾来据为己有；市场上的商人不再敢投机垄断或随意涨落市场价格，不再敢出售假冒劣质商品；尊敬长者，赡养老人，讲究谦让风气得到弘扬。因此，诉讼案件大量减少，几乎到了刑措不用的地步。

然而，孔子任大司寇兼"行摄相事"期间，做了一件令后世对之褒贬不一的事情。这件事情，就是他诛杀了少正卯。

---

[1] 《史记·孔子世家》。

　　定公十四年，孔子年五十六，由大司寇行摄相事，有喜色。门人曰："闻君子祸至不惧，福至不喜。"孔子曰："有是言也。'不曰乐其以贵下人'乎？"于是诛鲁大夫乱政者少正卯。①

对于孔子诛杀少正卯的原因，《荀子·宥坐》中有这样的记载：

　　孔子为鲁摄相，朝七日而诛少正卯。门人进问曰："夫少正卯，鲁之闻人也，夫子为政而始诛之，得无失乎？"孔子曰："居，吾语女其故。人有恶者五，而盗窃不与焉。一曰心达而险，二曰行辟而坚，三曰言伪而辩，四曰记丑而博，五曰顺非而泽。此五者有一于人，则不得免于君子之诛，而少正卯兼有之。故，居处足以聚徒成群，言谈足以饰邪营众，强足以反是独立。此小人之桀雄也，不可不诛也。是以，汤诛尹谐，文王诛潘止，周公诛管叔，太公诛华仕，管仲诛付里乙，子产诛邓析、史付。此七子者，皆异世同心，不可不诛也。《诗》曰：'忧心悄悄，愠于群小。'小人成群，斯足忧矣。"

《孔子家语·始诛》也与《荀子·宥坐》中的记载大同小异：

---

① 《史记·孔子世家》。

　　孔子为鲁司寇，摄行相事，有喜色。仲由问曰："由闻君子祸至不惧，福至不喜，今夫子得位而喜，何也？"孔子曰："然，有是言也。不曰'乐以贵下人'乎？"于是朝政，七日而诛乱政大夫少正卯，戮之于两观之下，尸于朝三日。

　　子贡进曰："夫少正卯，鲁之闻人也，今夫子为政而始诛之，或者为失乎？"

　　孔子曰："居，吾语汝以其故。天下有大恶者五，而窃盗不与焉。一曰心逆而险，二曰行僻而坚，三曰言伪而辩，四曰记丑而博，五曰顺非而泽。此五者有一于人，则不免君子之诛，而少正卯皆兼有之。其居处足以撮徒成党，其谈说足以饰褒荣众，其强御足以反是独立，此乃人之奸雄者也，不可以不除！夫殷汤诛尹谐，文王诛潘正，周公诛管蔡，太公诛华士，管仲诛付乙，子产诛史何，是此七子皆异世而同诛者，以七子异世而同恶，故不可赦也。诗云：'忧心悄悄，愠于群小。'小人成群，斯足忧矣。"

少正卯的问题《论语》上没有记载，孔子门徒们也不说，不能排除孔子弟子有为其师尊者讳的味道在内。荀子记载此事，太史公也有此一说，从它的内容看来的确像是孔子学说中那种容不得异端思想的作风。也许这只是孔子为相事的一个小插曲。但自称尊礼的孔子如何可以以少正卯是邪门左道，就以大夫的身份而诛另一个大夫，而且罪名还是毫无根据的"莫须有"？要知道，少正卯并未放火、杀人、贪污、欺君、罔上、里通外国，他没有任何真正能够成立的罪名。要说他"乱政"，但首先乱政、真正乱政的是三家大夫。诸侯失政，大夫当权。孔子如果真的要复周礼，首先是要诛三桓，但那时候鲁侯已无大权，政出三家，何言王道？"朝闻道，夕死可矣"不过只是说说而已，天下大势已定，政在诸侯和大夫，王室卑微，已无望恢复。而孔子"行摄相事，有喜色"，道是道，权是权，两码事。少正卯之被诛其实并不是乱政，而是在三家执政基础的稳定上起了"颠覆"的作用，但少正卯并未有推翻三家执政的阴谋，或是私结将军，或是弄权，他唯一的罪名是"思想问题"。①

"心达而险"：是说少正卯心思乖违，为人险恶。

"行僻而坚"：是说少正卯行为古怪，阴险固执。

"言伪而辩"：是说少正卯言论不实，但又头头是道。

"记丑而博"：是说少正卯装神弄鬼，精通于怪异之事。

"顺非而泽"：是说少正卯顺从不端的言行，且又能广施恩惠。

由上述内容看来，孔子认为少正卯该杀的原因主要是他思想

① 参见刘烈著《重构孔子——历史中的孔子与孔子心理初探》，中国国际广播出版社 2011 年版，第 164—165 页。

有问题，即所谓"心诛"是也。至少看来，孔子诛杀少正卯，不能排除其有攻乎异端、消灭异己的嫌疑。

政治治理与仕途上的一帆风顺，让孔子暂时忘记了仕途的险恶，有点飘飘然起来，接下来"堕三都"的措施将他的政治前途又打回了原点。

当时，摆在孔子面前的现实情况与其他诸侯国家的现状大同小异：

第一，公室衰弱；

第二，卿大夫掌政；

第三，陪臣执国命。

其时，定公虚位、三卿擅权、家臣控主的局面已成。要想改变鲁国的政治格局，强化君权，唯一的复兴之路就是强公室，抑大夫，贬家臣，完成权力与秩序的重新调整，彻底实现中央集权——鲁国国君集权。

强公室，即加强公室的权势，提高国君的实际统治权力，使国君真正成为国家的最高主宰。抑大夫，就是削弱执政大夫，特别是以季氏为首的三家大夫的实力和权势，使他们尊君、守臣道、不得僭越。贬家臣，即使大夫的家臣老老实实地效忠于主人，不得拥权跋扈，更不能干预国家的政治。

在孔子看来，治国理政首要就是表现在治上。让当权者应该认真扮演好自己的角色，做好自己该做好的事情，"不在其位，不谋其政"，"君子思不出其位"①，严格遵守礼的等级规定，依礼行事，以身作则，作出表率。鲁国果能如此，就会影响天下，逐渐使各诸侯国"克己复礼"，达到尊天子，服诸侯，稳定统一的目的。

这——就是孔子的家国天下梦。

正像对春秋时代权力下移而引起天下混乱不满一样，孔子对鲁国国君虚位、三桓（特别是季氏）擅权以致家臣执国命的混乱状况非常不满。他提出的解决办法是"堕三都"，也就是先把三家的军事要塞拆除，进而将三家手中的军事力量收归国君所有。

孔子是如何与"三桓"周旋？又是如何根据鲁国的现实情况，从哪里作为突破口来推行自己的强公室主张呢？

正当孔子谋划怎样着手的时候，侯犯据郈邑叛乱事件发生，为孔子实施他的计划提供了方便。

侯犯，叔孙氏的家臣，负责掌管郈邑马匹的马正，郈邑，叔孙氏的采邑，位于鲁国北部边境，在今山东汶上北。当时的邑宰是公若藐。

原来，叔孙氏的宗主叔孙成子想确定叔孙武叔为继承人，公若藐坚决不同意，劝叔孙成子改立别人，于是公若藐和叔孙武叔结下怨恨，后来叔孙武叔最终还是被确定为继承人，叔孙成子去世以后，他就继承叔孙成子做了叔孙氏的宗主。叔孙武叔等到他

---

① 《论语·宪问》。

的地位稳固以后，就派遣郈邑马正侯犯去杀害公若藐，以除心头之恨。侯犯采纳手下一位管马人的主意，刺杀了公若藐。

侯犯奉命杀死公若藐以后，又转而反对叔孙武叔，据郈叛鲁。郈邑城防坚固，粮草充足，叔孙武叔两度率兵攻打都无法攻克。后来，求援郈邑工师（管理工匠）驷赤。驷赤施展计谋，先劝侯犯投靠齐国，又劝侯犯用郈邑和齐国交换一块土地。等齐国派人前来接受时，驷赤鼓动民变，围攻侯犯，逼其出国逃亡，事件才得以平息。

三都，是指季孙氏的费邑、叔孙氏的郈邑、孟孙氏的成邑。周朝时，各国分封大夫的领地上都有自己的城邑。因为大夫们都居住在国都，所以那些城邑一般是委派家臣去管理。城邑中设有办事机构，长官为邑宰。邑宰下还设有各种官吏。有的城邑中还设有宗庙。大夫们不仅在那里发展经济，还发展武装，兴修军事设施，以壮大自己的实力，巩固其统治。在天子、国君权势强大时，对这类城邑的规格规模都有规定，不得超越。后来，随着天子、国君权势式微，有关规定被大夫们打破。有些城邑发展成规模较大、防御坚固的军事堡垒。三桓所建的三都，就是这种城堡。

三桓经营这些城邑的目的，本来是加强其家族实力，巩固家族统治，可是后来反为他人作嫁衣裳，自受其害。一些有野心的家臣、邑宰盘踞其中，兴风作浪，把这些城邑作为反叛主人甚至攫取国家大权的根据地，威胁邑主或国家安全。先后发生了南蒯、阳虎和侯犯等人据邑叛乱的事件。

家臣、邑宰连续叛乱，不仅使季孙氏、叔孙氏等大夫深受其苦，而且干扰了国家的社会政治的正常秩序，引起举国上下的普遍忧虑，各方都希望限制、打击家臣势力。孔子决定顺从众意，利用矛盾，打击家臣、拆毁三都。

鲁定公十二年夏，孔子提出了拆毁三都城墙的计划，得到了鲁定公的坚决支持。接着，孔子又去拜见三桓，得到了三家大夫的暂时首肯。

当时，子路正担任季氏家的总管，堕都计划就由子路代表季氏安排具体实施。

堕郈、堕费均在当年夏秋之际进行。堕郈进行得比较顺利，那里的叛党侯犯已于二年前逃亡，故公孙武叔率师堕郈城时没有遭到抵抗。但叔孙氏作为邑主，拆除本邑城堡还要率师前往，如临大敌，则说明堕三都一开始就有对抗性质。堕郈的举动惊动了盘踞在费邑的公山不狃、叔孙辄等人，他们意识到费邑也会遭到同样对待。于是先发制人，在堕费之前，抢先带领费人偷袭鲁都。鲁定公和季桓子、武叔懿子、孟懿子等人没有防备，匆匆逃到季氏家中，登上武子台，试图凭借高台深榭进行抵抗。费人追至台下强攻，有的箭射到鲁定公身边，情况十分危急。孔子得到消息，立刻命鲁大夫申句须、乐颀率部反攻，将费人打退；城内居民也迅速拿起武器，乘势追击，在姑蔑（鲁城以东约90里）打败费人。

公山不狃、公叔辄逃到齐国。事平，季桓子、孟懿子率师堕费，子路荐举孔子的学生子高担任费宰。

堕成安排在最后。成邑位于鲁国北境（今山东省宁阳县北），据齐国边境不远。堕成这件事遭到成邑宰公敛处父的反对。此人头脑机敏，在阳虎事件中戡乱有功，深受孟氏器重。他对孟懿子说："毁掉成邑，齐人就可以无阻挡地直抵鲁国北门；成邑又是孟氏的保障，没有成邑，也就没有孟氏。您就假装不知道。我将不去毁它。"

公敛处父这席话道破了孔子堕三都的要害，即抑三家以强公室的政治目的。如果说堕郈、堕费由于侯犯、公山不狃等人作乱，而使这一目的性受到掩盖，那么，当公山不狃等人被清除之后，再去堕毁成邑必然会使公室与"三桓"之间的矛盾凸显出来。因此，问题一经公敛处父指出，孟懿子便立即领悟过来。孟氏少时学礼于孔子，但事关切身利害，也只好不顾尊师旨意，于是对堕成佯装不知，按兵不动。

堕三都的深意很快也被季孙、叔孙两家实权派觉察，故他们对孟孙的消极态度不作干预。堕成邑的计划就这样拖到这年12月，最后只好由鲁定公单方行动，结果围成不克，失败而归。

堕三都是孔子在公室微弱、权力下移、政局动荡不休的形势下，试图利用家臣与大夫家之间的矛盾，以加强公室权力、实行国家统一的重要一环。堕成的失败，说明强公室的任务不能依靠

"三桓"去实行，而鲁侯也无力实现它，这使孔子陷入极度的苦闷之中。

形势急转直下。

堕三都引起孟孙的反对和季孙、叔孙疑虑，这说明孔子已失去鲁国当权贵族的信赖与支持。

孔子"行摄相事"之初，与季桓子关系尚好。史籍称孔子"行乎季孙，三月不违"①。这说明他们合作得不坏。但季桓子一旦觉察堕三都有损于己而利于公室时，便立即警惕起来。他回想鲁昭公时公室与先父季平子之间的那场拼斗，其情景犹历历在目。鲁昭公死后，季平子出于旧怨，把这位国君的坟墓葬在鲁公墓区道南，同道北的鲁先君墓隔开。孔子任司寇不久，在昭公墓外挖一条界沟，使其墓与鲁先君墓同在界沟以内的墓区合为一体。此时，季桓子想起这件事，联系到孔子堕三都的举动，因而对孔子失去了信心，以致孔子因为公务几次去见他时，他都表现得相当冷淡。

堕三都也引起孔子个别学生的反对。

除孟懿子或明或暗地站在反对立场上外，还有一个名叫公伯寮的学生趁机到季桓子那里说子路的坏话，结果使子路无法继续担任季氏总管职务。这就使孔子在鲁政府中已经十分虚弱的地位进一步受到挫折。

---

① 《公羊传·定公十年》。

命运的转折来得如此突然，眼下发生的事态就像不久前擢任司寇和行摄相事来得那样急促。尽管孔子鉴于国内的复杂环境而对可能产生的各种后果有所准备，但当厄运突然出现时，仍不免为自己无力改变现状而沮丧。

大概就在堕成失败不久，孔子大病一场。他意识到，自己的政治生涯就要终结了。他大声质问苍天：

"我的主张能实行吗？这是命运，不能实现吗？"

与三桓贵族关系的破裂，不但结束了孔子的政治生涯，接下来更严重的是，他在鲁国已无容身之地。

政治上失败的孔子，从此被迫踏上了长达14年的国外流亡之路。

第三件是应不应佛肸中牟之邀的事情。

孔子58岁那年，也就在他流亡生涯的第四个年头，在他的仕途命运中，又出现了一个新的买主，这就是正在中牟（今河南鹤壁市西）任最高行政长官的佛肸。

佛肸为晋国大夫赵简子的家臣，时任中牟宰，在晋国贵族内乱时，他宣布独立。赵简子以晋侯的名义攻打范氏、中行氏，佛肸便以中牟为据点率师反叛。赵简子讨伐，佛肸固守对抗，赵简子久攻不克。

此时，佛肸亟须笼络人才，借以巩固自己的势力。他听说孔子有治国之才而不得卫灵公重用，身边还有些德才出众、文武兼通的弟子，心中就腾升起拉拢孔子的念头。佛肸心想，孔子师徒若能为己所用，则不仅可以壮大声威，更能借他们的才华而成就大业。于是，他便派人前往邀请孔子。盛情之下，孔子又心动了。

孔子意欲应邀赴中牟。

在孔子看来，赵简子如果灭掉范、中行两氏，就会形成晋国的分裂，因此，他意欲帮助佛肸对抗赵简子。孔子以为，如果他与众弟子齐心合力，中牟地方虽小，也能干出一番事业。但子路直摇头。他不同意孔子应邀前去中牟做事。

《论语·阳货》篇中比较详细地记有此事：

> 佛肸召，子欲往。子路曰："昔者，由也闻诸夫子曰：'亲于其身为不善者，君子不入也。'佛肸以中牟畔，子之往也，如之何？"子曰："然，有是言也。不曰坚乎？磨而不磷；不曰白乎？涅而不缁。吾岂匏瓜也哉？焉能系而不食？"

子路直言劝谏说：

"从前我听老师讲过：'亲自干坏事的人那里，有道德的君子不去做事。'现在佛肸据中牟反叛，老师却想到那里去，怎么能这样呢？"

孔子解释说：

"是的，我说过这话。可你不知道吗？最坚硬的东西，磨也磨不薄；最洁白的东西，染也染不黑。我难道是匏瓜吗？哪能总是悬挂着，却不给人食用呢？"

　　子路知道，孔子为推行其政治主张在积极创造条件，利用各种时机，而且在具体行动中会有主见，坚定不移，不会因外在条件而改变初衷。但晋国情况混乱复杂，孔子又主张"危邦不入，乱邦不居"①，而今要去那既危且乱之地，岂不自相矛盾？故无论孔子怎样解释，都不能使子路心服。在子路看来，第一，佛肸是个叛臣，道德人品不好，不是个可以托付前途大业的人物；第二，晋国正是内乱不断的时期，六大贵族之间斗争激烈，关系错综复杂，一旦陷进宗派斗争泥坑，便难于自拔。最后，孔子思虑再三，接受了子路的劝告，取消了去中牟的打算，终未成行。在应不应佛肸中牟之邀这个问题上，应该说，子路是清醒的，而且是正确的。

　　"五十而知天命。"按道理说，"知天命"就应顺应天命而行，在上面三件事情上却多少表现出了孔子不信"天命"，甚至逆天命而行的行为。这说明，一个人想做到言行一致是多么难啊！

　　就历史资料来看，从40岁到50岁这一人生阶段，孔子基本上在鲁不为所用或不愿为所用，潜心办学授徒；47岁到50岁这3年中修诗书礼乐。我们在这里关心的是他在诗、书中对天命问题的整理和理解。

――――――――――

① 《论语·泰伯》。

后世学者多好事，认为《尚书》的成书时间很晚，恐怕要晚至西汉，甚至还要更晚一些。一部《尚书》还要根据学派的认识不同，被分为今古文两种版本。还有学者说，孔子接触的《尚书》肯定是些断简残帛，不然就不必"修"了。"修"了以后也未必能成立，"修"只是较有系统的整理。到了今天，中国文化的保存第一功臣应推孔子，但第一罪人也应首推孔子，因为他应做的是收集资料、保存资料的工作。孔子修书虽然删去了在他认识中许多"邪"东西（"诗三百，一言以蔽之曰：思无邪"），但那些也是文化，经他一修就跑得无影无踪了。也许，以后的考古学家会继续在地下发现一些孔子修去了的东西，而不是光有孔子传下的，如果真能有这么幸运的话，那么我们对中国早期文化就会有更清楚的了解了。

《尚书》的内容与夏商的历史的、文字的、对比的真实性目前是做不到了，将来也许有做到的可能。我们在此对《尚书》中真实性的范围可以缩小，可以仅限于我们探索的"天命"观念。不管怎样说，"天命"观念在《尚书》中还是存在的，因为它是《尚书》的最主要的内容之一，没有了它，《尚书》便不能存在。这个观念是很难赝造的。

"天命"的出现吐露了不少重要的信息。

古人对于"天"的概念的认识大概和我们今天应该不会相差太多：天在头上。天上有太阳、月亮、星星；天那么大，无穷无边；天那么高，高不可攀。《说文》："天，颠也，至高无上，从一、大。"《甲骨金文字典》中天、大本是一字，只不过又在"大"字形的上部增加巨首形，或者用"二"字。《说文》："大，象人形。"大人之命的来源也和现在的差不多，将天拉进来就表示一切人都应遵守的法规。"天"的命令，原来是大人的命令。大人都爱将自己形象化到至高无上，那么就在言语上变成"天"，大人就是天，大人的命令就是天命，这一天命的原始意义是很清楚的，是大人、掌权者、掌人生死者的命令的必然演变。

历史表明，"皋陶谟"上的"天命有德""天讨有罪"已将自然的天、大人的命更进一步地从形象化变成实体，好像天在真正发令了，还能派军队消灭敌人。

对老百姓来说大人之命也好，天命也好，都是一回事，就是那"刑"，一般的条例，只有乖乖地遵守，并没有什么人会拿它当作相当于人格化的"天"发出的命令；用在掌权的人手里，天命必然是大人之命。

到了"汤誓"，据说是伊尹所作，成为汤武革命的借口："有夏多罪，天命殛之。"这种话谁都可以说，对与不对，谁都可以托"天命"，反正是查不出来的。它给动武犯上的人"正名"而用，"必也正名乎"。其实，没有人会真正地把它当回事来检查。这种"托名"非"正名"的举动必然会影响到人的宿命观，周朝之灭殷，在"泰誓"上说"商罪贯盈，天命诛之……奉予一人，恭行天罚"，"召诰"并将"天命"用历史的眼光联系了起来，"有夏服天命……有殷受天命"，周公在"洛诰"上说"我有周佑命，将天明威"等。由此可见，"天命"只是政治家的借口而已。

在中国古代，从统治者的口中常听到"天听自我民听，天视自我民视"①之语。这两句多为士人所道，好像是"天"和"民"联结了起来。然统观《尚书》，民总是掌权者最后考虑到的，民本来不说话，极大部分也没有话说，或不知道说什么，在皇朝失政时，民大都逆来顺受，最多抱怨几句如"日子过不下去啦"之类的话。拿民当回事的是道德家的事，不是掌权人的事。孔子一生中提起"民"的总次数很少，提起君子与小人的次数多。民在孔子眼中大都是小人，既贫且贱，没有什么说的；孔子的"天命"因此绝不是以"民意"作为代表的。只有在汤武、武王革命时，民才被作为革命的理由之一。历史似乎很清楚，这一类革命的主要原因绝对不是因民而发，民只是革命的借口。孔子曾"摄相事"，对管理百姓当然是熟悉的。他行的政中大部分是对付老百姓的；他也知道仁政是百姓欢迎的。他以为他的政治目标可以达到西周的盛世，但"民意"和天命对他是两回事。他不是生活在汤武革命的时代，也就谈不上这两人所谓的"天命"，民的问题也就不用捍卫了。

孔子自有他的天命观。"天生德于予，匡人其奈予何。""文王

---

① 《尚书·泰誓》。

既没，文不在兹乎。"孔子认为他的文与道有存在的价值，没有任何力量可以夺去，但大道之行与不行，不是人力所能勉强的，这就是孔子眼中所谓的"天命"。

50 岁是人成熟的年龄。孔子在 50 岁至 60 岁这一段生命中终于找到了为统治者所重用的机会。从 51 岁起，孔子做了短短数年的官，直到摄相事，但他的理想与现实过于遥远，理想很丰满，现实却总是很骨感。最后在强大的反对声音中，孔子不得不离开鲁国，四处流亡，辗转各国，希望得到见用，却是到处碰壁。"苟有用我者，期月而已，三年有成。""如有用我者，其为东周乎！"的雄心壮志经过岁月的消磨最终变成了"归乎归乎"希望回到故乡的期许。仕途的蹭蹬终于让孔子认识到了自己真正的人生价值并不在从政做个政治治理家，而是教书育人整理古籍。直到这个时候，孔子才真正是"知天命"而且亦"耳顺"了。但这时，孔子已 60 出头了。

五、六十而耳顺

相对于"知天命"，"耳顺"之年又是人生的一个新的转折点。

"耳顺"的反面是"耳逆"；"六十而耳顺"是相对"六十前耳逆"的一种说法。"耳逆"主要是指对于非道听不进去，就是说不能了解为什么人们会说逆于道的话，会逆于道而行。"耳逆"是对于非道的拒绝，认为它无真理、无逻辑可言。在普通人那里，人人都爱听悦耳之言，厌恶"耳逆"之语，这也是一种"耳顺""耳逆"的判断。孔子的"耳顺"，是针对他过去"耳逆"的情况有所改变而言的。过去，孔子不能容忍异端或和他的道不相干的一系列政治言行，如礼崩乐坏、道德沦丧、陪臣执国命等。孔子主张中央集权，主张克己复礼，然而 60 岁后，孔子的心态发生了质的变化，他不再勉强自己，而是把匡正天下的希望留给了他的学生，他的从政要求不再那么强烈了，这大概就是所谓的"耳顺"境界吧。60 岁后的孔子，人生确实基本上达到了"耳顺"的境界。

以笔者愚见，"耳顺"大致可做如下理解。

第一，表面上的意思，"耳顺"就是能够自然听进去各种不同的意见，尤其是反对性的意见，在内心里不会因为"耳逆"之言而起不愉悦的情绪，导致心情不快。

第二，深层面的含义，大概是指进入 60 岁后，由于人的阅历进一步丰富，听到别人的言论能够正确辨别真假是非，犯错的概率大大减少了。

"耳顺"的反面是"耳逆"。

孔子自认为他 60 岁前"耳还逆"，在心理上、情绪上、见识上等修养方面还不能达到一个随心所欲、相对自由的境界。

这倒也符合事实。

确实，在进入"耳顺"之年前后，孔子师徒还一直在楚地流亡。

楚地多隐士。隐士与孔子的互动，在一定程度上反映了孔子在"耳顺"与"耳逆"之间挣扎的窘境。

据《论语·微子》记载：

> 长沮、桀溺耦而耕，孔子过之，使子路问津焉。长沮曰："夫执舆者为谁？"子路曰："为孔丘。"曰："是鲁孔丘与？"曰："是也。"曰："是知津矣！"问于桀溺，桀溺曰："子为谁？"曰："为仲由。"曰："是鲁孔丘之徒与？"对曰："然。"曰："滔滔者天下皆是也，而谁以易之？且而与其从辟人之士也，岂若从辟世之士哉？"耰而不辍。子路行以告。夫子怃然曰："鸟兽不可与同群，吾非斯人之徒与而谁与？天下有道，丘不与易也。"

孔子师徒要过一条河，不知道渡口在哪里，正好遇到两个在田地里并肩耕种的人，于是孔子就派子路前去"问津"。

"问津"，是这次长沮、桀溺与孔子师徒间发生故事的关键所在。明是谈论渡口所在，实际是在探讨与寻找救世道路与人生道路的大问题，这也牵涉到道儒两家观点、两种人生观与政治观的分歧所在。在我们中华民族语言库中，"指点迷津"的典故，出处就在这里。

子路按照孔子的要求前来问路，好像先问的是长沮，长沮先不回答子路的问题，却向子路发问说："你替他赶车的那个老头儿是谁？"其实长沮他们早就知道这是孔子，这是明知故问。子路还怕人家不知道车子上坐的是谁，马上告诉他："是我的老师呀，世人皆知的孔丘先生啊。""就是鲁国的那个孔丘吗？""是啊，就是他，那还能错！"这时长沮才将自己心里的话不紧不慢地讲了出来："既然是孔丘，那他当然知道该怎么走、走哪条路，还要来问我们这些种田人干什么？"言外之意很明显：他孔丘流亡列国，到处传道布道，向各国的国君"指点迷津"，自己反倒不知道该走哪条道了？这个言外之意还有一层意思，那就是上面那个楚狂接舆所说的这个世道已经没法救了，算了吧，算了吧！孔丘你就别白费苦心了。

子路没完成任务当然不甘心，又转而问桀溺。桀溺却问起了子路是谁，是不是鲁国孔丘的学生等，问完也是没有回答渡口到底在哪里，倒是左顾而言他，大发了一顿好似无厘头的感慨："礼崩乐坏，战乱不止，争权夺利，世风日下，这已经像滔滔的洪水，成了时代的潮流，谁也没有力量去改变它。你们的老师孔丘不是在鲁国遇到像季氏这样篡夺了国君权力的卿大夫，没有办法不得不离鲁而流亡列国的吗？这些年来又怎样呢？还不是到处碰壁，找不到一个理想的诸侯而让你们施展抱负吗？与其跟着孔丘四处碰壁，还不如像我们一样脱离这个洪水滔滔的世道，种田糊口，不管世事来得自在呢。"说罢，再也不理会子路，只顾不停地耕种他们的田地。

碰了一鼻子灰的子路，只得回来报告孔子。孔子听了，怅然若失，好长时间没有吭声，一股失落、一股酸楚、一股悲凉、一股落寞又在他心头弥漫开来。好一会儿，他才难过地说："鸟兽不可与同群。鸟会飞，在天空中自由翱翔；兽能走，在山林中无忧无虑地行走。人各有志，各走各的路吧。"

事实表明，孔子对流亡途中所遇隐士的态度是既尊重又不满意的。

一方面，儒家和隐者，虽然走的不是一条路，但都是大智慧者。孔子尽管自强不息，但对隐者还是保持着高度的敬意。在《论语·宪问》中，孔子生出无限的感慨："贤者辟世，其次辟地，其次辟色，其次辟言。"晚年的孔子，岁月洗净了铅华。心中的壮志，像残阳晕染的晚霞，渐渐淡去。此时，这些避世的人，在孔子的内心深处，或许分外显得智慧与可亲。

另一方面，隐士们对王室衰微，诸侯争强，战争频发所引发的社会混乱和各种不平等现象，对统治者的权力欲望和道德沦丧，表现出了极大的不满情绪，但又无可奈何。他们宁愿隐居乡野，躬耕于丘垄，也不愿与统治者同流合污，不愿失去自由，不愿污染自身的洁白，孔子对此是敬重的。但是，他们逃避现实，悲观厌世，放弃自己的社会责任、放弃理想信念和对济世救人的追求，对此，孔子是不苟同的。孔子虽然明知其道不能实现，但他要尽到自己的责任。"知其不可而为之"，表现出坚忍不拔的顽强意志，以及积极处世、乐观向上、努力进取的奋斗精神。正是孔子的心灵建立在强大的悲天悯人的文化基础之上，因而才会充满着生机，充满着阳光，充满着自信，充满着力量。也正因为这样，孔子最后才能脱颖而出，成为中华民族文化精神史上的一束光，一束引导我们民族不断走向光明的永远不会熄灭的光。这束光虽小，却充满正能量，能够星星之火可以燎原，永远引导我们通向澄明的精神世界。

60 岁上孔子回鲁。他说：

> 归乎归乎，吾党之小子狂简，斐然成章，吾不知所以裁之。①

他对门徒的气量大了，还有点高兴地觉得他们的狂简斐然成章。他对自己的要求不再那么高了，只消适意就行，不再以大道相责自己，这大概就是所谓的"耳顺"吧。

进入 60 岁后，孔子对和他不同的人的看法在逐渐改变，脾气也在渐渐地好转。奚落孔子的众多隐士的观点，孔子虽然未必全部苟同，这种人却是令孔子"怃然"有所感悟。孔子羡慕他们的自然生活，却他执着于对世道的拨乱反正。"天下有道，吾不与易

---

① 《史记·孔子世家》。

也"，也许应作如是解："天下有道，吾不与，易也。"意思是天下若有道，我不会像现在这么低三下四地游说诸侯，因为安定天下本就是件十分正常的事情。与鸟兽同群，实所履也，也易于实行。然今天下无道，我也不能消极无为。孔子对隐者的尊重和向往是很清楚的，也羡慕鸟兽存在于大自然之中的逍遥之举。

大量事实说明，孔子的"耳顺"是他在一生的逆境中锻造而成的，因为"周道"不行的客观形势，宣扬"周道"的孔子心中的矛盾显而易见，只是他没有时间或不甘心来解决它，也没有方法来解决它，但孔子不怨天，不尤人，"大道不行，命也夫"，孔子也就安然接受，不再以道逆人或者逆言了。也许这是一个不得志人的话，但他的话中并无酸苦之味，他之接受天命出于真诚，从此他渐入耳顺之境。

六、七十而从心所欲不逾矩

"从心所欲"应该是说"自由"，就是说"七十而自由"。"不逾矩"就是虽然"从心所欲"，但事事都会在规矩之内，不会再做出逾分的事情。

孔子所谓的"从心所欲"，今日看来应该是与"自由"相接近的一个人文概念。实现心灵的自由，达到"从心所欲不逾矩"，是一种境界，不是常人那种订立计划通过努力就能达到的目标。孔子的"从心所欲不逾矩"应该是一个境界高远、与俗世无争、宠辱不惊、随遇而安、物我两忘、无意名利、心若止水、不计得失、情深似海、慈悲为怀、兼济天下的境界。达到这种境界，人就会自然而然地自由管理自己的不合理的生理欲望，就可以"从"欲而不欲。"七十而从心所欲不逾矩"，是孔子倾终生修养之力最终才达到的一个高度，我们虽不一定能达到，但毕竟有了一个学习的榜样，这对我们来说是多么幸运的一件事情啊。

公元前484年，在颠沛流离14年后，孔子自卫返鲁。这时，他已经进入了垂暮之年。孔子56岁离开鲁国，14年后返回鲁国时，已经71岁了。多年周游诸侯各国冀图出仕的失败经历，对孔子刺激很大，既然不复梦见周公，他也就无意再继续求仕。经过近70年的人生坎坷，孔子已经彻底清楚了自己的人生定位，这就是要在有生之年，赶快抓紧时间，完成自己"为往圣继绝学"、实现整理古代文化典籍的历史使命。

据《史记·孔子世家》中记载：

> 孔子之时，周室微而礼乐废，诗书缺，追迹三代之礼，序书传，上纪唐虞之际，下至秦缪，编次其事。曰夏礼吾能言之，杞不足征也；殷礼吾能言之，宋不足征也。足，则吾能征之矣。观殷夏之损益，后虽百世可知也，以一文一质，周监于二代，郁郁乎文哉，吾从周。故书传礼记自孔子……

吾自卫反鲁，然后乐正，雅颂各得其所。古者诗三千余篇，及至孔子去其重，取可施于礼义……读易韦编三绝，曰，假我数年，若是，我于易则彬彬矣。吾道不行矣，吾何以自见于后世哉，乃因史记作春秋……后世知丘者以春秋，而罪丘者亦以春秋。后七日卒，孔子年七十三。夏人殡于东阶，周人于西阶，殷人两柱间，昨暮予梦坐两柱之间，予殆殷人。

孔子在 70 岁的时候又回到诗书礼乐上去，并且读《易》，著《春秋》。不过，这次回去是在"从心所欲"的境界中再次涵咏整理六艺的。70 岁，什么都经历了，就有着返璞归真的心情，一切简化，只存其质，所以，他在临死之前才会说"予殆殷人"。孔子虽然毕生都在宣扬周道，虽然周道无法恢复，孔子却从中达到了"七十而从心所欲不逾矩"的境界。晚年的孔子，他的心志已经不染世尘地浸淫在殷周的人文文化抢救中，只有在这个时候，他才是自由的。

第九章　孔子的事业规划

孔子的事业管理可以分成三个部分。第一，从 20 岁后开始开办私学，广收门徒，此事业伴随了他的终生。第二，50 岁上下开始在鲁国为官，在仕途上锐意进取，不过从政只有 3 年。第三，晚年整理编纂自己一生收集的文化典籍，编纂修订《诗》《书》《礼》《乐》，作《易传》，写《春秋》，成为夏商周三代文化工程最早的抢救人。

一、办学授徒

孔子的事业管理可以分成三个部分。

（1）办学授徒。

（2）仕途进取。

（3）整理典籍。

我们先来探讨孔子的办学授徒。其实，孔子决心创办私学，很可能是出于以下几个方面的因素。

第一，他要解决自己及家人的经济来源问题。

这不难理解。

孔子生长于贫寒家庭，从小吃过各种苦，成家立业的前提就是实现经济独立与生计保障。对于这一点，孔子应该比谁都清楚。

孔子说：

> 自行束脩以上，吾未尝无诲焉。[①]

凡是主动愿意学习并交纳若干学费者，孔子都给予了相应的教诲。

这也说明，孔子小学是有一定条件的。教学不是免费，而是

———————

[①] 《论语·述而》。

根据个人不同的实际情况收取不同程度的学费。"束脩"大概是最低标准，用来照顾家境贫寒的学生。至于贵族子弟，以及像子贡这样的富有之人，很可能就不是收一点学费了，孔子收的大概应是赞助费或者捐献费。

第二，开办私学，有孔子对自身强弱、长短、兴趣等项因素的充分考虑在内。

孔子虽然说自己"吾少也贱，故多能鄙事"，但他真正的兴趣还是在对文化知识的学习与掌握上面。学有所长并得到社会的认可，这个品牌效应是孔子开办私学的主要基础。

第三，在初期招徒教授过程中，孔子品尝到了人生的乐趣。

做自己喜欢做的事并能将谋生与探究学问、追求道义，相容不悖地有机结合起来，这正是孔子的智慧与聪明处。一边教书，一边读书，教学相长，弟子满堂，既可有维持自己以及家庭必要生活的经济收入，又可以大大有益于自己学问的精进。对于孔子而言，何乐而不为？

第四，创办一个属于自己的私立学校，这是孔子的一个人生理想。

"私学"是孔子精神的桃花源。

数十年来的进取与奋斗，让孔子看到了社会的复杂与多面，他也认识到了自己的短处与不足。

因为出身的贫寒，仕途之路对他似乎遥不可及。通过创办私学，孔子很快找到了自己独特的人生之路。通过这条道路，他可以找到自己的人生乐趣，实现自己的人生价值，用自己力所能及的方式，培养社会需要的各方面人才，充分发挥与调动他们的聪明与智慧，让他们参与政治，介入社会，进而推行自己的政治理想与人生主张。学生满天下，实际上也成为孔子与社会之间沟通的另一座桥梁，他也从中找到了自我实现的最好途径，实现了职业和事业之间的最佳结合。

第五，"天子失官，学在四夷"，文化下移的时代为孔子私人办学提供了客观条件。

春秋以前，学在王官。正如《礼记》所言："古之教者，家有塾，党有庠，术有序，国有学。""小学在公宫南之左，大学在郊。"①

在教育制度上，可以分为贵族、平民两类学校。文化学术皆由官办。贵族子弟学习礼、乐、射、御、书、数等课程，以备未来从政之用。平民子弟则只能接受一般文化课程与军事训练的教育。教育贵族子弟的教师由行政官员兼任。主要包括：师氏，"以三德教国子：一曰至德，以为道本；二曰敏德，以为行本；三曰孝德，以知逆恶"。保氏，"养国子以道。乃教之六艺，一曰五礼，

———————————

① 《礼记·王制》。

二曰六乐，三曰五射，四曰五御，五曰六书，六曰九数"①。

周平王东迁后，"天子失官，学在四夷"，文化开始由官方垄断向民间下移。这为民间私学的兴起准备了条件。

在孔子办学前夕，有些地方已经出现私人设教的现象。据《吕氏春秋·下贤篇》记载，春秋时期，壶丘子林就有自己的门弟子，郑子产去看望他时，他正在与其弟子按年龄排座次。又据《吕氏春秋·离谓篇》的记载，郑国的邓析还办过类似今天的诉讼方面的法律培训班，凡要学打官司的，只要交纳一定衣物作报酬，就可以到他那里学习诉讼方面的知识。结果，"民之献衣襦袴而学讼者，不可胜数"。稍前于孔子或约略同时的私人设教者，就有詹何、王骀、少正卯等。这些记载虽系传闻，但这类传闻如此之多则反映了一定的历史真实。孔子的私学正是在这种气候下兴办起来的。

第六，为孔子追求自己最大程度的人身自由而举办。

通过创办属于自己的私人学校，孔子可以获得经济上的独立，可以自由决定自己的时间，可以保持人格的独立和精神上的自由，可以不再受制于人。种种因素加在一起，成为他敢于喊出"三军可夺帅也，匹夫不可夺志"②的主要凭借。

---

① 《周礼·地官司徒·师氏、保氏》。

② 《论语·子罕》。

自学成才的经历与办学目标的远大，使得孔子创立的私学，颇具影响力，赢得了越来越高的社会声誉。

在孔子之前，不乏有人创办私学；在孔子之后，开办私学的人更是多得如过江之鲫，多不胜举。然而，只有孔子一人被历史公认为中国民办教育者的鼻祖。

这并不奇怪。

因为，这与孔子办学的高度及宽度密切相关。

俗话说，高度决定出路，细节决定成败。而孔子恰恰将二者做到了极致。

孔子创办的私学，可以说是真正的"大学"，无论是知识结构或者是铸造人灵魂的高度，在当时都罕有其匹。

"大学"这个词最早的来源，可以追溯到《礼记·大学》篇。《大学》开篇即讲：

> 大学之道，在明明德，在亲民，在止于至善。
>
> 知止而后有定，定而后能静，静而后能安，安而后能虑，虑而后能得。
>
> 物有本末，事有终始，知所先后，则近道矣。
>
> 古之欲明明德于天下者，先治其国；欲治其国者，先齐其家；欲齐其家者，先修其身；欲修其身者，先正其心；欲正其心者，先诚其意；欲诚其意者，先致其知，致知在格物。

　　物格而后知至，知至而后意诚，意诚而后心正，心正而后身修，身修而后家齐，家齐而后国治，国治而后天下平。

　　自天子以至于庶人，壹是皆以修身为本。其本乱而末治者，否矣。其所厚者薄，而其所薄者厚，未之有也。此谓知本，此谓知之至也。

这既是《大学》的开篇，实际上也是《大学》篇中的点睛之笔。在这里，它明确提出了大学学习的最高目标是"明明德""新民"与"止于至善"三个方面。

《大学》一开始即开门见山地说：

大学的宗旨在于弘扬光明正大的品德，在于使人弃旧图新，勇猛精进，在于使人达到最完善的境界。

一个人只有明白自己应该达到的境界才能够志向坚定；志向坚定才能够镇静不躁；镇静不躁才能够心安理得；心安理得才能够思虑周详；思虑周详才能够有所收获。每样东西都有根本有枝末，每件事情都有始终。明白了这本末始终的道理，就接近事物发展的规律了。

古代那些要想在天下弘扬光明正大品德的人，先要治理好自己的国家；要想治理好自己的国家，先要管理好自己的家庭和家族；要想管理好自己的家庭和家族，先要修养自身的品性；要想修养自身的品性，先要端正自己的心思；要想端正自己的心思，先要使自己的意念真诚；要想使自己的意念真诚，先要使自己获得知识；获得知识的途径在于认识、研究万事万物。通过对万事万物的认识、研究后才能获得知识；获得知识后意念才能真诚；意念真诚后心思才能端正；心思端正后才能修养品性；品性修养后才能管理好家庭和家族；管理好家庭和家族后才能治理好国家；治理好国家后天下才能太平。上自国家元首，下至平民百姓，人人都要以修养品性为根本。若这个根本被扰乱了，家庭、家族、国家、天下要想治理好是不可能的。不分轻重缓急，本末倒置却想做好事情，这也同样是不可能的！

《大学》宣扬修身为齐家治国平天下之本，理由如下。

其一，个人、家、国、天下是一种系列关系，个人是社会系列之始。修身和治家、治国有内在的统一性。治国是治家的扩大。其间的统一性就在于一个"孝"字。孝的基本精神是遵守列祖列宗遗志，另外，还必须坚持一整套礼仪祭祀的制度。

《大学》说：

> 所谓治国必先齐其家者，其家不可教而能教人者，无之。故君子不出家，而成教于国。孝者，所以事君也；弟者，所以事长也；慈者，所以使众也。[1]

----

[1] 《大学·第九章》。

在这种情况下，孝是维护家的思想纽带，家是国的细胞，又可转化为国。因此，修身首先要以孝为先。孝是个人、家、国、天下系列中的精神中枢。因此，百善孝为先。

《大学》强调维护宗法制度即"齐家"对于"治国平天下"的重要意义。在这方面，《大学》提倡孝、悌、慈。孝是协调下辈对上一辈的关系；悌，是协调同辈之间长与幼的关系；慈是协调上辈对下辈的关系。《大学》认为，协调这些关系的原则同样适用于协调国家中君与臣，君臣与庶民的关系。这样便把家族中宗法治理与国家中政治统治高度结合在了一起。

其二，在社会道德诸种关系中，修身是起点或中心环节。"凡为天下国家有九经，曰：修身也，尊贤也，亲亲也，敬大臣也，体（体恤、体谅）群臣也，子庶民也，来百工也，柔远人也，怀诸侯也。"九经即九项原则。在这九项原则中，修身不仅是始，而且是本。只有修身才能立道，即所谓"修身则道立"①。其他八项只解决某一方面的问题，是修身在某一个方面的展开。《大学》说："古之欲明明德于天下者，先治其国；欲治其国者，先齐其家；欲齐其家者，先修其身；欲修其身者，先正其心；欲正其心者，先诚其意；欲诚其意者，先致其知。致知在格物。"平天下、治国、齐家、修身、正心、诚意、致知、格物八者之间，修身处于枢纽

---

① 《中庸·第二十章》。

地位。正心、诚意、致知、格物是修身的功夫和修身的方式。修身向外扩充表现为齐家、治国、平天下。只有知道怎样严格要求自己，才能知道怎样治理别人。《中庸》说："知所以修身，则知所以治人。"治人、治物、治国、治天下是治己的外化与扩大。

其三，在道德与人的关系中，人是道德的体现者。只有己正而后才能正人，己不正也就不能正人。《大学》说："君子有诸己而后求诸人；无诸己而后非诸人。所藏乎身不恕，而能喻诸人者，未之有也。"[1]

这也就是说，个人有好品德才能要求别人，自己不违反道德，才能指责别人。自己不讲恕道，而让别人通晓并遵从道德是不可能的。所以身修是对别人提出要求的资本和前提。[2]

总之，"大学"的内涵，至少不是我们今天所讲的对于技术或者某个职业的学习，而是重在提高德行，养成人格，然后成就自身，进而改造社会，这才是孔子办大学的真正意义。

把政治关心视为个人品质的扩大，把政治过程看成由己及人的过程，把国家和政治问题归结为个人的修养程度，这就是孔子的办学之道，这就是孔子办学最高目标之所在。

---

[1] 《大学·第九章》。

[2] 参见刘俊田、林松、禹克坤译注《四书全译》，贵州人民出版社1988年版，第3—4页。

从一定意义上讲，孔子学堂不同于今天那些专门的教育机构，更不是那些以商业运转为模式的专门的教育实体，它是一种集学问探讨与修养人生为一体的圣地。

孔子办学的目的，不应当简单视之为一种谋生之学，它的最重要的出发点不是培养人的专业技能，更不是让学生学习到某种专科专业成为社会上的某种"器具"，而是要全面成就，全面地"长大"与成熟。

简言之，孔子教育是一种大成之学，是将个人学习修身与应该担当的社会责任实现了充分的结合，让人从内心滋养与社会担当等方面一并成长强大起来的一种高境界的学问。它立足于培养人的趣味高尚的价值观和价值判断能力，让学生对世界上纷纭复杂的事物具有做出正确判断与识别的能力，同时培养人的高贵品性和雍容大气、文质彬彬的气质，养成人的大眼光、大境界、大胸襟、大志向、大学问。

可见，孔子办学的目的，不是简单的就业，而是成人；不是一己的谋生，而是要为天下苍生谋生，谋天下太平，为往圣继绝学，争人类福祉！

在孔子之前，官学的生源很单纯，就是贵族子弟。民间虽有乡校，贫寒子弟也只不过略微习得些识文断字的简单常识而已，根本无法凭此立足社会。

孔子创办的私学，生源却很复杂。《论语》里面有四个字："有教无类。"①

一句"有教无类",让孔子办学成了中国教育史上开天辟地的大事。

孔子所说的"有教无类",简单地说,就是对接受教育的对象,没有类别的限制,兼收并蓄,一视同仁地给予教育。只要受教育者愿意真心实意地"志于学",不论贫富、贵贱、族类、国别、老少,孔子都可以做到"诲人不倦"②。

在孔子之前,非贵族子弟是没有享受高等教育权利的。由于孔子的"有教无类",各个阶层的人、各种出身的人都能从此接受充分的高等教育,这就开辟了中国教育史上的新时代。

司马迁说:

> 孔子以诗书礼乐教,弟子盖三千焉,身通六艺者七十有二人。如颜浊邹之徒,颇受业者甚众。③

按照司马迁的说法,孔子用《诗》《书》《礼》《乐》作教材教育弟子,就学的弟子大约在 3000 人,其中能精通礼、乐、射、御、书、数这六种技艺的有 72 人。至于像颜浊邹那样的人,多方

---

① 《论语·卫灵公》。
② 《论语·述而》。
③ 《史记·孔子世家》。

面受到孔子的教诲却没有正式入籍的弟子就更多了。由此可见，孔子凭一个人的力量，教出 3000 弟子，而且以一个人的力量培养出众多具有治国安邦本领的大学生。这种成功，从孔子到今天，还没有一个人能跟他相比。

生源复杂是孔子私学的一大特点。

私学打破了贵族对文化教育的垄断，大批新兴的地主、商人、平民子弟都可以通过这条途径接受到高等教育，这在当时应该说是一个革命性的飞跃。据史料记载，因为孔子学生成分都十分复杂，曾经引起了当时社会上一些人的困惑不解。《荀子·法行》中记载：有一个叫南郭惠子的人问子贡说："子贡先生，你老师的门下怎么那么复杂，什么人都有啊？"子贡回答道："我们老师啊，修养自身，等待求学者。想来的，不拒绝；想走的，不禁止。因而才会显得庞杂。"

孔子门下，确实什么人都有：

从贫富贵贱上看，穷的如颜回、原宪；富的如子贡、公西华；贵族子弟有孟懿子、南宫敬叔；贫贱人家的子弟，像子张是野人，子路是野人，颜浊邹也是野人。

从国别看，孔子弟子中既有颜路、子路、宰我、曾参、澹台灭明、南宫适、有若、公西华、颜幸、冉孺、颜哙、南宫敬叔、林放等很多鲁国人，也有齐、楚、晋、秦、陈、吴等国人，几乎遍及当时主要诸侯国。

从种族看，既有周人后裔，如孟懿子等，也有殷人后裔，如孔忠等，还有夏人后裔，如颜回等。

从年龄看，老少不一。子路只比孔子小9岁，闵子骞小15岁，冉求小29岁，颜回小30岁，子夏小44岁，子游小45岁，曾参小46岁，子张小48岁，冉孺小50岁，等等。在孔门还出现颜路、颜回与曾点、曾参父子俩同学的有趣现象。

从性格、志趣、品行等方面看，也各不相同。子路性鄙，好勇力；司马牛多言而噪，性格不同。子张为学喜干禄，漆雕开不仕，为学志向截然相反。众多弟子因服膺儒者之学、慕孔子之德而入学，子路原本厌恶儒业、陵暴孔子，经诱导而折节投师，情况不同。颜回闻一知十，而高柴"愚"、曾参"鲁"，资质各异。子游、子夏好文学，宰我、子贡善辩，各飞声驰誉，独放异彩。

总之，弟子情况各异，千差万别，孔子却兼收并蓄，没有什么限制。[①]

朱熹说："夫子教人，各因其材。"[②]

在办学的实践过程中，孔子能够根据学生不同的禀赋、思想、个性、特长、已有素质等具体情况，给他们制订相应的教学方案，施以不同的教法，有针对性地给予培养教育，以使他们都能得到

---

① 参见张宗舜、李景明著《孔子大传》，山东友谊出版社2003年版，第84页。

② 朱熹：《论语集注·先进篇》。

全面健康的发展，成为德才兼备的对社会有用的人才。

孔子开办私学后，弟子陆续云集。众多学子出身、性格、年龄、志趣、特长、原有素质等方面各不相同，入学时间有先有后，在孔子身边的时间多寡不一，或始终随侍身边，或时随时离，情况很复杂，根本无法采用整齐划一的集体教学方式。具有"诲人不倦"高尚精神和抱着"忠人于事"负责态度的孔子，针对弟子各自不同的实际情况，采取了个别教学方式，做到了因人因材因时因地教学。

在实际教学中，孔子很注意考察、分析弟子们的具体情况，经常通过观察、谈话、讨论问题等各种方式和途径，探明弟子的思想、志向、意趣、水平、特长等，以掌握各个弟子的实际情况和具体特点。

对于受教育者，孔子曾说："视其所以，观其所由，察其所安。人焉廋哉？人焉廋哉？"① 意思是说：考察一个人待人处事所依据的原则，观察他为达到一定目的所采取的方法、途径，体察他的心情，安心于什么，不安心于什么。那么，这个人怎样能有所隐藏呢？

对于身边的弟子，孔子都能很准确地道出他们各自的特点。

例如，他评论弟子说：

---

① 《论语·为政》。

"由（子路）也果（果敢）。"①

"赐（子贡）也达（通达）。"②

"求（冉求）也艺（多才）。"③

"师（子张）也过（偏激、过分），商（子夏）也不及（做事不到火候）。"④

"柴（高柴）也愚（愚直）、参（曾参）也鲁（迟钝）、师（子张）也辟（偏激，即习于容止而少诚。）、由（子路）也喭（鲁莽、粗鲁）。"⑤

"回也其庶乎，屡空。赐不受命，而货殖焉，亿则屡中。"⑥

孟武伯打听子路等人的情况，孔子介绍说：

> 由也，千乘之国，可使治其赋也。
>
> 求也，千室之邑，百乘之家，可使为之宰也。
>
> 赤也，束带立于朝，可使与宾客言也。⑦

① 《论语·雍也》。

② 《论语·雍也》。

③ 《论语·雍也》。

④ 《论语·先进》。

⑤ 《论语·先进》。

⑥ 《论语·先进》。

⑦ 《论语·公冶长》。

孔子对孟武伯推荐他的学生说：子路适合做主管千乘之国的军政工作；冉求可以担任千户大邑的邑宰，也可以做拥有百辆兵车的执政大夫家的总管；公西华最适合接待外宾，办理外事交涉事物的工作。

正是在深入了解弟子，掌握各自特点的基础上，孔子才能够根据培养目标、弟子实际和各自特点，给予有针对性的教育。

例如，根据各年龄段人的身心变化，孔子告诫弟子要根据不同年龄阶段生理、心理特征，注意纠正各年龄段容易产生的缺点。他提醒弟子们说：

> 少之时，血气未定，戒之在色；及其壮也，血气方刚，戒之在斗；及其老也，血气既衰，戒之在得。①

对于智力对教育的影响，孔子也作了认真的总结。

孔子说：

> 中人以上，可以语上也；中人以下，不可以语上也。②

在孔子看来，对于中等以上水平的人，才可以跟他讲论高深的学问，对于中等以下水平的人，就不可以同他讲高深的内容。

---

① 《论语·季氏》。

② 《论语·雍也》。

只有根据受教育者的实际水平进行适当教育，才可能取得良好的效果。

弟子们经常向孔子"问仁""问礼""问政""问孝""问君子""问成人"等各类问题。孔子都是针对弟子各自的实际做出实质不变而程度有深浅或侧重点各异的不同答复，因而收到了良好的效果。

以"问孝"为例：

> 子游问孝。子曰："今之孝者，是谓能养。至于犬马皆能有养，不敬，何以别乎？"

孔子对子游说：孝就是不仅能养活父母，而且更要对父母存有敬意。

> 子夏问孝。子曰："色难。有事，弟子服其劳；有酒食，先生馔，曾是以为孝乎？"

孔子对子游说：在父母面前经常保持和颜悦色就是孝。

> 孟懿子问孝。子曰："无违"。"生，事之以礼；死，葬之以礼，祭之以礼。"

孔子对孟懿子说：无违父母之命，始终对父母保持礼节就是孝。

三个人提出同一个问题，但都从孔子那里得到了各自需要得到的答案。

再例如：

同一弟子在不同情况下问同一问题，孔子也常能针对不同情况给予不同的答复。

> 樊迟问仁。子曰："爱人。"①
>
> 樊迟问仁。子曰："居处恭，执事敬，与人忠。虽之夷狄，不可弃也。"②
>
> 樊迟问仁：子曰："仁者先难而后获，可谓仁矣。"③

樊迟三次问仁，孔子三次的答案各不相同。

对于"仁"的答案。孔子告诉樊迟说：首先，是"爱人"。其次，是要在平日容貌态度端正庄严，工作严肃认真，对别人做到忠诚。再次，付出努力，然后才谈收获。

有时候，几个弟子向孔子请教同样一问题，孔子给予的答复也会意思相反。

> 子路问："闻斯行诸？"
>
> 子曰："有父兄在，如之何其闻斯行之？"

---

① 《论语·颜渊》。

② 《论语·子路》。

③ 《论语·雍也》。

　　冉有问："闻斯行诸？"

　　子曰："闻斯行之。"

　　子路问：听说一个可行的好主张，是否马上就付诸行动？孔子说：家中有父亲兄长在，应该先向他们请教，然后再确定是否实行，怎么可以一听说就马上去做呢？可是冉有问同一问题时，孔子却说，听说以后就马上实行。公西华见老师对同一问题给出截然相反的答案，感到迷惑不解，就去问孔子。孔子解释说：

　　求也退，故进之；由也兼人，故退之。①

　　孔子耐心地对公西华解释说：冉求做事常常有些畏缩，所以我就鼓励他，给他壮壮胆，叫他马上去做。子路却不同，遇事好轻率处理，所以我叫他凡事缓一缓，等征求了父兄意见再去做，对他适当加以抑制。

　　由此可见，孔子在因材施教方面是非常灵活的。他很注意针对弟子的缺点而补偏救弊，同时又十分重视发挥弟子的特长，因势利导，使之学有所成，各得其长。孔门弟子能力各异，或长于理财，或善治军赋，或善于外交，或善于内政。同是身通六艺者，也各有特长。

---

① 《论语·先进》。

从目前现存的史料来看，在中国的教育史上，孔子首创了启发式教学方法。在教学过程中，孔子十分重视并坚持启发式教育，这也是他创办私学所以能够脱颖而出，取得成功的一个重要因素。

孔子发明的启发诱导的教学方法，深深地影响了后世历代教育家。南宋大教育家朱熹就深受孔子教学方法的影响。

他说：教师只是做得个引路底人，做得个证明底人，有疑难处，同商量而已。

教学本来就是教师和学生双向互动的一种汲取知识与智慧的有益活动，只有教师和学生双方的积极性、主动性实现充分、有机的结合，才能取得良好的教学效果。对于教育者而言，采取何种教学方法，往往更为重要。孔子在施教过程中，很注意调动弟子们的主动性、积极性。他提倡学思结合，引导弟子在多学基础上深入思考，循循善诱弟子积极主动地思考与提出问题。在此基础上给予指点、启发，而不是采取不顾学生具体实际情况的填鸭式的教学法。

不愤不启，不悱不发。①

就是孔子对他的启发式教学法的高度概括与总结。

朱熹在其《四书集注》中对此解释说："愤者，心求通而未

---

① 《论语·述而》。

得之意。悱者，口欲言而未能之貌。启，为开其意。发，为达其辞。"

这就是说，孔子是在弟子要把问题想通却又想不通的时候才开导，想说出来而又表达不出来的时候才启发。换个表达方式也就是说，只有当学生自己进入积极思维状态，在经过独立学习与思考，却又想不通、表达不清楚时，孔子才给予启发，即"开其意""达其辞"。这种激发学生积极独立学习与思考，充分发掘学生强烈求知欲，调动学生积极主动思维状态的创造性的教育方法，自然会收到事半功倍之效。对于今天从小学到大学，一路走来的传统填鸭式教学法来说，真真到了应该借鉴孔子式的启发式教学方法的时候了。

除了"不愤不启，不悱不发"，孔子还特别注意在日常教学活动中培养学生们学会类推学习法，举一反三、触类旁通。

孔子说：

> 举一隅，不以三隅反，则不复也。①

孔子的意思是，对于不能融会贯通的学生，他就暂时放慢教学的进度，等学生已经真正完全领会他的深意时，他再把教学往下进行。

------

① 《论语·述而》。

朱熹在《四书集注》中对此解释说：

> 物之有四隅，举一隅可知其三。反者，还以相证之义。复，告也。

朱熹对此的理解是：孔子之意，譬如有四隅的东西，教给他的学生其中一隅，如果被教育者不能类推出其他三隅来，他就不再勉强将教学继续下去。即不再一隅一隅地讲，而是留给学生自己去类推。也就是说，孔子不去代替学生思考，而是让弟子们学会举一反三、闻一知多，锻炼由此及彼的推理判断能力。

由于孔子重视启发式教育，弟子在学习过程中都非常注意积极主动地思考问题，有的弟子还能反过来给予孔子以启发，从而真正达到了孔子希望的"教学相长"理想效果。

例如《论语·八佾》中记载，有一次，子夏问《诗》中"巧笑倩兮，美目盼兮，素以为绚兮"要表达什么意思。孔子回答说："绘事后素。"子夏将此问题引申到仁与礼的先后关系上，继续问道："礼是否产生于仁之后呢？"孔子听了，非常高兴，连连夸奖子夏说："卜商呵，你真是能启发我的人。从此可以同你一起讨论《诗》了。"

再例如《论语·学而》中记载，一次子贡问孔子："贫而无谄，富而无骄，何如？"孔子说："可也，未若贫而乐、富而好礼者也。"子贡说："《诗》云：'如切如磋，如琢如磨'，其斯之谓与？"

孔子听后，夸奖子贡说："端木赐呵，现在可以同你讨论《诗》了，告诉你一件，你能举一反三，有所发挥了。"

孔子的启发式教学运用得相当成功，其弟子颜回对此体会最深。他曾赞叹说：

> 仰之弥高，钻之弥坚。瞻之在前，忽焉在后。夫子循循然善诱人，博我以文，约我以礼，欲罢不能。既竭吾才，如有所立卓尔。虽欲从之，末由也已。[①]

颜回认为：

孔子之道，越仰望越觉得高；越用力钻研越觉得深。看看似乎在前面，忽然又到后面去了。虽然这样高深和不易捉摸，可是老师善于诱导我们，用各种文献来丰富我的知识，又用礼来约束我的行为，使我想停止学习都不可能。我既用尽才力，似乎能够卓尔独立了。可是要想再前进一步，又不知怎样着手了。

有人说，孔子是中国历史上第一个创办私学的人，这话并不完全准确，因为前文已经说过，至少在孔子的同时代，也有人在办私学，谁前谁后还有待考证。只不过可以说，孔子办出了特色、办出了成就而已。

我们可以将孔了所办的私学与当时其他人所办的私学简单比

---

① 《论语·子罕》。

较一下。

与孔子于鲁国创办私学相前后，邓析在郑国也创办了一所法律培训学校，兼律师速成班。按今天的话说，他本人就是对法律问题颇有研究并出版过法律学著作的一位著名律师。

据《吕氏春秋·离谓》中记载：

> （邓析）与民之有狱者约，大狱一衣（上衣），小狱襦（短衣；短袄）。民之献衣襦而学讼者不可胜数。以非为是，以是为非。是非无度，而可与不可日变。

办学越是教技术、教专业，往往来学的人就越多，因为学了马上就能用。所以邓析的学校办得很红火。邓析自己也常常帮别人打官司，他的律师培训学费收得也有意思：大的案件，收一件上衣；小的案件，收一件短袄。结果很多老百姓带着衣服到他这儿交学费，请他教大家怎么去打官司。

但是，邓析办学"以非为是，以是为非，是非无度"，不讲原则，不讲法律精神。他教学生打官司的技巧，却不教学生对法律的尊重，以及法律的精神。

《列子·力命》和现本《邓析子》中都说邓析"操两可之说，设无穷之辞"。什么叫"两可之说"呢？就是他想说这个人有罪他有办法，他想说这个人无罪他也有办法。这样，他变成一个讼棍了。更糟糕的是，他把学生也教成玩弄法律的讼棍了。

《吕氏春秋·离谓》上记载了邓析这么一件事情。

一个富人掉到水里淹死了，被某人捞了上来。捞尸人一看是个有钱的主，要的报酬特别多，想趁机敲诈一把。富人的家人觉得要价太高，就不服气。怎么办？找邓析。邓析说："他捞上来的尸体，除了卖给你又不能卖给别人，别着急，等着。"富家一听，有道理，就不着急，沉住气在家等。捞尸人一看这家人怎么不要尸体了，也着急，也来找邓析。邓析说："这个尸体他到别的地方买不到，你别急，等着。"这就叫"两可之说"。可这哪里是解决问题的办法呢？他给别人出的都是刁主意。他这种办法，最后教出来的，一定是"刁民"。

据历史记载，这样一个没有原则，只有权术，玩弄聪明，操纵他人的老师，结果，最终作茧自缚，触怒郑国执政，为执政者所杀。

（因为邓析）所欲胜因胜，所欲罪因罪。郑国大乱，民口喧哗。子产患之，于是杀邓析而戮之。①

这一年，是鲁定公九年，孔子51岁，从开始创办私学到现在，已经20多年。

为什么会有这样的区别？一个蒸蒸日上，一个身死学灭。

---

① 《吕氏春秋·离谓》。

这从二者办学所传授的内容可以窥到一点玄机。

拿孔子的私学和邓析的私学做比较，孔子以培养人的全面成长为目标，邓析以培养人做律师为目标；孔子教人成为道德高尚对社会有用的人，邓析教人则仅仅是满足于追名逐利，为谋取私利不惜破坏社会秩序。所以邓析被杀，他创办的学校也随他之死而烟消云散。

孔子所办的私学与邓析的诉讼训练班不同，孔子始终坚持教学内容的多样性、全面性、正面性，但并不忽视其所传授内容的实用价值。

子以四教：文行忠信。①

孔子从四个方面教育学生：文化知识、社会实践、对人忠诚、信于朋友。

子曰："志于道，据于德，依于仁，游于艺。"②

在孔子看来，凡是拜他为师的学生，只要做到以大道为志向，以道德为根据，以仁为践行之本，再加上娴熟于礼乐射御书数六门功课，就是一个十分合格的学生了。

---

① 《论语·述而》。
② 《论语·述而》。

在从事教学活动中，孔子非常强调道德方面的培养，他传授的知识内容，全部是充满了正能量的东西。作为一名老师，孔子本人就是一个严于律己、宽以待人的道德楷模。他曾说：

> 二三子以我为隐乎？吾无隐乎尔。吾无行而不与二三子者，是丘也。[①]

《论语·季氏》中曾有这样一个故事：

孔鲤到了入学的年龄，孔子让他跟随大家一起学习，作为父亲，孔子并没有给他以特殊教育。后来，一个名叫陈亢的学生问孔鲤是否从孔子那里得到与众不同的传授，孔鲤回答十分明确："没有啊！父亲曾经独自站在庭中，我快步从庭前走过。他问我学诗没有，我说没有。他说：'不学诗，就不善于说话。'我退下去学诗。过了几天，又遇见父亲独自一人站在庭中。他发现我从庭前走过，又问我学礼没有，我说没有。他说：'不学礼，就无以在社会上立足。'我退下去学礼。我只得到他这两次私下教导。"

陈亢回去十分高兴，对别人说自己一问三得：知道学诗和学礼的意义，也知道了君子不偏私自己的儿子。

实际上，孔子对学生无论亲疏贵贱一视同仁的做法，不过是他深入贯彻"有教无类"方针的一个具体体现而已。但正因为做

[①] 《论语·述而》。

到了这一点，才不仅使他的学校增强了对广大平民子弟的感召力，而且为中国的平等自由的学术研讨开创了先声。

总之，孔子私学实行"有教无类"的办学方针，适应文化下移的形势和平民学习文化的要求，开创文行忠信四教，采取因材施教、启发诱导等首创的教学方法，加上孔子诲人不倦的高尚精神和认真负责的态度，这种种因素，使孔子创办的私学逐渐生根开花成长壮大，以至于在当时的各诸侯国间都闻名遐迩。私学的红火又使学生越聚越多，规模越来越大，教学相长也反过来成就了孔子的伟大。

二、仕途进取

我们再来看孔子对仕途的管理。

前面说过，孔子在 35 岁至 37 岁时曾经到齐国寻求发展，但未受到重用，最终铩羽而归。51 岁时，他才得到季孙氏重用，出任中都（今山东汶上县西）宰，52 岁时相继升小司空、大司寇。这年夏天，鲁、齐夹谷（今山东莱芜南）之会，孔子以大司寇身份为定公相礼。会盟前，孔子说，"虽有文事，必有武备"。因为进行了周密的准备，鲁国取得了这次政治外交的重大胜利，齐国被迫归还郓、灌、龟阴等地。此后两年，在大司寇任上，孔子采取纵深改革措施，"堕三都"，企图从三家贵族手中收回权力归鲁国公室。孔子集权公室的做法，引起了掌握鲁国国政三家的忌恨，孔子被迫出走流亡。此后，孔子师徒在外流亡 14 年，一直未得到实现政治抱负的机会。总的看来，在仕途进取方面，孔子并不擅长，短于经验，长于理论，属于一个政治理想主义者，此处不再赘述。

三、整理典籍

我们再来看孔子对夏商周三代文化的抢救与整理。

公元前 484 年（鲁哀公十一年），在颠沛流离 14 年后，孔子自卫返鲁。这时，他已经进入了垂暮之年。经过近 70 年的人生坎坷，孔子已经彻底清楚了自己的人生定位，这就是要在有生之年，抓紧时间完成自己"为往圣继绝学"、整理古代文化典籍的人生使命。

一生倡导恢复周礼并在天下奔走呼吁"克己复礼"的孔子，恰恰是春秋时期周礼的最勇猛的突破者与否定者。周礼规定"非天子，不议礼，不制度，不考文"[1]。孔子不仅到处议礼，更在中国第一个以私人名义公开进行了大规模收集与整理古代文献的文化工作，开创了中国私人著书立说的历史先河。一个旧有秩序的维

---

[1]　《礼记·中庸》。

护者与守望者，却成了春秋时代旧有秩序的最大的破坏者。继第一个站出来打破贵族统治阶级对于学习教育的垄断之后，孔子又成为中国打破贵族统治阶级文化垄断的第一人。他在学术上的创举，开辟了就要到来的百家争鸣的新时代。

对于古代文献，孔子以那个时代所能具有的高远的眼界与阔大的胸怀，进行了抢救、梳理、综合、成型，并在教学活动中以教材的形式传诸后世，成为中国乃至世界精神文化遗产宝库中的瑰宝。

孔子时代，"周室微而礼乐废，《诗》《书》缺"[1]，王纲坠弛，礼崩乐坏。由于社会政治的动荡而导致了"天子失官，学在四夷"的文化状况，这就必然造成孔子所能访求到的文化典籍与历史文献，应该是散乱杂芜的，残缺不全的。特别是去夏商二代年代久远，更令孔子深深地感到"文献不足"的缺憾，所以他叹惜地说："夏礼，吾能言之，杞不足征也；殷礼，吾能言之，宋不足征也。文献不足故也。足，则吾能征之矣。"[2]

孔子是一位诚实的学者。他告诉世人，夏王朝的礼，他能讲明白，其后代杞国他却讲不清楚；殷商王朝的礼，他也能讲清楚，其后代宋国的礼他却讲不清楚。原因非他故，杞国和宋国文献不

---

[1] 《史记·孔子世家》。

[2] 《论语·八佾》。

足，因而无法搞清楚罢了。

夏商周三代历史文化悠久，但因为当时的保存条件有限，许多文化典籍早已经遗失或者残缺不齐，许多典籍，文不足征。热爱学习的孔子，对此十分清楚。从 30 岁左右开始，他便立下搜集、整理、恢复古代典籍和弘扬传统文化的宏愿，并且一边教学、一边着手进行这一工作。不过在人生最重要的青年与中年时期，孔子的兴趣主要还集中在事功上面。直到晚年归鲁后，他才将自己的主要精力集中在了抢救三代文化上面。经过 3 年的最后努力，《诗》《书》《礼》《易》《乐》《春秋》六经已经完全被整理或者写作了出来。据《史记·孔子世家》记述，孔子游齐归鲁后，贫居不仕，"退而修《诗》《书》《礼》《乐》，弟子弥众，至自远方，莫不受业焉"。虽然像周公那样辅佐成王创建一个新天下的理想是无法实现了，虽然那个创建了典章礼制等周朝文化的周公，再也没有来到他的梦中了，但是"郁郁乎文哉"的周朝文化，还是那样令孔子心驰神往。用世之心在已届生命晚期的孔子心里，淡薄得犹如轻烟一样了。整理保存夏商周三代文化，尤其是抢救周公所创建的周文化，就成为孔子人生最后 3 年中的最最重要的工作。正是这项工作，奠定了孔子在中华文明史上的儒家鼻祖的地位。

孔子曾言：

弗乎弗乎，君子病没世而名不称焉。吾道不行矣，吾何

以自见于后世哉？ ①

孔子认为自己的政治主张今世是不得实行了，若不把"六艺"整理出来，他将无颜以对后人。

正是在这一强大动力的驱动下，在多年的教学实践中，孔子发现《诗》《书》《礼》《乐》《易》等文化典籍并非完美无缺，尚有不少残篇断简和错乱重复，更有不少孔子认为不满意的地方，这都需要重新整理与修订。经过几十年的广搜博采，多地考察，孔子也已积累下了许多珍贵的文物资料；阅历上的成熟，眼界上的开阔，也可以让他更好地在编纂整理中发现问题而补偏救弊。尤其他教学生的历史与文化文献，多是周史记和鲁史记中的一些不成体系的史料，很多地方杂乱无序，真伪难辨，这都需要重新编修一套详略得当、自成系统的新的"六艺"。一则是出于教学的需要；二则出于使命感，"文王既没，文不在兹乎？" ② 既然以挽救文化遗产为使命，既然以周文王的文化传承者自居，那么作为学问渊博的伟大学者，孔子就开始了对"六艺"进行全面系统的整理工程。这项文化工程，实际上是对先秦历代文化，特别是孔子精通的夏、商、周三代以来的文化，进行总结性的系统取舍和修

---

① 《史记·孔子世家》。

② 《论语·子罕》。

订工作，内容涉及"追迹三代之礼，序《书传》，上纪唐虞之际，下至秦缪，编次其事"①。

关于重新编辑与整理六艺，孔子注意坚持下面几点编纂原则。

第一，"述而不作"。即是通过全面收集与整理原始文献，进行实地考察，尽量集先王圣哲文献与语言之大成。

第二，"述吾之所述，不述吾之不欲述"。既要尊重原始文献，同时又要体现自己的观点和意见，寓作于述，以述代作，建立自己的思想与文化体系。

第三，"不语怪，力，乱，神"。治国理政不能迷信鬼神，要按世事的规律办事，依天理，顺民情，尽地宜，行教化，和谐发展等。这就需要把一些杂乱妄诞的成分删除，尽可能地保留一切有价值的东西。

第四，"攻乎异端，斯害也已"。对于文献中那些一切反中庸之道的不正确的议论与主张，孔子坚持"中庸"方法论，主张予以删除与放弃。

第五，"文以载道"。编纂新六艺，其目的自然是借古代文化典籍传道施教，因此，必须要体现"仁义"的精神和"礼"的规范性。

第六，"文质彬彬"。孔子说："质胜文则野，文胜质则史，文

---

① 《史记·孔子世家》。

质彬彬，然后君子。"① 按字义，文，应指文采；质，质朴；彬彬，杂半之貌。南宋朱熹在《论语集注》中说："言学者当损有余，补不足，至于成德，则不期然而然矣。"孔子此言"文"，指合乎礼的外在表现；"质"，指内在的仁德，只有具备"仁"的内在品格，同时又能合乎"礼"地表现出来，方能成为"君子"。文与质的关系，亦即礼与仁的关系。

第七，"于治一也"。孔子晚年整理六艺，从不同的角度，不同的层面体现了为政治服务的宗旨。孔子说："六艺于治一也。《礼》以节人，《乐》以发和，《书》以道事，《诗》以达意，《易》以神化，《春秋》以道义。"② 这说明六艺各有所用途，即各有其特点，但万变不离其宗，最终的目的还要归结在"为治理国家服务"的宗旨上面。

第八，为教化与提高民众的修养与素质而作。孔子说：

> 其为人也，温柔敦厚，《诗》教也；疏通知远，《书》教也；广博易良，《乐》教也；洁静精微，《易》教也；恭俭庄敬，《礼》教也；属辞比事，《春秋》教也。故《诗》之失愚，《书》之失诬，《乐》之失奢，《易》之失贼，《礼》之失烦，《春秋》

---

① 《论语·雍也》。
② 《史记·滑稽列传》。

之失乱。

其为人也，温柔敦厚而不愚，则深于《诗》者也；疏通知远而不诬，则深于《书》者也；广博易良而不奢，则深于《乐》者也；洁静精微而不贼，则深于《易》者也；恭俭庄敬而不烦，则深于《礼》者也；属辞比事而不乱，则深于《春秋》者也。[①]

在这里，孔子指出了六艺教化的得失。他认为人们若能通过学习六艺深察体道，则可补人们的过失，提高人们的修养。

第九，至于整理编纂的方法，具体问题具体对待。孔子整理六经的具体方法是不同的。大体来说，应为论次《诗》《书》，修起《礼》《乐》，序《易》传，作《春秋》。

也就是说，对于《诗》《书》，应加以取舍和编排而定型；对于《礼》《乐》，重在做修复完善性的工作；对于《易》，则应重点在于发掘、探讨与阐释；对于《春秋》，则是因循旧史记以明义垂教，不作而作。

《史记·儒林列传》中说："夫周室衰而《关雎》作，幽厉微而礼乐坏，诸侯恣行，政由强国。故孔子闵王路废而邪道兴，于是论次《诗》《书》，修起《礼》《乐》。"

---

① 《礼记·经解》。

　　孔子也说："吾自卫反鲁，然后乐正，《雅》《颂》各得其所。"①

　　下面，让我们分别简单勾勒一下六艺的整理情形，也兼谈其他有关的问题。

　　《诗》《书》《礼》《乐》《易》《春秋》六经，在司马迁的《史记》里，还不叫"六经"，只是被称为"六艺"。可见普遍被称为"六经"，应是汉武帝"罢黜百家，独尊儒术"以后的事了。春秋时代，《诗》《书》《礼》《乐》《易》《春秋》被称为高级"六艺"，是相对于礼、乐、射、御、书、数低级"六艺"而言，前者为贵族成年后的必修课，后者为贵族小时候的必修课，由此也可以断定，"六艺"在孔子之前是已经存在着的。孔子只是汇集了当时所能搜集到的各国文献，第一个将"六艺"根据自己的理解认识重新整理、编辑成系统教材而已。

　　关于《书》与《礼》的编纂整理情况，司马迁认为，后人诵读的《尚书》和《礼记》，都是经孔子之手整理编定而成的。

　　　孔子之时，周室微而礼乐废，诗书缺。追述三代之礼，序书传，上纪唐虞之际，下至秦缪，编次其事。曰："夏礼吾能言之，杞不足征也。殷礼吾能言之，宋不足征也。足，则

---

① 《论语·子罕》。

吾能征之矣。"观殷夏所损益，曰："后虽百世可知也，以一文一质。周监二代，郁郁乎文哉。吾从周。"故书传、礼记自孔氏。①

《书》也叫作《尚书》，是上古夏商周政治与历史文献的一个总集。《礼》也就是《礼记》，主要是以周礼为主要内容而形成的中国传统伦理规范。它们虽然表面上都只是历史文献的汇编，但实际上其内容均经过孔子的删减或者增加，深深烙有孔子伦理思想和政治历史观的印记。

关于《乐》与《诗》，《史记·孔子世家》中有如下记载：

孔子语鲁大师："乐其可知也。始作翕如，纵之纯如，皦如，绎如也，以成。""吾自卫反鲁，然后乐正，雅颂各得其所。"

古者诗三千余篇，及至孔子，去其重，取可施于礼义，上采契后稷，中述殷周之盛，至幽厉之缺，始于衽席，故曰"关雎之乱以为风始，鹿鸣为小雅始，文王为大雅始，清庙为颂始"。三百五篇孔子皆弦歌之，以求合韶武雅颂之音。礼乐自此可得而述，以备王道，成六艺。

---

① 《史记·孔子世家》。

《乐》流传于先秦，西汉时已经佚失，但它的思想其实已经包含在《礼记》之中。《礼记》中专门有一篇《乐记》，对音乐的起源、社会作用等都诠释得十分清楚明白。

《诗》也就是《诗经》，最初应该是一部文学作品。孔子收集了从西周初年到春秋中期这段时间里的 3000 多首宫廷与民间的诗歌作品，分成风雅颂三个部分，最后删减保留 305 首，这也就是我们今天所能见到的《诗经》。

孔子曾对鲁国的乐官太师说："音乐是可以通晓的。刚开始演奏的时候要互相配合一致，继续下去是节奏和谐，声音清晰，抑扬顿挫，连续不断，这样直到整首乐曲演奏完成。"孔子又说："我从卫国返回鲁国之后，就开始订正诗乐，使《雅》《颂》都恢复了原来的曲调。"

至于《诗》，司马迁说：古代留传下来的《诗》有三千多篇，到孔子时，他把重复的删掉了，选取其中合于义的用于礼义教化，最早的是追述殷始祖契、周始祖后稷，其次是叙述殷、周两代的兴盛，直到周幽王、周厉王的政治缺失，而开头的则是叙述男女夫妇关系和感情的诗篇，所以说：《关雎》这一乐章作为《国风》的第一篇，《鹿鸣》作为《小雅》的第一篇；《文王》作为《大雅》的第一篇；《清庙》作为《颂》的第一篇。"305 篇诗孔子都能演奏歌唱，以求合于《韶》《武》《雅》《颂》这些乐曲的音调。先王的乐制度从此才恢复旧观而得以称述，王道完备了，孔子也完成了被称为"六艺"的《诗》《书》《礼》《乐》《易》《春秋》的编修。

关于《易》，司马迁说：

> 孔子晚而喜易，序彖、系、象、说卦、文言。读易，韦编三绝。曰："假我数年，若是，我于易则彬彬矣。"[1]

孔子晚年喜欢钻研《易》，他详细解释了《彖辞》《系辞》《卦》《文言》等。孔子读《易》刻苦勤奋，以致把编穿书简的牛皮绳子也弄断了多次。他曾说："再让我多活几年，这样的话，我对《易》的文辞和义理就能够充分掌握理解了。"

至于《春秋》，前面第四章已经论述备矣，此处不再赘述。

关于孔子所编纂六艺的性质、作用和特点，董仲舒说得十分清楚：

> 君子知在位者之不能以恶服人也，是故简六艺以赡养之。《诗》《书》序其志，《礼》《乐》纯其美，《易》《春秋》明其知。六学皆大，而各有所长。《诗》道志，故长于质；《礼》制节，故长于文；《乐》咏德，故长于风；《书》著功，故长于事；《易》本天地，故长于数；《春秋》正是非，故长于治。[2]

---

① 《史记·孔子世家》。
② 《春秋繁露·玉杯》。

　　孔子对于六艺的整理与编纂，是把自己一生积累的治理思想融化于内的，它们的目的都在于为政治服务，但具体而言，因为内容侧重点不同，各自所发挥的作用也不同。

第十章　孔子的政治智慧

在政治诸种因素中，孔子很看重执政者的表率作用，主张领导者应该加强自身道德修养，将提升自己的道德修养有机地融合到自己的日常实践生活之中；孔子主张加强中央集权，主张推行大一统政治模式；强调富民、使民、教民的重要性，主张先经济后政治，对待民众，先富而后教；主张在国家治理上实现共同富裕，反对贫富差距太大，提出了"不患寡而患不均，不患贫而患不安"的著名政治主张。

一、学而优则仕

从某种程度上说,《论语》可谓一部孔子及其弟子的济世讲政的言论集。

孔子是中国历史上"学而优则仕"的一个典型。

这不难理解,在传统中国,从政是读书人实现自己梦想的风筝、造福社会的桥梁、治国平天下的工具。读书、修身、齐家、治国、平天下,孔子"货与帝王家"的追求,为中国后世读书人铸造了一种读书从政的理想文化模式。其生命力之大之强,至今仍在深深地影响着国人后辈。

《论语·子张》中说:

> 子夏曰:"仕而优则学,学而优则仕。"

子夏是孔子的一位学有所成的学生,他所发的"学而优则仕"的感慨应该是孔子教育的成果,因此,这番言论,可以代表孔子的心声。

史载,孔子在学有初成之后,"尝为委吏矣","尝为乘田矣"[①]。后来虽然是以授徒讲学为主要职业,但也常有"不可一日

———————

① 《孟子·万章下》。

无君之感"。所谓"三月无君，则皇皇如也"①；所谓"君命召，不俟驾而行"②等，都多少反映了他求仕的心切与对政治权力的神往。唐玄宗曾写过一首《经鲁祭孔子而叹之》的诗篇，其中有"夫子何为者，栖栖一代中""叹凤嗟身否，伤麟怨道穷"之句，生动、形象地概括了孔子一生为求仕奔走和怀才不遇的惨淡景况。

细品《论语》，我们会发现这样一个十分有趣的现象，这就是孔子也常常存在言行前后不一致的情况，这很可能是孔子在理想与现实之间徘徊的一种无奈真实的心态反映。

孔子尝以"危邦不入，乱邦不居，天下有道则见，无道则隐"③的观点来教导学生。他曾称赞过卫国贤大夫蘧伯玉，说蘧是"邦有道则仕，邦无道则可卷而怀之"④。他还对高徒颜渊说过："用之则行，舍之则藏。唯我与尔有是夫！"⑤这都说明孔子对于进退出处是极为慎重的。然而证之孔子的人生实践，又不完全尽然。如"公山弗扰以费畔"，派人来请时，孔子就动了心。又如"佛肸以中牟畔"，派人来请孔子，孔子又想去。子贡问："有美玉于斯，

① 《孟子·滕文公下》。
② 《论语·乡党》。
③ 《论语·泰伯》。
④ 《论语·卫灵公》。
⑤ 《论语·述而》。

韫椟而藏诸？求善贾而沽诸？"子曰："沽之哉！沽之哉！我待贾者也！"① 这又是孔子急于求仕之意的真切流露。事实上，孔子是每"至于是邦也，必闻其政"。② 他在鲁国"摄行相事"，是上台而"有喜色"③，及"齐人归女乐以沮之"④，他又"迟迟吾行"⑤，等待着掌权派前来挽留。孔子曾经很自信地说："苟有用我者，期月而已可也。三年有成。"⑥

为了实现他的从政梦想，从 35 岁满怀理想到齐国求仕开始到年近 70 时灰心绝望返鲁，孔子几乎是在外流亡了半生，几乎耗尽了他的精力与生命之光。

为了求仕，孔子曾经遭遇过很多的危险和刺激。由卫适陈、过匡，"匡人以为阳虎而拘之"。由曹适宋，"司马桓魋欲杀之"⑦。而"在陈绝粮"⑧，则是连随行的一帮追随者都几乎一齐饿死。至于流亡途中所受的讥笑漫骂和冷嘲热讽，那就更是多得不用再提了。有骂他如"丧家之犬"的，有说他是"四体不勤，五谷不分的"，

---

① 《论语·子罕》。

② 《论语·学而》。

③ 《史记·孔子世家》。

④ ［宋］朱熹撰：《四书章句集注·论语序说》。

⑤ 《孟子·万章下》。

⑥ 《论语·子路》。

⑦ ［宋］朱熹撰：《四书章句集注·论语序说》。

⑧ 《论语·卫灵公》。

也有认为他是"知其不可而为之"①的。虽然坎坷不如意如此，但孔子并不气馁。只是在"陈蔡之厄"中，因见"弟子有愠色"，开始怀疑他的政治理想时，孔子才忍不住地发牢骚说："吾道非耶！吾何为于此？"但是经过颜渊的一番温辞劝慰，他又"欣然而笑"②，马上忘记苦难带给他的不幸了。

我们应该看到，孔子之所以热衷于求仕，并不是为了追逐名利、达到个人私欲的目的，而是想借此寻找一个可以施展自己的治理国家才能的机会，以此来改变"天下无道""人欲滔滔""礼崩乐坏"的局面。所以他一听到"而谁以易之"这句话，便断然表示："天下有道，丘不与易也。"③就是说，正因为他是处在"无道之世"，所以他才一定要起而"易之"不可，这种追求济世的精神应该肯定。至于"易"的办法，孔子也曾经明确地在《论语》中提到过多处。如他所说："天下有道，则礼乐征伐自天子出；天下无道，则礼乐征伐自诸侯出。"④他主张"克己复礼"，把治天下的大权还之于周天子，这是中央集权大一统的思想。孔子以"九合诸侯""一匡天下"⑤来称赞管仲，即是这种大一统思想的表现。

---

① 《论语·宪问》。

② 《史记·孔子世家》。

③ 《论语·微子》。

④ 《论语·季氏》。

⑤ 《论语·宪问》。

而后来孟子所提出的"定于一"① 的主张，就是对孔子这一中央集权思想的继承和发扬。

由于孔子求仕心切，就曾经在其门人弟子中引起过思想上的混乱，但这属于正常的现象。因为每个人的天性与爱好都不相同，不是所有人都喜欢或者适合从政之路的。如樊迟的"学稼""学圃"举动就引起了孔老夫子的十分不快。"子曰：'樊须也！'上好礼，则民莫敢不敬；上好义，则民莫敢不服；上好信，则民莫敢不用情。夫如是，则四方之民襁负其子而至矣，焉用稼？"② 他斥责樊迟没有远大志向，只会在一些雕虫小技上下功夫。不过，孔子虽然自己以从政为人生最高理想，但他并不将他的追求强加给他的学生们，事实上，各式各样的学生他都收，不同秉性的学生他也采取了不同的教学方法。

从《论语》中的记载来看，在孔子的熏陶与影响下，孔门弟子还是以从政为学习目的者居多。子张要"学干禄"③；子路则说："有民人焉，有社稷焉，何必读书，然后为学？"④ 甚至连一贯安贫乐道的颜渊，也向夫子问起"为邦"⑤ 之道来了。孔门课程，于

---

① 《孟子·梁惠王上》。
② 《论语·子路》。
③ 《论语·为政》。
④ 《论语·先进》。
⑤ 《论语·卫灵公》。

德行、言语、文学之外，又专设政事一科。这除了孔子对政治的特别看重外，也可能就是当时社会培养人才所需要。为适应学生们的从政需要，孔子要求其弟子都应对所学知识学以致用，达到"使于四方，不辱君命"①的程度。孔子认为，如果是"诵诗三百，授之以政，不达；使于四方，不能专对"②，则这种人学的再多又有什么用处？在孔门弟子中，不断有人学成后走上仕途，孔子和这些人的关系都很密切，也对他们的政治前途与事业发展一直表示着最大程度的关心。如"子游为武城宰"，孔子先"以得人为问"，后又亲自走访。他称赞仲弓是"雍也可使南面"③，还对宓不齐的治绩表示赞赏。但孔子是反对"不学无术"的人做官的，他主张"先进于礼乐"④，即主张重用先学习礼乐而后做官的人。也就是说，对于官二代，孔子并不看好，因为他们是"后进于礼乐"之辈，缺乏苦难、坎坷的生活磨炼与从政能力的实践与积累。孔子的态度很明确，如他有选官资格，他一定重视有实践经验的基层做起来的人才。《论语》中记载了这样一件有趣的事："子路使子羔为费宰"，孔子说是"贼夫人之子"，⑤认为子路叫子羔去费城做县长是

---

① 《论语·子路》。
② 《论语·子路》。
③ 《论语·雍也》。
④ 《论语·先进》。
⑤ 《论语·先进》。

残害那里的百姓。因为子羔没有文化，孔子就反对子路推荐子羔做官，原因是怕他因为没有文化道德而做错事伤害了百姓。对于"季氏富于周公，而求也为之聚敛而附益之"① 这件事，孔子也明确表示反对。他号召其门人弟子说："冉求不是我的学生了，你们可以大张旗鼓地攻击他啊！"

二、从政之道

孔子一生从政的时间并不长，只有三年多的时间。他的政绩，在史书上记载的并不多。所以，我们今天来总结孔子的为政之道与政治智慧，主要还是以他的思想言论为依据，在这方面，《论语》及其他资料记载得颇多，而其实践方面，则因材料所限难以多举。

1. 在政治诸种因素中，孔子最看重的是执政者的表率作用。

孔子把政治的实施过程看作一个道德化的过程，十分强调执政者自己在政治实践中以身作则的表率作用。

有人问孔子："子奚不为政？"孔子说："《书》云：'孝乎惟孝，友于兄弟，施于有政。'是亦为政，奚其为为政？"② 在孔子看

---

① 《论语·先进》。
② 《论语·为政》。

来，从政不必当官，宣传孝道就是参政。所以有子说："其为人也孝弟，而好犯上者，鲜矣；不好犯上而好作乱者，未之有也。"曾子也说："慎终，追远，民德归厚矣。"①

在孔子看来，君臣之间不只是权力制约关系，而且还要靠礼、忠、信、诚等道德规范来维系才能正常运转。"君使臣以礼，臣事君以忠。"②这种关系维系的主要纽带便是执政者、管理者之间都要遵守官场中的道德准则。孔子主张，培养官僚不是首先讲如何学会政治之道，而是首先从事道德训练与培养的方法。子张学干禄，子曰："多闻阙疑，慎言其余，则寡尤；多见阙殆，慎行其余，则寡悔。言寡尤，行寡悔，禄在其中矣。"③孔子的话包含了一部分认识和处理问题的方法，从基本精神上看是讲处世之道、官场之术，而不是讲统治之理。子张又一次问政治之术，子曰："居之无倦，行之以忠。"④同样是讲道德修养。于此可见，孔子主张的人治，即是把政治视为道德的延伸和外化。孔子的这一认识，构成了后世传统政治中人治的理论基础，⑤为君师合一模式

---

① 《论语·学而》。

② 《论语·八佾》。

③ 《论语·为政》。

④ 《论语·颜渊》。

⑤ 参见刘泽华、葛荃主编《中国古代政治思想史》，南开大学出版社 2011 年版，第 37 页。

的滥觞。

2."正名"，也是孔子政治思想中十分重要的一项内容。

孔子主张以礼治国，要求以礼来辨别等级名分的差异。

孔子说：

> 非礼无以辨君臣、上下、长幼之位也。①

这就要求每个人确认其在礼仪制度中的身份地位，其视听言行合乎自身的地位身份，所谓"不在其位，不谋其政"②也。作为一种治国的模式，孔子提出的德治所维护的社会秩序是一种上下有分、尊卑有序的等级社会。这种社会秩序以礼来维系，这就是孔子的以礼治国的政治主张。

> 为政先礼，礼，其政之本欤？③

在孔子看来，在一个秩序优良的社会中，从天子至于庶人，都应该谨于各自的职守，每一个等级都应该做好与自己的社会地位及职责相应相称的事情。因此，礼所规定的名分等次是绝对不可僭越的。

---

① 《礼记·哀公问》。

② 《论语·泰伯》。

③ 《礼记·哀公问》。

季氏八佾舞于庭，孔子愤愤然：

> 是可忍也，孰不可忍也？①

因为周礼规定，天子用八佾，诸侯用六佾，大夫用四佾，士用二佾。季氏作为大夫，依礼只能用四佾，他却越级用了八佾，孔子认为这是一种不能容忍的僭礼行为。

为贯彻礼治主张，孔子提出了正名思想。孔子对不同社会地位的等级制度作了集中的探讨与概括，这就形成了他的"正名"思想。

在齐国时，孔子曾经在齐景公问政时谈到正名的问题。

> 齐景公问政于孔子，孔子对曰："君君，臣臣，父父，子子。"公曰："善哉！信如君不君，臣不臣，父不父，子不子，虽有粟，吾得而食诸？"②

在流亡卫国时，子路问孔子："卫君待子而为政，子将奚先？"孔子答道："必也正名乎！"子路觉得老师的观点有些迂腐，孔子则严肃地说："名不正，则言不顺；言不顺，则事不成；事不成，则礼乐不兴；礼乐不兴，则刑罚不中；刑罚不中，则民无所

---

① 《论语·八佾》。
② 《论语·颜渊》。

措手足。"①

由此可见，孔子的"正名"在政治领域中是个至关重要的问题。孔子的"正名"思想有四点值得我们特别注意：一是各安其位，君臣父子按照其名分正常行事；二是"君君、臣臣、父父、子子"，即君的言行举止都要符合君的身份，臣、父、子亦然；三是"正名"思想在客观上起着安定社会的作用；四是"正名"思想对统治者也具有一定的约束作用。

3. 从历史上看，孔子为政，重在德治。

孔子主张德治，但德治必须由人来体现，来实行，因而其政治思想必然强调人的作用。治理社会首先是治理人。人定法，人执法。有了人，才能制定良法，执行良法，使社会安定，国家昌盛长久。"文武之道，布在方策。其人存则其政举，其人亡则其政息。"② 所以孔子的结论是"故为政在人"③。

孔子十分强调道德在政治中的作用，主张统治者将政治与道德结合起来理政治国，甚至认为政治中的根本问题就是道德问题。

在孔子看来，所谓德治，实际上就是仁、礼学说在治国方式

---

① 《论语·子路》。

② 《中庸》。

③ 《中庸》。

上的具体体现。既然仁是礼的内在精神，礼是仁的外在表现，那么，礼最终归依于内在品质仁的培养。这是孔子对中国政治学的一大创新之处。

孔子说：

> 为政以德，譬如北辰，居其所而众星共之。①

孔子认为，统治者自身有良好的道德品质，并且依据这种良好的道德品质治理国家，以优良的道德品质影响民众，就可以获得民众在心理上的支持与拥护。

在《论语·为政》里，孔子提出：

> 道之以政，齐之以刑，民免而无耻；道之以德，齐之以礼，有耻且格。

孔子认为，不懂得以礼的基本精神来治理国家，礼制本身也就失去了实质性意义。

孔子十分强调"礼让为国"。他说：

> 能以礼让为国乎，何有？不能以礼让为国，如礼何？②

---

① 《论语·为政》。
② 《论语·里仁》。

孔子明确告诉世人，礼治的关键是要懂得以道德品质为基础的礼让，用礼所提倡的谦让精神来治理国家。

4. 孔子提出了德刑并用，先德后刑、以德去刑的治国理政主张。

孔子虽重德治，但并不轻视刑罚。在治国理政问题上，孔子重视管理过程中的策略的实践运用。对于民众，他主张软硬兼施，德威并用，宽猛相济。孔子主张治国不排除使用刑罚，但他并不一味地反对重刑。据《韩非子·内储说上》记载，孔子认为"殷之法刑弃灰于街者"，不算严酷，却是"知治之道"，因为弃灰易引起争斗，甚至"三族相残"的严重后果。而且"重罚者，人之所恶也；而无弃灰，人之相易也，使人行其所易无罹其所恶，此治之道"，是合乎人之常情和心理状态的，可以减少犯罪。

德与刑是政治治理马车中的两翼。孔子主张两手并用，先德后刑、以德去刑。在治国理政上，孔子首先强调德优于刑，强调道德感化的作用，主张先教后刑。

孔子说：

> 道之以政，齐之以刑，民免而无耻；导之以德，齐之以礼，有耻且格①。

---

① 《论语·为政》。

所谓"导之以德"，就是指统治者必须推行德治，表现为宽惠使民，轻徭薄赋，省法轻刑。同时要为人民树立道德榜样，启发民众的心理自觉。所谓"齐之以礼"，一是统治者要模范遵守礼的规定，从而感化和影响群众；二是要求所有的人都应该用礼来规范自己，用礼来约束自己。这样，道德教化和礼教的结合就能防止犯罪和反叛。行政命令，刑罚手段，只是一种外加的强制和威慑，可以使人畏惧、服从，免陷于罪，却不能以犯罪为耻，达不到至善的境界。

5. 当道德与法律不能兼顾时，孔子主张舍法取德。

应该指出的是，孔子的德治思想以德为主，当道德与法律发生冲突时，孔子的选择是舍法取德。

据《论语·子路》记载：

> 叶公与孔子曰：吾党有直躬者，其父攘羊，而子证之。孔子曰：吾党之直者异于是，父为子隐，子为父隐，直在其中矣。

其父偷了人家的羊，其子告发，这从法律角度来说是一种正直的行为，但用父慈子孝的道德规范来评价，是一种有悖道德的行为。孔子主张父子相隐，是他德重于刑、礼重于法的思想的反映。既然仁德为治国施教之本，父慈子孝作为仁德之体现，父子之亲不能互相庇护，是不合逻辑的，也是不符合统治者的根本利益的。孔子"父子相隐"的主张，被后世封建刑律采用后，一直是封建法制的重要内容和指导原则，在封建法典中，被称为"亲亲相隐不为罪"，这成为中国古代法不外乎人情、情大于法的普遍法观念的源头之一。

实际上，孔子并非不重视刑罚的作用，只不过是他主张德主刑辅。

在强调德教、礼治主导作用的同时，孔子主张以刑罚辅助德教。对于不可教化之民，孔子亦主张以刑禁之，以刑治之。

据《孔子家语·刑政》中记载：

> 仲弓问于孔子曰："雍闻至刑无所用政，至政无所用刑。至刑无所用政，桀纣之世是也；至政无所用刑，成、康之世是也。信乎？"孔子曰："圣人之治，化也，必刑政相参焉。太上以德教民，而以礼齐之；其次以政焉导民，以刑禁之，刑不刑也。化之弗变，导之弗从，伤义以败俗，于是乎用刑矣。颛五刑必即天伦。行刑罚则轻无赦，刑，侀也；侀，成也，壹成而不可更，故君子尽心焉。"

孔门弟子仲弓向孔子请教刑法与政治教化的关系时二人的谈话十分清楚地表明了孔子在这个问题上的观点。

仲弓问孔子说："我听说如果一味地施行刑罚就没有办法来施行政治教化，至高境界的政治是不需要刑罚的。一味施行刑罚就不能实行政治教化，桀纣的时候就是这样；至高境界的政治教化是不需要刑罚的，周成王、康王的时候就是这样的。情况确实是这样的吗？"孔子说："圣人治理国家，用的是政治教化，必定会将刑罚与政治教化交互使用。上古的时候用德义来教化百姓，用礼来使百姓行为整齐；其次是用政治来引导百姓，而以刑罚来禁残止暴。如果施行教化不能改变百姓的行为，加以引导也不听从，损害道义而败坏风俗，于是乎就要使用刑罚。专用刑罚的话也必须遵行天道。施行刑罚的时候，即使是很轻的罪行也不能轻易赦免。刑即是侀，也就是成型的意思，刑罚一旦施行就不能更改，所以君子对此不能不尽心尽力。"

孔子主张"先教后诛"。在一般情况下，孔子反对杀人。如季康子问政于孔子："如杀无道，以就有道，何如？"孔子就回答说："子为政，焉用杀？子欲善而民善矣。"[①] 他认为："善人为邦百年，亦可以胜残去杀矣。"[②] 把克服残暴，免除虐杀，作为善人治国百年的政治成果。但对于那些罪大恶极、非杀不可的人，孔子认为只有在当政者曾施行过德教，使百姓都知道什么是善，什么是恶，什么是美，什么是丑，懂得如何做人之后，对那些还不接受教化、不改其恶的人，就必须实行严刑峻法，做到以刑去刑。

6. 孔子很重视人才在治国理政中的作用，提出过类似贤人政

---

① 《论语·颜渊》。

② 《论语·子路》。

治的观点。

对于贤才的标准，孔子说："志于道，据于德，依于仁，游于艺。"① 既要有良好的道德品质，又要有一技之长。也就是德才兼备。

在人才选拔上，孔子还提出了举贤之途，即"学而优则仕"。孔子反对樊迟学稼学圃，因为他认为学稼学圃不足以治民理政，只有礼义才能理政治民。孔子主张出仕任官一定要有礼乐知识。他认为出身于社会下层的人，先要学习了礼乐知识，然后才能入仕；而出身于卿大夫世家的贵族子弟，入仕后也必须学习礼乐知识。孔子"学而优则仕"的举贤观，明确反对商周以来的世卿世禄制度。在孔子的弟子中，孔子认为雍父为贱人，出身贫微，但有德行，"雍也可使南面"；仲弓可担任一个地方或部门的长官；子路，如果有千辆兵车的国家，可负责兵役和军政方面的工作；冉求，可做千户人口的县的县长，或有百辆兵车的大夫封地，可叫他做总管；公西赤，可以穿着礼服，立于朝廷之中，接待外宾，办理外交，等等。他认为弟子中凡学而优者，皆可以量才而用。孔子关于选拔贤才的思想，反对商周以来的世卿世禄制度，而且强调从文化素质较高的人中选拔国家官吏的思想，在当时具有一定的进步意义，对后世影响也极为深远。

---

① 《论语·述而》。

7. 在孔子看来，德治和人治之间存在着十分密切的联系。

在为政方面，孔子十分强调"为政在人"，认为"人存政举，人亡政息"^①。为政既然在人，则选贤任能就显得至关重要。孔子说："'才难'，不其然乎！"^②这是他在人才问题上借古以鉴今。仲弓问政，孔子说："举贤才！"问"焉知贤才而举之？"答曰："举尔所知。尔所不知，人其舍诸。"^③孔子还说："举直错诸枉，能使枉者直。"^④选用正直的人，罢黜邪恶的人，就能使不肖者也变得正直起来。关于任用贤人的重要性，在《论语》中，孔子的学生子夏也有一番言论。他说："舜有天下，选于众，举皋陶，不仁者远矣。汤有天下，选于众，举伊尹，不仁者远矣。"^⑤关于"举直错枉"的问题，孔子回答鲁哀公问政时说得最干脆。哀公问："何为则民服？"他说："举直错诸枉，则民服；举枉错诸直，则民不服。"^⑥就是说，如果是贤者在位，则人心归附；否则反是。对用人之道，孔子还有两句名言，即"君子不以言举人，不以人废言"^⑦。

---

① 《礼记·中庸》。
② 《论语·泰伯》。
③ 《论语·子路》。
④ 《论语·颜渊》。
⑤ 《论语·颜渊》。
⑥ 《论语·为政》。
⑦ 《论语·卫灵公》。

关于如何举贤与去不肖的问题，《论语》中也记载了孔子很多这方面精辟的论述。他说："众恶之，必察焉；众好之，必察焉。"① 子贡问："乡人皆好之，何如？"孔子回答说："未可也。"又问："乡人皆恶之，何如？"他说："未可也。不如乡人之善者好之，其不善者恶之。"② 凡为善者所好和不善者所恶的，当然是靠得住的好人了。那么，在一乡之间，人人都说好的人，又如之何？这种人，孔子称之为"乡愿"。他说："乡愿，德之贼也。"③ 孔子这些观点，后来又被孟子进一步发挥。他说："左右皆曰贤，未可也；诸大夫皆曰贤，未可也；国人皆曰贤，然后察之；见贤焉，然后用之。左右皆曰不可，勿听；诸大夫皆曰不可，勿听；国人皆曰不可，然后察之；见不可焉，然后去之。左右皆曰可杀，勿听；诸大夫皆曰可杀，勿听；国人皆曰可杀，然后察之；见可杀焉，然后杀之。故曰国人杀之也。"④ 对于"乡愿"，孟子刻画得更深刻。他说这种人是"非之无举，刺之无刺"；"同乎流俗，合乎污世"；"居之似忠信，行之似廉洁"；"众皆悦之，自以为是"，但又"不可与入尧舜之道"⑤。

① 《论语·卫灵公》。

② 《论语·子路》。

③ 《论语·阳货》。

④ 《孟子·梁惠王下》。

⑤ 《孟子·尽心下》。

8. 孔子在治国理政中强调富民、使民、教民的重要性。

在经济与政治的关系上，孔子主张先经济后政治，对待民众，先富而后教。孔子主张为政者不仅要立信于民，藏富于民，而且还要能教民和爱民。

> 子贡问政，子曰："足食，足兵，民信之矣。"子贡曰："必不得已而去，于斯三者何先？"曰："去兵。"子贡曰："必不得已而去，于斯二者何先？"曰："去食。自古皆有死，民无信不立。"①

孔子认为，治理一个国家，最起码应该具备三个条件：一是足兵，二是足食，三是民信。而三者之中，"食"放在首要地位，而以民信为最重要。

在富民和教民方面，先秦诸子，一般均重视经济问题，如管仲就有"衣食足而后知荣辱，仓廪实而后知礼节"之论。孔子及其学派亦不例外。在《论语·颜渊》篇中，孔子在回答子贡关于政事的问题时，首先提到的就是"足食"问题。因为"民以食为天"，如果百姓食不果腹，时处饥馑之中，还去侈谈什么社会安定？孔子在与冉有的对话中提出，对于民众百姓，统治者不但要让其"足食"，而且要"富之"；不但要"富之"，而且要"教"。

---

① 《论语·颜渊》。

据《论语·子路》中记载：一次，孔子与冉有同去卫国，在途中看到卫国的繁华景象，他忍不住地大声赞道："庶矣哉！"冉有问："既庶矣，又何加焉？"孔子说："富之！"冉有又问："既富矣，又何加焉？"孔子说："教之！"[1]

针对当时统治者的横征暴敛，孔子反对厚敛，主张应取民有度，少征用民力，少收赋税。通过调整分配关系和节用民力，达到"博施于民而能济众"，这是孔子的最高理想之一。

孔子反对苛政，反对统治者对民众的过度剥削。

孔子曾言：

> 苛政猛于虎。[2]

据《国语·鲁语》记载：

> 季康子欲以田赋，使冉有访诸仲尼，仲尼不对，私于冉有曰："求来，女不闻乎？先王制土，籍田以力，而砥其远迩；赋里以入，而量其有无；任力以夫，而议其老幼。于是乎有鳏寡孤疾。有军旅之出则征之，无则已。其岁，收田一井，出稯禾、秉刍、缶米，不是过也，先王以为足。若子季

---

① 《论语·子路》。

② 《礼记·檀弓》。

> 孙欲其法也，则有周公之籍矣；若欲犯法，则苟而赋，又何
> 访焉！"

孔子这段话，从表面看是要季氏行"周公之籍"，实质上是反对季康子对民众过重的剥削。一句话，还是反对苛政。此事在《左传·哀公十一年》的记载中也说得很明白：

> 季孙欲以田赋，使冉有访诸仲尼。仲尼曰："丘不识
> 也。"……而私于冉有曰："君子之行也，度于礼，施取其厚，
> 事举其中，敛从其薄，如是，则以丘亦足矣。"

前文说过，当冉有为鲁国权臣季氏聚敛、力以"附益"时，孔子就不再认其为门生，并且号召其门人起来"鸣鼓而攻之"[1]。

另外，孔子还提出过"节用而爱人""使民以时"[2]"百姓足，君孰与不足？百姓不足，君孰与足？"[3]以及以义使民、先惠而后使民等政治主张，这些都说明他是重视爱民的。孔子政治思想的核心是仁。而"仁者爱人"[4]在政治上的最基本要求，就是要爱民。

在国家治理上，孔子重民，主张共同富裕，反对贫富差距

---

① 《论语·先进》。
② 《论语·学而》。
③ 《论语·颜渊》。
④ 《孟子·离娄下》。

太大。

> 厩焚，子退朝。曰："伤人乎"不问马。[①]

马厩失火，孔子关心的是马夫的安全，足见他对民的重视。他还说：

> 使民如承大祭。[②]

在西周，戎与祀被看作国家的头等大事。孔子要执政者治理百姓像对待祭祀一样的重视，这足以说明他对民众的重视程度。

在分配问题上，孔子提出了"不患寡而患不均"的政治主张。

> 丘也闻有国有家者，不患寡而患不均，不患贫而患不安。盖均无贫，和无寡，安无倾。夫如是，故远人不服，则修文德以来之。既来之，则安之。[③]

孔子认为，在治理国家上，让民"心安"十分重要。"心安"的基础就是在经济利益上，国民之间不应该相差悬殊。政治之道，不担心贫穷而担心财富不均，不担心人口稀少而担心民众有不安

---

① 《论语·乡党》。

② 《论语·颜渊》。

③ 《论语·季氏》。

和不满的情绪与举动。财富均匀，民众便不觉得贫穷；彼此和睦，统治者就不会感到人口稀少。百姓和睦、秩序井然就不会担心政权有被倾覆的危险。国泰民安，远方之人自然就会倾心归附。

第十一章　孔子的修身大道

在孔子整个思想体系中，修身占据着很重要的地位。如果说，"礼"是周代国家根本大法，是周代国家政治、社会秩序的集中浓缩的话，是孔子对三代政治文化总结的话，那么，"仁"就是孔子对人之所以为人的一种开创性的探索，是关于成就人的道德的一门学问。成就道德，实际上就是通过践"仁"而造就一个高尚的人，一个纯粹的人，一个脱离了只知道"饮食男女、追名逐利"层面低级趣味的人。也就是说，"礼"表现为道德的行为实践，"仁"表现为道德的思想实践。"仁"是一个思想实践的问题，而不是抽象的理论问题。

一、怎样成就道德

孔子学说基本上是一种政治伦理学说，孔学的范畴主要就是政治学和伦理学的范畴，仁与礼是孔子政治思想的两大支柱。"礼"表现为道德的行为实践，"仁"表现为道德的思想实践。"仁"是一个思想实践的问题，而不是抽象的理论问题，成就道德，就是要在"践仁"上下足功夫。

"仁"的发现，是孔学发展历史上的一个重大事件。从一定程度上说，孔子的"仁"，既是对个人品质升华的要求，又是人与人之间和谐关系的实际需要。仁是孔子伦理政治之大本，是孔子的最核心的政治精神。

"仁"可以说是孔子的对人的一大发现，是对中国哲学的一个填补。正是经孔子之手，把"仁"发展充实成为贯穿着他整个思想体系的总纲领，并在中国历史上第一次将"仁"完善成为一种人本哲学。

从孔学的体系来看，孔子体现人本哲学的"仁"，对内就是修身以达到精神与道德的最高境界"君子"；体现在政治上，就是博施济众的仁政，就是以周礼为其外在表现形式；体现在教育上，就是有教无类，就是一系列符合人性的教育思想与教育方法，就是促进人的全面发展；而作为实现仁的思想方法，则是以"欲"

为标志的中庸，即矛盾对立统一，相克相生下的执中、中正与中和。"执其两端，用其中于民。"①"允执其中"②，提倡"和而不同"，即保持对立面的和谐与共存，而不是硬性消除对立面之间的差异，反对"过犹不及"，等等。就是因为在孔子庞大思想体系之中有"仁"提纲挈领，而这个"仁"又是以人为本，所以他才"不语怪力乱神"，从而使他的仁学精神，由原始的道德观念上升为具有实践意义和人文精神的哲学范畴。③

孔子将治理国家与人们各阶层人际关系的处理作了较好的结合，把人际关系概括为君臣、父子、兄弟、朋友四个方面，夫妇问题基本没有涉及。至于如何处理好人际关系，他用过许多概念，如仁、义、礼、智、信、温、良、恭、俭、让、忠、恕、孝、悌、刚、毅、木、讷等，要之，还是以仁、礼为核心，以此上升为他的治国理政纲领。

有人说："'仁'这一个词在孔子以前已广泛应用，但作为哲学范畴的提出，是从孔子开始的。"④

不过，"仁"这个词在孔子以前虽然已经出现，但在《论语》之前的文献中不多见。据有人统计，《尚书》里只有一次提到"仁"，

① 《礼记·中庸》。
② 《论语·尧曰》。
③ 参见李木生著《布衣孔子》，东方出版社2013年版，第63—64页。
④ 参见任继愈主编《中国哲学史》第一册，人民出版社1963年版，第72页。

《诗经》提到两次,《国语》24 次,《左传》33 次,而一部《论语》,499 段,竟然有 58 段讨论"仁"的问题,109 次提到"仁",并从各种角度对"仁"进行阐释。[①]

春秋时,人们把亲敬尊长、爱众庶、忠君主皆称为仁。孔子把春秋时期仁的观念发展为系统的仁学。

据杨伯峻先生在《论语译注》一书中统计,在《论语》中,孔子讲"仁"的地方共 109 次,讲"礼"的地方出现了 75 次。孔子提出"仁"的概念可以说是他全部思想的核心,它是"礼"的根本内涵,是伦理道德的基本依据,是做人的根本道理,是人们应该追求的最高境界。在《论语》中,孔子从各个角度论述了"仁"的本质、含义、致仁的方法。

大致来说,"仁讲的是处理人际关系的精神指导,要之可归纳为三点,即克己、爱人、复礼"[②]。

"仁"主要包括以下几方面的内容。

"仁",指的是血缘关系范围内的"爱亲"。"爱亲"是"仁"的一个最基本的规定。

早在孔子之前,就已有"为仁者,爱亲之谓仁"[③]的说法;而

---

① 参见李木生著:《布衣孔子》,东方出版社 2013 年版,第 63 页。

② 刘泽华、葛荃主编《中国古代政治思想史》,南开大学出版社 2011 年版,第 34 页。

③ 《国语·晋语一》。

在孔子之后，孟子也曾指出："亲亲，仁也。"[1]《中庸》里说："仁者人也，亲亲为大。"《说文》则直接把"仁"定义为"亲也"。所谓亲也、亲亲、爱亲等，都是指在一定血缘关系范围内人们之间的相亲相爱的一种状态。

孔子把"爱亲"作为"仁"最基本的含义，并视其为"仁"之本质与根本。《论语·学而》里有一个经典的表达："君子务本，本立而道生。孝弟也者，其为仁之本与！"基于血缘的爱亲，是仁之根本。反之，就是不仁。《论语·阳货》中孔子斥责认为3年之丧太长的弟子宰我说："予之不仁也！子生三年，然后免于父母之怀。夫三年之丧，天下之通丧也。予也有三年之爱于其父母乎！"

孔子的"仁"以"孝悌"为本，而又不局限于爱亲。他把基于血缘之爱的仁扩展到爱无血缘关系的其他人。所谓"仁"者，爱人也。《论语·颜渊》说："樊迟问仁，子曰爱人。"《论语·学而》提倡："泛爱众，而亲仁。""仁"的最高境界是"博施于民，而能济众"。但是，孔子的泛爱众，不是无差别的平等之博爱。他的仁者爱人，强调爱有差等。他主张根据人与人之间血缘关系的远近和政治地位的尊卑，爱人要有差等。如君对臣之爱，符合礼即可，所谓"君使臣以礼"，而臣对君之爱，则表现为忠，所谓"臣事君

---

[1] 《孟子·尽心上》。

以忠"。因尊卑不同，爱应有差等。同样，因血缘远近，爱也应有程度之别。

"仁"表现在内，体现为四种品质。在《论语·子路》篇中，孔子说："刚、毅、木、讷，近仁。"在孔子看来，实践"仁"并非难事，只要人能做到刚强、坚毅、质朴、慎言，就离"仁"不远了。

"仁"表现在外，体现为五种品质。《论语·阳货》里，子张问孔子什么是仁，孔子曰："能行五者于天下为仁矣。"子张请问是哪五种品德，子曰："恭、宽、信、敏、惠。恭则不侮，宽则得众，信则人任焉，敏则有功，惠则足以使人。"

如何践仁？孔子提出了由己及人的践行方法。"子曰：志于道，据于德，依于仁，游于艺。"[1]当子贡请教孔子："有一言可以终身行之乎？"孔子回答："其恕乎！己所不欲，勿施于人。"[2]"夫仁者，己欲立而立人，己欲达而达人。能近取譬，可谓仁之方也已。"[3]"己所不欲，勿施于人"是恕，"己欲立而立人，己欲达而达人"是忠。孔子的弟子曾参曾经总结说："夫子之道，忠恕而已矣。"[4]

---

① 《论语·述而》。
② 《论语·卫灵公》。
③ 《论语·雍也》。
④ 《论语·里仁》。

照孔子的说法，"忠"乃是"己欲立而立人，己欲达而达人"。用现在的话说，就是要让自己站得住，同时也要让别人站得住；自己要事事行得通，同时也要让别人事事行得通。显然，在孔子那里，"忠"不是像后世所理解的那样，专指封建社会中处理君臣关系的道德规范。实际上，"忠"具有更为广泛的含义。诸如"子以四教：文、行、忠、信"①。"主忠信。"②"与人忠。"③"为人谋而不忠乎？"④"忠焉，能勿诲乎？"⑤"言忠信，行笃敬。"⑥等等，就是这方面的例子。这里所说的忠，都包含着真心诚意、积极为人的意思。因此说，"忠"是"爱人"的积极方面的表现。

对"恕"，孔子也有明确的解释。这就是"其恕乎！己所不欲，勿施于人"。这是说，作为可以终身奉行的信条来说，大概就是"恕"道了，即自己所不愿意的任何东西，不要强加在别人身上去。由此可以看出，"恕"包含着"宽恕""容人""成人之美"的意思。这就是孔子所提倡的"不念旧恶，怨是用希"⑦与人为善

---

① 《论语·述而》。

② 《论语·学而》。

③ 《论语·子路》。

④ 《论语·学而》。

⑤ 《论语·宪问》。

⑥ 《论语·卫灵公》。

⑦ 《论语·公冶长》。

的品德。

　　孔子的"忠恕"思想，作为道德规范构成了"仁"的主要内容，是"爱人"观念的理论升华。同时，作为对人们行为施以控制的手段，即为仁之方，则成为人们进行道德修养、培植高尚情操的有效手段。换句话说，"忠恕"不仅是理论的，更是实践的，即要把"忠恕"精神贯彻于每个人的立身处世、待人接物的日常之中。

　　"忠恕"精神的培养和"忠恕"行为的运作，二者是统一的。概括起来，其要点大致如下。

　　第一，无论对人对事，"忠"重在尽心，对任何事情都要竭诚去做，尽力而为，从自己的角度尽到应有的责任；而"恕"则重在关心，即无论对人对事，都要细心体察，"施诸己而不愿，亦勿施于人"[①]。

　　第二，对自己而言，"忠"是要发挥主观能动的努力，要尽其在我，而"恕"则要随时应变，以适应各种不同的情况；对人而言，"忠"要设身处地，有诚恳为人之心，而"恕"则要推己及人，无丝毫害人之意。

　　第三，"忠""恕"都要基于仁者"爱人"之感情。论忠，宁可自己吃亏也不要亏待别人，做到"博施于民而能济众"；

_____

① 《礼记·中庸》。

论恕，宁可多原谅别人，不应只原谅自己，实行"躬自厚而薄责于人"，不成人之恶。总之，孔子的"忠恕"之道，是包括存心与行为，己与人这两个方面的。但孔子并不是把它们同等看待的。相反，孔子认为，要想处理好人际之间以及个人与社会之间的关系，重点是在"自己"的方面，在自己的道德完善，在自己的"存心""养性"方面。而自身的道德完善，又取决于个人的道德修养和心灵的完善。因此，人要获得"忠""恕"的品行，自觉地和谐人与人、人与国家和社会的关系，就必须从"己"的方面做起，把完善人的内心世界和修身作为一个基础性的环节。

孔子所创立的儒家学派，是最看重社会道德的。不仅把它视为个人修身的主要内容，同时又把它作为推行教化社会、调节人际关系的重要手段。即使在今日现代之社会，也仍然在发挥它的积极影响和作用。①

总之，孔子的"忠恕"即从眼前的事情推及其他、从自身推及别人的实践仁道的方法。"忠"在尽己，"恕"以及人。孔子的己立己达，是"忠"；立人达人，是"恕"。孔子认为，"忠恕"，可以做到，却不容易推行。如果真正能行忠恕之道，则"违道不

---

① 参见山东省人民政府台湾事务办公室、金陵之声广播电台编《孔子思想与现代文明》，中国广播电视出版社 1990 年版，第 46—48 页。

远"，可成圣人了。君主能践行，不仅本人可以成为圣人，而且能成就王道政治。

关于如何践行"仁"，孔子说："人而不仁，如礼何？人而不仁，如乐何？"①在孔子看来，如果失去"仁"，礼乐就无从谈起。

对于行仁，孔子还提出了另一个重要的命题："克己复礼为仁。一日克己复礼，天下归仁焉。"②在这里，复礼是行仁的最终目的，而克己则是复礼之必由途径。

孔子在解决社会问题时，力图从根本处着眼，他认为解决社会问题，根本在于提高人的道德水平；行仁之道，关键处是做好"修身"。

在《论语》里，孔子从各个角度来谈如何"克己"。

"修己"是其中一途。子路问什么叫君子，孔子的答案是："修己以敬"，"修己以安人"，"修己以安百姓"③。

"约"则是孔子提出的另外一重要方法。他说："以约失之者鲜矣。"④意思是以礼约束自己，所犯错误就会减少。他又说："君子博学于文，约之以礼，亦可以弗畔矣夫！"⑤颜渊说："夫子循循

---

① 《论语·八佾》。
② 《论语·颜渊》。
③ 《论语·宪问》。
④ 《论语·里仁》。
⑤ 《论语·雍也》。

善诱人，博我以文，约我以礼。"①颜回就是约束自己的典型，所以孔子盛赞道："贤哉，回也！一箪食，一瓢饮，在陋巷，人不堪其忧，回也不改其乐。贤哉，回也！"②

"自戒"是克己的又一种方式。孔子说："君子有三戒：少之时，血气未定，戒之在色；及其壮也，血气方刚，戒之在斗；及其老也，血气既衰，戒之在得。"③《论语·学而》里说："君子食无求饱，居无求安，敏于事而慎于言，就有道而正焉，可谓好学也已。"这也是教人"自戒"。

孔子还提倡"自讼""自省"和"自责"，其意仍在于克己。子曰："见贤思齐焉，见不贤而内自省也。"④《论语·学而》里，曾子把这个问题讲得更清楚，"吾日三省吾身：为人谋而不忠乎？与朋友交而不信乎？传不习乎？"在《论语·卫灵公》里，孔子说："躬自厚而薄责于人，则远怨矣。"因此，对于当时人少有自我检讨的情形，孔子感慨良多："已矣乎！吾未见能见其过而内自讼者也。"⑤

除此之外，《论语》中还多次讲到"慎言"与"慎行"，这也

---

① 《论语·子罕》。
② 《论语·雍也》。
③ 《论语·季氏》。
④ 《论语·里仁》。
⑤ 《论语·公冶长》。

算是克己的方式。尤其是，孔子还讲到一种极端克己的方式——"无争"。《论语·八佾》里说："君子无所争。"《论语·卫灵公》里说："君子矜而不争。"《论语·泰伯》里曾子说："犯而不校"，即便别人触犯自己也不去计较。

由此可见，在孔子看来，把克己的精神用于对人就是忠恕，就是爱人。孔子的仁是指一个人内在的道德品质，它源于血缘之亲，立足于自我，以反身求己的实践为根本。所以，孔子在谈到为人处世的准则时说："仁远乎哉？我欲仁，斯仁至矣。"[①]"为仁由己，而由人乎哉？"[②] 克己、爱人、复礼形成三位一体，内在精神修养与外在行为规范相互制约、相互补充。孔子由此把高尚和平庸、内美和外辱、精神满足与自我约束高度统一起来，成为成就人格最理想的伦理原则。

二、正确做事处世

说起"中庸之道"，国人大概都不会陌生，都知道它与孔夫子有着莫大的关系。"中庸之道"，是孔子思想的重要组成部分，它不仅仅是一个道德范畴，更是孔子思想中最高的道德准则和执政

---

① 《论语·述而》。

② 《论语·颜渊》。

做事时所运用的一种哲学思维方式，是儒家在处理政治关系和作出政治决策时所采取的一种极高明的办法。

《礼记·中庸》中有这样一段话：

> 大哉圣人之道。洋洋乎！发育万物，峻极于天。优优大哉！礼仪三百，威仪三千。待其人而后行。故曰苟不至德，至道不凝焉。故君子尊德性而道问学，致广大而尽精微，极高明而道中庸。温故而知新，敦厚以崇礼。

> 是故居上不骄，为下不倍。国有道其言足以兴，国无道其默足以容。《诗》曰："既明且哲，以保其身。"其此之谓与？

"致广大而尽精微，极高明而道中庸。"却是道明了孔子关于"中庸"的辩证思维方法。

1939 年，毛泽东在致张闻天的信中曾经指出："孔子的中庸观念……是孔子的一大发现，一大功绩，是哲学的重要范畴，值得很好地解释一番。"[①] 从方法论角度而言，"中庸之道"比较容易为人所理解。庸，即"用"；中庸即用中、执中，与之相对立的是偏执、走极端。《论语·为政》说："子曰：'攻乎异端，斯害也已。'"《礼记·中庸》又说："子曰：舜其大知也与？舜好问而好察迩言。隐恶而扬善，执其两端，用其中于民。其斯以为舜乎？"在这里，

---

① 《毛泽东书信选集》，中央文献出版社 1983 年版，第 147 页。

孔子所说的"攻乎异端，斯害也已"与"执两用中"，实际上是孔子在日常生活中分析和处理问题的基本思想方法。

孔子所谓的"攻乎异端，斯害也已"，是反对只向一端用力，不主张遇事用极端的方法来解决。

"执两用中"则与今人所说的"一分为二"而后"合二为一"的辩证思维方法比较接近，不过两者并不相等，"执两用中"内涵应该是更加丰富，更加辩证。事实上，"执其两端，用其中于民"和"攻乎异端，斯害也已"这两句话是一个意思，一句是从正面说教，一句是从反面警示，孔子不只是以政治伦理原则教人，他更主张在实际政治社会生活中践行与培养学生"中庸之道""执两用中"的思维方式。

"中庸"一词，始见于《论语》，孔子说："中庸之为德也，甚至矣乎！民鲜久矣！"①"中庸"是孔子提出来的，但在《论语》中，提到"中庸"这个概念只有一次。孔子对伦理所设的标准是"中庸"。然"中庸"的"中"字，作为一种道德范畴和哲学思想，则由来已久。如《尚书·盘庚》所说："各设中乃于心。"《尚书·酒诰》所说："作稽中德。"《论语》说："尧曰：'咨！尔舜！天之历数在尔躬，允执其中。四海困穷，天禄永终。'舜亦以命禹。"②由此可

---

① 《论语·雍也》。
② 《论语·尧曰》。

见，孔子提出的"中庸"是继承自古代圣贤"中"的思想。上述的"中"，是公正、公平的意思。孔子把尧舜的治国方针推广到人们处事的一切言行之中，首次提出了"中庸"的概念。孔子之孙子思记录了孔子在这方面的论述，辑成一书名曰《中庸》。《中庸》亦被后人推崇为"实学"，被视为人们可以终身享用的儒学经典。

那么，什么是"中庸"呢？

中者，中正。庸者，容也，宽容；恒常也。常持中正而宽容，这就是"中庸"。

具体而言，"中庸"主要有如下几层基本含义。

1. 是用中、执中、中正。

在孔子看来，中是礼，用中、执中，就是符合礼。用中，即是坚持原则。孔子处处时时都以礼分是非，臧否人物。他提出"非礼勿视，非礼勿听，非礼勿言，非礼勿动"[①]的处世原则，分明就是证明礼与中是一致的。

"中庸之道"要求人们按照一定的道德原则和规范，自觉地调节个人的思想感情和言论行动，使之不偏不倚，无过无不及，严格保持在儒家规定的道德规范所许可的范围之内。所以，"中庸"的这层含义指的是不偏不倚以礼为言行准则，即坚持原则的意思。

在孔子看来，春秋时期的政治是偏险不正的，何以正之？他

---

① 《论语·颜渊》。

主张用仁义正之。孔子惶惶然奔走于列国，就是试图以仁义以匡正之，匡正而不得才退而著述讲学。用中之道、中正之道是其后儒家从道不从君，坚持仁义的最高原则的理论依据和渊源。

2. 是"过"与"不及"。

孔子从日常生活到政治行为，一再提出要避免"过"与"不及"的言论和行为。"中庸"不仅是一种为人处世应该坚持的原则，还是一种方法论。这种思维方法认为"过"和"不及"都是不对的，因为他们都不符合"中"的标准。作为一种重要的决策原则和方法，"中庸之道"反对做事走极端，主张任何事情都要遵循一个适当的标准"度"。"过"就是过火，"不及"就是火候不到，过和不及皆不能成事，因而都是应该反对的，凡事都要适中和适度。在一定意义上讲，整部《论语》都是在论述"中庸之道"的，如"子温而厉，威而不猛、恭而安"①，"乐而不淫，哀而不伤"②，"君子矜而不争，群而不党"③，"质胜文则野，文胜质则史。文质彬彬然后君子"④。这都是在论述"度"，即事物都有一个限度，超过了一定的限度，事物就会发生质的变化。要做到"中庸"就要时刻注意这个度。孔子认为舜是这方面的典范，他认为舜能够听取各种不

① 《论语·述而》。
② 《论语·八佾》。
③ 《论语·卫灵公》。
④ 《论语·雍也》。

同的意见，善于审察不大引起注意的言论，能够容忍别人的缺点，充分发扬大家的长处，权衡人们言论中"过"与"不及"的两个极端，采用正确的主张来治理国家，这就是"中庸之道"。

《论语》中有一个十分通俗的解释。

一次，学生子贡问孔子，他的同学"师（子张）与商（子夏）也孰贤"？孔子回答说："师也过，商也不及。"子贡又问："是不是师比商好一些呢？"孔子回答说："过犹不及。"师是颛孙师，即子张；商是卜商，即子夏。两人年龄相仿，是子贡的小师弟。子张志向高远，言行时常偏激过头，有些张扬；与之相反，子夏狷介、谨慎，该说的有时未说，该做的有时未做，过于收敛保守，子贡觉得子张比子夏更优秀一些，而孔子告诉他"过"等同于"不及"，两人彼此彼此。"过"不好，"不及"也不好，两者之间的"中"才是最好的。西汉经学家孔安国深通孔子语意，训解上述对话一针见血。他说："言（师与商）俱不得中也。"[①] 在实际生活中，"中"极易被人误解或者错解。我们必须明白：其一，"中"是哲学上的一个极其抽象的概念，它不是数学、物理上所谓的中点或各占百分之五十的科学概念，而是说事物两端之间在时间、地点等各种条件符合时的恰到好处。其二，"中"不是事物对立两端的简单混合，而是与两端有关联但又不同的第三者。此"第三者"即是所

---

① 《论语集释》第 3 册，中华书局 1990 年版，第 773 页。

谓的"中"。这种第三种状态超越于两端，与两端一起共同构成事物的总体，从而使事物的发展变化呈现出"一分为三"新的状态。孔子以后，"过犹不及"，就成为人们在日常实践中衡量"中庸"的尺度，比如勇敢是"中庸"，鲁莽就"过"了，怯懦是"不及"，超过了一定的限度，勇敢就成了鲁莽或怯懦。

3. 是中和。

《中庸》提出，"中和"是天下之"大本""达道"。"喜怒哀乐之未发，谓之中；发而皆中节，谓之和。中也者，天下之大本也；和也者，天下之达道也。致中和，天地位焉，万物育焉。"①《论语·学而》说："礼之用，和为贵。""和"是与"同"相对立的思维方式。"同"是重复、叠加、附和，"和"则是异质的事物、因素的对立统一。《国语·郑语》里说："以它平它谓之和"，《中庸》里说"发而皆中节谓之和"。一种声响不成音乐，一种颜色不成文采，一种味道不成佳肴，只有各种不同的事物、因素、成分合理配置，甚至相反的事物、因素、成分相成相济，处置得恰到好处，无过无不及，才能形成和谐，产生新的事物。"以它平它"的对立面是"以同裨同"，是同一事物、因素、成分的机械重复、简单相加。"中和"实际上指的是对立面之间的调和、平衡、相辅相成、整合。"中和"的目的是追求人与人、人与社会、人与环境之间的

———————

① 《中庸》。

和谐。但这种和谐并非无原则的，更不是盲目的附和。

4. 是"时中"。

《中庸》引孔子的话说："君子之中庸也，君子而时中。"这里中是原则性，不可变；时是灵活性，是可变的，目的是更好地实现"中"的原则。实际上，在我们日常的生活中，"中"也是随"时"（包括时间、空间、对象）的变化而会有相应不同的表现。相对来说，"时中"就是既能坚持原则，又审时度势，不死抱教条。该柔则柔，该刚则刚，该左则左，该右则右，这应该才是"时中"的应有之义。

5. 是"无适""无莫"。

孔子说："君子之于天下也，无适也，无莫也，义之与比。"① 这句话也是说，没什么事必须怎样去做，或绝不能怎样去做，而是要根据实际情况怎样能合于义就怎样去做。孔子在教育学生方面有个例子：一次子路问，听到了应该要办的事就要去办吗？孔子答，有父兄在，怎么能听到了就去办呢！冉有问同样的问题，孔子肯定地说，听到了就要去办。公西华不解，请老师解惑。孔子答："求也退，故进之；由也兼人，故退之。"② 意思是冉有平时畏缩怕事，所以鼓励他有想法时就大胆去干；子路好胜争强，所

---

① 《论语·里仁》。
② 《论语·先进》。

以孔子让他遇事冷静一下，三思后行。所以，孟子称孔子是"圣之时者也"，称道他"可以速则速，可以久则久，可以处则处，可以仕则仕"①。

"无适也，无莫也"，也就是通权达变。孔子对管仲的评价也颇能说明问题。齐桓公、公子纠都是齐襄公的弟弟。齐襄公无道，鲍叔牙侍奉桓公逃往莒国，管仲和召忽侍奉公子纠逃往鲁国。后来襄公被杀，桓公先入齐为君，兴兵伐鲁，迫使鲁国杀了公子纠，召忽因此而自杀，管仲却不但苟生，而且还归附了桓公，甚至做了齐国的宰相。子贡问孔子，管仲不是仁人吧？齐桓公杀了公子纠，他不但没有以身殉主，还为相辅佐齐桓公。孔子答道："管仲相桓公，霸诸侯，一匡天下，民到于今受其赐。微管仲，吾其被发左衽矣。岂若匹夫匹妇之为谅也，自经于沟渎而莫之知也？"②在孔子看来，管仲不以小信（忠君自杀）而失大信（使百姓得益），是一个懂得"权"变的人。

孔子在谈到"中庸"时，还说过一段十分精辟的话。他说："可以共学，未可与适道；可以适道，未可与立；可以立，未可与权。"③意思是说，可以一起学习仁义道德的人，不一定能达到道；

①《孟子·万章下》。

②《论语·宪问》。

③《论语·子罕》。

可以一起和他达到道的人，不一定做到坚守；可以和他一起做到坚守的人，不一定能做到通权达变。这样，孔子就把"权"作为"中庸"的最高境界，即只有能够通权达变的人才能真正理解和实行中庸之道。孟子对这个问题作了很多精彩的注解，他说："执中为近之，执中无权，犹执一也。所恶执一者，为其贼道也，举一而废百也。"① 意思是说，能做到不偏不倚，无"过"无"不及"，近乎"中庸"了，但是固执一端，客观情况变了，还死抱教条，不懂得通权达变，那是偏颇的。我们所以厌恶那种固执偏颇的人，就是因为他们损害了"中庸之道"，只顾一隅不顾全局呀！孟子还对"权"作了一个很通俗的解释说："男女授受不亲，礼也，但嫂溺于水，伸手援救，就是'权'。"②

6. 是"不可则止"。

"不可则止"就是"权"的思想在人们实践中的具体体现。孔子认为处理事情要注意分寸，不可使行动突破质的规定。譬如，在处理君臣关系中，他一方面强调臣子要"君使臣以礼，臣事君以忠"③。"从道不从君"，"以道事君"，但如果进谏不听，臣子应适可而止，或引退以洁身。"所谓大臣者，以道事君，不可则止"④，

① 《孟子·尽心上》。
② 《孟子·离娄上》。
③ 《论语·八佾》。
④ 《论语·先进》。

"邦有道，则仕；邦无道，则可卷而怀之"①，"用之则行，舍之则藏"②，"天下有道则见，无道则隐"③。如果遵照这样的理论行事，臣决不会对君构成威胁。对于朋友也是一样，"忠告而善道之，不可则止，毋自辱焉"④。可见，"中庸"就是根据实际情况，寻求正确的方法，以尽力达到所追求的目标。

7. 是"无可无不可"。

如果说"中庸"是折中主义不尽妥帖，那么"无可无不可"则无疑是典型的折中主义了。孔子把自己同一些逸民作了比较，他说伯夷、叔齐"不降其志，不辱其身"；柳下惠、少连"降志辱身矣"，但仍然"言中伦，行中虑"。虞仲、夷逸表现又不同，"隐居放言，身中清，废中权"，他们虽然过着隐居生活，说话随便，但保持自身洁白；虽然离开职位，但仍合乎权宜。这三类人虽有高低之分，但各有自己的行为哲学，孔子很敬重这些人。然而他最后说："我与这些人不一样，我的行为原则是无可无不可。"⑤孔子此类言行很多，这里再举数例如下：

孔子一方面信神，"祭神如神在"；另一方面又对鬼神是否存

---

① 《论语·卫灵公》。

② 《论语·述而》。

③ 《论语·泰伯》。

④ 《论语·颜渊》。

⑤ 《论语·微子》。

在表示怀疑。

孔子一方面认为人"性相近"；另一方面又主张"有生而知之者"①，"惟上知与下愚不移"②。

孔子一方面认为自己是学而知之；另一方面又说自己是天命的承担者，"天生德于予"③。

孔子一方面主张"杀身以成仁"④"见危授命"⑤；另一方面又主张"危邦不入，乱邦不居"⑥。

以上所说的并不是一个事物的两个方面，而是对待两种不同的事物的两种态度。依据它们的性质，两者之间不能调和，只能二者必居其一，孔子却要无可无不可。从理论上说，无可无不可似乎也可以说得过去，应该算是一种通权达变的智慧吧。⑦

8. 是"和而不同"。

"中庸"要求人们追求"和而不同"。

孔子主张"和"，反对"同"，甚至把"和"和"同"作为君

---

① 《论语·季氏》。

② 《论语·阳货》。

③ 《论语·述而》。

④ 《论语·卫灵公》。

⑤ 《论语·宪问》。

⑥ 《论语·泰伯》。

⑦ 参见刘泽华、葛荃主编《中国古代政治思想史》，南开大学出版社 2011 年版，第 41 页。

子和小人的区分。他说："君子和而不同，小人同而不和。"①

那么，何为和？何为同？在先秦，人们把保持矛盾对立面的和谐叫作"和"，把取消矛盾对立面的差异叫作"同"，"和"与"同"有原则性区别。如齐国的晏婴认为君臣关系应和而不同："君所谓可而有否焉，臣献其否以成其可；君所谓否而有可焉，臣献其可以去其否。是以政平而不干，民无争心。"②君主认为可行的事，但其中也隐藏着不可行或行而不利的因素，臣下把这一方面意见提出来使君主能考虑得更为周全，以避免不利因素；反过来也一样，君主认为不可行的事情，其中可能存在着可行的、有利的因素，臣下把这些因素说出来以使君主放弃其认为不可行的决定。这是一种君臣之间的"中和"，是对君主的意见不盲从，作理性分析，进行必要的补充，促其完善，甚至放弃原来的意见而形成更好的决策。那种一味逢迎附和的臣子，则是"以同裨同"，不利于治国。正因为这样，孔子才称前者为"君子"，而后者为"小人"。从"和而不同"的思想出发，孔子主张对君主采取"勿欺也，而犯之"③的态度。所谓犯，即向君主提意见。孔子喜欢给别人提意见，也希望别人包括弟子们对他本人提出不同意见。颜回是孔

---

① 《论语·子路》。
② 《左传·昭公二十年》。
③ 《论语·宪问》。

子最得意的门生，但他过于谦虚，从不提不同看法，孔子对此是不满意的。他说："回也，非助我也，于吾言无所不说（悦）。"[①]

孔子的"和而不同"，包含这样的思想内容：孤立的、单一的因素不能构成完美的事物，只有多种因素，特别是矛盾对立面经过斗争达到的新的统一、和谐、共同作用，才能形成新生事物。

由此可见，孔子首创的"中庸"与无原则的折中、调和，并不是一回事，将"中庸之道"扩展为"中和之道"，或许更能表述孔子中正大道的本质。

孔子及其后儒家的"中庸"政治思维，以"用中"为本义，以"中和"即对立面的统一、系统的整合来求"中正"，"时中"和"权"是根据情势的变化灵活追求实现"中正"。"用中""中和""时中"和"权"在以儒家思想为主流的中国古代政治文化中，具有重要的政治价值论、方法论的作用。"中庸"思想可谓"致广大而尽精微，极高明而道中庸"，内中蕴含着妙不可言的政治智慧和政治艺术。诚然，"中庸"思想在政治层面上，旨在维护君主政治，含有使君臣相济、上下相安，以及维护等级秩序、劝民安身守己等内容，但其"和而不同""发而中节""中正不倚""无过不及""通权达变"等命题则具有恒常价值的合理化因素在内，在今日的政治关系乃至一般的社会关系中，仍然极具启迪意义和践行

---

① 《论语·先进》。

价值。①

三、成就品质人生

在《论语》中，以中和为标准，孔子把人格分成四等：中行之人、狂者、狷者、乡愿。

《论语·子路》说：

> 不得中行而与之，必也狂狷乎！狂者进取，狷者有所不为也。

《论语·阳货》说：

> 子曰："乡愿，德之贼也。"

"中行"，是指符合一切中和之道的言行举止。

"狂者"，是指勇于进取但又往往急于求成的人。

"狷者"，是指处事谨慎、进取不力的人。

"乡愿"，是指毫无原则、欺世盗名的小人人格。

在《孔子家语》中，孔子又把人格自下而上界定分为五个层

---

① 参见俞荣根著《儒言治世——儒学治国之本》，四川人民出版社1995年版，第78—84页。

次，即庸人、士人、君子、贤人、圣人。

《孔子家语·五仪解》说：

> 哀公问于孔子曰："寡人欲论鲁国之士，与之为治，敢问如何取之？"
>
> 孔子对曰："生今之世，志古之道；居今之俗，服古之服。舍此而为非者，不亦鲜乎？"
>
> 曰："然则章甫绚履、绅带缙笏者，皆贤人也？"
>
> 孔子曰："不必然也。丘之所言，非此之谓也。夫端衣玄裳，冕而乘轩者，则志不在于食荤；斩衰菅菲，杖而歠粥者，则志不在于酒肉。生今之世，志古之道；居今之俗，服古之服，谓此类也。"
>
> 公曰："善哉！尽此而已乎？"
>
> 孔子曰："人有五仪，有庸人，有士人，有君子，有贤人，有圣人。审此五者，则治道毕矣。"
>
> 公曰："敢问何如斯可谓之庸人？"
>
> 孔子曰："所谓庸人者，心不存慎终之规，口不吐训格之言，不择贤以托其身，不力行以自定。见小暗大，而不知所务；从物如流，不知其所执。此则庸人也。"
>
> 公曰："何谓士人？"
>
> 孔子曰："所谓士人者，心有所定，计有所守。虽不能尽

道术之本，必有率也；虽不能备百善之美，必有处也。是故智不务多，必审其所知；言不务多，必审其所谓；行不务多，必审其所由。智既知之，言既道之，行既由之，则若性命之于形骸不可易也。富贵不足以益，贫贱不足以损。此则士人也。"

公曰："何谓君子？"

孔子曰："所谓君子者，言必忠信而心不怨，仁义在身而色无伐，思虑通明而辞不专。笃行信道，自强不息。油然若将可越，而终不可及者。君子也。"

公曰："何谓贤人？"

孔子曰："所谓贤人者，德不逾闲，行中规绳。言足以法于天下而不伤于身，道足以化于百姓而不伤于本。富则天下无宛财，施则天下不病贫。此贤者也。"

公曰："何谓圣人？"

孔子曰："所谓圣人者，德合于天地，变通无方。穷万事之终始，协庶品之自然，敷其大道而遂成情性。明并日月，化行若神。下民不知其德，睹者不识其邻。此谓圣人也。"

公曰："善哉！非子之贤，则寡人不得闻此言也。虽然，寡人生于深宫之内，长于妇人之手，未尝知哀，未尝知忧，未尝知劳，未尝知惧，未尝知危，恐不足以行五仪之教，若何？"

孔子对曰："如君之言，已知之矣。则丘亦无所闻焉。"

公曰："非吾子，寡人无以启其心，吾子言也。"

在上面鲁哀公与孔子关于人格人品的讨论中，我们大致可以摸到孔子对于社会上人的区分层面。孔子认为，人在社会上可以分为五个等级。

"庸人"，是指那些没有追求，庸庸碌碌、随波逐流的人。

"士人"，是指那些行事有原则，生活有目标，积极上进的人。

"君子"，是指那些有修养、有道德、有文化、有能力的人。

"贤人"，是指那些在品行上能够影响民众的人。

"圣人"，是指那些可以通达天地万物，惠泽百姓，万世师表的人。

由此可以看出，"君子"在孔子的心目中虽然不是最理想的人格，但已经具备了诸如忠信、仁义、思虑通明、笃行信道、志存高远、自强不息等的美德。在《论语》中，"君子"一词出现的频率很高，达107次之多。虽然在孔子的观念中，"圣人"是最高的人格典范，但孔子也明白，并非人人都能成为圣人。孔子说："圣人，吾不得而见之矣，得见君子者，斯可也。"[①]由此可见，孔子是以君子人格来期许自己的。

正因为如此看重"君子"的人格，孔子长期与弟子们在一起

———————————

① 《论语·述而》。

探讨做好"君子"的事情。

> 子贡问于孔子曰："君子所以贵玉而贱珉者，何也？为夫玉之少而珉之多邪！"孔子曰："恶！赐！是何言也！夫君子岂多而贱之，少而贵之哉！夫玉，君子比德焉。温润而泽，仁也；栗而理，知也；坚刚而不屈，义也；廉而不刿，行也；折而不挠，勇也；瑕适并见，情也；扣之，其声清扬而远闻，其止辍然，辞也；故虽有珉之雕雕，不若玉之章章。《诗》曰：言念君子，温其如玉。此之谓也。"①

"君子"之德似玉，所以孔子以玉比喻"君子"的德行。
西汉刘向说：

> 玉有六美，君子贵之。望之温润；近之栗理；声近徐而闻远；折而不挠，阙而不荏；廉而不刿；有瑕必示之于外。是以贵之。望之温润者，君子比德焉；近之栗理者，君子比智焉；声近徐而闻远者，君子比义焉；折而不挠，阙而不荏者，君子比勇焉；廉而不刿者，君子比仁焉；有瑕必见之于外者，君子比情焉。②

---

① 《荀子·法行》。
② 《说苑·杂言》。

　　玉在古代本是极其珍贵的稀有之物，其极品常常价值连城。孔子以玉比"君子"之德，强调"君子"集仁、义、礼、智、信等各种德性于一身，品性高洁，不离世俗，其行为和品德却不为世俗所污染，故《礼记·玉藻》中有"君子无故，玉不去身。君子比德于玉焉"的说法。

　　孔子还曾有"君子"以水比德的说法：

　　　　子贡问曰："君子见大水必观焉，何也？"孔子曰："夫水者，君子比德焉。遍予而无私，似德；所及者生，似仁；其流卑下句倨，皆循其理，似义；浅者流行，深者不测，似智；其赴百仞之谷不疑，似勇；绵弱而微达，似察；受恶不让，似包；蒙不清以入，鲜洁以出，似善化；至量必平，似正；盈不求概，似度；其万折必东，似意：是以君子见大水观焉尔也。"①

　　水善利万物而不争，德、仁、义、智、勇、正等品质兼备，为"君子"必有，故孔子以水德来比喻"君子"之德。

　　在《孔子家语·在厄》篇中，孔子还曾有以兰比"君子"之德的记载：

────────

① 《说苑·杂言》。

> 芝兰生于深林，不以无人而不芳；君子修道立德，不为穷困而改节。

兰花深处幽谷，"能白更兼黄，无人亦自芳，寸心原不大，容得许多香"。不以物喜不以己悲，怪不得孔子对之如此钟情，世今流传《猗兰操》，即是孔子借兰花以自比身世，于此多少可见孔子心目中的"君子"价值取向。

那么，怎样才算是真正的"君子"呢？或者换句话说，孔子的君子标准究竟有哪些呢？

1. 孔子认为，"君子"首先应该文质彬彬。

> 子曰："质胜文则野，文胜质则史。文质彬彬，然后君子。"①

孔子认为，一个人内在质朴如果多于外在的学识、才华，就会显得粗陋不堪；而外在的学识、才华如果胜过了内在的质朴，就会显得轻佻浮华。只有才华与质朴两者搭配适当，才能称作"君子"。

2. 孔子认为，"君子"不仅应该独善其身，还应该兼济天下。

> 子路问君子，子曰："修己以敬。"曰："如斯而已乎？"

---

① 《论语·雍也》。

曰："修己以安人。"曰："如斯而已乎？"曰："修己以安百姓。修己以安百姓，尧、舜其犹病诸！"①

"修己""安人""安百姓"，一个比一个境界高。

3. 孔子认为，"君子"为人应该庄重大方，重道德，慎交友，有了过错，能够随时改正。

> 子曰："君子不重则不威，学则不固。主忠信。无友不如己者。过则勿惮改。"②

4. 孔子认为，"君子"应好学。

> 子曰："君子食无求饱，居无求安，敏于事而慎于言，就有道而正焉，可谓好学也已。"③

5. 孔子认为，"君子"应该学问博雅，不能只钻研通晓一门学问。

> 子曰："君子不器。"④

---

① 《论语·宪问》。
② 《论语·学而》。
③ 《论语·学而》。
④ 《论语·为政》。

6. 孔子认为，"君子"应该具有践行力、实践力，说话谨慎，勤于做事。

> 子贡问君子。子曰："先行其言，而后从之。"①
> 子曰："君子欲讷于言而敏于行。"②
> 子曰："君子耻其言而过其行。"③

7. 孔子认为，"君子"应该具有大局观，讲团结，不拉帮结派。

> 子曰："君子周而不比，小人比而不周。"④
> 子曰："君子和而不同，小人同而不和。"⑤

8. 孔子认为，"君子"应该为而不争，即使"争"，也要符合礼节。

> 子曰："君子无所争，必也射乎！揖让而升，下而饮。其争也君子。"⑥

---

① 《论语·为政》。
② 《论语·里仁》。
③ 《论语·宪问》。
④ 《论语·为政》。
⑤ 《论语·子路》。
⑥ 《论语·八佾》。

子曰："君子矜而不争，群而不党。"①

9. 孔子认为，君子应该具备根据实际情况发展自己事业的能力。

子曰："君子之于天下也，无适也，无莫也，义之与比。"②

10. 孔子认为，"君子"应该重视德义，不以私利为重。

子曰："君子怀德，小人怀土；君子怀刑，小人怀惠。"③
子曰："君子喻于义，小人喻于利。"④

11. 孔子认为，"君子"应该行为端庄，对上负责，对下爱护。

子谓子产："有君子之道四焉：其行己也恭，其事上也敬，其养民也惠，其使民也义。"⑤

12. 孔子认为，"君子"对人对事，应该保持一个合理的尺度

---

① 《论语·卫灵公》。
② 《论语·里仁》。
③ 《论语·里仁》。
④ 《论语·里仁》。
⑤ 《论语·公冶长》。

和原则。

> 子华使于齐，冉子为其母请粟，子曰："与之釜。"请益，曰："与之庾。"冉子与之粟五秉。子曰："赤之适齐也，乘肥马，衣轻裘。吾闻之也，君子周急不继富。"①

13. 孔子认为，"君子"应该胸怀坦荡、光明磊落，不惑不忧不惧，泰而不骄。

> 子曰："君子坦荡荡，小人长戚戚。"②
>
> 司马牛问君子，子曰："君子不忧不惧。"曰："不忧不惧，斯谓之君子已乎？"子曰："内省不疚，夫何忧何惧？"③
>
> 子曰："君子泰而不骄，小人骄而不泰。"④
>
> 子曰："君子道者三，我无能焉：仁者不忧，知者不惑，勇者不惧。"子贡曰："夫子自道也。"⑤

14. 孔子认为，"君子"应该摒弃凭空猜测、绝对肯定、拘泥固执、自以为是四种毛病。

---

① 《论语·雍也》。
② 《论语·述而》。
③ 《论语·颜渊》。
④ 《论语·子路》。
⑤ 《论语·宪问》。

子绝四：毋意、毋必、毋固、毋我。①

15. 孔子认为，"君子"应该成人之美。

子曰："君子成人之美，不成人之恶。小人反是。"②

16. 孔子认为，"君子"应该尽职敬业，能够真正做到"量才使用"。

子曰："君子易事而难说也。说之不以道，不说也。及其使人也，器之。小人难事而易说也。说之虽不以道，说也，及其使人也，求备焉。"③

子曰："君子不以言举人，不以人废言。"④

17. 孔子认为，"君子"应该重"仁"，追求并且通达"仁义"。

子曰："君子而不仁者有矣夫，未有小人而仁者也。"⑤

子曰："君子上达，小人下达。"⑥

---

① 《论语·子罕》。
② 《论语·颜渊》。
③ 《论语·子路》。
④ 《论语·卫灵公》。
⑤ 《论语·宪问》。
⑥ 《论语·宪问》。

18. 孔子认为，"君子"应该学习是为了充实自己，并非用它来装饰门面。

　　子曰："古之学者为己，今之学者为人。"①

19. 孔子认为，"君子"在最困难的时候应该能够坚守底线而不改变自己坚持的原则。

　　（孔子师徒）在陈绝粮，从者病，莫能兴。子路愠见曰："君子亦有穷乎？"子曰："君子固穷，小人穷斯滥矣。"②

20. 孔子认为，"君子"应该做人公正，行为合礼，语言谦虚，态度忠诚。

　　子曰："君子义以为质，礼以行之，孙以出之，信以成之。君子哉！"③

21. 孔子认为，"君子"应该严格要求自己，始终注重增长自己的才能。

---

① 《论语·宪问》。

② 《论语·卫灵公》。

③ 《论语·卫灵公》。

　　子曰："君子求诸己，小人求诸人。"①

　　子曰："君子病无能焉，不病人之不己知也。"②

22. 孔子认为，"君子"应该谋道不谋食。

　　子曰："君子谋道不谋食。耕也，馁在其中矣；学也，禄在其中矣。君子忧道不忧贫。"③

23. 孔子认为，"君子"应该重信义而不拘小节。

　　子曰："君子贞而不谅。"④

　　子曰："君子义以为上。"⑤

24. 孔子认为，"君子"应该有"三戒""三畏""九思"。

　　孔子曰："君子有三戒：少之时，血气未定，戒之在色；及其壮也，血气方刚，戒之在斗；及其老也，血气既衰，戒之在得。"⑥

---

① 《论语·卫灵公》。
② 《论语·卫灵公》。
③ 《论语·卫灵公》。
④ 《论语·卫灵公》。
⑤ 《论语·阳货》。
⑥ 《论语·季氏》。

孔子曰：“君子有三畏：畏天命，畏大人，畏圣人之言。小人不知天命而不畏也，狎大人，侮圣人之言。”

孔子曰：“生而知之者，上也；学而知之者，次也；困而学之，又其次也；困而不学，民斯为下矣。”①

孔子曰：“君子有九思：视思明，听思聪，色思温，貌思恭，言思忠，事思敬，疑思问，忿思难，见得思义。”②

25. 孔子认为，“君子”应该有四憎：讨厌总说别人坏话的人；讨厌处在下位却诽谤上级的人；讨厌刚愎自用、顽固不化的人；讨厌勇而无礼的人。

子贡曰：“君子亦有恶乎？”子曰：“有恶。恶称人之恶者，恶居下流而讪上者，恶勇而无礼者，恶果敢而窒者。”曰：“赐也亦有恶乎？”“恶徼以为知者，恶不孙以为勇者，恶讦以为直者。”③

26. 孔子认为，“君子”应该知命、知礼、知言。

孔子曰：“不知命，无以为君子也；不知礼，无以立也；

---

① 《论语·季氏》。
② 《论语·季氏》。
③ 《论语·阳货》。

不知言，无以知人也。”[①]

27. 孔子认为，“君子”不仅在世时应该道德高尚、积极进取，更应该以立“万世名”为远大理想。

子曰：“君子疾没世而名不称焉。”[②]

司马迁在《史记·孔子世家》说：

子曰：“弗乎弗乎，君子病没世而名不称焉。吾道不行矣，吾何以自见于后世哉？”乃因史记作《春秋》。

“弗”通“怫”，悒郁不快之义。孔子力图在“为政”上有所作为，而“道不行”，“道不行”则“没世而名不称”，这使他十分焦虑，于是便在晚年放下一切，集中心力根据鲁国的“史记”“作《春秋》”。

总之，在《论语》等书中，多处记载着孔子教诲其弟子如何造就“君子”品格的言论，要怎样，不要怎样，为什么，怎么办，浅显易懂，容易践行。

《论语》中说：

① 《论语·尧曰》。
② 《论语·卫灵公》。

子以四教：文行忠信。①

孔子从四个方面教育弟子，除了文化知识外，其余三个方面"行""忠""信"全都事关"君子"人格的培养。

"孔子的理想目标是圣人和仁人，现实目标是培养君子和有恒者。"②孔子的君子观，他所认定"君子"品格的诸要素如自强不息、厚德载物、勤勉、力行、诚信、谦恭、勇敢、智慧、仁义等，至今仍不失其现实意义和人生指导意义。

① 《论语·述而》。
② 李零著：《丧家狗——我读〈论语〉》，山西人民出版社 2007 年版，第 353 页。

第十二章　孔子与音乐

晚年孔子在自卫返鲁后，对有关乐章按内容整理，归并到风雅颂三类诗歌中。他把入选的305篇诗歌，用琴一首一首地弹奏，并且一遍一遍地反复吟唱，直到认为可靠、满意为止。这一点，可从司马迁《史记》中得到证明："三百五篇，孔子皆弦歌之，以求合《韶》《武》《雅》《颂》之音。礼乐自此可得而述，以备王道，成六艺。"

一、孔子学琴

孔子，是中华民族思想文化的代表性符号。

人们称他为"至圣先师"。

但是，你可曾知道，孔子不仅是一个很有学问的政治思想家、成功的教育家，还是一位爱唱歌、善鼓琴、会弹瑟、能作曲、精娴于欣赏多种艺术美的大音乐家呢。

孔子喜欢乐器，不管是琴、瑟、钟、磬，还是箫、管、笙、竽等，他大都能够即兴演奏。对于这些，孔子并不满足，在他 50 多岁时，还特地向当时的著名音乐家师襄学习弹琴。

据《史记·孔子世家》记载：

> 孔子学鼓琴师襄子，十日不进。师襄子曰："可以益矣。"孔子曰："丘已习其曲矣，未得其数也。"有间，曰："已习其数，可以益矣。"孔子曰："丘未得其志也。"有间，曰："已习其志，可以益矣。"孔子曰："丘未得其为人也。"有间，有所穆然深思焉，有所怡然高望而远志焉。曰："丘得其为人，黯然而黑，几然而长，眼如望羊，如王四国，非文王其谁能为此也！"师襄子辟席再拜，曰："师盖云《文王操》也。"

孔子向师襄学得一首琴曲，师襄要他练习 10 天后再学新曲。

10 天过去后，师襄见孔子没有来找他，还以为他忘记了学习新曲的事呢，因此来到孔子练琴的地方，提醒孔子说："这首曲子已经弹熟，可以学新曲了。"

孔子忙站起来，认真地说："我刚学会了曲调，但演奏的技法还很生疏呢！"说完继续练习。

过了几天，在听了孔子演奏后，师襄对孔子说："你的技法已经熟练，可以弹新曲了。"

孔子却说："不行啦，我还没明白它的内容呢！没有搞清楚琴曲所表达的内容，不能算是真会。"于是又埋头练起来。

再过几天，师襄说："你不仅熟悉了曲调、技法，也明白了琴曲表达的内容，可以弹新曲了！"

这次孔子说："我尽管熟悉了曲调和技法，也知道了其中的内容，我却不知道这首琴曲的作者是个什么样的人，不知道作者的为人，这怎能表现琴曲的思想和感情呢！"

师襄觉得有理，从此就不再催孔子学新曲了。

时间又一天一天地过去了。这一天，师襄来到孔子练琴的地方，坐在孔子身边，闭目静心聆听孔子弹琴。琴曲结束，只见孔子站起来对师襄说："我已经知道琴曲作者是怎样一个人了！他身躯魁梧，脸膛黝黑，两眼炯炯有神，直射远方，是个具有王者风范的人。他不是周文王又能是谁呢？"

师襄不禁大惊，感叹道："我的天啊！我的老师就是这样告诉我的，这首琴曲就叫《文王操》，作者正是周文王。"

师襄对孔子精益求精的精神佩服不已，接连躬身几拜。孔子赶忙回礼，说道："我可以学新曲了！"

这，就是孔子在学琴时对自己的要求。

从孔子学琴的经历看，他对音乐的要求相当高，先技后道，不急不躁，步步深入，逐渐升华。

他没有停留在琴曲的演奏阶段，而是通过这首琴曲，不断发掘音乐艺术领域的至大、至善、至美、至真，通过一叶而知秋，通过一水而知海，最终达到通悟宇宙大道的目的。

二、孔子高歌

孔子喜欢唱歌，歌声伴随他的生活。如果不是特别的日子，哪天听不到他的歌声，听不到他的琴声，一定会让人感到奇怪。孔子的学生如果听不到老师唱歌，那就要把他这天不唱歌的事记录下来。

《论语》里面就有这么一段话：

> 子于是日哭，则不歌。[①]

---

① 《论语·述而》。

说的是邻居家死了人，这个人平时与孔子关系很好，常有往来，感情很深。这个人死了，孔子感到非常难过，吃不下饭。这天他哭了，没有唱歌。

在平日里，孔子不但自己喜欢唱歌，还喜欢和别人一起唱。如果听到自己不会唱的新歌，他就一定要别人教会他，再和别人一起唱。孔子这种"不耻下问"的求学精神，在他周游列国时，更是表现得淋漓尽致。他走一处，学一处，日积月累，学到了不少民歌。这为他后来编辑整理《诗经》，编辑成谱，积累了丰富的知识，做好了充分的准备。

鲁哀公十六年（前479年）四月，孔子的学生子贡去探望他。这时的孔子已经是73岁高龄，重病缠身，身体很虚弱，但他仍然扶着拐杖到门口高声放歌：

> 泰山其颓乎！
>
> 梁木其摧乎！
>
> 哲人其萎乎！ ①

孔子唱完，黯然涕下。

子贡也十分难过。他把孔子扶进屋躺下后，一直陪伴在老师身边。

---

① 《孔子家语·终记解》。

7 天后，孔子告别了他的学生和人世，伴随他的歌声走了。

三、三月不知肉味

鲁国虽然是周公的封地，保留着相当丰富的周代乐舞，但不知是出于什么原因，孔子在鲁国一直没有听到过《韶》的音乐。直到孔子 30 多岁时，他到齐国，才有幸在一次宫廷演出中，观赏到这部闻名遐迩的古代乐舞。

《韶》，相传是远古时舜帝为祭天大典创作的大型乐舞。到了周朝，被用来祭祀四方的星、海、山、河等，后来又被用来祭祀王的祖宗，本是虞舜后代陈国的传统节目。齐桓公时，陈公子完逃亡到齐国，为齐桓公所重。后来，陈氏势力逐渐强大，《韶》便在齐国宫廷盛行起来。孔子由于受到齐景公的接见款待，故有机会看到它的演出。

《韶》的演出规模盛大。它把音乐、舞蹈和诗歌紧密地结合在一起，主要是用排箫、三孔埙来演奏，乐曲庄严肃穆，九次变队形和动作的舞蹈，插入九段变换情绪的歌唱，把《韶》的乐、舞、歌结合得浑然天成，表演得相得益彰。

孔子听到这优美的音乐、歌声，看着这富有层次的舞蹈，就好像看到他认为最理想、最美好的社会，让他感动，使他陶醉。

子在齐闻《韶》，三月不知肉味，曰："不图为乐之至于斯也。"①

观赏过乐舞《韶》后，孔子心中久久不能平静，那优美的乐声时时在他的耳边萦绕回荡。多么伟大啊！多么美妙啊！在以后整整3个月里，孔子一直如痴如醉地沉浸在《韶》的美妙意境之中，甚至连吃肉时，也感觉不到美食滋味了。他忍不住地感叹说："真没有想到，真没有想到，音乐还有这样大的魅力，能让人快乐发狂到这般的田地！"

四、孔子与琴歌

孔子不但喜欢唱歌，喜欢弹琴，而且自己还颇能作曲。

通过音乐这个媒介，孔子不但找到了认识世界的方法，也找到了抚平自己心灵伤口的最好的疗伤药物。

孔子周游列国，一直未能得到所到国国君的赏识和重用，他十分失望，抱着生不逢时、怀才不遇的情绪，先后作有《猗兰操》《将归操》《龟山操》等古曲。

关于孔子鼓琴，《论语》及其他文献多有记录，如《史记·孔

---

① 《论语·述而》。

子世家》言"诗三百，孔子皆弦歌之"，可见孔子是弦歌之高手。关于孔子弦歌古琴，《庄子·渔父》中也有相关记载：

> 孔子游乎缁帷之林，休坐乎杏坛之上。弟子读书，孔子弦歌鼓琴。

关于孔子擅长弦歌的创作，我们不必再做更多的说明，但有一点必须明确，当时的弦歌不只于琴，瑟也是常用的乐器，孔子也擅长瑟的演奏，《韩诗外传·卷七》中有如下记载：

> 昔者，孔子鼓瑟，曾子、子贡侧门而听。曲终，曾子曰："嗟乎，夫子瑟声，殆有贪狼之志，邪僻之行，何其不仁，趋利之甚。"子贡以为然，不对而入。夫子望见子贡有谏过之色、应难之状，释瑟而待之。子贡以曾子之言告。子曰："嗟乎，夫参，天下贤人也，其习知音矣。向者丘鼓瑟，有鼠出游，狸见于屋，循梁微行，造焉而避，厌目曲脊，求而不得，丘以瑟淫其音，参以丘为贪狼邪僻，不亦宜乎？"

至于孔子以瑟弦歌，也可以从《论语》中找到根据：

> 孺悲欲见孔子，孔子辞以疾，将命者出户，取瑟而歌，使之闻之。①

---

① 《论语·阳货》。

关于孔子创作的《猗兰操》,《乐府诗集》中说:

> 孔子自卫反鲁,见香兰而作此歌。《琴操》曰:《猗兰操》,孔子所作。孔子历聘诸侯,诸侯莫能任,自卫反鲁,隐谷之中,见香兰独茂,喟然叹曰:兰当为王者香,今乃独茂,与众草为伍。乃止车,援琴鼓之。自伤不逢时,托辞于香兰云。①

孔子生不逢时,作为伟大的思想家、教育家,他的政治思想在当时始终未能得到重视,更未能得以实施,是其终生大憾。故见幽兰独茂,乃生遇非明主之慨叹。

其词曰:

> 习习谷风,以阴以雨。之子于归,远送于野。何彼苍天,不得其所。逍遥九州,无所定处。时人暗蔽,不知贤者。年纪逝迈,一身将老。②

再看《将归操》,又一名《陬操》,是操在古曲 12 操中名列第一,《乐府诗集》中说:

> 一曰《陬操》,《琴操》曰:《将归操》,孔子所作也。《孔

---

① 《四库全书》集部,总集类,乐府诗集,卷五十八。
② 《四库全书》集部,总集类,乐府诗集,卷五十八。

丛子》曰：赵使聘夫子，夫子闻鸣犊与窦犫之见杀也，回舆而旋，为操曰《将归》。《史记·孔子世家》曰：孔子既不得用于卫，将西见赵简子，至于河，而闻窦鸣犊、舜华之死，临河而叹曰：美哉水，洋洋乎，丘之不济此，命也夫。子贡曰：何谓也？孔子曰：窦鸣犊、舜华晋国之贤大夫也，赵简子未得志之时，须此两人而后从政，及其已得志，杀之乃从政。夫鸟兽之不义也，尚知辟之，况乎丘哉！乃还，息乎陬乡，作为《陬操》以哀之。徐广曰：窦鸣犊、舜华，或作鸣铎、窦犫。王肃曰：陬操，琴曲名也。①

这里将《将归操》的写作背景记录得颇为详细，孔子感叹自己命运不济，赵简子卸磨杀驴，都是其趋义避祸、归忍陬乡的根由。其词曰：

翱翔于卫，复我旧居。从我所好，其乐只且。②

关于《龟山操》，朱长文《琴史》记录得较为详细：

孔子生周之季，逢鲁之乱，辙环天下而不遇于世。当定公十四年，孔子年五十六，由大司寇摄相事。齐人闻而惧，

---

① 《四库全书》集部，总集类，乐府诗集，卷五十八。
② 《四库全书》集部，总集类，乐府诗集，卷五十八。

谋间鲁以疏孔子，于是盛饰女乐，以遗鲁君。时季桓子专政，亦不悦孔子之用也，乃受女乐，君臣游观，三日不朝。孔子以谓鲁君臣之志荒，不在于治，不足与有为，遂去之他邦。歌曰："彼妇之口，可以出走。彼妇之谒，可以死败。盖悠哉游哉，聊以卒岁。"然犹徘徊不忍去，复回望鲁国，而龟山蔽之，乃叹曰："季氏之蔽吾君，犹龟山之蔽鲁也。"故作《龟山操》，其词有云："手无斧柯，奈龟山何？"斧以喻断，柯以喻柄。无断割之柄，则不能去季氏也。①

《琴操》中所记录的歌词如下：

> 余欲望鲁兮，龟山蔽之。手无斧柯，奈龟山何？②

像上面这样的音乐创作，孔子一生中还有不少。

《诗经》是由孔子所编纂的我国第一部诗歌总集。它包括了从西周初年到春秋中期上下几百年有代表性的诗歌。仅仅"风"就采集了十五国的民歌，这些歌的"流域"，东到今天的山东省，北到今天河北省的南部，西至今天甘肃省的东部，南至今天湖北省的长江沿岸。要完成这些诗歌的审核编辑，其工作量是浩大而艰

---

① 《四库全书》子部，艺术类，琴谱之属，琴史，卷一。
② 《四库全书》子部，类书类，北堂书钞，卷一百九。

巨的。

为了编辑诗歌集，孔子根据周朝收集流传下来的 3000 多首诗歌，进行实地采访和核对，认真仔细地分析和比较，遵循去粗取精、去伪存真的原则，从中选出了 305 篇，按风、雅、颂的次序进行编排，汇集成我国第一部诗歌总集，这就是今天的流传本《诗经》。

孔子喜欢民歌，他认为民歌来自民间，反映了人民群众的生活，内容丰富多彩又健康活泼。音乐悦耳动听，有群众基础。所以他在编辑诗歌集时，特别偏重将民歌收集入册。翻开《诗经》目录，总共只有 305 篇的诗歌集，其中的"风"就占了一半以上，共 160 篇。

孔子在编辑《诗经》时，十分注重它们的音乐价值。他选编的标准，除了看内容好不好，还要听音调美不美。

子曰："吾自卫反鲁，然后乐正，雅颂各得其所。"[1]

孔子在自卫反鲁后，对有关乐章按内容整理，归并到风、雅、颂三类中，把入选的 305 篇诗歌，用琴一首一首地弹奏，并且一遍一遍地反复吟唱，直到认为可靠、满意为止。这一点，也可从司马迁那里得到证明：

---

[1] 《论语·子罕》。

　　三百五篇，孔子皆弦歌之，以求合《韶》《武》《雅》《颂》之音。礼乐自此可得而述，以备王道，成六艺。①

　　在孔子晚年时，这部中国现存最古老的诗歌总集终于在公元前484年编辑而成。尽管由于历史的局限，后世没有留下孔子的乐谱和音乐，但就是这部没有乐谱的歌词总集，为我们中华民族，乃至世界的音乐文化宝库，留下了一份极其珍贵的文化遗产。

五、"成于乐"

　　孔子把音乐看得十分重要。他认为礼乐是治国平天下的法宝，是修身立业的根本。他在教学中所开设的六艺——礼、乐、射、御、书、数中，把音乐摆在了第二位。

　　孔子将音乐提到治理国家的高度。他认为：

　　乐云乐云，钟鼓云乎哉？②

　　在孔子的眼中，乐，并非仅指一种鼓乐器而言，而是应该上升到治理国家移风易俗的层面加以对待。

---

① 《史记·孔子世家》。
② 《论语·阳货》。

据《论语·卫灵公》载，颜渊向孔子请教如何治理国家，孔子说："用夏代的历法，坐殷朝的车子，戴周朝的礼帽，音乐演奏《韶》《舞》，舍弃郑声，远离谄媚的小人。郑国的音乐淫荡，谄媚的小人危险。"

据《论语·宪问》载，子路问孔子："老师，学生怎样才能成为一个完人？"孔子回答说："要有臧武仲的智慧、公绰的廉洁、卞庄子的勇敢、冉求的才艺；在这些之上，再加上礼和乐的修养，也就可以称为完人了。"

孔子认为一个人的修养的步骤，应该是"兴于诗，立于礼，成于乐"[①]。音乐可以陶冶人的性情，让人的心灵得到升华。因此，在音乐学习方面，他对学生的要求十分严格。

有一次，孔子让子路把所学的瑟演奏一遍。子路赶忙摆好瑟，为老师奏起了瑟曲。因为紧张，乐曲演奏得不够流畅，更谈不上充分表现乐曲的思想感情。孔子很不满意，严肃地批评道："子路呀！难道老师是这样教你的吗？这样浅薄的演奏，简直没有入门。"子路惭愧极了，连忙承认了错误，并表示今后一定加倍努力。这时，孔子才把这首乐曲的指法和技巧耐心地为子路讲解了一遍，并帮助子路仔细地分析了乐曲各段的思想感情以及其中的内涵。

---

① 《论语·泰伯》。

由于遭到孔子的批评，"门人不敬子路"。为了替子路挽回面子，孔子不得不耐心告诉学生们：

> 由也升堂矣，未入于室也。①

因为学生们瞧不起子路，孔子替子路说道："其实仲由的学问已经不错了，只是还没有学到家而已。"

孔子在为学生讲授《关雎》这首民歌时说，这首诗"乐而不淫，哀而不伤"。②认为这首诗歌表现了快乐的情绪，但并不下流；表现了悲哀的感情，但一点也不颓丧。在分析乐曲时，孔子指出：

> 《关雎》之乱，洋洋乎盈耳哉！③

称赞整首歌曲和谐、鲜明，有条理，真是动听得很。

听了孔子的讲授，学生们再来演唱《关雎》时，感觉就完全不一样了，更能把握其内涵，迅速地掌握这首歌曲的内容。

《乐记》说：

> 宾牟贾侍坐于孔子，孔子与之言，及乐。曰："夫《武》之备戒之已久，何也？"

---

① 《论语·先进》。
② 《论语·八佾》。
③ 《论语·泰伯》。

对曰："病不得其众也。"

"咏叹之，淫液之，何也？"

对曰："恐不逮事也。"

"发扬蹈厉之已蚤，何也？"

对曰："及时事也。"

"《武》坐致右宪左，何也？"

对曰："非《武》坐也。"

"声淫及商，何也？"

对曰："非《武》音也。"

子曰："若非《武》音，则何音也？"

对曰："有司失其传也。若非有司失其传，则武王之志荒矣。"

子曰："唯丘之闻诸苌弘，亦若吾子之言是也。"

宾牟贾起，免席而请曰："夫《武》之备戒之已久，则既闻命矣，敢问迟之迟而又久，何也？"

子曰："居，吾语女。夫乐者，象成者也。揔干而山立，武王之事也；发扬蹈厉，太公之志也。《武》乱皆坐，周、召之治也。夫《武》，始而北出，再成而灭商，三成而南，四成而南国是疆，五成而分，周公左，召公右，六成复缀，以崇天子。夹振之而驷伐，盛威于中国也；分夹而进，事蚤济也；久立于缀，以待诸侯之至也。"

"且女独未闻牧野之语乎？武王克殷反商，未及下车而封黄帝之后于蓟，封帝尧之后于祝，封帝舜之后于陈；下车而封夏后氏之后于杞，投殷之后于宋，封王子比干之墓，释箕子之囚，使人行商容而复其位。庶民弛政，庶士倍禄。济河而西，马散之华山之阳而弗复乘；牛散之桃林之野而弗复服；车甲弢而藏之府库而弗复用；倒载干戈，包之以虎皮，名之曰'建櫜'；将帅之士使为诸侯；然后天下知武王之不复用兵也。散军而郊射，左射，《狸首》，右射，《驺虞》，而贯革之射息也；裨冕搢笏，而虎贲之士说剑也；祀乎明堂，而民知孝；朝觐，然后诸侯知所以臣；耕藉，然后诸侯知所以敬；五者，天下之大教也。食三老、五更于大学，天子袒而割牲，执酱而馈，执爵而酳，冕而揔干，所以教诸侯之弟也。若此，则周道四达，礼乐交通，则夫《武》之迟久，不亦宜乎？"

宾牟贾坐在孔子身边陪侍，孔子和他谈话，谈到了乐。孔子问："《武》乐总要先击鼓警戒众人，很久以后才开始表演，你说这是什么意思？"

宾牟贾回答道："这象征武王担心得不到众人的支持。"

"同时还曼声歌唱，声调拉得很长，是什么意思？"

"这象征武王担心诸侯们不能及时赶到而误了战机。"

"表演一开始就举手顿足，气概威武，是什么意思？"

答道："这是为了抓紧时机进行讨伐。"

"表演者有时忽然跪下，右膝着地，左膝不着地，又是什么意思？"

答道："这不是《武》乐应有的动作。"

"为什么拉长声音歌唱时出现了很多商音？"

答道："这不是《武》乐应有的音调。"

孔子问："如果不是《武》乐的音调，那又是什么音调呢？"

答道："这是乐官传授错误造成的。要不是传授有误，就是武王的心志迷乱了。"

孔子说："我从苌弘那里听到的，与你说的一样。"

宾牟贾站了起来，离开席位问道："关于《武》乐表演开始为什么要长时间击鼓，我已经奉命谈出来向您请教了。请问表演中又要等待很久很久，是什么原因呢？"

孔子说："还是坐着吧，我来说给你听。乐，是表现已经成功的事情的。表演《武》乐时，手持盾牌，稳立如山，是表现武王处于中央、指挥一切的气概；举手顿足，气势威武，是表现太公讨伐殷纣的意志。到了尾声，表演者都跪下来，是表现周公、召公兴礼乐、息武事的治道。《武》乐的情节是：第一段是武王出发北伐殷纣，第二段是消火殷纣，第三段是凯旋南归，第四段是南方小国的归顺，第五段是周公、召公分陕而治，第六段表演者各归原位，表示对天子的尊崇。表演中，舞队两边有两个人挥动金铎，表演者便振奋起来，按铎声的节奏向四方挥动戈矛，这是象征武王东讨西伐，南征北战，大显中国的威力于天下；表演者分两队前进，是为了早日统一天下；久久地站在舞位上，则是表现武王等待诸侯们前来归顺。"

"再说，你难道没有听说关于牧野的传说吗？武王在那里打败殷商，到达商的都城朝歌，未下战车就封黄帝的后代于蓟，封帝尧的后代于祝，封帝舜的后代于陈，刚下战车又封夏后氏的后代于杞，将殷的后代迁徙于宋，修整王子比干的坟墓，把箕子从监狱中释放出来，派人寻访商容，使他官复原位。还为众民解除苛政，给众士增加俸禄。接着就渡过黄河西归，把马放在华山的南面，不再用它们拉战车；把牛放在桃林的原野，不再用它们为战争服役；把战车、铠甲藏进库房，不再使用；把干戈用虎皮包裹起来，称为"建櫜"；还把军队的统帅和将领都封为诸侯：这样，天下就都知道武王不再用兵打仗了。不仅如此，武王还进一步解散军队，改行郊射礼，在东学习射时唱《狸首》诗，在西学习射时唱《驺虞》诗，一举一动都合乎节度，这样战争中的射箭就停止了；戴上礼帽，穿上礼服，插上朝笏，勇猛的武士就把佩剑解除了；在明堂祭祀先辈，民众就知道要孝顺了；定期朝见天子，诸侯就知道做臣子的本分了；亲耕籍田，种植供祭祀用的谷物，诸侯就知道敬重先辈了。这五件事，都是重大的教化措施。在大学中供养三老、五更，天子亲自卷起袖子割牲肉，和着酱请他们吃，餐后又拿着爵杯请他们漱口，这都是为了教诸侯们懂得敬重长者。于是，周的道德教化就传播四方了，礼制乐舞就隆盛完备了。武王这样尊崇礼乐，充分说明伐纣是出于不得已，那么，表现武王伐纣功业的《武》乐表演起来时间比较长，不正是十分应该的吗？"

总的看来，孔子的音乐教育是成功的。

他有个学生叫子游，在武城做地方官，管理地方之事，实行老师所教的主张。当孔子带着学生游历到武城时，听到传来的阵阵琴声，孔子会心地笑了。"生民之道，乐为大焉。"① "夫乐者所以载国，国者，所以载君。彼乐亡而礼从之，礼亡而政从之，政亡而国从之，国亡而君从之。"② 儒家重视音乐教化，运用音乐治国，并在长期的运用音乐教化的实践过程中形成了一套行之有效的方式方法。所有这一切，皆与孔子的音乐通政的教育理念具有重要的关系，对于我们今天治国理政无疑仍具有借鉴意义，值得每一位领导者对"乐"深查细纠，充分利用它的社会价值和政治功用来为我们今日伟大的事业服务，以达到"移风易俗，天下皆宁"③的目的。

---

① 《礼记·乐记》。

② 于智荣译注：《新书译注》，黑龙江人民出版社 2003 年版，第 61 页。

③ 《礼记·乐记》。

第十三章　孔子的养生智慧

据《论语》记载，孔子在饮食起居方面非常注意。他从不暴饮暴食，不食腐败变质的食物，合理地搭配饮食，食不语寝不言，不忧不惧，至大至简，达观知命，"不忮不求"，"寝不尸，居不容"，平静寡欲，性情温和，谨慎用药，在最日常的饮食起居上切实做到了健康修行，最终达到了"寿"的境界。

一、"敬其身"

孔子十分珍爱生命。对于生死之事，孔子的态度十分慎重，认为即使死也要死得有价值，死得其所。他曾说："志士仁人，无求生以害仁，有杀身以成仁。"[1]他反对听闻"井有仁焉"就不假思索"从之"的莽撞行为，反对无意义地丧失生命，他说："暴虎冯河，死而无悔，吾不与也。必也临事而惧，好谋而成者也。"[2]他也反对浪费生命，很强调珍惜时间的重要性。他曾说："饱食终日，无所用心，难矣哉！"[3]孔子强调君子要有"智"，认为这是能够明辨是非、保全身心健康与减少错误、尽可能减少耗费自己心神的好办法。

孔子说："君子无不敬也，敬身为大。身也者，亲之枝也，敢不敬与？不能敬其身，是伤其亲；伤其亲，是伤其本；伤其本，枝从而亡。"[4]孔子认为，个人和家族的关系就像大树的树枝和根本，一定要做到珍惜自己，自强不息，如果放浪形骸，自暴自弃，那不但是在伤害自己的身体，而且也伤害了家族这个根本。

---

① 《论语·卫灵公》。

② 《论语·述而》。

③ 《论语·阳货》。

④ 《礼记·哀公问》。

不珍惜身体就是对家族不负责任。所以，珍爱自己的身体就是一种"孝"。

在《孝经》开篇中，曾记载有孔子与其弟子曾参的一段对话。孔子说："身体发肤，受之父母，不敢毁伤，孝之始也。"① 曾子以孝闻名，据《史记》记载，曾参"孔子以为能通孝道，故授之业。作《孝经》"②。《大戴礼记》也记载有曾子对孔子"孝"的进一步阐发。曾子对弟子公明仪说："身者，亲之遗体也。行亲之遗体，敢不敬乎？故居处不庄，非孝也；事君不忠，非孝也；莅官不敬，非孝也；朋友不信，非孝也；战阵无勇，非孝也。五者不遂，灾及其身。"③ 可见，善待、保全自己的身体，是躬行孝道的前提条件。

汉朝提倡以孝治国，皇帝在临终时，要安排"启手足"这项仪式。据司马彪在《续汉书志·礼仪志下》中记载："（皇帝）登遐……三公启手足色肤如礼。"汉代这项宫廷仪式，来源于曾参临终前的一段话："曾子有疾，召门弟子曰：启予足，启予手！《诗》云：'战战兢兢，如临深渊，如履薄冰。而今而后，吾知免夫！小子！"④ 曾子临终前，召集学生们到他身边说："看看我的足，看看

---

① 《孝经·开宗明义章》。
② 《史记·仲尼弟子列传》。
③ 《大戴礼记·曾子大孝篇》。
④ 《论语·泰伯》。

我的手!《诗经》上说:'战战兢兢,如临深渊,如履薄冰。'从今以后,我知道自己不用再担心身体发肤受残了!"

《韩诗外传》说:

> 能制天下,必能养其民也。能养其民者,为自养也。饮食适乎藏,滋味适乎气,劳逸适乎筋骨,寒暖适乎肌肤,然后气藏平,心术治,思虑得,喜怒时,起居而游乐,事时而用足。夫是之谓能自养也。故圣人不淫佚侈靡者,非鄙夫色而爱财用也。养有适,过则不乐,故不为也。是以夏不数浴,非爱水也。冬不频炀,非爱火也。不高台榭,非无土木也。不大钟鼎,非无金锡也。不耽于酒,不贪于色,非辟丑也。直行情性之所安,而制度可以为天下法矣。故用不靡财,足以养其生,而天下称其仁也。养不害性,足以成教,而天下称其义也。适情辟余,不求非其有,而天下称其廉也。行成不可掩,息刑不可犯,执一道而轻万物,天下称其勇也。四行在乎民,居则婉愉,怒则胜敌。故审其所以养而治道具矣。治道具而远近畜矣。

君子"修身"的一项重要内容,就是要珍爱自己的生命,假如不把自己的性命当回事,怎么可以肩负起"齐家""治国""平天下"的重任? 由此可知,孔子的爱惜身体,珍爱生命,不仅是出于孝道,更是出于践行仁德的需要。从这个意义上看,孔子的

"养寿"，与老子的"贵生"，二者之间的内涵与外延有着很大的不同。

二、"仁者寿"

"仁者寿"，是孔子提出的著名的养生观点。

孔子认为，仁德者长寿。

所谓"仁者""大德者"，就是具有高尚道德修养的人。这些人品行高尚，心胸开阔，必然获得长寿。

孔子说："知者乐水，仁者乐山。知者动，仁者静。知者乐，仁者寿。"[①]认为："智者喜爱水，仁者喜爱山。智者爱好活动，仁者爱好安静。智者快乐，仁者长寿。"

孔子又说：

> 舜其大孝也与？德为圣人，尊为天子，富有四海之内。宗庙飨之，子孙保之。故大德，必得其位，必得其禄，必得其名，必得其寿。故天之生物，必因其材而笃焉。故栽者培之，倾者覆之。《诗》曰："嘉乐君子，宪宪令德。宜民宜人，受禄于天。保佑命之，自天申之。"故大德者，必受命。[②]

---

① 《论语·雍也》。
② 《中庸·第十七章》。

孔子这段话的大致意思是说，帝舜可是大孝啦！他的盛德可称为圣人，他的尊位乃是天子，他拥有四海之富，死后宗庙祭祀他，他的后人也被封为国君。如此看来，盛德会享有高位和爵禄，也会有大的名声，更必定会享有高寿。上天生育了人，一定会因为他的高贵品德而厚待他。会长育他、滋养他，在他危难时救助他。真可谓具有高尚品德的人，上天也会眷顾他，让他富足，让他长寿。

孔子说："君子有三戒：少之时，血气未定，戒之在色；及其壮也，血气方刚，戒之在斗；及其老也，血气既衰，戒之在得。"① 孔子提出"三戒"，就是提醒人们务必戒除它，这既为了养寿，也为了养德。

孔子主张，君子养德，就应该保持不偏执、平和的心态。《论语》说："子绝四：毋意，毋必，毋固，毋我。"② 孔子提醒人们要克服四种毛病，努力做到：不猜忌，不武断，不固执，不自以为是，无论是对人、对事，都要认真观察、分析，决不盲从、轻信，不抱着成见看问题，这在《论语》中都能得到印证。孔子的"四毋"，来自他的"博学"和"修己"。

"四毋"也体现了孔子的中庸思想。孔子希望人们保持达

---

① 《论语·季氏》。

② 《论语·子罕》。

观的人生态度，灵活变通，不强求，无可无不可。孔子说"过犹不及"，这就要求"允执厥中"，这个"中"就是中庸，就是"时中"。

长寿，自古以来就是人类普遍渴求的愿望。孔子说："仁者寿。"那么，何谓"仁者"呢？仁最早见于《尚书》"予仁若考"，是指人的一种美好品质。"仁"是孔子哲学思想体系中的核心概念，表示人的一种最高道德品质。仁者即是有这种最高道德品质的人。

在孔子的思想体系中，"仁"的含义十分丰富。"仁"的思想不但是人们处世、适应社会的智慧，也是促进健康、延年益寿的智慧。

自孔子提出"仁者寿"的著名观点后，2000 多年来，中国文化一直把道德修养放在修身养性的首要地位。《素问·上古天真论》中指出："是以嗜欲不能劳其目，淫邪不能惑其心，愚智贤不肖不惧于物，故合于道，所以能年皆度百岁而动作不衰者，以其德全不危也。"《素问·上古天真论》中又说，"内无思想之患，以恬愉为务，以自得为功，形体不敝，精神不散，亦可以百数"。这说明一个人如果具有高深道德修养，不谋私利，不患得患失，经常保持乐观态度，机体的生理活动就能始终按规律进行，如此则可以形体健壮，精神饱满，形与神俱，便能尽终其天年。

后世的医学家无不重视养德，不断完善"仁者寿"的养生之道。东汉华佗的弟子吴普活到近百岁，他认为："善摄生者，要先当除六害，然后可以保性命，延驻百年。一者薄名利；二者禁声色；三者廉货财；四者损滋味；五者除佞妄；六者去妒忌。"唐代医学家孙思邈也认为："道德日全，不祈善而有福，不求善而自延。"明代王文禄认为："存仁完心也，志定而气从；集义顺心也，气生而志固；致中和也，勿忘助也，疾安由作，故曰养德、养生无二术也。"讲道德，重仁义，有利于心志安定，气机调和，血气生发。人体进行正常生理活动所需的"中和之气"不断得到资助补充，于是人体正气旺盛，就能防止邪气入侵，疾病则不会发生，自然会健康长寿。①

三、"和为贵"

"和"是孔子所倡导的伦理、政治和社会准则。

据《论语》记载，孔子的学生有子说："礼之用，和为贵。"②大意是说，"礼的实现，以遇事都做得恰当、和顺为可贵"。礼的作用主要在于协调人际关系，达到和谐就是最好的。这显然是与

---

① 参见严忠浩、张界红主编《〈论语〉中的健康智慧》，复旦大学出版社 2017年版，第 117、118 页。
② 《论语·学而》。

孔子"和"思想的教育有着极大的关系。

据《说文》中的解释:"和"在古汉语中意思为"恰到好处"。从现代字面上讲,"和"即和谐、协调、调和。从哲学方法论上讲,即任何事物只有"致中和"才能良性发展。从这个意义上说,中和也是保障人体健康的最重要的条件。

"中和"也是中国中医学的核心价值。传统中医学的整体理论基础是"阴阳",阴阳调和,人就健康;阴阳失和,百病丛生;阴阳中和,延年益寿。如疾病治疗,阴阳得不到调和,也就无效;阴阳调和好了,疾病也就治愈了。《黄帝内经》说:"生之本,本于阴阳。"健康就是阴阳调和。

阴阳中和不是指数量上一半对一半,更不是指两半阴阳各据一边。阴阳平衡是指阴阳中和、恰当、和谐,是一种动态平衡。根据不同情况随时进行调节,身体中也有自动调节机制。如果人体无法自我调节,就会显出病态,那就需要治疗了。

人的一生离不开生老病死,生是阴阳两种能量在身体内聚合,获得暂时统一。老是阴阳在体内不断变化、衰减。病是阴阳在体内失调。死是阴阳统一体崩解。阴阳相互对立,又相互联系、相互制约,两者处于"中和"的动态平衡状态。当这种"中和"关系被打破,就会出现阳亢或者阴盛,导致不健康,就会引起疾病,"阴盛则阳病,阳胜则阴病"。阴盛表现为寒冷、衰退的种种症状,而阳亢会出现发热、亢进的种种症状。阴阳又是互相依存的关系。人体不可缺少阴，也不可缺少阳，又不能阳亢或者阴盛而失去中和。阳亢会导致阴的衰退（阴虚），阴盛会造成阳的衰退（阳虚）。阴虚表现为热症，阳虚表现为寒症。正常的人体活动都伴有阴阳消长的变化。"寒者热之，热者寒之"，就是中医学利用阴阳之间的相互关系，调和阴阳，使人的身体恢复健康。①

"中和"观念并不是孔夫子提出的。早于孔子的《周易》中早就提出了这种思想。只不过经过孔子儒家的提倡，作为中华传统文化的核心观念的"阴阳中和"，很快就为中国人所接受。

人体的健康，离不开"中和"。

四、"不忧不惧"

孔子一生以"君子"标准为追求，努力不懈地实践"不忧不惧"的心理境界。据《论语》记载：

> 司马牛问君子，子曰："君子不忧不惧。"曰："不忧不惧，斯谓之君子已乎？"子曰："内省不疚，夫何忧何惧？"②

---

① 参见严忠浩、张界红主编《〈论语〉中的健康智慧》，复旦大学出版社 2017 年版，第 3、4 页。

② 《论语·颜渊》。

司马牛向孔子请教怎样才是君子，孔子说："君子不忧愁、不畏惧。"司马牛问："不忧愁、不畏惧，就叫作君子了吗？"孔子说："自己问心无愧，那还有什么忧愁，有什么畏惧呢？"

孔子还说过：

> 知者不惑，仁者不忧，勇者不惧。[①]

孔子认为，聪明的人不迷惑，仁德的人不忧愁，勇敢的人不畏惧。

在孔子看来，"不忧不惧"是养生长寿的一个健康秘诀。但是怎样才能做到不忧不惧呢？

孔子认为，要想真正做到"不忧不惧"，就必须修养与践行自己的仁德境界，起码必须做到下面两点：

第一，凡做任何一件事情，都必须坚持原则，做到"内省不疚"，问心无愧。良心不亏，不做亏心事，不怕鬼敲门，当然安全感十足，于身心有大益处了。

第二，践行"智仁勇"，就是在实现"不忧不惧"。要做到"不惑""不忧""不惧"，必须先要成为一名智者，对所做事情的过程与结果都能够了然于心，不犯错误；只有不犯错误，才能在对人对己时实现扪心自问，良心不亏，从而"不忧"；做到"不

---

① 《论语·子罕》。

惑"不忧"，那还会有什么惧怕的事情呢？由此可见，"不惑""不忧""不惧"，是人们日常保证心理稳定、心情平和、心性愉悦的必要条件。

孔子一向恪守忠诚与信实，主张助人为乐，认为这是君子品格最基本的要求。孔子说："君子成人之美，不成人之恶。小人反是。"①他要求其弟子要促成人的好事，不促成坏人所干的坏事。他认为"巧言""令色""足恭"以及"匿怨而友其人"等不良品质皆不利于人们的处世做事，修身养心。孔子说："君子不失足于人，不失色于人，不失口于人。是故君子貌足畏也，色足惮也，言足信也。《甫刑》：'敬、忌而罔有择言在躬。'"②这就是说，"巧言"则失口、失信；"令色"则失色；"足恭"则失足。"三失"会引发很多负面的因素，导致人们忧惧，从而影响人的正常生活与工作，对于身心健康极为不利。只有真正做到"不忧不惧"，内心才会安宁。

应该说，"不忧不惧"是孔子对其弟子从主观、客观两个方面的全面品格的培养。因为，"忧"从中来，是主观作用；"惧"自外至，是客观作用。一个人如果能做到内无忧愁，自然也就不会外有畏惧之事了。

---

① 《论语·颜渊》。
② 《礼记·表记》。

孔子通过勉励司马牛反省、修身，成为一个仁者、智者和勇者的个案教育，告诉了世人一个极其简单的道理，这就是：

寿从仁来。

五、"不忮不求"

孔子非常注意人的心理健康。《论语》中记载有他与子路的一段对话：

> 子曰："衣敝缊袍，与衣狐貉者立，而不耻者，其由也与？'不忮不求，何用不臧？'"子路终身诵之。子曰："是道也，何足以臧？"[①]

孔子说："穿着破旧的袍子，与穿着狐貉皮袍的人站在一起，而不觉得羞耻的，大约只有仲由吧？《诗经》中说'不嫉妒，不贪求，有什么不好呢'？"子路听了，从此常念这诗。孔子又说："只做到这个样子，又怎么算得上足够好呢？"

"不忮不求，何用不臧"是出自《诗经·邶风·雄雉》中的诗句，不嫉妒、不贪求当然是一种十分高尚的品德，一个人要真正做到不嫉妒、不贪求，并非一件容易的事。但孔子对子路的要求

---

① 《论语·子罕》。

还不仅仅止于此，因为在品德修行的道路上，应该追求的东西很多。作为一个立志于成为君子的人，仅仅做到"不嫉妒、不贪求"还远远不够。在《论语》的其他篇章中，孔子多次对其弟子谈起过君子的标准，其中他对子路是这样说的：

> 子路问君子，子曰："修己以敬。"曰："如斯而已乎？"曰："修己以安人。"曰："如斯而已乎？"曰："修己以安百姓。修己以安百姓，尧、舜其犹病诸！"①

子路问怎样做才是君子。孔子说："修养自己以做到恭敬认真。"子路说："像这样就可以了吗？"孔子说："修养自己并且使别人安乐。"子路又问："像这样就可以了吗？"孔子说："修养自己并且使百姓安乐。修养自己，使百姓都安乐，尧、舜大概都担心很难完全做到吧！"

从上述孔子师徒的这段对话中，我们可以看到孔子品德修行有多高了。一个以"修己以安人""修己以安百姓"为修行目标的人，怎么能停留在"不嫉妒、不贪求"的修行阶段呢？

然而，在日常生活中，我们发现，真正认真完全做到"不嫉妒、不贪求"的人并不多。

嫉妒是一种负面的心理，它的根源就来自人的自私心和虚荣

---

① 《论语·宪问》。

心。羡慕别人本来是件好事，孔子也说过"见贤思齐"，自己在品德、能力上不如别人很正常，就应该更加努力做到与别人一样优秀或者超过别人。然而，嫉妒心理则往往会令人产生负面心理，常常让人痛苦不堪，并影响到自己的身心健康。

嫉妒以错误的认识为基础，会引起强烈的情绪反应和不正当的言行。有这种心理的人，往往心胸狭窄，看不到别人的优点、长处，总爱无限放大别人的缺点与毛病。每当别人受到表彰和鼓励，或者在事业上取得成就时，嫉妒者不是感到高兴，从中受到鞭策和鼓励，从而产生积极上进的动力，而是心里紧张与不安，感到别人作出成绩就是对自己的打击，堵了自己的进步之道，于是产生烦躁、抑郁、愤怒、怨恨甚至攻击等消极情绪，不择手段给对方设置障碍或者作出其他更加出格的事情。嫉妒心的轻重，可作为衡量一个人心理健康水平的标志。

贪欲也是人的一种负面心理。中国文化中关于提醒人们警戒这方面缺陷的谚语、成语不少。如人心不足蛇吞象，人心不知足、得陇又望蜀，等等。无论是儒家、道家或是释家都反复强调人们要清心寡欲，戒贪戒得，就是要人们学会克制自己的先天缺陷，进而获得快乐与健康的权力。由此看来，真要做到"不忮不求，何用不臧"，需要在"修己以敬""修己以安人""修己以安百姓"的更高修行之路上下足功夫，然后回头，才会产生"昨夜西风凋碧树，独上高楼，望尽天涯路"的修行效果。

六、饮食起居皆养生

孔子在饮食起居方面十分注意养寿。

据《论语》记载，孔子在饮食起居方面非常注意。他从不暴饮暴食，不食腐败变质的食物，合理地搭配饮食，食不语寝不言，至大至简，达观知命，谨慎用药，在最日常的饮食起居上切实做到了健康修养，最终达到了"寿"的境界。

请看下面几则记载。

第一则记载是关于孔子在饮食上的讲究。

> 食不厌精，脍不厌细。食饐而餲，鱼馁而肉败，不食。色恶，不食。臭恶，不食。失饪，不食。不时，不食。割不正，不食。不得其酱，不食。肉虽多，不使胜食气。唯酒无量，不及乱。沽酒市脯，不食。不撤姜食，不多食。①

上述这段话的大意是说，在饮食方面：孔子要求主食不怕做得精，肉片不怕切得细。如果主食变臭、变味了，或鱼、肉腐烂了，就不再食用；如果食物颜色不好，则不吃；食物气味不好，也不吃；食物如果没有蒸熟，不吃；不是应季的蔬菜瓜果，也不

---

① 《论语·乡党》。

吃；对于不合法度切割的肉，不吃；如果没有可搭配的酱肉，也不吃。孔子吃肉也有节制，食量不多于主食。只有饮酒不限量，但也不喝醉。如果是从市上买来的酒和干肉，也不吃。每顿饭都要有姜，但不多吃。

第二则记载仍然是关于孔子在饮食上的讲究。

> 祭于公，不宿肉。祭肉不出三日，出三日，不食之矣。[①]

这一则的大意是说，在国家祭典结束以后，分赐祭肉不要过夜。祭肉不能超过3天，超过3天，就不再食用了。朱熹的解释是："助祭于公，所得胙肉，归则颁赐。不俟经宿者，不留神惠也。家之祭肉，则不过三日，皆已分赐。盖过三日，则肉必败，而人不食之，是亵鬼神之余也。"[②] 近代人程树德的解释则是："凡杀牲皆于祭日旦明行事，至于天子诸侯之明日又祭，谓之绎祭。祭毕，乃颁所赐肉及归宾客之俎。则胙肉之来，或已三日，故不可再宿。"[③] 祭肉超过3天，肉质已经腐败不堪，当然不宜再食用了。

第三则记载的是关于孔子在起居方面的讲究。《论语》说孔子：

---

① 《论语·乡党》。
② （宋）朱熹著：《四书章句集注·论语集注》。
③ 程树德撰，程俊英、蒋见元点校：《论语集释》卷20，中华书局1990版，第699页。

食不语，寝不言。①

这句话是说，孔子在吃饭时不与人交谈；睡觉时不与人说话。吃饭时与人交谈往往会影响到饮食的消化，睡觉时说话会让人兴奋不利于睡眠。从"食不语，寝不言"上面，我们多少可以窥见孔子对自己修养要求严格，而坚持这样的良好生活习惯当然有利于养寿。

第四则记载的也是关于孔子在起居方面的讲究。《论语》说孔子：

席不正，不坐。②

每次吃饭，座席摆得不端正，就不坐。这事表面上看起来是小事，其实不然。因为座席摆得端正不端正虽然事情不大，却充分表现出了一个修行者对自己生活细节上修行的坚持。座席摆得不端正，一来说明做事者的马虎与不细致，同时也是对主人的不尊重，更是让"食者"心里感到不自在，这样吃下的饭很可能就会引发疾病。能在生活细节上如此一丝不苟的人，谁又能说他不能成为一个长寿者呢。

第五则记载的还是关于孔子在起居方面的讲究。《论语》说

---

① 《论语·乡党》。
② 《论语·乡党》。

孔子：

> 寝不尸，居不容。①

就是说，孔子在睡觉时也很重视养生，不像死尸那样平躺着；平时在家里的坐姿以随便舒服一点为宜，而不像见客或做客时那样仪态端重。

第六则记载的同样是关于孔子在起居方面的讲究。《论语》说孔子：

> 子之燕居，申申如也，夭夭如也。②

就是说，孔子平时在家时，穿戴很整洁，神情温和而又怡然自得。我们很多人是在工作或者正式场合上穿得衣着光鲜，但在家里无人时，就又随随便便，不注意仪表。孔子则不然。他将养生认真贯彻到了生活的细节当中，不但在外注重仪表，平日私下也很注意着装。这既是对自己的激励，也是对自己的坚持，一个无论是在公众场合或是在家里私人空间都能做到坚持如一、一丝不苟的人，心态必然是持续长期稳定的、平和的，能长期做到"神情温和而又怡然自得"，能不长"寿"吗？

---

① 《论语·乡党》。
② 《论语·述而》。

第七则记载的是孔子对胸怀心情的表述。《论语》说：

子曰："君子坦荡荡，小人长戚戚。"①

孔子说："君子光明磊落，因而心胸宽广，小人因私欲无法满足，因而经常愁肠百结。"孔子教育他的学生，如果要想快乐，就要胸怀坦荡，心装大志，不要为了俗欲而忧愁伤身。

第八则是关于孔子对人生快乐态度的描述。

子曰："饭疏食，饮水，曲肱而枕之，乐亦在其中矣。不义而富且贵，于我如浮云。"②

孔子说："吃粗粮，饮白水，弯着胳膊做枕头，其中也有很多的乐趣。用不正当的手段得来的富贵，对于我就像浮云一样。"

在另外的场合，孔子也表达过相同的观点。孔子说：

富与贵，是人之所欲也，不以其道得之，不处也。贫与贱，是人之所恶也，不以其道得之，不去也。君子去仁，恶乎成名？君子无终食之间违仁，造次必于是，颠沛必于是。③

---

① 《论语·述而》。
② 《论语·述而》。
③ 《论语·里仁》。

孔子说:"金钱和地位,这是人人所向往的,不用正当的方法得到它们,君子不接受。贫穷和下贱,这是人人所厌恶的,但君子不会用不正当的方法摆脱它们。君子离开了仁德,怎么能成名呢?君子在任何时刻都要记得实行仁德,而不是只着眼于改变自己的处境和地位。"

孔子还说过:

> 富而可求也;虽执鞭之士,吾亦为之。如不可求,从吾所好。①

孔子说:"如果富贵可以合理地求得,即使是给人做执鞭的下等差事,我也愿意去做。如果富贵不能合理地求得,还是按我的爱好去做事吧。"

追求大道,追求仁德,这就是快乐的源泉,是最好的养生长寿之道。这就是孔子给我们的启示。

第九则是关于孔子弟子对他平日形象的描述。

孔子弟子对他们老师的形象是这样描述的:

> 子温而厉,威而不猛,恭而安。②

---

① 《论语·述而》。
② 《论语·述而》。

孔子弟子的一致看法是：孔夫子温和而严厉，威严而不凶猛。庄重而安详。"温"，就是态度平和，对人如徐徐春风。"安"，就是内心平静、安详。试想，一个人如能长期保持"温""安"表里如一的状态，能不有益身体健康吗？由此可见，"温""安"是孔子给后人总结出来的养生秘方，世人当效之。

另外，《论语》等书中有多处也记载了孔子对于疾病、药物等涉及健康方面的态度，从中可以看出孔子对这些事情很是慎重。

据《论语》记载：

子之所慎：齐、战、疾。①

孔子在三件事情上十分慎重：斋戒、战争和疾病。他对斋戒、战争、疾病持十分慎重的态度，这在《论语》的多处记述中可以得到印证。

关于斋戒。《论语·乡党》说："齐，必有明衣，布。齐，必变食，居必迁坐。"齐同"斋"。古人在祭祀之前，不饮酒，不吃荤，要沐浴，要穿整洁的衣服，不与妻妾同房，以表示虔诚。故孔子强调：斋戒时，一定要有浴衣，用麻布做的；必须改变饮食，不能再吃荤酒食物，居住要迁移卧室，不能与妻妾在一起。

关于战争。《论语·述而》记载："子路曰：'子行三军，则谁

①《论语·述而》。

与？'子曰：'暴虎冯河，死而无悔者，吾不与也。必也临事而惧，好谋而成者。'"这说明孔子对战争十分重视，强调战前一定要做好充分准备，不打则已，打则必胜。

关于疾病。《论语·述而》中记载："子疾病，子路请祷。子曰：'有诸？'子路对曰：'有之。《诔》曰：祷尔于上下神祇。'子曰：'丘之祷久矣。'"孔子病重，子路向鬼神祈祷，这种举动，遭到孔子的反对。可见，在疾病这件事情上，孔子是看得很开的。春秋时期，"国之大事，惟祀与戎"①，孔子把疾病与"祀""戎"并列，足见他对于养寿的重视。

对于药物，孔子从不敢轻率服用。据《论语》中记载：

> 康子馈药，拜而受之。曰："丘未达，不敢尝。"②

孔子生病时，鲁国大夫季康子馈赠给他药物，孔子拜谢并收下。孔子对他说："我还不懂这药性，不敢服用啊。"依照当时"长者赐，少者贱者不敢辞"的礼节，季康子虽然年轻，但因为他是鲁国执政大夫，身份高贵，所以孔子接受了他馈赠的药，但因为不懂药性不敢贸然服用，只得暂且收下。

《孔子家语》有孔子畅论"三死"的记载：

---

① 《左传·成公十三年》。
② 《论语·乡党》。

　　哀公问于孔子曰："智者寿乎？仁者寿乎？"孔子对曰："然，人有三死，而非其命也，行己自取也。夫寝处不时，饮食不节，逸劳过度者，疾共杀之；居下位而上干其君，嗜欲无厌而求不止者，刑共杀之；以少犯众，以弱侮强，忿怒不类，动不量力者，兵共杀之。此三者，死非命也，人自取之。若夫智士仁人，将身有节，动静以义，喜怒以时，无害其性，虽得寿焉，不亦可乎？"①

　　鲁哀公曾经就长寿问题请教过孔子。他问孔子说："是聪明的人长寿呢？还是仁义的人长寿呢？"孔子回答说："有三种人的死亡并不是命中注定，而是咎由自取。日常起居没有规律，饮食不加节制，劳累、安逸过度的人，就会因为病魔缠身而早死。身居下位却喜好冒犯君主，嗜欲强烈而又贪得无厌、索求不止的人，各种刑罚会置他于死地。以少数人冒犯多数人，以弱者冒犯强者，怒火中烧又不合礼法，处事不自量力的人，各种兵器足以致他死命。这三种人的死法，都不是命中注定的，而全是由于自己招致的祸患罢了。像那些仁德之人、智慧之士，做事有所节制，动静举止讲求适宜，喜怒哀乐适可而止，不戕害自己的性情，他们得到长寿，不是理所当然的吗？"

———————

① 《孔子家语·五仪解》。

　　上述孔子所列举的能够长寿的人，既包括聪明的人，又包括仁德的人。他认为能够颐养天年、寿终正寝的人，都确实是些认真修养身心，日常生活起居有节，清心寡欲而又处事小心谨慎的人。

　　总之，孔子坚信仁德可以养寿，做事从来不过分。他一生不懈地坚持道德修养，力争做到仰俯无愧怍，寡私少欲，安天乐命，内心安详，性情温和；他饮食有节，起居以时，心态稳定，身体调养得当；横逆一旦超出自身能力的极限，孔子便不作无谓的缠斗，心中并无纠结，而是听由天命，顺其自然。所以，即使孔子遭遇了幼年丧父、少年丧母、中年出妻、老年丧子之痛，游历诸国而"莫见用"的悲凉和常人不能忍受的苦难，仍然能够怡情悦性、自强不息，终至于寿终正寝。

结语　民族复兴需要孔子之道

在 20 世纪的近百年中，因为民族自救原因，因为儒学与孔学不分等因素，孔子遭到人们的误解，受到了前所未有的批判。人们在清算批判儒学的同时将矛头对准孔子，将他视作中国社会进步的障碍，恨不得置之死地而后快。可是，随着时间的推移、实践的需要，当今天我们发现中国的发展离不开优秀传统时，才重新认识到孔子之道在中华民族复兴大业中起着多么重要的作用。

李泽厚先生在论传统、论儒学对中国社会的影响时说过这样一段话：

> 真正的传统是已经积淀在人们的行为模式、思想方法、情感态度中的文化心理结构。儒家、孔学的重要性正在于它已不仅仅是一种学说、理论、思想，而是演化浸透在人们生活和心理中了，成了这一民族心理、国民性格的重要因素了。广大农民并不熟悉甚至不知道孔子，但孔子开创的那一套通过长期的宗法制度，从长幼尊卑的秩序到"天地君亲师"的牌位，早已浸透在他们遵循的生活方式、风俗习惯、观念意识、思想感情之中。其他理论、学派，如老子、庄子、道家、佛教，都未能有这种作用和这种影响。
>
> 传统既然是活的现实存在，而不只是某种表层的思想衣装，它便不是你想扔掉就能扔掉、想保存就能保存的身外之物。所以，只有从传统中去发现自己、认识自己从而改换

自己。①

孔子在今日中国的现实状况，何尝不是如此呢？

两千多年来，在官方和民间多重因素的作用下，孔子之道早已经沉浸、融化于国民意识形态，成为一种强大的国民文化心理。"正因为它是文化心理的现实存在，已经浸入无意识的深层，这便不是想扔掉就能扔掉，想保存就可保存的身外之物。从而歌颂它如何好，要求全面守住它；或指责它如何坏，主张彻底抛弃它，都没有多少意义。重要的是作清醒的自我意识（包括将无意识予以意识化）和历史的具体分析，以首先了解而后促进它的转化或革新。"②

一种学说一旦成为一种文化，成为一种适合国民心理需要的恒久性文化时，它的价值也就是持久性、永恒性的。

孔子之道是集勤奋学习、理性思考、躬行实践三位一体的一种能够代表中国人生活实践的价值观念的文化学说。孔学中所强调的"与天地合其德""天地人为三才""天人合一"的宇宙观和强调积极进取的人生观等，都不仅是中华文明的宝贵财富，而且也

---

① 李泽厚著:《启蒙与救亡的双重变奏》，载许纪霖编《二十世纪中国思想史论》上卷，上海东方出版中心 2000 年版，第 101 页。

② 李泽厚著:《李泽厚集·杂著集》，生活·读书·新知三联书店 2008 年版，第 151 页。

是世界文化的一部分。不仅超越了时空限制，而且成为世界众多先进文化的领头羊。请看下列发生在现当代与孔子有着一定关系的十大历史事件。

（1）1938 年 10 月，在中国共产党第六届中央委员会第六次全体会议的报告中，毛泽东明确指出："我们不应当割断历史。从孔夫子到孙中山，我们应当给以总结，承继这一份珍贵的遗产。"[1]

（2）20 世纪 80 年代，美国出版的《名人年鉴手册》列出的世界十大思想家是孔子、柏拉图、亚里士多德、阿奎那、哥白尼、培根、牛顿、达尔文、伏尔泰、康德。东方只有一个孔子，其他都是西方的名人。

（3）1988 年 1 月，全世界的诺贝尔奖获得者在法国巴黎开会时，有一位诺贝尔物理学奖获得者科学家汉内斯·阿尔文博士（Dr. Hanes Aelven）在闭幕大会上说："如果人类要在 21 世纪生存下去，必须回到 25 个世纪以前，去吸取孔子的智慧。"[2]

（4）1993 年 9 月，全世界宗教领袖在美国芝加哥召开宗教会议，会议通过《全球伦理宣言》。宣言中有这么一段话："这个原

---

[1] 《中国共产党在民族战争中的地位》（1938 年 10 月），《毛泽东选集》第二卷，人民出版社 1966 年版，第 499 页。

[2] 吴德耀：《古今人对孔子的评价》，见《走向世界》1989 年第 5 期。

则是有数千年历史的宗教和伦理的传统所寻获并持守的：己所不欲，勿施于人！若由正面表达则是：己所欲，施于人！这个终极的、绝对的标准，适用于人生各个范畴，家庭和社会，种族、国家和宗教。"

（5）孔子生日是 9 月 28 日，被美国加州定为教师节。还有一些亚洲国家和地区也是以此作为教师节的。

（6）孔子的塑像矗立在美国和德国等国家，孔庙在日本和韩国也很受重视。

（7）中国与 50 多个国家合作创办 100 多所孔子学院。

（8）联合国设立孔子奖。[①]

（9）今日传统文化愈来愈热，孔学压倒其他传统学说一枝独秀，几成显学之势。

（10）习近平总书记在纪念孔子诞辰 2565 周年国际学术研讨会暨国际儒学联合会第五届会员大会开幕会上发表讲话指出："不忘历史才能开辟未来，善于继承才能善于创新。优秀传统文化是一个国家、一个民族传承和发展的根本，如果丢掉了，就割断了精神命脉。我们要善于把弘扬优秀传统文化和发展现实文化有机统一起来，紧密结合起来，在继承中发展，在发展中继承……要

---

① 参见周桂钿著《中国儒学讲稿》，福建教育出版社 2017 年版，第 198、199 页。

坚持古为今用、以古鉴今，坚持有鉴别的对待、有扬弃的继承，而不能搞厚古薄今、以古非今，努力实现传统文化的创造性转化、创新性发展，使之与现实文化相融相通，共同服务以文化人的时代任务。"[①]

概括起来，孔子之道具有如下十大特征。

（1）强大的文化引领力。从三皇五帝的远古传说到夏商周三代历史文化，孔子都给予了极大的关注、搜集、整理与编纂，作为中华元典"六经"的形成，即是最好的说明。

（2）浓厚的道德伦理色彩。孔子以"仁、智、勇"为三达德，在此基础上提出礼、孝、悌、忠、恕、恭、宽、信、敏、惠、温、良、恭、俭、让、刚、毅、木、讷、克己等通过修身进境让人格尽善尽美的方法。

（3）鲜明的人文主义倾向。与所有"轴心时代"文化相比，孔子之道最能体现中华文化精神中的现实人文关怀。如果说，苏格拉底追求的是人思想上的转化，耶稣追求的是对上帝意志的绝对奉献，释迦牟尼追求出世的沉思的话，那么，孔子之道则是把希望寄托在对人的平等教育以及以人为本的现世重民主义上面。

[①] 《努力实现传统文化创造性转化、创新性发展》（2014年9月24日），《习近平谈治国理政》第二卷，外文出版社2017年版，第313页。

（4）天人合一的和谐精神。孔子之道主张天人合一、天人相通，尽人事知天命，"天道远人道迩"，"钓而不纲，弋不射宿"，主张保护环境，不要盲目过度地开发自然，保持一种天人相合的和谐共生关系。

（5）仁政德政的民本思想。在孔子学说里面，"民惟邦本，本固邦宁"的民本思想根深蒂固。孔子主张统治者实行"仁政""节财""施实德于民"，反对"苛政"。

（6）入世济世的慈悲情怀。孔子关心民生疾苦，关注社会问题，积极寻找解决的答案。孔子没有"汲汲于名利"，而是一直抱有干政济世、追求人类社会"大同""小康"的理想，知其不可而为之，孜孜矻矻，坚持不懈。

（7）自强不息、乐观进取的奋斗精神。"天行健，君子以自强不息。地势坤，君子以厚德载物。"孔子以成为"君子"人格自居，热爱生活，信仰坚定，拥有"君子疾没世而名不称焉"的紧迫感与实现人生"立德、立功、立言"的成就感。在人生的沧海中，"乐山乐水乐淘淘"，不管得意或者失意，都尽量保持一种乐观主义、坚定行进的人生态度。

（8）贵和中庸的处世方法。孔子在《论语·学而》中说："礼之用，和为贵。"《礼记·儒行》中也讲："礼之以和为贵，忠信之美。"在孔子看来，"和"是宇宙万物存在的基础，是人类社会存在运行的正常状态。治国理政应以"宽以济猛，猛以济宽，政是以和"①"和其民"②为治理目标。"中庸""中和""中行""过犹不及"是人们日常生活实践中应该采取的思维方式。

（9）笃学致用的"知行合一"哲学。重视学习和实践是孔子哲学的基础。《论语》从《学而》篇号召人们勤奋学习开始，经《为政》《里仁》等篇探讨从政、交友、做人、做事，以《尧曰》篇成就圣贤结束。孔子学派通过《论语》启示世人，通过学习掌握入世本领，在社会生活实践中不断丰富自己的文献知识、交友、做事、从政等本领，最终通过努力与坚持，成就自己，成就事业，这是一条正确的人生之路。

（10）"修齐治平"的责任担当精神。孔子学说的基本脉络就是"修身、齐家、治国、平天下"。孔子最讲"修身"，这在《论语》中，此类言行比比皆是。孔子说："德之不修，学之不讲，闻义不能徙，不善不能改，是吾忧也。"③"子路问君子，子曰：'修己以敬。'曰：'如斯而已乎？'曰：'修己以安人。'曰：'如斯而已乎？'曰：'修己以安百姓。修己以安百姓，尧、舜其犹病诸！'"④孔子对治国平天下有着强烈的愿望。他说："苟有用我者，

---

① 《左传·昭公二十年》。
② 《左传·隐公四年》。
③ 《论语·述而》。
④ 《论语·宪问》。

期月而已可也，三年有成。"① 通过"修身"途径达到"安百姓"的目标，这就是孔子学派的责任担当之所在。

总而言之，孔子通过自己一生顽强而不懈的努力，对中国文化的传承与发展，起到了十分关键的作用。

第一，孔子对中国早期文化的保存和发展，具有举足轻重的地位和影响。

在孔子创立儒学之前，中国历史上还不曾有过什么学术流派。即使是在孔子办学之初，也还够不成学派的规模，孔子只是一个私塾先生而已。孔子的初衷，是为政治与社会培养实用性的人才。但随着时间、实践的发展，这个私塾逐渐发展、演化成了一个具有教育与学术研究双重性质的学术团体。一方面，作为一位思想丰富深邃、人格伟大仁慈、教育得法又爱才的老师，孔子在其学派的形成过程中起到了无可替代的作用。另一方面，在孔子精心而又得法的培养下，一批又一批孔门弟子在学业完成后成功地走向社会，成为当时各诸侯国的栋梁之材，为孔子学派增添了强大的力量。这些学生在人格上敬仰孔子，在学术思想上信服孔子的理论学说。他们学有所成后或者参与政治，或者收徒讲学，或者从事学术理论的创新。经过数代的薪火相传，孔子的学说就慢慢地形成了气候，形成了具有很大影响力的一家之言。

---

① 《论语·子路》。

在孔子之前，华夏民族已经有 2500 多年的悠久历史。自黄帝开创政制开始，经尧、舜、禹，至夏、商、周，这是一笔十分珍贵而丰富的历史文化遗产。孔子的伟大之处就在于他非常敏锐地认识到了整理与传承文化遗产的重要性。他说，周朝的文化、礼乐制度，是参照夏、商两代的样子，在其基础上发展起来的，所以能够丰富多彩。孔子有一种继承前人文化遗产的自觉性和使命感，在夏、商、周三代中，他选择了周朝的文化、制度，以继承、传播周文化制度为己任，而且终身坚持不改变。按照司马迁的记载，孔子在整理和编纂《诗》《书》《礼》《乐》《易》《春秋》六经上花费了很大的心血。在当时的乱世时代，统治者都忙于争权夺利，没有哪个执政者愿意致力于文化典籍的搜集、保存与整理工作。在这种情况下，孔子保存好这些文化典籍对中华民族文化日后的发展，更是具有非常重大的意义。

第二，对于中国政治的发展，孔子也具有十分重要的影响。

在中国几千年的历史发展中，孔子一手开创的儒家文化从汉朝开始，长期成了大一统社会政治意识形态的核心内容。

历史表明，孔子的思想不适用于凭借政治、军事、经济实力进行争霸与兼并的春秋战国时代。孔子在生前并不得志，他的学说被人讥讽为过于迂阔不切实际。到了战国时期虽然成为显学，然而就其实用程度而言，大大逊色于法家的理论。总起来说，在汉武帝"罢黜百家，独尊儒术"之前，孔子学说的影响范围，仅局限于思想学术领域，对现实的政治生活所产生的影响，应该说是非常有限的。

然而，随着秦汉帝国的相继建立，国家一统局面的实现，给孔子思想在政治方面发挥作用提供了良好的环境。秦统一天下后，法家理论的余威，还不能立即消失，但也仅仅过了15年，法家理论的严重缺陷就暴露无遗。公元前202年刘邦夺取政权，汉朝建立，采用黄老学说，提倡休养生息。又过了60多年，汉武帝采纳了董仲舒的建议，"罢黜百家，独尊儒术"。从此，儒家学说成为传统社会官方的意识形态，孔子的影响也越来越大。统治者对孔子的封号一再升级，祭祀孔子的庙宇遍布全国各个州县，孔子的后代也被加封，孔子得到了他生前未曾有过的荣誉与地位。在中华民族的思想长河中，两千余年来，虽然道家、释家、法家、墨家也有一定的市场，但不能堂而皇之登上官方钦定的高堂，在意识形态领域，基本上一直是儒学独霸天下的局面。

第三，孔子对于后世的影响，还不仅仅表现在政治与文化方面，在中华民族心理素质与共同人格的形成过程中，孔子也起到了相当重要的作用。

孔子对前人文化的继承，不仅表现在搜集、保存、整理了大量古代文化典籍，使之得以流传，而且更为重要的是他继承了周公所提倡的敬德保民、明德慎罚、以德治国、以人为本、奋发进取、自强不息、强调道德、维护统一、忠于国家等的优秀思想文化传统。他在对学生的培养过程中，他在向当权者宣传自己政治主张的过程中，他在整理与编纂古代文献的过程中，都力所能及把这些优秀的思想传统尽量贯彻落实于其中。孔子的这些努力，收到了良好的效果。他所整理编纂的典籍"六艺"以及他的学生所编集的主要记录他的言行的《论语》一书，使得他所承继下来的周文化的优秀传统，对中华民族的精神面貌、文化道德都产生了无法估量的正面影响。没有孔子这种承前启后的努力，如此丰富多彩、光辉灿烂的早期古典文化，很可能就得不到保持与延续。中华民族源远流长的文化传递，在某些方面很可能就会中断或者缺失不全。

孔子对中华民族的民族性格、共同心理素质的影响，与他提倡的做人准则以及他所塑造的君子人格，关系十分密切。中华民族在孔子之前，就产生过许多优秀的人物。所谓祖述尧舜、宪章文武，不仅仅是指孔子主张采用周王朝创立的政治制度、礼乐制度，同时也是指孔子把尧、舜、禹、汤、文、武、周公等人作为做人、为君的榜样，号召人们向他们学习。仅在《论语》中，孔子提到的明君贤相，或者是比较优秀的历史人物就有尧、舜、禹、文王、武王、周公、皋陶、伊尹、比干、箕子、微子、伯夷、叔齐、齐桓公、秦穆公、管仲、子产等众多人物。孔子把这些人当作自己与学生学习的榜样，并从这些人身上总结出来优秀人才应具有的共同的品德，从而形成了他的标准非常之高的君子人格论。

　　孔子所提出的君子人格标准，主要集中在有理想、有道德、有文化、有修养、有治国平天下情怀与积极进取奋斗不息等方面，体现了民族正气，凝聚着民族精华，寄托着民族的希望，早已经成为中华民族高尚人格与伟大精神的一部分。在人人尽可为尧舜的信念鼓舞下，在君子为国为民高尚人格的激励鞭策下，2500 年以来，在中国这块土地上，产生了一批又一批的志士仁人，这些人构成了中华民族的脊梁，成为各个时期推动和复兴中华民族的骨干力量。从一定意义上说，"孔子之道"经过数千年的千锤百炼，已经成为中华民族核心价值体系中的极其重要的文化组成部分，它以其"礼""仁""中庸""时中""忠恕""修齐治平"等核心价值观，深深地根植于中国历史文化和现实中国人的心理活动之中，具有强烈的普世价值和民族性。我们的任务就是要"坚持古为今用"，努力实现孔子之道的创造性转化，"使之与现实文化相融相通"，共同服务于今日民族复兴的伟大事业。

附录　主要参考与引用文献

《诗经》

《国语》

《周易》

《礼记》

《孝经》

《论语》

《史记》

《荀子》

《孟子》

《说苑》

《庄子》

《左传》

《公羊传》

《穀梁传》

《孔子全集》

《吕氏春秋》

《韩诗外传》

《孔子家语》

《今古文尚书》

郭沫若著：《十批判书》，科学出版社 1956 年版。

冯友兰著：《中国哲学史》，中华书局 1961 年版。

任继愈著：《中国哲学史》，人民出版社 1979 年版。

杨伯峻译注：《论语译注》，中华书局 1980 年版。

匡亚明著：《孔子评传》，齐鲁书社 1985 年版。

曲阜师范大学孔子研究所编：《孔子思想研究论集》，齐鲁书社 1987 年版。

李启谦著：《孔门弟子研究》，齐鲁书社 1989 年版。

金景芳、吕绍纲、吕文郁著：《孔子新传》，湖南出版社 1991 年版。

高专诚著：《孔子·孔门弟子》，山西人民出版社 1991 版。

宋衍申、肖国良著：《孔子与儒学研究》，吉林教育出版社 1993 年版。

齐涛主编，王和著：《中国政治通史 ——从邦国到帝国的先秦政治》，泰山出版社 2003 年版。

赵逢玉著：《仁学探微》，中国矿业大学出版社 2003 年版。

张宗舜、李景明著：《孔子大传》，山东友谊出版社 2003 年版。

林存光著：《历史上的孔子形象》，齐鲁书社 2004 年版。

杨天宇撰：《礼记译注》（上下），上海古籍出版社 2004 年版。

林语堂著：《中国先哲的智慧》，陕西师范大学出版社 2006 年版。

辜堪生、李学林著：《周公评传》，四川大学出版社 2006

年版。

李零著:《丧家狗——我读〈论语〉》,陕西人民出版社 2007 年版。

孟文通著:《儒学五论》,广西师范大学出版社 2007 年版。

林甘泉主编:《孔子与 20 世纪中国》,中国社会科学出版社 2008 年版。

刘泽华著:《中国政治思想史集》(第一卷),人民出版社 2008 年版。

陈来著:《古代宗教与伦理》,生活·读书·新知三联书店 2009 年版。

庞朴著:《儒家辩证法研究》,中华书局 2009 年版。

陈明著:《文化儒学》,四川人民出版社 2009 年版。

薛永武著:《礼记·乐记研究》,光明日报出版社 2010 年版。

黄勇军著:《儒家政治思维传统及其现代转化》,岳麓书社 2010 年版。

王博著:《中国儒学史》(先秦卷),北京大学出版社 2011 年版。

[宋] 朱熹撰:《四书章句集注》,中华书局 2011 年版。

张锡勤著:《儒学在中国近代的命运》,人民出版社 2011 年版。

杨琥编:《夏曾佑集》,上海古籍出版社 2011 年版。

刘烈著:《重构孔子——历史中的孔子与孔子心理初探》,中国国际广播出版社 2011 年版。

何新著:《论孔学》,同心出版社 2012 年版。

干春松著:《制度化儒家及其解体》,中国人民大学出版社 2012 年版。

颜炳罡、彭战果著:《孔墨哲学之比较研究》,人民出版社 2012 年版。

傅佩荣编著:《孔子辞典》,东方出版社 2013 年版。

李木生著:《布衣孔子》,人民出版社 2013 年版。

蔡尚思著:《孔子思想体系》,上海古籍出版社 2013 年版。

梁涛著:《儒家道统说新探》,华东师范大学出版社 2013 年版。

[宋]黎靖德编,黄坤、曹珊珊注评:《朱子语类》,凤凰出版社 2013 年版。

徐炳主编:《黄帝思想与先秦诸子百家》(上下),社会科学文献出版社 2015 年版。

王宁、褚斌杰等著:《十三经说略》,中华书局 2015 年版。

关万维著:《先秦儒法关系研究——殷周思想对立性继承及流变》,上海人民出版社 2015 年版。

陈文洁著:《司马迁之志:〈史记〉之"继春秋"辨析》,华东师范大学出版社 2015 年版。

李长之著：《司马迁之人格与风格》，天津人民出版社2015年版。

卞朝宁著：《〈论语〉人物评传》，江苏人民出版社2015年版。

栾贵川著：《孔子的修齐治平之道》，社会科学出版社2016年版。

顾荩臣著，金歌校点：《经史子集概要》，上海科学技术出版社2016年版。

杨泽波著：《孟子与中国文化》，上海人民出版社2017年版。

钱穆著：《论语新解》，生活·读书·新知三联书店2017年版。

钱穆著：《中国思想史》，九州出版社2017年版。

钱穆著：《孔子传》，九州出版社2017年版。

李长之著：《孔子传》，新世界出版社2017年版。

陈鼓应著：《古代呼声》，中华书局2017年版。

杨伯峻译注：《论语译注》，中华书局2017年版。

韩星著：《走进孔子——孔子思想的体系、命运与价值》，福建教育出版社2017年版。

高专诚著：《荀子传》，北岳文艺出版社2017年版。

杨海文著：《孟子的世界》，齐鲁书社2017年版。

周桂钿著：《中国儒学讲稿》，福建教育出版社2017年版。

王建著：《〈易经〉心解——与文王面对面》，作家出版社

2017 年版。

林义正著：《公羊春秋九讲》，九州出版社 2018 年版。

周萌著：《〈春秋〉的牢骚与梦想》，北京大学出版社 2018 年版。